（上）

乔铁汉 著

團结出版社

UNITY PRESS

图书在版编目（CIP）数据

乔家往事 / 乔铁汉著. — 北京 : 团结出版社, 2022.1

ISBN 978-7-5126-8871-1

Ⅰ. ①乔… Ⅱ. ①乔… Ⅲ. ①长篇历史小说—中国—当代 Ⅳ. ①I247.5

中国版本图书馆CIP数据核字(2021)第092593号

出　　版	团结出版社 （北京市东城区东皇城根南街84号　邮编：100006）
电　　话	（010）65228880　65244790
网　　址	http://www.tjpress.com
E-mail	65244790@163.com
经　　销	全国新华书店
印　　刷	成都市兴雅致印务有限责任公司
开　　本	170mm×240mm　　1/16
印　　张	30
字　　数	460千字
版　　次	2022年1月第1版
印　　次	2022年1月第1次印刷
书　　号	978-7-5126-8871-1
定　　价	128.00元（全二册）

乔　家　往　事

乔铁汉

一

街对面几家卖熟食的小铺掌起灯的时候，街这边相对在白日里门庭若市的贸易货栈“会芳”“合盛栈”几乎同时打烊下班，一年四季如此，长年累月这样，似乎约定俗成，很正常，人们都习惯了。

这里是六月的古都洛阳老城。白天的繁华和嘈杂伴着太阳的隐去，也渐渐远去了。忙碌了一天的各界人士、诸路神仙，改换一番妆饰，趁着夜色，晃动在稀疏而又暗淡的路灯下，倏忽钻进自己要去的场合。接着，仍然有不明身份、服装入时的男女，幽灵般地出现和消失。

熟食小铺灯笼上的“马记”“孙记”“海家”“董氏”显而易见，招徕那些喝小酒的人。光顾这里的男人们，多为火车站附近的脚夫或拉人力车、装卸货物的壮年，他们每天都是这样，包上点儿牛羊杂碎，打上半斤四两白酒，找个角落，喝个闷酒，很充实的。很多时候，熟人相遇，就把酒和肉摆放在一堆儿，借着路灯一阵“五经魁首，四季发财”地吆喝起来。

就在人们忘形地喝酒吃肉喊叫的时候，不时有三轮车、小汽车出现，他们往东华百乐门夜总会要经过这里，外地的宾客差不多都被这里的洒脱放荡所吸引。驻足、减速，饱览这些意外的见闻。神都迎宾馆在东北方向，百乐门在西南位置，这里为必经之路。对来洛阳办事的外地人来说，或许他们见多识广，或者有些人来自西方国家，越是这样，越觉得洛阳的魅力不仅是古老、文明、繁华，就连荷兰鹿特丹港口、意大利威尼斯城区、美国派克宫集市、日本筑地鱼市、土耳其伊斯坦布尔市场、英国卡姆登集镇等地，都不见得比洛阳的夜晚更有魅力。

这天是一九三八年的六月九日，洛阳老城经历了白日的持续暴晒，把洛阳城变成了一个偌大的火炉子。偏偏这天又没有一丝风，又闷又热，路旁的大槐树承受不住这种炙烤，刚入夏季就开始纷纷落叶。街上的行人比往常少，比往常更加怪异——打伞的、书报遮脸的、赤膊光膀的、摇着蒲扇仍然汗流满面的。“这是不想让人活了！”不止一个人这么抱怨，有的抱怨完还加上一句狠狠的诅咒。因此，这天夜里人们的装束就更加五花八门，暮色下为了活命简直要忘掉脸面。好者好、恶者恶，喝酒的、跳舞的似乎有一种瘾，别说炎热难耐，恐怕面对刀山火海、狂风暴雨也不会动摇。于是，喝酒场面就更加野性和张扬，路过看热闹的人们就更为拍掌叫绝，似乎这里的原生态表演比舞场的香风美艳更为刺激。洛阳城东北是文化教育区，国立复旦中学、省立师范学校、省立实验完小都在那里，与此同时落成的文化设施，剧院、体育场拱围毗邻，神都迎宾馆也应运而生，像一枚珍珠镶嵌在这里，既完善了服务功能，又使这片文化区域熠熠生辉。自从古色古香的十几个幽深庭院错落有致地出现在洛阳城东北隅后，达官贵人、巨贾富商就多会此处。各路人马的出现，增添了这里的文雅和神秘，也使这里逐步与外面的纷繁芜杂渐行渐远，仿佛成了茫茫海洋里的一个岛屿。这里繁华热闹体现在内里，而外表却冷漠森严。这里的宾客，并不甘于这个另类的居处，耐不住这里的“高处不胜寒”，就去寻找无拘无束的东华百乐门，顺便在途中感受一下路边地摊饮酒人酣畅淋漓的表演。当然东华百乐门也是一个达官贵人们排遣寂寞的去处，西洋音乐的震撼中，人们翩翩起舞，多少人为之飘飘欲仙。

相比较这些喧哗热闹的场合，会芳贸易货栈是低调和清静的，偌大一个院落，黑乎乎、空荡荡、静悄悄的，其间一处亮着昏黄微光的窗子，倏尔有人的头影出现，为这座暮气沉沉的宅院，平添了些微活力，起码让窥伺货栈的人感到这里有夜间值班的人。值班守卫货栈的是一位小伙子，新来乍到，把这份工作看得很重，对大伙计、小伙计言听计从。人家打烊说还有事要办，就扬长离去，大不了告诫新来的伙计，说来这里当学徒，就要兢兢业业，无论什么情况都不能擅离职守，否则不仅白出力干活，还要砸自己的饭碗，更严重的还要赔偿因此造成的一切损失。那个小点儿的伙计，还算实在，有点儿同情心，走到门口又折返回来，微笑着安慰新来的小伙计说：“时间一长你就能适应了，我才来也是看不惯，受不了，觉得别人有自由而自己却没有，心里很窝火的。”新来的小伙子很平静，朝前边不远的地方盯着，似乎不愿听这家伙表现假慈悲的唠叨。小伙计也许觉察到了这一点，就换了口气，说：“出来当学徒就是来活受罪的，掌柜的常常教育徒弟们，吃得苦中苦，方得甜中甜，先做人下人，再做人上人。”新来的小伙子终于发话了，回话说：“你不用开导我，这些道理我懂！”小伙计说：“知道就好，这一切就交给你了，记住，有人敲门不要慌忙开，要问清是谁，干什么的。”新来的学徒说：“知道，不就是要多个心眼儿？”小伙计好像不放心，又说：“有时掌柜的要来查岗，千万不要睡得太深，还有，掌柜问我们，就说我们刚刚出门！”小伙计最后的几句话，好像木工在安紧的榫头上又加进一块楔子，恐怕弄不紧活络了。新学徒说：“你们放心去吧，我一个人足够了！”他们出门后，新徒弟心里想，天下老鸦一般黑，走到哪里都有溜光锤，都有捣鸡毛，你们当来学徒的都是榆木疙瘩吗？

那新来的徒弟就是我父亲，当年他不满十七岁。尽管父亲当时不服气那两个不踏实的师兄，但还是把小师兄交代的话当成规矩去信守。尽管天气闷热，外面比值班房稍微凉爽一点儿，但他还是把自己关进值班室里。浑身冒汗的滋味的确让他难受，但坐下来聆听门外动静却使他心里踏实，特别是他借着烛光读《岳飞演义》竟把酷热带来的难受冲淡了许多。他到会芳货栈当学徒已经二十多天，从起初的好奇、新鲜转换成无聊和无奈了。然而这里发生的一系列事情却让他产生了新的兴致，他一定要把事情弄个水落石出。来到一个地方干事，他是经亲戚介绍进来的，据说会芳选拔员工、学徒十分讲究，文化水平、道德品质、身体状况，甚至对一个人的应变能力都要考量的。将近一月的时间，掌柜的敬业、和蔼、善良给他留下了深刻印象。按照父亲的性子，他不会甘心受到两个所谓的师兄的摆布，他们无非比自己来得早，通常人的观念是先入为主，似乎无法改变，起码这些人就具有这方面的心理优势。他们指挥新学徒的样子，简直让人呕吐，颐指气使、趾高气扬的做派，好像他们就应该这样。父亲看不惯他们的做派，强忍着没有与他们发生冲突，但心里早就埋下了离开此地的念头。那次到城外取货物的机会，父亲来到曾经的吴佩孚兵营，这里早已物是人非，换了一茬又一茬的队伍，与吴大帅没有了丝毫关联。父亲路过营房大门，见卫兵正在换岗，十分威严庄重的场面，让他脑子发热，萌生了当兵的冲动。他设想着，要是自己穿上军服，挎上枪，一定比这些换岗的军人还要威武。他转念又一想，刚到会芳二十多天，是来学做生意的，遇到一点儿不顺心的事就泄气、就逃避，要是以后遇到更多的麻烦，又该采取哪种规避的方式呢？父亲最终还是说服了自己，很认真地办完了掌柜交办的取货任务。他也没想到，这次任务完成得这么出色，发货那方直接向会芳掌柜夸父亲机灵、和气和谦恭，父亲也不知道对自己好评的话就在货物之外的一个信封里。会芳掌柜查验了货物，浏览了那封书信，当众夸父亲事情办得圆满完美。就是这次外出受表扬的小事，在会芳产生了连锁反应。父亲那两位师兄，脸色变得最明显，原本还是一脸的春风，听到表扬新来的学徒，马上就像经受了风霜，变得惨白而铁青。从那天后，他们虽然表面上积极勤快，但开始消极怠工、敷衍应付，变本加厉地为难父亲。脏活、累活、出力不讨好的事，分配给父亲，让他在默默无闻中耗费时光。这还不算，他们惹的麻烦，或者造成物资受损，就推说新来的徒弟不懂规矩，这都是逞能造成的。父亲起初忍受了，但他也有自己的底线，那就是允许你们结帮合伙欺负人、冤枉人，但有再一再二，决不允许再三再四。这两个师兄离开会芳出门办事，见有人握着个水烟袋，呼噜呼噜地边走边吸，时而还痛快地哈着气，喷着烟雾，就认为这种做派十分风光。特别是大师兄，虽然来自龙门南一个县城西的大家族里，但家境从前三代就开始没落破败，到他这辈上只能出来给人打工过活了。尽管这样，大宅里走出来的人，多多少少还带有祖上的气息，办事大大咧咧，慢条斯理，不愿让人小看。在生活上、待人接物上，骨子里贪大求洋、对时髦现象的追求，似乎始终萦绕着他。大师兄开始捞钱，千方百计，无孔不入。掌柜外出天津办货，交代会芳的事情由账房井先生代为办理，要求大小伙计以及雇用的临时装卸工都要听从。大师兄首先表态，说："请掌柜的放宽心，有井账房掌舵，我们几个同心协力拉好纤，让会芳这艘大船只能前行，不能搁浅。”二师兄很会讨好大师兄，他接着说：“我一定带好新徒弟，把会芳的事办得又快又好！”父亲不善表现，也不愿废话一样表态，不动声色地说：“干好应干的事！”二师兄为了得到掌柜青睐，竟然当众责备父亲说：“你应该表态，说自己怎样才能不拖后腿，少办错事。”父亲终于咽不下这口气，霍地站起身，说：“你少逞能了，不尿泡尿照照自己啥样瓜子，还人模人样地出来咋呼！”二师兄没想到，一向木讷忠厚的小徒弟，竟然当众把自己骂了个狗血喷头，他立马儿像一只泄了气的皮球，松软地坐了下来。这时大师兄觉得再闹下去，连自己的地位也要受到冲击，就自我解嘲地说：“师兄弟本来团结一致，不要计较一两句话，也不要为了一两句话伤了和气，今天要是不和谐的话，都怪我平时对新徒弟教诲不够，二师弟大可不必生气。”父亲就是这种脾气，他听得出大师兄是在绵里藏针地扎自己，就不顾后果地反击说：“师兄还教诲别人，你知道什么叫教诲不知道，你们一窝老鼠不嫌臊，狼狈为奸欺负人！”父亲一番接地气的话之后，会芳的氛围顿时紧张而冷峻，掌柜适时地咳嗽一声，放下手中的茶杯，不慌不忙地说：“大家到会芳当伙计，都不那么容易，能走到一起，最起码是一种缘分，不要因为丁点儿事情或只言片语就撕破脸面，那值得吗？”停顿了一下，掌柜又说，“你们都比较年轻，大的二十几岁，小的十七八岁，正是立志学本事创大业的最佳时期，要多多地完善自己、充实自己，要尽力地宽恕别人、体谅别人，工作有了成绩不自傲，阅历多了别逞强。今天的争吵都不要放在心里，全当是大风来前的郁闷，风一过就化解了。”几个人都表态不计较这些，为了会芳的明天要往前看。然而，在掌柜走后，还是出现了几桩怪事。

会芳贸易货栈占地五亩多，这在当年洛阳城区十分难得，在同类生意中凤毛麟角。由于经营的商品种类多，商品的存储和盘点便成为这里最为重要的业务，安全保卫、防火防盗就成为重中之重的事情。一九三八年麦收后的洛阳城，连续的升温使人不能待在房子里，烈日骄阳把房子炙烤成了炕洞。父亲在孟津县城北门里生活了十多年，之后随长辈们迁回了乔窑村，那里有山有水有树荫，属于夏有凉风冬有雪、春有百花秋有月的风水宝地。在那里，夏天可以在树下的院子里纳凉，自由自在。可到了洛阳会芳以后，会芳大宅院里原来有一棵大树，据说有一年的夏季被雷劈火烧成了一大截木炭，后来虽然补栽了十多棵，分布在院子的各个角落，但十年树木，三两年光景枝条还没有挓挲开，更没有可以帮助人的树荫。闷热时，屋子里实在待不下去，人们只好在院子里看看邈远天空中的星星，从而转移一下由于酷暑带来的烦躁。父亲刚来时，初生牛犊不畏虎的劲头很足，独自坐在院子里看天空，手里还摇动着芭蕉扇。大师兄不知出于什么目的，虚情假意地亲近他，白天休息时就讲鬼故事。听鬼故事的好几个人，吓得夜间连到院子后面找厕所的勇气也没有了，其中二师兄就是被吓住的人之一。父亲就不在乎这一切，认为讲鬼故事就是哄骗小孩子听话别淘气的手段。由于二师兄胆小，又指挥不动我父亲，就成了大师兄的跟屁虫，人家夜里外出他就跟上。深宅大院里除了负全责的账房不怕热，一天到晚钻在房间里噼里啪啦拨算盘外，所有伙计就父亲一人在坚守了。

夜深了。会芳院子里不时有猫头鹰在叫，那声音十分瘆人，让人有一种不吉利的担心。那种声音刚停，就有野猫声嘶力竭地“叫春”。有点儿常识的人都知道，二八月狗走窝子猫叫春，可在农历的五月，多不正常。父亲走出看护房，坐在院子里仔细听，发现这种声音是人的恶作剧，就拿半截砖头朝有声音的方向扔过去，边扔边大声说：“是人你就出来，是鬼你就走开！”果然，猫头鹰的叫声没了，叫春的野猫也逃离了。这一夜，会芳货栈太平无事。天快亮时，大师兄、二师兄回来了，他们手中有钥匙，进进出出很随便。他们煞有介事地以查看库房为由，在院子里走了一遭，说：“很担心院子里进贼，这年头，要尽责才对。”他们告诉父亲，说一天前合盛栈进了贼，把做点心的面粉盗去了十几袋。看着这俩家伙假惺惺为会芳分忧的样子，父亲就有点儿生气，心想有朝一日离开这种人，永远都不希望再遇见他们。

掌柜出门的第二天傍晚，有两个复旦中学的学生来到会芳。他们是父亲的表弟和表侄，老家在孟津县城东十多里的铁炉街，是孟津县赫赫有名的邓家后代。表弟在老家时，叫邓泰，表侄在老家时叫邓钜，虽然是叔侄关系，但他们年龄却相差不超过两岁。父亲来会芳做学徒后，借一次到车站取货的机会，还专门到复旦中学看望过他们，但寻找孟津学生泰和钜，几乎没有人知道，弄得父亲一头雾水，怀疑这两个人是否真的到这里求学。尽管当时这个学校学生不那么多，然而身着统一校服，寻找两个人却并不太容易。父亲转念一想，表弟是为了追求新式婚姻，逃婚和家里闹掰后出来读书求学的，说不定名字早改了。虽然没有找到他们，但父亲也没有多少失落。他们虽是姑舅表亲戚，但小时候过年过节才在一起玩，又截然玩不到一块儿。泰很斯文，爱听鞭炮的炸响，但从不敢手拿着点燃。钜很活跃，很听小叔的话，也害怕鞭炮炸伤小手。父亲不同，他把炮捻用拇指指甲掐紧，使它到此减缓燃烧速度，或者使它熄火，控制着让它被抛在空中才能炸响。因为这点儿技术，父亲很受欢迎。老表们都纷纷用压岁钱买来很多鞭炮，就让表兄当炮手，震耳欲聋的炮声大家共享。大家听炮声时很开心，之后就有了分歧，泰和钜认为父亲不够文雅，父亲则嫌他们胆小怕事。年复一年，他们在一起有快乐也有别扭，相聚时少不了争吵，分别后又常怀思念。慢慢地长大了，那种少小之间的玩耍成为回忆，毕竟是表亲，相互间的牵挂在分别多年后更加强烈。父亲读《隋唐英雄》这本书时，很轻易就把自己去邓家串亲虚幻成秦琼去罗成家的情景。在会芳会客，特别是掌柜不在家的时候，必须要请示账房井先生，未经井先生同意是不可以随意让客人进出的。那天恰好井先生心情欢快，就同意客人进来，也没强调会客时间长短。邓家叔侄来会芳时，货栈已经打烊。大师兄带着二师兄早已不知去向，自那天发生口角之后，他们口头上说不计前嫌，而实际上他们早用实际行动告诉会芳人谁让他们不痛快，谁就甭想痛快。下班后，他们连井先生也不招呼一声就像鸟一样飞得无影无踪。黎明回到货栈，还吹毛求疵故意找碴儿，好在这里平安无事，即使有人折腾也毫发未损，他们只好装装模样，彰显一下有担当的姿态。不清楚什么原因，井先生很忌讳和他们针锋相对，明知这两个家伙不正派，还会当面恭维他们，夸他们以会芳为家，还说会芳不会亏待他们，井账房的暧昧态度助长着这两人的气焰。掌柜出差的第一天，他们下班外出还向账房打个招呼，第二天，就开始肆无忌惮，时间一到，半分钟也不多停就夺门而出了。他们走后，井账房才说了实话："人模人样的俩孬种，出去门狗道猫道，干不了正经事！"放在刚来时，父亲可能还要向井先生笑笑，无言地默认他的眼光很准。这时，他对井先生这种贼来喃糠、贼去耍枪的两面派有些反感，就不搭理他，只当他放了一个没有响声的屁。

邓家叔侄进了会芳，得到了井账房热情的恭迎，叔侄俩也很客气地向井账房打着招呼，他们称井账房为老板，把井账房美得合不拢嘴，井账房亲自把邓家叔侄带给正在换衣服的父亲，然后颇有礼貌地告辞。对于井账房有意识地讨好，父亲很讨厌，心想你这样做不累吗？父亲把叔侄俩让进那间屋子，那时人们称这屋子为住处或值班屋，还没人说那就是宿舍。泰一进门就说："表哥还是这样，只读一些仁义礼智信方面的东西，岳飞、文天祥都是古人！"钜拿起父亲的那本《西游记》说："啥年月了，还读这些陈芝麻烂谷子一类的书。"父亲有些不高兴，知道叔侄俩又在挑战自己，江山易改，本性难移，多少年了，这两人看不起私塾教育的言论还是这么尖锐，就针锋相对地说："《资本论》《家庭私有制和国家的起源》《苏格拉底》你们不觉得难懂吗？还有，你们学的代数、几何、三角，能用得着吗？"这一次，他们并没有表现出什么抵触，只是叹息说中西文化的矛盾不能影响亲情。邓泰的意思是父亲接受的是传统的国学教育，而他们在学校里则接触了大量的中西合璧的知识，亲戚之间要求大同存小异。他们向父亲讲述了当前国内国际的形势，说父亲不该满脑子精忠报国思想，却不知道当前国家有难，还说社会上好多人都以岳飞、文天祥为榜样，却不知道祖国急需要他们以实际行动报效国家。他们讲"九·一八""双十二""卢沟桥"。比起道听途说的片片段段、支离破碎事件，邓家叔侄显然更打动了血气方刚的父亲。他早被会芳这种正不压邪、一潭死水的气氛深深伤害了，走出去或许海阔天空，俗话说树动死人动活。他从小就受到爱国忠君思想的熏陶，不止一遍地听长辈讲述明代尚书乔允升为国为民的故事，他讨厌沉默和死寂的折磨，向往醉卧沙场、马革裹尸的悲壮。因此，当泰和钜说出他们北上抗日的计划时，父亲当即表示愿与他们同行。父亲的慷慨激昂，这突如其来的见解一致，使泰和钜一时不知所措，他们开始支吾起来，说："满腔热血是好事，但北上抗日要有组织纪律，不是一时冲动就能实现的。"父亲从他们不自然的表情和推三阻四的语言里感悟出他们还是嫌弃自己，怕连累他们，再不就是他们的组织不允许他们私自招募成员。无事不登三宝殿，他们之所以打听到会芳，抽空走过来，肯定有什么私事要办。父亲对他们斯斯文文的表现不满，又不愿当面责备人家，哪个人都有弱点，都有登门求人的时候，父亲很和气地对他们说："我能理解你们，不一块儿走只是先后问题，抗击侵略者咱们目标一样，你们有组织纪律，先走一步，我会向你们学习，定能很快找到抗日队伍，说不定很快就会相逢的。你们是学生，跟家庭关系又不和睦，有啥困难就直说，比如盘缠呀、干粮呀。"泰打断父亲的话说："表哥，干粮不用考虑，只是盘缠还差那么一些，我俩每人一块大洋就够了。"泰的语气由高到低，很有不好意思的味道。父亲对类似乞求的人很同情，人不到最无奈的时候，是不会乞求他人的，当即就说："长这么大，邓家无论名气还是实力都不是乔家能够比肩的，你们也是第一次用上我，放心吧，我现在就去办理！"父亲算了一下账，盘点了自己的衣袋，出门时祖母张氏缝在他衣袋里了一块大洋，交代他不到万不得已别动它。表弟要的两块大洋虽说数目不大，但他至少几个月才能挣到，君子一言，驷马难追，做人要言必信，行必果。父亲找到井账房，把借钱的事讲给他，态度诚恳，很低调的，账房这时却很冷漠地说："两块大洋事情不大，但用钱要经掌柜同意，掌柜不在家，本账房不能强做主啊！"父亲明知账房大白天说梦话，看人下菜，强忍着没有撕破脸皮，只是说："掌柜那天亲口说，他走后会芳的事情由你当家做主，想想看，他在天津，有紧要事情还要等他，不就耽误了嘛！"账房还是不答应，父亲这下被惹恼了，就说："你多次借钱给大师兄，数字绝不小于五块这个数，他拿钱出去干什么，将来能不能还上你心里也没底，可你却胆大包天地借钱给他，而我，只借两块，有工钱可以扣，大不了就是三五个月的光景！"这番话，好像揭了账房的底，他马上产生了息事宁人的念头，说："不是我不借你，是你没有说清还钱的办法，那你写个借据。"父亲写了借据，拿到两块银圆，兴奋得忘记了刚才的尴尬。临出门，他听到账房还在交代着："这事可不能让你师兄们知道，不然他们再来借钱，我就收不住场了！"父亲没有理他，心想你不排场，敢做却不敢为。

邓家叔侄在昏黄的路灯里出了会芳，很快融入茫茫夜色中。两个小时后，会芳院子里就闹腾起来，不知哪儿来的砖头瓦片、死猫烂狗都被人扔进来，大多落在父亲平时夜间纳凉的石阶上。父亲愤怒地走进住房，说了一句"下三烂才使阴招伤人"就掩上了门。那一夜，外出的那俩师兄，破例提前回到会芳，故意站在院子里骂："是哪个龟孙子作践人，把死猫烂狗扔进会芳，看哪天查出来不剥了你的皮！”很快，他们也没了声响，会芳这天的午夜格外安静，安静得让人想入非非。不知道静了多久，老天终于又被什么东西惊动了，开始了电闪雷鸣，接着就是暴雨狂风，其间还夹杂着枪林弹雨般的冰雹。这是一九三八年六月末的夜晚，这场罕见的恶飑过境一直持续到黎明。

城西幽怨、呜咽而苍凉的军号伴着城北老牛一样喘着粗气的火车行进声，唤醒了暴风骤雨后安静的洛阳城，也唤醒了会芳沉睡中的员工。大师兄、二师兄难得勤奋积极一回，急促的脚步声过后，他们疾声喊叫起来：“咱们会芳出事了，出大事了！”

二

会芳掌柜天津之行的第五天，会芳出了事。井账房一头汗，两只手像得了帕金森病一样颤抖着、摇晃着，上气不接下气地说：“这两吨草绿帆布，咋一点儿没剩全让人席卷一空啦？”接着，他又令大师兄打开那个整日紧锁的小库房的门，说，“看看那里边，可不敢也出了事！”库门像一张人脸，严肃而庄重地面对着这群惊慌忙乱的人，那只拳头大的铁锁牢牢地挂在门上，十分像一张结实的蛛网上卧着一只黑乎乎的蜘蛛。门是完好无损的，锁也丝毫没动，井账房把手中的一串钥匙交给大师兄，让他马上打开。由于井账房手颤抖得厉害，那串钥匙就发出呼啦呼啦的响声。大师兄此时恭敬而听话，双手接过钥匙，然后寻找着。井账房把会芳各仓房的钥匙都编着号，每把钥匙上都贴上白胶布，然后用小楷标注着：东 1、东 2、东 3……西 1、西 2、西 3。他一个人掌控，没有他的许可，任何人不得随意开锁，除非掌柜。大师兄当众把门锁验明正身，证明是完好无损且无人动过的。之后又经井账房点头许可，才把钥匙戳进去。锁开后，门被推开，井账房疯了似地冲进去，接着“哇”的一声，开启了号啕模式。“昨天还在啊，七少和我可以见证。”七少是大师兄，不知道为何只有井账房这样称呼他。大师兄点点头说：“是啊，昨天下午我陪井先生进去的，里边齐齐整整地放着五大箱东西，天知道怎么就没了呢！”井账房并不清楚五大箱子为何物，只知道掌柜对这些东西格外重视，出门办事虽没有当众强调五箱东西要看好，但还是在临走时专门单独告诉井账房，这间库房要加倍看好，不可有丝毫闪失。见井账房如丧考妣，大师兄、二师兄也当众跟着哭起来，仿佛他们死了爹娘似的。父亲全然不知到底丢了什么东西，只是看见人家痛哭不已，自己不会解劝，只好表现得木呆呆的。

仓库丢了东西，特别是丢了掌柜千叮咛万嘱咐要他看护好的东西，这个不只是饭碗的事情，弄不好还要被关地窖子。井账房越想越害怕，帕金森综合征就越发发作起来。任何事物都有限度，井账房尽管面如土灰、内心像被谁挖走了，然而他毕竟曾经沧海、走南闯北，见过的、听过的，甚至经过的，还是比一般人多。面对这场意想不到的劫难，他还是具有一定的抗压能力。号啕之间，他脑子里又翻腾起一阵子应对措施，马上想到会芳后街的警察局。于是，他眼前一亮，一条大路出现了，或许这条路可以帮他走出困境。井账房想起了一句俗话，花钱消灾，舍不得孩子套不住狼。他一生惜金如命，到手的钱就像进了银行金库，一般人打不开取不走。别人骂他小气鬼、守财奴，他觉得不过分，正符合自己的所作所为。这次给警察局局长进贡，他并不拿自己的钱，纵然是为自己消灾。离警察局不到五百米，这五百米他走得好累，也想了许多事情。他先是考虑如何报案才能引起警察局的重视，调精兵强将来办案。其次他脑子里开始盘点这几天会芳所有的事和所有进出的人。再次，他百思不得其解的是昨晚扔砖头、投掷死猫烂狗，难道这些不是反常现象，不是有备而来的一场抢劫吗？

有人“呼”的一声超过了井账房，挡在了低头推理的井账房前面。是大师兄，他面带愁容，好像被井账房的郁闷情绪影响，转而又换成替账房分忧的一张面孔，着实让井账房感到奇怪。大师兄讨好似地说：“井先生，我有句话，不知道该不该说，会芳发生的这件事，是内贼伙同外贼干的！”井账房看了他一眼，说：“该说不该说你都说了，内贼外贼要等警察局立案，查案之后再说。”大师兄说：“我是好意，只不过嘴快，想到哪里就说到哪里。您老人家参考好了。我觉得这件事虽然有警察局办案，但自己也不能糊里糊涂，人家一问三不知，更不能出了大事还在梦游！”井账房为会芳失窃正愧疚不已，忐忑不安，最讨厌谁在这时当事后诸葛亮，早都干啥了呢，被霜打了，还是躲犁沟喘气了？他不愿过多与大师兄说话，正怀疑这事与他难脱干系，又不能让他过于难堪，小人不可得罪呀！井账房就看看大师兄，轻轻点点头，说了声“你想得有道理”就算应付了。井账房内心已经考虑内贼的问题，怀疑的重点也有，只是经大师兄这一提醒，马上又想起昨傍晚有人来访的事来。这个胸无大计、中规中矩的井账房，除了打算盘记账在行，与人交往、考虑事情都很欠缺，尤其是很容易被人左右。于是，他思路的重心很快又偏移到另一边。

井账房把手里握着的东西往警察局局长衣袋里一塞，躺在藤椅里正眯着眼的警察局长马上像被人注射了荷尔蒙，立即兴奋起来。他睁大眼看看眼前这个面似忠厚体态微胖的报案人，问：“是前街那个会芳？”井账房回说：“是。”“昨天晚上的事？”井账房又“是”，还恭敬地点着头……

三个警察如同三尊庙里的金刚，铁面无情地站在会芳货栈院内，怒视着十几位在这里从业的人。这种奇怪的氛围还在延续着，三尊金刚中的一尊把眼瞪大，开始吼叫：“你们中间出了家贼，都看我的眼睛，是谁你的脸色就会发热然后泛红！”在一个金刚瞪目扫射时，另两尊金刚凶神恶煞一般贴近这十多个人，像犬一样地看着、嗅着，之后跟另一位金刚定睛对视着。刚才吼叫的那个金刚又发话：“你们中是谁作了案，想必自己心里正在打鼓，脑子里正在打架，想招又矛盾，还存在蒙混过关的想法。”他刻意猛咳一声，把一口唾沫喷到地上。他接着说：“警局是干啥的，靠什么吃喝？靠的是一手好活儿，靠的是本事和功夫！”十几个人中有人不自在地动弹着，黑金刚乜斜一眼，不屑一顾地训斥起来：“咋了？不自在啦？警局派我们哥儿仨过来，就知道弟兄们有能耐办好这个案子！我们弟兄们虽没有火眼金睛，也没长三头六臂，但这个区区小案决不在话下。有个人你注意了，给你面子你要知好歹，趁早说清楚，不然的话，到了警局，那镣铐一戴，老虎凳一坐，皮鞭抡着，喊爹叫娘也晚了！”闹了半天，并没有谁承认自己与案子有关。三个金刚走到一块儿，小声嘀咕着，停了一小会儿，三个金刚让大伙儿通通闭上眼，分成两排然后背靠背坐下。黑金刚又开始训话，说：“线索在手，嫌犯在握，由于本案系内外勾结，本警局暂不打草惊蛇，先让那些执迷不悟、做梦过关的人继续做梦。大家不要动，我们下面再取些证据，主要是先说自己，再检举别人。”那两个白净点儿的金刚这会儿也不甘落后，一个说：“井账房去腾一个屋子。”另一个说：“井先生负责传人，喊谁谁进去！”井账房频频点头，连连称是，并且把本来就弯曲的身板弯成了一只肥硕的大虾，只不过这只大虾是站立着的。这一次是全员被传，人人过关，一直到傍晚。

掌灯时分，父亲最后一个走出那间专门为办理案件而特设的询问室。一直以来，会芳以简朴持栈、稳健向好的理念，自上而下节省为尚，那些方便生意的路灯、院灯如同装饰，然而这天傍晚破例地亮起来。掌柜在货栈时，不到万不得已是不让打开电灯的，即使打开，从没超过一个小时，即使节日喜庆日，这个约定俗成的规矩也从未被打破过。这天的反常，父亲觉得必有原因，他进栈时间不长，从当学徒的第一天起，接受的就是勤俭和朴实的熏陶。那时，会芳经营着煤油，员工们都习惯于坐在煤油灯旁，读书看信，谈天论地，听着灯捻不时发出的噼啪声，不时认定这也是一种另类的夜晚……

警察在那个年代没有拒绝过请吃，特别是对有求于他们的公司、货栈、工厂更不会推辞。然而，这天却不同，对于井账房的殷勤伺候和热情相邀，他们居然拒绝了。临了，他们对井账房小声嘀咕着什么，而井账房则词不达意地嚷嚷说：“长官，您真是礼义廉耻的真君子，真是大都市的保护神啊！”

警察出了门，井账房对案发后的查案情况做了总结，他传递给员工们的话好像与会芳被盗没有多少关联。井账房说：“警察命令，案件未破，但已明朗，就像秃子头顶的虱子明摆着，慎重起见，回局汇报后再捕捉罪犯。这几天，任何本货栈员工不得借故外出。”井账房真称得上贼来吃糠、贼走要枪的种，这会儿讲起话来竟然铿锵有力，大有掷地有声的自负。他接着说：“长官们说，这个案子是出了内贼，是内外勾结的案例，内贼是谁，想必贼心里打鼓，大家伙儿心知肚明不用点拨。长官们说了，这不是普通的盗窃案，案件后边有大背景，这次一定会顺藤摸瓜，一定会抓住几条大鱼！”

会芳的晚饭几乎没有多少变化，每人一碗稀米汤、一盘咸菜和两个杠子馍。受到传讯的人们，不仅情绪受到影响，饭量也发生了改变。人们不想吃饭，心里装着的东西似乎也能充饥，这顿饭，会芳人到得最齐，吃得很沉闷，但很有秩序。突然，街上传来警笛声，由远而近，其间还夹杂着哨音和口令声。会芳大铁门外，密不透风地站了三排警察，院墙外行道旁也部署了警察。等井账房打开大门，警察们便蜂拥而入，冲在最前的还是白天办理案件的那三个，只是在众多同事的拱卫下，他们显得更加威风。父亲被押上警车，他泰然自若的样子，反倒让会芳所有人感到奇怪、感到迷茫，甚至可以称得上是一头雾水。

警察队伍出了会芳货栈，没有往警察局，而是反其道往东再北折。那是通往神都迎宾馆和复旦中学的方向，队伍行进中没有笛声、没有喧哗，有一种莫测的神秘。父亲的眼被人蒙着，他不知道这是往哪里去，也没有理会这一切。他心里在鼓励自己，是福不是祸，是祸躲不过，自己没有犯错，别说警察，就是黑白无常又奈我何？车子行进途中，至少拐了八九个弯，虽然父亲眼睛看不见，但心里似乎格外亮堂，由于路况不尽平直，哪段路况差，哪段路况好，便感觉得出来。父亲在默默地判断要去的地方，肯定不是警察局，也不是火车站，也许……正在猜测，一阵嘈杂声干扰了他。车子停下来，父亲被拽下车，要不是有人拽着抓着，肯定就会重重地摔在地上。父亲在一间仅放一把椅子和一张长条板凳的屋子里，被人解下了蒙眼的黑布条子。他完全不知道这是哪里，屋子有两扇宽敞的窗子，上面密布着灰黑的破蛛网，透过这里可以窥见外面幢幢的黑影，像夜空中胡飞乱窜的蝙蝠。这群警察疯狂地走动在这片空旷的院落里，像发现了重大的案情似的。

父亲估摸这个地方可能是一所学校，空旷的大院在警察手电光下显示出地上的道沿儿和横竖线，应该是操场。这种时候，他认定这里八九不离十一定是复旦中学。他很羡慕邓家叔侄能到这里读书，很多朝气蓬勃的同学和来自五湖四海的老师，除了学文化还能参加体育比赛、唱歌比赛。要论个人素质，父亲觉得自己比邓家叔侄强，胆量、力量、相貌更比他们出色许多。只是，邓家虽然在没落，人丁也没有那么兴旺，而且“四世同堂”“五世其昌”的匾牌也随着油漆的脱落，渐渐地成为历史，父亲的七舅、八舅已经迁出铁炉，到贫瘠的邙岭山脚下耕作隐居，但即使这样，邓家人还是把眼光展望得很远，把愿意念书长进的后代送到学校，天高任鸟飞，海阔凭鱼跃，尽力为他们创造有利于发展的条件。而乔家人呢，自父亲的祖父在国子监读过书，后来当了小官之后，子孙们就在“耕读持家”的匾额下日出而作日落而息。父亲不敢提读书的事，任凭家里长辈安排，只能在孟津县城一个私塾里，跟着先生读学而时习之不亦乐乎。父亲曾问他爹，为什么邓家的泰和钜就能读洋学堂，而咱家的孩子却不能。父亲的爹就吹胡子瞪眼地训斥说：“乔家怎么能跟邓家比？邓家殷实富足，饿死的骆驼比马大，即使再出两个赌匠和瘾君子，也垮不了！”自邓家叔侄到洛阳复旦中学读书以后，他们就与父亲在好多方面拉开了距离。就在几年前的春节，他们还把父亲当作最尊贵的亲戚，让他燃放鞭炮供他们开心。几年后，他们就没有了过年的兴趣，把燃放鞭炮看成了骚扰。父亲也成了可有可无的亲戚，没有共同兴趣和共同语言就足以成为他们之间的鸿沟，何况他们在接受现代教育后，那种差别就无形地增大。但有一点，父亲和他们都很明白，血缘和亲情无论到天涯海角、无论是天上人间，都像一根挣不断的绳子牵连着。因此，邓家叔侄在人生渡口，面临困难和矛盾时，首先能想到的还是我父亲。当然，耿直爽快而且憨厚仁义的父亲也没有辜负他们。父亲心里越发明朗起来，大量警察出动，或者说集中全部警力到复旦中学，肯定要做出一些大动作。父亲心里禁不住被啥东西触动了，真的有了不寒而栗的颤抖。刹那间，父亲又镇定了，眼前他最要紧的就是如何不提叔侄俩到会芳借钱的事，那井账房只知道自己借钱，但却不知道钱是给他们做盘缠的。此时此刻，他默默地祝福邓家叔侄，但愿他们已经走远，但愿他们平安无事。父亲做了最坏的打算，人都活到这一步了，账房先生都敢罔顾事实，把仓库被盗改变成有大阴谋的政治问题，自己为什么还对他那么客气呢？面对这所让自己望之兴叹、向往不已的学校，父亲回想起听到过的一些事情。

近年来，洛阳城持续出现学生走上街头游行示威的事件，还有那些带有煽动性的标语张贴在光天化日之下的街上，与政府作对，令政府面上无光，也让警察局防不胜防。为了集会结社的事，警察局挨了上级多次批评和指责，然而从没有抓住现行。任凭警察局网络般布局、地毯式搜查、秘密集结、散发传单、张贴标语，甚至大批学生市民走上街头示威的事件还在发生。尤其在神都迎宾馆附近，达官贵人出出进进，外地宾朋络绎不绝，简直是在打警察局的脸。谁都可以判断出，洛阳城区有一个秘密组织，有一个神秘的领导人，在策划着一系列活动，策源地很有可能就在复旦中学。然而，任何时候，处理任何事情都要以事实为根据，都要有人出来承认对事件负责。警察这次对会芳被盗一案如此重视，特别是对父亲的问话如此认真，对井账房反映的有复旦中学青年人来会芳的事高度警觉，足以说明，触动了警方的神经，说不定他们已把此情况向上峰做了添油加醋的汇报，内紧外松地将此项行动提高了等级。

那个黑金刚警察走进来，告诉父亲说：“不要害怕，也不要紧张，一小会儿就轮到你出场了！”父亲对“出场”这个词感觉很别扭，要干啥就干啥，又不是演戏，出啥场呢！果然，农村老汉吸一袋旱烟的工夫，父亲就被带到一处光线充足、明亮得如同白昼的大房子里。这里几乎坐满了人，分台上台下坐着，台下全是目光炯炯的学生，而台上除了两个穿警服三个戴眼镜的人外，其他十多人都摆出正襟危坐的样子。一个警察头儿模样的人命令似地对黑金刚说：“开始。”黑金刚带着父亲，开始往台下走，说要父亲指认邓泰和邓钜。父亲这会儿突然提出肚子疼，急着大便，黑金刚极为不满，说：“关键时刻，你推屎推尿，刚才干啥呢？”父亲说：“我刚才还好好的，一进这大屋，咋就憋不住了。”父亲说话口气很谦恭，但心里却不友好地想，你一个黑金刚一样的家伙，会能想咋着就咋着，哪个人不知道，管天管地管不住拉屎放屁。父亲推辞着拉肚，是想延缓一下，再想想如何保护住泰和钜。这黑金刚真是索命无常，他没有给父亲多长时间，就连押带拉地把父亲重新弄进那个坐满人的会场。这次，那个警察头儿站起来发话了：“吴校长，刚才我们让你们拿出点名册，查看两个人，你们说没有，学校从来没有叫邓泰、邓钜的学生。好，实话告诉你们，现在就请当事人逐一过目，请出那两个人，他们是一起刑事案件的重要嫌疑人！”父亲终于明白了警察带他到复旦中学的目的。他想好了对策，即使看到邓家叔侄，也不会相认，真的抵挡不住，就推说灯光太暗夜不观色，没有啥大不了的。父亲在黑金刚引领下，从在座第一排学生开始辨认。正在这时，全场一阵骚动，到会芳办案的另外两个警察走了进去，他们一人一只胳膊地架着气喘吁吁的井账房。原来，警局大队人马来到复旦校园，担心父亲玩出什么花招，就再度进入会芳，把井账房带了过来。在报案时，他表态自己认识那两个青年人，还夸海口说扒了他们的皮也认得他们的骨头。

辨认的过程，严肃又认真，父亲前后都有警察相随，左右还有人察言观色，紧跟着还有那天傍晚接触过复旦学生的井账房。然而，结果却令警局不满，根本找不到邓家叔侄两人。根据父亲的口述，警局在学生名册里也没有找到邓泰和邓钜，就连吴芝田校长也矢口否认学校有这两个学生。

警察局的大队人马在目标落空后，草草地收队回局。临走，他们把复旦中学吴校长骂得狗血淋头，说他的学校学籍管理混乱，校内鱼目混珠，使地痞流氓小偷无赖逍遥其中，还警告说限期进行整改，如若任其坏人泛滥，将拿校长问罪。这时，他们早已忘记了报案的井账房，谁知这家伙如此痴情，站在一旁向警察们致意："长官，辛苦！"那个黑罗汉本来求功心切，没想到结果这么惨淡，受到警局局长一顿臭骂，正无处泄火，恰恰看到点头哈腰的井账房，就一脚踹到他屁股上，说："你谎报警情，准备承担这一切后果吧！"这一脚，把本来就没站牢的井账房踢翻在地。倒地后，这家伙还在说着："长官，辛苦！"

父亲完全被警队遗忘了，呆呆地站在复旦中学院内。一阵风掠过，带着凉意，此夜是公历六月洛阳城最凉快的一夜，前一夜的狂风暴雨似乎把炎热酷暑吹走了似的。父亲下意识地抬头，仰望着雨后的夜空。夜空很有层次，天特别蓝而且比任何时候都深远空灵，星星又多又亮还不住地眨着美瞳。好久没有像这天那样，站在宽阔的地面上，平心静气地看着神秘的天空，父亲顿时感到亲切。蓦地，他想起小时候奶奶张氏让他猜的那个谜语：青石板，板石青，青石板上钉银钉。那时他猜对了，但绝没有此时认识得深刻、透彻。顺着银河，父亲的目光由金星转向更远的大熊星座，直指那颗远方的星。夜空真美，父亲默默地祝福人间也要更美，祝福邓家叔侄一路平安！

三

狂风暴雨那天夜里，孟津县的黄河渡口铁谢秩序如常。宽阔的河面风平浪静，灯火点点，纤夫们精神抖擞地迎来一艘艘货船，又送走了一只只渡船。纤夫们不知道什么原因，这天由南往北渡河的年轻人主要是青年学生一下子比往日增加了好多。他们拉纤挣钱养家糊口，再忙再累只要老板加钱，从不问客人来自何方奔向何处，只是这天的客人似乎有人组织，有条不紊地等船，文质彬彬地上船，对船工们尊重有加。紧张的夜间接送船只，拉纤人困了累了，就在茫茫滩涂上、苍苍天穹下，拿一副副破喉咙烂嗓子，像呐喊一样地唱着：

星夜里灯火间，
一副好身板；
黄河水，呜溅溅，
一日三顿饭；
养家糊口真汉子，
脚踏黄河头顶天。
南岸铁谢集，
北沿坡头街，
西有秦川粮，
东来莱州盐，
南来北往皆过客，
冬去春来流水年！
……

纤夫们的歌声送走那个风雨交加之夜，唱出了彤云块块散去后的晴天。中午的时候发了大水，所有船只都被牢牢地拴在渡口，任凭河面波浪汹涌，河水轰轰打沿。

当会芳掌柜到达坡头渡口的时候，渡口早已停船了。不远处的大河上，惊涛拍岸、浊浪排空，从上游小浪底顺流而下的河水翻卷着被连根拔掉的树木和房体材料，让人一目了然地见识了行洪的凶猛和无情。他禁不住叹了一口气，满脸的焦躁和无奈。从前一天的夜晚开始，会芳掌柜的右眼一直在跳，而且上了治疲劳的眼药水后仍然如此，这是他人生中第一次这样。左眼跳财，右眼跳灾，这是人们耳熟能详的俗话，许多人当作一种预兆去重视，但他一直站在科学的角度，认为是用眼过度、眼睛疲劳而出现的一种现象，只要多加休息或挤点儿眼药水就不跳了。这一次赴天津办货，辛苦免不了，但有老朋友们处处关照，一切还是顺利的。只是，眼下时局有变化，日本人从多个地区、多个领域向中国展开攻势，商贸业也受到了冲击。多亏有些货物是他提前委托王掌柜办的，德懋庄的王掌柜在天津经营多年，人品好，信誉高，朋友多，生意做得风生水起、活色生香，因此没有受到多大影响。他把货物在天津办好托运后，自己就跟着王掌柜到了沧州，那里有一笔生意需要抓紧谈妥。王掌柜老家在孟津县城，拉扯起来两人还是亲戚，这个生意便是王掌柜牵线搭桥的。会芳掌柜盘算着，生意办妥，他就走一条捷径，取道邯郸、平原省，再绕道怀庆府，从孟州坡头渡河。过了河就是孟津铁谢渡口，这儿离掌柜的老家孟津县白鹤镇只有五六里的路程。会芳掌柜忙于货栈生意，已经半年没回家了，那里有父母和兄弟姐妹，他有心回去看看，父母在，不远游，当年选择在洛阳做生意，就图的是方便照顾家。心里有事，人就没有了疲劳，他日夜兼程，搭过汽车、乘过马车、扒过货车，很多时候还要步行。途中他遭遇过截路的刀客，交了买路钱后人家还算仗义；沿途他除了和讨饭的饥民为伴，还曾和被集中起来修筑工事的民工混在一起。会芳掌柜朴素的外表、善良的面貌，加上他关键时刻的施舍，使他虽经磨难，但还算平安地到达坡头渡口。然而，好多事都应了那句老话，人算不如天算，他果真在咆哮的黄河跟前，只能望着家乡唉声叹气。

人们说老房子着火时着得快灭得快，而黄河小浪底下游的孟津河段，河水也是涨得快退得也快。

会芳掌柜回到货栈的时候，是库房失窃后的第三天。进了门，他就发现了会芳的气氛不对，尤其是一向见了他点头哈腰、谎话连篇的井账房，眼窝黑青、脸色发灰，几天光景仿佛老了十岁。掌柜毕竟闯荡多年，见多识广，有一定胸襟和胆略。他对井账房在货栈负责全面事务，本来就放心不下，眼下又挑选不出更能尽职尽责的人，山里无老虎，猴子称大王，此地无朱砂，红土子为贵，只好让这个老账房临时掌权了。掌柜毕竟是掌柜，见账房那样一副病猫模样，就说："井先生，咋的了？见了掌柜也打不起精神，天大的事也不该这样尿囊呀！"

井账房好像一肚子的委屈终于有了发泄的机会，叫了声掌柜就大哭起来。在掌柜安慰下，他嗫嚅着，便秘一样地终于把这几天的事讲了出来。他瑟缩着看了看掌柜，准备着挨一顿责骂，即使痛打他一顿他都会接受。掌柜这时候神色凝重，没有发作，连一丝冲动的迹象也没有，这种神态让井账房一下子坠入了云里雾里。他从小跟人在小镇上做生意，后来又进了县城，再后来进了洛阳城，经人介绍来到会芳，掌柜没有低看他，也从没怀疑过他的出身和经历，而是在原来的账房先生告老回乡后，直接把他放到账房的位子上。井账房越想越惭愧，越想越觉得自己对不起人家，假如跟前有地缝，一定毫不犹豫地钻进去。他站在掌柜面前，就如同一个犯了错的男孩，不敢直视掌柜，只好拿手轻轻地按摩着那夜被警察踹疼的屁股。没人说话的氛围是沉闷的，对井账房来说是恐怖的，他惴惴不安地乜斜了一眼掌柜，立马儿觉得此时的掌柜就像晴朗的星夜一样高远，也像他们老家的黄淮平原一样辽阔，那种敬畏和崇敬便油然而生。

掌柜终于在沉默了片刻之后，打破了这屋子的沉寂和枯燥，平和地说："井先生，你去把那个孟津来的徒弟叫过来，回来还没见他呢！"井账房迟疑了一下，想说什么，嘴刚张开马上又合上，弯着腰走了出去。掌柜目送他出去，看着他拖拖拉拉的背影，唉地叹了口气。会芳前院生意如常，人来人去鼎沸一般，而后院则清静得铁钉落地都可以听见叮当声。

"仁厚、仁厚，掌柜有事叫你！"井账房轻而亲切地呼唤着父亲，怕父亲不搭理他，就加上了一句是掌柜有事的话。父亲还是没有回应。那天夜里从复旦中学回会芳，任凭井账房一再地解释，想缓解一下两人之间的矛盾，着重是想让父亲原谅他，都遭到了无声的回绝。父亲那夜很矛盾，想尽快离开会芳这个让他失望、让他蒙羞的是非之地，可若是当即走掉会背上不好的名誉，想等盗窃案水落石出后一定离开。那么，这井账房对他来说就如同路人，父亲不愿看见他，听到他说话就气不打一处来。父亲还想了一个问题，他到会芳来，是经人推荐来的，掌柜的对他和蔼可亲，虽时间不长，但时时处处体贴他，好多私人的事情放心地交他去办。那夜，父亲之所以回会芳，很大程度是因为要等掌柜回来，不能忘恩负义地招呼不打就离开。井账房无论如何也不知道遭遇了会芳失窃之后的父亲，脑子里竟翻江倒海如此复杂。井账房的小算盘里拨拉着把这场折腾一股脑儿地推到大师兄那里，明知这件事的始作俑者必他无疑，哪天案件大白于天下，大师兄定会逃之夭夭。然而，他的如意算盘到了父亲这里只能归零，大师兄是井先生的心腹之患，瓦罐里盛多少米甚至他的本性恶习无不了如指掌，之所以把他引荐给掌柜，既有难言之隐，也是被逼无奈。从复旦中学出来，父亲在前走，井账房在后追。父亲健步如飞，井账房挨了一脚步履蹒跚，趔趔趄趄地紧追不舍，父亲不搭理他，他就在后边自我解嘲，说："洛阳城里今天上演了一出萧何月下追韩信，行行好，等等萧何吧！"父亲原本很恼火，听他这么一央求，还是放慢了脚步，心想，不是不同情你、可怜你，是你太过分了，揣着明白装糊涂，这失窃案与邓家叔侄可能有关系吗？父亲放慢了步子，井账房依然赶不上，在后面没完没了地重复解释着，喋喋不休地洗清自己。洛阳城早已万籁俱寂，井账房的话传得很远很远，走在前面的父亲一句也没听进去。父亲想，会芳本无事，庸人自扰之，不吃盐不发渴，活该。

自那夜起，父亲闭门不出，也不搭理任何人，邓家叔侄那天傍晚给他捎了一包点心，是合盛栈提前上市的中秋月饼，还有一盒金鸡饼干，这些足够在外人眼里闹绝食的父亲吃几顿了。他听到井账房说的话，就是不作声，井账房有点儿百折不挠，精准地说是有点儿死皮赖脸，哀求似地说："小伙计，你恼我恨我应该，我没屁放，只是这回掌柜叫你，你不看僧面也要看佛面呀！"父亲装着睡了，睡得很熟，任他好说歹说就是不为其所动。

这些，都被掌柜看到听到想到了，个中原委掌柜的已经洞察。于是，他亲自过来，敲敲门，只说："井先生，你先过去，那边等着。"听到掌柜敲门，父亲打一个激灵，冲过去就拉开了门，他认为不能再装睡着，无论情况怎样变化，都应该以平常心去面对，怄气、上劲儿、对抗都没有意义，特别是掌柜亲自敲门，你纵然有天大的能耐或者一肚子的怒火，也不能对准人家，同时掌柜也是这个案件最大的受害者。父亲开了门，看到奔波数日消瘦了一圈的掌柜，泪水就夺眶而出，问候的话也说不出口了。睿智的掌柜并没有察看父亲的表情，或许看到了故意忽视。掌柜说："今天有个任务，你抓紧去办一下。"父亲正要说点儿啥，没等开口，掌柜又说，"其他事情让他们去干，你现在就去办我交办的事，不管啥事回来再说吧！反正咱们好几天没有交流了，我也有话！"父亲马上振作起来，到院子里的水缸打了半盆水，三下五除二地就把脸洗干净，然后双手从上到下撸了两遍，连毛巾都省了。他贴近掌柜，接受着任务，很快就出了会芳大门，脸上不仅没有阴霾，反而阳光灿烂。

掌柜又让井账房喊来所谓的二师兄，这家伙踮着脚一阵小跑过来，两只眼睛眨巴眨巴地滚动着，耳朵也向一旁侧着，一副洗耳恭听的认真劲儿。掌柜说："井先生，这孩子来会芳两年多了吧？"井账房点着头："是啊，两年出头了。"井账房刚才还是战战兢兢的，不敢痛痛快快出气，这会儿缓和多了，说话也流利起来。掌柜说："这孩子是个实在孩子，好好干，会有大出息的！"二师兄似乎也很开心，刚才灰白阴郁的脸上，马上有了笑容。听到掌柜在肯定自己、夸奖自己，就被感动得轻飘飘地想飞，竟然说了一句很让人吃惊的话。二师兄说："承蒙掌柜关照，俺到会芳来，图的就是能有出息，将来能出人头地。"井账房狠狠地瞪了他一眼，说："年纪轻轻的，要先学会谦虚！"掌柜吩咐他到车站取一个托运件，单子交给他后再三叮嘱，是天津托运的货，按照通常的惯例，应该到了。二师兄跟大师兄日子久了，跟他学了很多油腔滑调的东西，本来他的初衷就是到会芳混碗饭，多少挣个零花钱就行，自从新来一个学徒后，他就俨然成了师兄，粗活累活就不愿干了，几乎忘记自己是谁。没等掌柜交代完，他就抢着说："放心吧掌柜，我一定把咱的货以最快速度取回来，保证连一根汗毛也不少！"掌柜看了看他，没说话。井账房说了一句："快去吧！"显然，井账房已经察觉到掌柜对贫嘴的人很反感。

洛阳火车站在会芳货栈东北方向，在复旦中学正北。父亲对复旦中学很敏感，他不想再看到那个地方，好像那里就是身上没有长好的伤疤。出于一种条件反射，父亲的头皮发麻，被人蒙眼带到复旦中学的感觉再次刺激着他。他不自觉地没有走大路，而是在陌生的小巷子里穿来穿去、绕来绕去，真的不知道这些小巷子里竟然比那些宽敞的大街上还要热闹许多。除了路边蹲着卖姜、卖蒜、卖辣椒等干菜的，还有剃头、修脚、起黑痣的，每条巷口拐弯处还有人借路面稍宽舞刀弄棒、魔术杂耍、斗鸡玩猴，这些好像算是地摊儿。临街小铺很多，一个连着一个，门口的旗子飘扬着，上面有的写"药"，有的写"酒"，还有的门口没有旗子，但门口站着把身子扭成麻花一样的女人，血红的嘴唇夹着一支正冒白雾的香烟，一只抹着指甲油的手托着下巴。父亲感到很稀奇，琢磨着这可能就是城市的繁华和热闹吧。任务在身，即使感到这里稀奇，父亲还是快步走过去，他突然看到了大师兄正跟一个光头男子在耳语，那光头眼睛眯缝着，表情傲慢，满不在乎，而大师兄则脚尖点地尽力把身子往高提，使嘴巴贴近光头的耳朵。光头从衣袋里掏出一根雪茄，塞进嘴里，离开大师兄只顾走自己的，而大师兄则钻进人流，快步走远。父亲心里突然咯噔了一下，那晚会芳大院投掷死猫烂狗、砖头瓦片的情形再现了，他不知道大师兄是哪里人、哪路人？直觉已告诉他这种人不正经。会芳货栈的人都很忌讳大师兄，但当着他的面却是一副讨好的样子，天长日久就把他抬举得得意忘形、目中无人。特别是井账房在背后骂大师兄不正干，结识一些阿狗阿猫，整天跟他们搅在一起，看哪一天出大事吧。可当着人家的面，却夸人家是江湖大侠、讲义气、够意思。想着这些，父亲就心里憋屈，觉得掌柜太仁慈、太博爱，也太糊涂，怎么就容忍这些渣滓！想着气着，脚步就跨进了车站货场的大门。守护货场的人员与众不同，他们没有袖标，而是与季节同步，每人一件穿着白变灰的汗衫，前后都统一用隶书字写着“货”字。父亲看了禁不住笑起来，觉得“货”字很逗，难怪人们骂人时要用“货”字呢。本来货场大门未经许可不许进入，加上父亲笑得带着嘲讽的味道，穿“货”字的人敏感地自作聪明，大喝一声冲了过来。他们手持木棒，一下子冲过来三个“货”字，气势汹汹地说：“笑什么笑，违反规定越线了，还笑呢！”父亲看见这种阵势，知道这些人尽是群胆汉子，假若遇到一个不要命的家伙，他们马上就现了原形，还会称呼着“大哥”求饶呢，乱世就是这样，欺软怕硬，弱肉强食。父亲继续笑着，只是笑容憨厚可亲，语气也很平和，说：“我是笑我自己，要不今天就跟你们一块儿看守货场呢！”果然，那人不凶了，问父亲为啥这样说。父亲笑着说：“上礼拜三，我来报名到货场当守卫，说好三天后来上班，哪里知道，只顾高兴，喝了点儿酒就醉了，等到酒醒，这么大的事竟然给忘掉了！”父亲拍打着自己后脑勺，说自己，“真晕，把好差事耽误了，看见你们还打心眼儿里羡慕呀！”一个大个子“货”像是带班的，说：“羡慕啥，这年头，看门守院不是啥好活儿，动不动就得挨骂，有时候遇到硬茬儿，拳头不说，那半截砖头就砸过来让人心惊肉跳。”父亲说：“反正我觉得你们的差事不错，取货人、发货人进进出出得看你们脸色，耽误他们两天就是一句话，方便亲戚朋友也是一句话。”聊得开心了，大个子“货”就问父亲来货场的事。父亲焦急又诚恳地说：“来求伙计们办点儿事，反正日后咱们会一个锅里弄稀稠，很可能就跟着你干，提前麻烦麻烦。”大个子“货”说：“年龄不大，啰唆得不轻，不会痛快点儿说！”父亲就把取货的事说出来，还说昨天来，伙计们说眼下形势吃紧，货物挤压成堆，一时半刻分拣不出来，通通延迟两天。还说货场这份差事因醉酒耽误了，只好现在跟人家老板打小工，今天货取不回去，这几天就得饿肚子。听了父亲的话，大个子“货”埋怨起来：“咋不早说，货单呢？”大个子“货”喊了两个“货”，由他们带父亲进货场大棚下，让发货的把这宗货发了。拿了货，父亲说：“人不亲行亲啊！”大个子“货”说：“等你啥时来货场干时，别忘了请弟兄们喝两口！”

父亲雇了辆人力车，拉着那几箱子来自天津的货物，太阳偏西的时候进了会芳。

这天晚饭，让人没有想到的是，掌柜请全体会芳员工到“真不同”饭店聚餐，饭后每人还将领到两斤天津麻花。在聚餐时，掌柜问大家：“天津最出名的吃食是什么？”大家你看我，我看你，大师兄打破僵局，说：“狗不理包子、十八街麻花。”大师兄说完眼光扫视了在座的人们，原指望大家报以鼓掌或者喝彩，没想到全场竟然鸦雀无声。会芳如同一个社会，社会成员有眼光、有思想、有敬畏、有好恶，大多时候多数人都是势利的，最流行一句话，说是狗咬扤篮的，巴结有权有钱的。掌柜去天津出差时，尽管井账房在会芳当家，但大伙却对大师兄毕恭毕敬，很多场合都为他喝彩捧场，掌柜的回来了，大伙儿就立马儿改变了风向，心照不宣地认为你大师兄啥也不是，就是一个爱逞强的打工仔嘛，你说的话屁也不是！大师兄像一只泄了气的皮球，坐在那里软绵绵的，掌柜没有理会他，甚至没有理会刚才饭场上的一切，继续说自己的。“津门名吃有三绝，耳朵眼炸糕、狗不理包子、十八街麻花，清代光绪年间就驰名中外，可是当你住上几天，由朋友领着你逛逛，便会发现三绝名声在外，除此还有肘子酥、锅巴菜、水爆肚、曹记驴肉，这些小吃也很绝。”掌柜说完津门名吃，看了看大家，接着说，“今天大家在一起聚餐，咱只说吃的喝的，大家要是有兴趣，我再讲讲这次的天津见闻。”掌柜一席话，掌柜的态度，让大家很奇怪也很感动，更让他们惊讶的，是接下来掌柜的话，“这次出门几天，我最惦记的不是生意，而是大家。你们都离开老家，到洛阳来跟着我干，也没挣多少钱，却出了很多力，吃了不少苦。路上我都反复想，以后生意好了，我先给大家涨工钱。”掌柜拿出手帕擦了擦前额，天气热，汗水像黄豆一般滚动。大家一头雾水，觉得掌柜是在夸大员工的贡献，当时会芳员工的待遇在洛阳城还是很好的，掌柜却还这么谦虚。特别是这几天还出了事，掌柜不仅没有指责谁玩忽职守，没有追究责任，相反还在不停地赞扬大家。掌柜说：“今天晚上还要请大家喝杯酒，我喝酒不行，敬酒还凑合，一会儿给每人敬几杯。对了，天津离洛阳远了点儿，只有麻花运输途中不会坏，等吃完饭，给大家每人发两斤。”这时，大家禁不住鼓起掌来，这掌声是自发的、不约而同的。

掌柜把一大坛老酒让人打开，请大家尽兴。这种氛围，就连不会喝酒的人也想跃跃欲试。

情绪是一种很怪的东西，它在众多人存在的氛围中，产生着很大的变数。会芳货栈的掌柜初心是在货栈发生了意外的事情之后，为了稳定局面、安抚人心，安排大家在一块儿吃顿饭，喝点儿小酒，也算对过去一页画上一个句号，为日后的发展振兴标上冒号。起初，大家心里似乎有事，怀里好像揣了只兔子，尽管坐在当时洛阳城最风光的饭店里，但心思却如同忘在了会芳货栈。他们总觉得掌柜的葫芦里肯定装着治人精神疾病的药，只是换着法子去渐渐展示罢了。随着饭场时间的推移，掌柜只字未提不愉快的往事，一直在肯定大家的贡献，不停地引导大家进入无所顾忌的就餐的良好氛围。果然，大家从少到多甚至全部进入了轻松、畅快的状态，一门心思品尝菜肴、享受美酒。没有杂音的场合鼓舞人，充满快乐的酒宴激发人，轻松愉快、如沐春风，老酒一杯一杯地被大家饮进肚子，掌柜第一次看到自己麾下的员工如此开心，就破天荒地开了戒。他敬大家的同时，也一杯一杯地饮着。见掌柜这么富有诚意、场面充满诗意，人们几乎全都忘记了今夕何夕，也淡化了贵贱高低。

谁都没有想到一向机灵有余的二师兄，竟然在美酒面前败下阵来。本来欢天喜地的场面，被他声泪俱下的哭闹搅了局。他当众“扑通”一声向掌柜跪了下来，那个圆如西瓜的光头在地上猛烈地撞击着，说自己鬼迷了心窍，做了对不起掌柜的坏事。大家怔住了，不知道他这话何从谈起，还以为是在发酒疯，那个整日带着他走街串巷的大师兄，此刻表现得与众不同，一把抓住二师兄，像老鹰逮小鸡似的将他拽起来，骂着说："你个毛孩子，才喝了两杯酒，就开始胡说八道起来，扫不扫兴？你说对不起会芳，鬼迷心窍了，我看不假，鬼迷心窍了才来搅场，扫不扫兴！"大师兄一副要摔死他的样子，骂着又回过头来看看掌柜和井账房，接着说："臊气呀，这个丧门星，我先把他弄个地方醒醒酒！"大师兄正要往外走，突然，大街上"啪啪啪"三声枪响，看门的老张上气不接下气地跑进来，边跑边喊："掌柜，掌柜，不好了，一群警察把会芳围住了。"没等掌柜开腔，二师兄闹得更厉害了，说："警察是来抓我的，我犯罪了，我去投案！"大师兄狠狠地把他扔在地上，骂着说："投什么案！你杀人放火，还是拐骗女人啦？"

这场本来十分有意境的聚餐，就是这样从人们的疑惑中开始，又到大家的茫然中收场。

午夜的洛阳城，在枪声响后，人们纷纷从街灯下离去。继而，进入苍茫和静谧之中。

四

警察在鸣过三枪后，并没在会芳附近逗留，很快就收队了。门卫张老头说："掌柜的，我听那群警察说，上边有通知，说有几个进步青年在孟津铁谢渡口过河，因为黄河突发大水，码头关闭，有几个掉了队，极有可能返回洛阳。正好他们到会芳货栈附近，发现有人正翻墙逃跑，就开了枪。"掌柜的听完，并没有感到吃惊，泰然自若地说："知道了。"话是这么说，掌柜一改往日俭省节约的做法，而且交代井账房说，"今天高兴，大家凑趣，咱就把所有灯泡都开着，亮亮堂堂地过一夜！"

二师兄还在叫嚷，说："要投案、要自首、要主动赎罪。"大师兄还在教训着他，不时地朝他屁股上踢几下。

父亲没有作声。他喝了几口不同的酒，只是尝尝味道，心里想老酒一点儿也不好喝！

灯光下的会芳，院子里很静，夜深了员工们似乎还没有睡意。二师兄还在发着酒疯，只是叫嚷声越来越小，闹了半夜，连不停敲打他的大师兄也没有了耐心，也丧失了对他的警惕。二师兄站了起来，跑起来，根本不像醉酒的样子，他扑到掌柜跟前，狗一般爬动起来，然后紧紧抱住掌柜的腿。二师兄哭着说："我做了不好的事，掌柜要能饶了我，让我继续在这里干活，咋处罚我都成，我不想离开会芳！"掌柜很平和地说："人都会犯错，何况你还是个二十岁刚出头的孩子，知道自己错了，就说明你在长进。犯了错，改正了，浪子回头金不换。眼下会芳在爬坡，是需要人的时候，不舍得一个人离开！"掌柜说到这里停了下来，他情绪好像很复杂，有很多感受不愿说下去似的。他抬头望了一下会芳上空，天空此刻很像大海，深得蓝中泛黑，满天繁星都在各自的岗位上，夜空的博大成就了高空的深邃美丽，大海的包容形成了海洋的波澜壮阔。二师兄像讲述过往的故事，一个情节无数个细节，还有参与的人，认识的、不认识的。这就是会芳货栈那晚失窃案的全部，大家人人揪紧心脏，发生在身边的人和事，要比书上的故事、人们传播的事件更感人肺腑，更惊心动魄。父亲却对这个案件索然乏味，他经历过这场磨难后，开始对人的遭遇和折磨感到无所谓了。他望着那盏路灯，看到无数的虫子、蝼蚁绕着灯或飞或爬，乱成一片。他在思考着，人类生活的世界也是这样，有人人生可能目标明确、理想长远，而多数人则像灯光里的飞蛾，瞎飞乱撞。大师兄没熬过夜，不知啥时已经躺在黑影里睡得死猪一样，还发出一声高过一声的呼噜。二师兄讲完了他的故事，把头磕在地上久久地静止在那里，他肯定是想得到掌柜的一句不追究，他实在是留恋这里。父亲轻蔑地看了一眼躺在地上像黑猪一般的大师兄，又看了看叩首乞求的二师兄，觉得他们只能是少心没肝的蝼蚁。其实，父亲到会芳货栈学做生意，家里人和他自己都谦虚地说那是去当学徒，就是所有人的徒弟。其实，到这种地方干活，跟到工厂车间完全不能相提并论。在那里当徒弟，就是要跟着师父从基础学起，不论是车工、钳工，还是锻工。可在会芳，刚进门，就是学勤快些，什么杂活都要干，就是替人家掌柜跑腿、当差，由于父亲年龄小，本身在私塾里、在家里全接受的是"仁义礼智信，温良恭俭让"，初来乍到会芳，他对那些先入为主思想武装过的人，虽然鄙薄，但还是十分尊重。当时，父亲请教井账房如何称呼这两位打交道相对多的人，井账房先是“这这这”地不知如何回答，一阵子迟疑过后，就笑着说：“很简单，你是徒弟，人家两个来得早，就是师傅，再说了，人家俩年龄比你大，按道理要称兄长，那你就把那个大块头的喊大师兄，这个个头儿小的自然是二师兄啦！”说完，井账房扬扬自得，仿佛他完成了一件光荣而艰巨的任务似的。从此，父亲就称他们大师兄、二师兄，不仅父亲，整个会芳的人除了掌柜，其他人也随着称他们大师兄、二师兄。他们便开始趾高气扬，俨然以师傅自居，把麻烦事，把脏活累活交给父亲。父亲可能天生就是那种不容易被谁驯服的秉性，骨子里有种“燕雀安知鸿鹄之志”的潜质，对会芳货栈不利的事，父亲从来不做，到社会上偷鸡摸狗的事，从不跟他相干。家庭背景和传统教育的熏陶，注定他不会与任何歪门邪道同流合污的。他不知道二师兄和大师兄如何勾结外人把会芳仓库里的东西盗走的，仓库里丢失了什么物品，只有井账房清楚。现在，父亲根本不愿意知道仓库丢失的东西，只是在心里百思不得其解的是这个井账房，他是揣着明白装糊涂，到警察局报案本来是因为失窃，结果却变成了有进步青年活动，一下子把经济案件扭曲成了政治案件。父亲真的想不通这井账房安的什么心。警察局也是不分青红皂白，很明显的内外勾结、里应外合的盗窃案，办了半天还没眉目，却耗费大量警力和物力去抓捕复旦中学的进步学生，这井账房为什么会提供这么一条线索呢？这不，警局已经瞄住会芳货栈了，动不动就出动大批警力，又是包围又是鸣枪的，掌柜要知道谁招惹了这么大的麻烦，还不知道该如何处置呢。虽说父亲对这里有些心凉，但因为掌柜是好人，所以总是不自觉地替他着想。

二师兄头还是扎在地上，屁股撅得很高，特别像一头正在拱地的黑猪。而他不远处的大师兄，刚才还鼾声如雷，忽然间就翻了个身，一骨碌坐了起来，膀大腰圆的他在黎明前昏暗的灯影下，像一头觅食的黑熊。大师兄打了个呵欠，把两只胳膊举起来，投降似的。呵欠后，大师兄说话了，怪里怪气地：“做了一晚上的梦，梦见一条野狗疯了，不停地追赶着我。我不搭理他，想着这种无家可归、无人收养的东西挺可怜的，就想让他咬。谁知这家伙胡咬一通！”头点着地的二师兄，听懂了大师兄的意思，不再沉默，说：“大师兄，你梦见的可能不是一条狗吧，有大狗、有小狗，小狗跟着大狗胡跑乱咬。”大师兄说：“我说梦见狗了，你顶我干啥，你是狗吗？”会芳院子里的人们，都知道这几天发生的事情的原因，每个人心里都会说，他们这是狗咬狗啊。大师兄不愧是大师兄，马上说：“这阵子我不跟你计较，你发酒疯，说胡话，刚才你胡说八道那么多，我字字句句都听得很清，假装瞌睡就是任你随便说，你以为老子真的睡熟了？不阻止你是因为心里无愧，不怕你乱咬！”二师兄把拱着地的头抬起来，看着大师兄的方向，说：“老兄你最大的能耐就是嘴硬，要不明天咱们都经经公，让警察局断断咱俩的案，不经也行，让掌柜、井账房好好评评理！”“好啊，我能被一条疯狗吓住？疯狗昨天犯了病，一切都明摆在那里了！”大师兄自信满满，表现出一副胜券在握、得理不让人的傲慢样子。

黎明时分，洛阳城开始有了动静，不光由远而近的公鸡打鸣，还有运送货物马车夫甩动的响鞭，同时，挟带着凉意的晨风也阵阵拂过。会芳的凌晨，寂静而清爽，闹腾了通宵的大师兄、二师兄，这时也有所消停。大家早已在他们的表演中听懂了一切，从而对他们接下来的表演乏味了，况且，没有人再耗费精力去做无聊的陪伴。大家不约而同地要散去，休息片刻又要开始新一天的工作。这时，井账房发话了，声音响彻会芳大院，这跟他平常的低调、沉稳、少言寡语大相径庭。井账房说：“闹了半宿，不就是你们俩办了对不起会芳的事吗，不论谁错大谁错小，都逃脱不了干系。”井账房越说越生气，仿佛他此刻代表正义的一方，对非正义一方正进行着严厉评判，语气变得高亢而激越，甚至近乎义愤填膺了。“你们何苦呢，拍拍胸口，只要心没有喂狼，就应该把心底的事抖搂出来。平时掌柜的视你们为自家孩子，方方面面关照，时时处处关怀，你们可好，当了家贼，勾结外人来挖会芳的墙脚，来会芳仓库里盗窃，不怕遭天打雷轰，不怕将来娶了媳妇生个孩子没屁眼？”掌柜在椅子上挪动了一下身子，那种老旧的藤椅随之发出吱咛的声响。掌柜挥了挥手，示意井账房到此为止，然而打开了话匣子的井账房，好像刹不住车似的。父亲对井账房的语言表达能力还是了解的，他要么就如同一个便秘病人，半天拉不出一点儿东西，要么就像一只拉肚的鸡子，拉起来没完没了。这也是让会芳内外普遍看不起他的原因之一。可能就是因为他表达方面存在缺陷，不容易由于嘴快抢话而泄密，掌柜让他做了账房，并且在这个位子上坐得稳如泰山。父亲的一个堂兄，因为说话结巴，原本大家都想到他不会有出息，不会混出名堂的，哪知他学校毕业后参了军，被选拔做了机要秘书，官衔也随之升到了少校。一个在孟津县乔窑村里尚被人小瞧的结巴嘴，竟然因结巴而得福，真的让全村人唏嘘不已。看着井账房的表演，想着那位因结巴而飞黄腾达的堂兄，父亲觉得人世间的事情真怪。掌柜见井账房没完没了，就大声说："过去的事情就不过多地追究了，既然这两个年轻人都把事情坦白出来了，无论谁责任大、谁责任小，就让他们日后慢慢反省吧！得饶人处且饶人，大家都去休息休息，天亮还有好多事要做！"井账房为掌柜的话鼓掌叫好，然后又自我解嘲，巴结掌柜地说："饶他们可以，不报警、不经公就是最大的饶恕，但被盗的物资必须追回来！掌柜善良，咱要知道好歹，你们俩要想办法把东西弄回来，不能让会芳遭受这么大的损失！"本来已经封住口的话，因为井账房又对大师兄、二师兄说了句既关爱又扯淡的话，差点儿把井账房推到祸害会芳的罪人里。井账房语重心长地教育俩涉案的年轻人，说："家丑不可外扬，这回便宜你们了，知道这事的人，都给他俩点儿面子，要不他们到社会上咋做人呢？这种事，以后最好别再发生，警察来一趟又一趟，糊里糊涂地跟进步青年、复旦中学搅到一块。你俩要记住，有些便宜能占，有些便宜占了好吃难消化，弄不好还要掉脑袋！"大师兄就是个桀骜不驯的种，谁教训他两句尚能接受，说多了他就烦，就来气，就想反击。井账房并不是不清楚大师兄毫无正性的毛病，也不是不惧怕他，而是太想在掌柜面前表现自己了，想让掌柜知道，会芳的后生们多么听从他，才说了那么多的废话，尤其是最后这一段。大师兄的牛脾气犯了，他指着熹微中兴奋演讲的井账房说："老井，够了够了，尊敬你没有顶撞你，你就把自己当皇上了，当娘娘了，想咋着就咋着？还家丑不可外扬呢，你去警察局报的警，天知道你都说了些啥屁话，让警察来会芳闹了个底朝天，还把复旦中学闹学潮的事、进步学生北上过黄河的事都与会芳联系起来。看看谁才是笑面虎，谁才是假善人伪君子！老子宁可不干，也不想听你假惺惺地摆花架子！我今天当着大家的面，发表发表。"大师兄读书不多，有很多时候用词不妥，或者滥用词汇，他知道文章登出来叫发表，就认为把话讲出来也是发表。大师兄说："仓库丢东西，牵连了我，可门锁锁得牢牢的，又没有人撬的痕迹，贼怎么进室内呢？井老头儿你一人掌握钥匙呀！”他正在发表，突然，二师兄在地上打起滚来，口吐白沫，又打呵欠，又流鼻涕，像发了急病。一场舌战，终被二师兄奇怪的急病而叫停。

毕竟是会芳的伙计，大家对二师兄的发病十分关切，但不知如何是好，一阵子手忙脚乱。掌柜表现得很淡定，告诉大家不必惊慌，说他没有得急病，是烟瘾犯了，时间不长就恢复正常了。这时候，大师兄开始漂白自己，说二师兄不仅有大烟瘾，还得了小巷子病。他说的小巷子，指的就是人们所说的窑子铺，因为多数在小巷子，就借代了。大家便看清听清了，为什么会出现内贼问题，为什么会内外勾结坑害会芳？大师兄没有漂洗完，二师兄就恢复了正常。他说：“大师兄打大牌、玩洋妞，为了封我的嘴，就让我过过瘾，还把窑子里有梅病、淋病、花柳病的女人给我。害得我吸烟、治病花钱，发了外财，他得大头儿，我只是弄个肚圆、过瘾。”

大师兄这下子像被人脱光了遮丑的衣服，无脸无皮了，但他还是强词夺理地说：“血口喷人，我算被这小子坑苦了，只好远走了，丢人啊！”大师兄果然表现出了一点儿血气，大声说：“井老头儿，此处不留爷，自有留爷处，咱们有账不怕算，锁好好的，你一个人拿钥匙，咋会被盗呢？”大师兄走了，身后好像还带着一溜风。

井账房终于撑不住了，抽泣着说：“这个事，我是跳进黄河也洗不清啊！”掌柜打断他的话：“能洗清的，不用说，清者自清！”井账房听掌柜的这么一说，马上又有了底气，说：“千真万确，清者自清！”

掌柜看了一眼井账房，又环顾了一下四周，说：“既然话说到这份儿上，我就耽误大家一阵子。”掌柜说，他回会芳后，就知道这所谓的大师兄、二师兄勾结社会上的人，共同策划，直接参与了这起盗窃案。锁是大师兄换的，他趁井账房进仓库时，把门上的锁换成了一模一样的另外一把，原来的那把装进衣袋拿走了。井账房在仓库盘点完毕，出门习惯性地顺手上了锁。等他们盗窃得手，大师兄又把原来的那把锁换上了。二师兄这几天心神飘忽，跟没魂了似的，去货场取东西，人没到就匆匆返回，编谎言说货还没到，掌柜问跪在地上的二师兄对不对，他连连点头说一点儿也不错。

井账房说人心险恶，小乔差点儿被冤枉了。掌柜说：“老井啊，你这回差点儿把小乔给冤枉了，警察还把勾结进步青年的罪名戴在人家头上！你以后做事要开动脑筋，不能让别人左右啊！”掌柜最后告诫大家一定要多学学生意上的事，学算账、记账，待人接物谈项目，其中都有大学问。他告诉大家：“原来会芳有位管账的叫杨开泰，算盘、书写都很出色，就被天津太平洋货栈德懋庄总部的王掌柜看中，安排到太平洋当账房。杨开泰到天津后就开始享受生活，业务上不思进取，自以为业务能力在王掌柜之上。有天进了一批货，往库房进时，王掌柜沬泽先生在门口边烤火边和一个商人谈生意，叮嘱杨开泰把货记清楚，杨开泰拿着算盘一件一件累计着，并同时算出它们的总价。这批货整整盘点了一个上午。中午时，杨开泰向王掌柜沬泽先生汇报进货数量和款项。王掌柜沬泽先生说：‘算得不对，货少计三件，价格少算一百零三元。’杨开泰是个有心人，也比较认真，心里有些不服。他花费了一个下午，再次把货物和钱数盘点一遍，惊讶地发现王掌柜沬泽先生是正确的。这时，杨开泰发现，王掌柜沬泽先生心算水平出奇地高。沬泽先生是孟津县城东门里人，也是我的好朋友，这次会芳在天津办货，多亏人家帮忙啊。会芳的朋友、同人们，人往高处走，山外有山，如果我们不思进取、故步自封，那么永远也不会出人头地、做出一番大事的！”父亲听得很清，很受启发，也很受鼓舞。他知道王掌柜，是一位身材高大、为人忠厚、办事果断的生意人。当然，更重要的还是亲戚。

会芳被盗案云开雾散、水落石出，父亲很高兴。这夜，他又想念起邓家叔侄，由衷羡慕他们能跨过黄河去参加抗日。父亲禁不住激动起来，心中暗下决心，等把借给叔侄俩的那两块大洋的账还清了，就无所顾忌地参军，狠狠地打鬼子，把小日本赶出中国。这一夜，他和会芳所有人一样，没合眼天就亮了。人们几乎都带着倦容，无精打采地干着活儿。父亲却不一样，他很兴奋，想到参军抗战的事就来劲儿。

那天下午两点，掌柜收到一封匿名信。信是写在一张竖八格笺上的，字迹潦草，勉强可以认出信的意思，经井账房辨认，肯定不是大师兄写的，大师兄大字不识几个，连自己的姓名也写不规范。

会芳掌柜：你是明白人，明白人就不用多解释。我们是道上人，道上人有道上人的活法，这一点你也清楚。前些日子，兄弟们因生活所迫，到你处弄了点儿外快。本想这点儿东西一出手，可以聊补兄弟们的拮据之忧。可惜，眼下市场形势不好，这点儿外快变成了包袱，兄弟们扛不动啊！加之，你们选择跟警察合作，要追回这些东西。你们不够意思！兄弟们现予以退货，望你届时把货收验。从此以后，莫记旧怨，咱们桥归桥，路归路，井水不犯河水。今下午三点一刻，不见不散，提货地点就在会芳货栈附近。

龙门南老字号即日叩首

有时候为了生意应该一半清醒一半糊涂，破点儿财可以消灾，会芳掌柜深谙生存之道，这也是他一直阻拦井账房打嘴仗的原因。乱世草寇起四方，掌控刀枪便称王，特别是日本人入侵中国，砖头瓦片都借机成精，闹得人心惶惶、鸡犬不宁。这次赴天津做一笔生意，会芳掌柜感同身受，日本人开的武馆、烟馆、赌场比比皆是，日本武士、浪人已经把尾巴翘得很高，不可一世的样子让人恶心。在天津，会芳掌柜遥想洛阳的形势比天津要好，怎料想会发生仓库被盗的事情！大师兄怏怏离去，二师兄要去注射德国606，怎样对付那些以退货为名，还会附加名堂的家伙，只能听井账房的意见，会芳掌柜焦急万分。井账房分析说："这些鸡鸣狗盗的龟孙，他们夜聚明散，光天化日之下不敢胡作非为，邪不压正啊。不用担心，到时把货接收就行，估计他们会悄悄把货放在墙外头，然后写一张字条包在砖头上扔进来。"掌柜的听着井账房分析，没有表态，虽然不敢苟同这种分析，但没有责备他，说："兵荒马乱的年月，咱们应该把问题想复杂些，凡事往坏处着想，向好处努力，咱应该把今天下午送货接货的普通事情，考虑成短兵相接的斗智斗勇。"井账房马上改口附和说："那么，我去通知几个伙计，让大家眼睛擦亮，多长几个心眼儿。"他们把人员分成三个组，第一组在院子后方守候，第二组在西墙把守，这两组作为重点，都安排成中年男子。第三组在院内盯紧正门，尽力不让会芳以外的人发现异常。他们布这个阵看上去比较合理，没有几个土匪刀客大白天在正门口惹是生非。井账房布控方案时，没有安排父亲，认为他还年轻，应对复杂情况没有经验，在险情出现时年轻人缺乏胆略。为了照顾年轻人情绪，给年轻人一个面子，只把父亲作为三组人马之外的机动人员，叮嘱他关键时刻哪里需要就往哪里去。把自己当成替补人员，父亲对井账房的安排不服气，但还是接受了，只是耿耿于怀，像是被一根鱼刺扎进了喉咙里。在掌柜感觉里，他越来越觉得日子过得快，有了钟表后，总认为时间过去得比流水还快。只是等待匿名者送货的下午三点一刻，从中午十二时开始，他又觉得时间像凝固了似的，过得别扭而死板。他不住地看钟表，每次都只是动了那么一点点，比不动还让人着急。终于，他等到了三点，又等到了三点十分，心便突突地猛烈跳动。三点一刻到了，三个小组都没有发出有情况的信号。掌柜和井账房正急得边踱步边摇头，不知从哪个方向飞过来一块石块，用一张牛皮纸包着。井账房打开牛皮纸，上面的字简直就是烧火棍写的："遇到警察以为有诈，五点兑现！"三点多到五点这段时间，掌柜的又觉得它过得太快，转眼就是四点五十，可是会芳布防的三个小组仍没发现情况。井账房说："会不会这些赖皮又在耍死狗，言而无信？"掌柜斩钉截铁地说："江湖上许多人虽然缺乏文雅，但他们食言的不多，只是兑现承诺时各有各的花招。""那咱再等等。"井账房马上应声虫一般附和着。

七月初的洛阳城，白天似乎十分短暂，下午五点半就有小店铺亮起了灯，这天或许是乌云密布的原因，提前一个小时便进入了苍茫的黄昏。布防最弱的院内盯防正门的小组紧急报告，有人把一车货物放在门口，扬言会芳人验货画押后才走人。正如掌柜说的，江湖上的人，果然没有食言。井账房主动提出自己去验货画押，说自己认识那些货物。会芳门口有两个人，天色昏看不清衣服颜色，但勉强可以看清他们的眉毛、鼻子。井账房不认得他们，可他们却像熟人似的说："是井先生吧，久违久违，请抓紧验货画押，我们还有夜场呢！"井账房知道，时下洛阳城里多的是充光棍、吹牛的家伙，回答了他们自己的身份后就开始看货。五件一件不少，包装还是原来的，可能是这些货物找不来买主，难以出手，加上会芳报案，大师兄暴露，就只好完璧归赵。井先生煞有介事地挨箱拍了拍，就给他们签了字。他们收起字条后就凶相毕露，把放在行道树旁的一个方包包拿来搁到货物上，很快把那根垂在外边的绳子点燃了。在刺刺的引信燃烧中，两个陌生人身子一闪，匆匆消失在暮色之中。井账房大惊失色，拼命叫嚷"有人要炸毁货物"，连滚带爬地进了会芳大院。引信在燃烧，而且越烧越快，预先安排好的三个应急小组，十几个人无一上前。眼看这些货物马上被毁，大家竟个个束手无策。这种时候，即使拐回去端一盆水出来，没等泼灭引信，早已爆炸了。突然，一道黑影扑向货物，抓起那个方包包就向护城河跑去。路灯下的那道奔跑的黑影，还挟带着燃烧的引信，如同雷雨天气的一道闪电。人们不由自主地屏住呼吸，把心脏提升到喉咙处似的，一个个刚才还灵活的身躯全都像木头桩子一样竖在那里。“轰隆——”惊动洛阳城的一声巨响，震得会芳附近的人们几乎失去知觉，之后形成一大团又粗又壮的火球。

五

人们恢复了神情之后，才发现危急关头救下这批货物的人，正是到会芳时间最短、吃苦耐劳而又常常受气的年轻学徒。一个多月了，大多数伙计还不清楚他的名姓。当然，大家也不清楚混世魔王一般活着的大师兄、二师兄的名姓，处在是非不清、风气不正环境中的人们，大致都是这样，明哲保身、苟且活着便是他们生存的法宝。

那一包炸药是在护城河亲水平台上爆炸的。天亮之后，人们除了发现被炸得粉碎的布片和炸飞的柳枝外，其他什么也没有找到。掌柜很沉重，仿佛犯下了不能饶恕的大错，他一遍又一遍地说：“早知道这种结果，宁可不要这些东西，更严重地想，即使会芳货栈没有了，只要人在，商业奇迹还能再造出来！”井账房善解掌柜心意，连连说：“是呀，是呀！只要有人在，事在人为。”掌柜在半个多小时的失魂落魄之后，慢慢地感到眼前一亮，心里也随着豁然开朗。不是他对这次爆炸后有了多少幻想，他是得到了日后处理这件事的一些想法。他设想着内紧外松可能是最好的策略了，立即要求井账房逐一交代会芳的所有伙计，不得在任何场合再议论这起爆炸事件，假如有人打听就回话此事件与会芳无任何牵连。掌柜叮嘱井账房，这一阶段把会芳的重点放在处理小徒弟的后事上。井账房说：“万一哪天，这个小徒弟突然回来了，那咱们如何解释呢？”掌柜痛心地说：“想想看，那炸药爆炸时，连周边的柳树枝条都崩了一地，人还会有囫囵的吗？”井账房说：“人要没了，起码要有血啊，肢体啊，可啥都没有，或者人被炸到护城河里让水冲走了！”“进入七月后的那场大雨，护城河的水涨了半米，人要掉到那里头，还会有命吗？”掌柜不满意井账房刚才的侥幸心理，就说，“早点儿安排，把安抚事情提前准备，特别是孟津乔家，得有一个比较合情合理的说法呀！”井账房说：“可截至现在，咱还不太清楚这个徒弟的底细，只知道他是孟津人，姓乔。”井账房面部全是无可奈何的表情，这种表情让掌柜几乎发火。停了片刻，掌柜说：“这几个伙计进货栈来时，我就要你把他们的情况登记造册，可几个月了，你竟然不知道他们都是谁。闹得全会芳都叫大师兄、二师兄、小徒弟。唉——咋说呢！”可能掌柜的话刺激了井账房，他脑门儿汗都冒了出来，豆大的汗珠从额头滚到脸上、腮帮上，然后掉到一张八格纸上。这时，井账房若有所思，瞬间喜上眉梢。他说：“掌柜，你这一提醒，我倒想起来了，你强调过凡进会芳的员工，不分出身贵贱，大家要平等相待，还要我把每人的基本情况做个了解，以便日后发挥地域优势，有利于会芳业务拓展。”井账房说着说着就观察起掌柜的表情，心想掌柜乐意了就多说，掌柜没兴趣了，就来个急刹车，让多余的话戛然而止。没有料到，此刻的掌柜表情平淡，这让习惯了察言观色的井账房不知如何才好，他选择了继续说下去。“从前来的店员有个花名册，详细情况还需继续登记，最近这几个，都有自己写的简历。”井账房自认为自己所作所为应该能得到掌柜的好脸，他学会了一句话，觉得耐人寻味，也很实用，“上级安排过的要努力践行，上级没有考虑到的我们要替他考虑”，井账房自信地想，掌柜这回肯定会满意的。但他又没有十足把握，自己这段时间没少给掌柜添乱啊。这时，他拉开抽屉，战战兢兢地取出一沓子纸，这些纸被一个生锈的书夹子夹着。第一张竟是那个满脸杀气的大师兄的，大大的一张竖八格纸上，歪歪斜斜地写着：“七少，闫七少，二十三岁，家住临汝县虎掌凹，上过一年学，因为打人被学校开除。”井账房不知道掌柜的已经看到了纸上的全部，正要递给掌柜，却被掌柜一把夺了过去。“这上面写的东西，一点儿用处也没有。随便编上几句话，全是假的，就瞒过你老井了！不信找个机会，到临汝虎掌凹打听一下，根本就不会有这个人！”井账房慌了，原本想听赞扬没想到却挨了批评，忙解释说：“掌柜啊，我当时只是想完善一下手续，我没想那么多，咱心里实人家心眼儿可不一定实啊，您说得对，方便时我去打听清楚！”“不用了，七少不假，闫七少也是真的，只是他这一走，或者这一辈子也不会再见你一面！”掌柜边说边往下翻着这沓子纸。二师兄的更有意思：“黄二升，登封小县大金店是老家，送表乡黄庄是现在的家，上过三年学，跟不上，老先生说俺朽木不可雕，就窜到洛阳混饭吃。”井账房向掌柜的解释说：“二师兄字比大师兄的好。”一向斯文的掌柜，几乎趋于咆哮，大声呵斥：“什么大师兄、二师兄，谁给他们的称号！该滚的滚了，再这样称他们，有意思没有？！”掌柜很快又平静下来，“这个黄二升字写得还说得过去，只是……”掌柜停顿了一下，井账房马上接过话茬儿，说：“只是他写的是不是真的。”掌柜说：“真的假的应该能看出来。”掌柜继续翻着，读着，他抽出了其中的一张，魏碑体字，一行一行既工整又洒脱，跟石印拓出的不相上下。掌柜说：“这字啊，受馆阁字体影响，又不失魏碑字体的特质，同时字的主笔突出，收笔时既飞扬飘逸又苍健有力，既突出魏碑体字的风骨又彰显后人书法的俊俏。”听到掌柜夸奖这张竖八格的字，井账房凑过来，看都没看就连夸：“好书法。”掌柜有些憋不住了，想斥责他随口迎合的老毛病，因为下一步好多事要他去办理，就隐忍没戗他，而是递给他仔细看看，那是几排小楷字：“乔仁厚，属猴，出生于孟津县城北门里，后举家迁城西南五华里的乔窑村。祖上为明代刑部尚书乔允升，曾祖乔学海为六品知府，祖父乔芸芝为国子监监生。乔家耕读传家，家训仁义礼智信、温良恭俭让，孟津县城关帝庙距家咫尺，余尝进庙宇玩耍，日久敬仰老关爷有加，崇拜其赤胆忠心，立志做好人、行义事、说实话、读好书、精忠报国。”看着看着，井账房满面愧色，随之汗流浃背。然而，井账房不愧为江湖老手，善逢迎巴结，能审时度势，虽偶有行事疏漏，但能坦然弥补，还能在看风使舵中化险为夷。井账房说：“好多资料信息，在掌柜您尚未过目时，我只能草草浏览，之后就束之高阁，有些真伪未辨，也怪我不够细心。这份个人资料应该不假吧？”掌柜说：“明天一早，开始着手准备，准备充分时就按上面的地址，到孟津县城西南乔窑村，对乔家人进行慰问，带上这五块大洋，说是工钱，不得多言，避免闪失。”掌柜把五块大洋放在书桌上，又拿出一块红布，小心翼翼包好。井账房点着头，说：“放心掌柜，我定全力办理。”掌柜心里有事，爆炸案让他压力很大，好像一块铅坨吞进了肚子里。那么多员工，提得起放得下的却凤毛麟角，他只能瘸子里面挑将军，让井账房去办理这件令人扑朔迷离的事了。会芳掌柜从井账房处走出来，深深地舒了一口气，立马儿感到少有的轻松。这时，井账房踮着脚迈着小碎步追上来，递给掌柜一张便条，说：“人都没了，这张借条咋办呢？”那张便条上，还是工整无比的魏碑体字：“荆掌柜：因急事暂从井账房处借现洋两块，日后从余工钱中扣除。此据，并敬礼！”掌柜看后，把便条攥在手里，使劲儿攥着，一直把它搦成一个小纸球，之后使劲井朝那泓积水扔去。“井先生，不用问，这张字条是按照你的意思写的，你怕担责任是不是？”井账房没有回答，不好意思地红着脸转身就走。掌柜在他身后说，“两块大洋能雇来一个为会芳出生入死、兢兢业业的伙计吗？真正该讨的是七少的账！”荆掌柜是个大器之人，尽管他没有过问井账房的业务，用人不疑，然而发生的以及可能发生的事情他心里绝对有数，而且准确无误。井账房心里说：“掌柜呀，你到底是人还是神？”

井账房不是坏人，更不是懒人。他把那段话写成条幅，挂在自己记账的房间里作为座右铭。他的字不好，但也算有些功底，他是临摹董其昌的字，个别字还真的出神入化、栩栩如生。条幅上写着：“曾子曰，吾日三省吾身，为人谋而不忠乎……”尽管他性格有些欠缺，做事曾纰漏不少，但他对掌柜的忠诚还是经得起考验的。这次受命到孟津乔窑村办事，他做了认真准备，还反反复复给自己设置疑问，几天后，鸡没叫他就睡不着了。路不算太远，四十多华里，按照他的步行速度，至少需要六个钟头才能走到。同时，他压力很大，掌柜交办的，要求是只能办好不可办砸。一连几个晚上，他上了床，还在盘算着话该怎么说，事要怎么办，如何开头，在什么条件下再切入主题呢？特别是临近出发的晚上他死活没有睡意，井账房先是激动，后又犯愁，洛阳城西那座军营的熄灯号响过好久，他还在思考，最后他强迫自己，心里说：“休息好才能把任务完成好，睡吧，车到山前必有路。”鸡叫后，他出发了，洛阳城黎明前的街灯，仿佛经过一夜的劳碌累了、困了，让人感到昏沉模糊，那些赶早进入城区的乡下人把马车赶得飞快，荡起的灰白尘粉增添了街道的黯淡。天和地此时完全融在一块，行走在其间的人和车，影踪参差，朦胧隐约，偶尔有未上套的马驹窜来又倏然逃离，让人毛骨悚然。井账房看着路上的人个个如同幽灵，联系到自己此时此刻在别人眼里也不过是游神野鬼，心情就开始五味杂陈。从洛阳到孟津县城路途远近不是主要的，路上的情况让所有了解这里的人均有顾虑，井账房听人说得多了，难免忧心忡忡，然而又不能言表，也不能推辞。养兵千日，用兵一时，掌柜派自己出这趟差，是对自己的信任，作为会芳伙计，他应该努力去为掌柜排忧解难。他的顾虑，掌柜的早有预料。任务交给他的时候，掌柜给了他一张图，上面还标有文字，他很想笑，掌柜的竟给了他一张地图，上面还标有好几个箭头，右上方还画了一个十字，分别标注东南西北，更具体的是箭头标北的方向还画了一段曲线，写着黄河，河边有两个圆点，一个写刘秀坟，另一个写孟津铁谢渡口。掌柜这张图教给他好多村庄的名字，教给他出了洛阳城要经过洛阳县才能到达孟津县。掌柜的告诉他，在洛阳县和孟津县交界的地方，有一个八九里的慢坡，前不着村，后不着店，道西两里有个寨子叫耀店寨，人们就给这坡起名耀店坡。掌柜强调，到了这里要眼观六路，耳听八方，自古到今，这个路段从不太平。井账房当时脸色吓得煞白，心虚得很。掌柜告诉他，这段路常有土匪刀客出没，但并不是每个人都能碰到，运气好了，可能顺利通过。井账房更加纠结，心里怦怦响着，问自己万一运气不好怎么办，他有几斤几两掌柜心里有数，就交给他一张地图一样的图，告诉他往孟津县去，过了唐寺门就往北拐，这条道路直通孟津城，中间要过大里王、太仓、寨后营、耀店坡，上了坡就走到了邙山顶的分水岭，三十里铺、张盘、王窑，到王窑就可以俯首望见黄河了。掌柜告诉他，不必到孟津县城，也不必到达黄河边，从王窑下大坡，下去坡往西一拐，那个稍大点儿的村就是乔窑，其他还有一两个星星点点的村落十户八户人家，都在邙山北坡半腰处，不用过问，你只用问一下乔窑，大人小孩都知道。

此外，掌柜的还告诉他，洛阳城区放心走，过了唐寺门、太仓、大里王这一带的人喜欢武术和杂技，遇到背大刀长矛、穿灯笼裤的不必惊慌；耀店坡虽有土匪刀客出没，但他们都是看人下菜，一身庄稼人打扮没有油水自然会平平安安；到了三十里铺、刘井、张盘、王窑只管走路，这里皇家陵冢星罗棋布，常有盗墓者出没其间，大路朝天，井水不犯河水，当然无安全之虞！掌柜对待井账房这趟孟津之行，像对待一个未出过门的孩子似的，不厌其烦地嘱咐着，唯恐一个小小的细节遗漏。最后，掌柜还口头告诉他：“如果在耀店坡遭遇土匪刀客，不要乱跑，要淡定自若，要知道土匪刀客腰里别有盒子，人腿绝对跑不过子弹。麻烦来时，自己脑子要多转转圈，想好自救策略，万无一失的情况下再设法逃脱；实在不能自救，也没有办法拖延，就乖乖把身上的钱交出来；假如钱不能买住土匪的心，你就把最后的救命稻草抛出来，说是到三十里铺串亲戚的，一定要强调梁致远先生是表哥！”掌柜帮他分析了所有可能出现的情况，想出了最接地气的办法，就劝他早点儿休息。

井账房啃过几本有关风水和占卜方面的书，曾设想哪天失业了，就戴副眼镜，留一把长胡子，拿一本厚厚的旧书，坐在十字街口，摇着羽毛扇子，面前铺一方画着八卦图的布块，糊弄那些迷信占卜、风水的人。他头天夜里，推算了出行是否吉利，答案是宜出行、动土。怎样更安全，他认为只要不是正午时分，过耀店坡都是最安全的。那么，他必须起个早，出了洛阳城，到达寨后营的时间大致上午八点多，这种时候应该没有土匪出动。路上，他发现每走一段路程，凡是有岔路口的地方都有警察在盘查。听说前天耀店坡发生了抢劫杀人案件，被杀死的商人是警察局局长的妻哥，因此从三十里铺到洛阳城都设卡布点查凶手。

井账房第一次步行出城，一路上都是养眼的风光，要不是有任务在身，决不放弃每一处让他赏心悦目的景致。上午十时，他走在耀店坡这段路上，觉得这段路很奇怪，打眼望去，好远好远不见一棵树，两边的庄稼多为高粱和玉米，形成一眼望不到边的青纱帐，偶有阵风掠过，就发出哗啦啦的响声，让人觳觫。虽有警察设卡，但面对这种环境，井账房还是心里没底，万一从青稞子里跳出一个劫匪，把他拉进去，谁也发现不了。他不由自主地加快步子。在这人烟稀少的地段，他发现有人行走，就觉得那是同伴可以信任，就主动与人家搭话，可人家却不愿搭理他，好像都怀疑他黄鼠狼给鸡拜年。他还是寻找机会，希望能有一个可以谈话的同路人，就是没有遇到。他看到一个路牌，上面写着“分水岭”三个字，心想肯定是走完了耀店坡，到了北邙山的最高处，就慢慢地平静下来。他发现三十里铺以北，特别是刘井四周，都矗立着一个个绿色的小山，这些小山分布很有规律，而且大小不同，形状各异，整体看去相互包容，使这一带景致更加迷人。井账房两年前跟随荆掌柜办货到过广西和贵州，被一个接一个绿色的石头山包吸引了，当地人告诉他们，这里呈现的是喀斯特地貌，好多绿山包里存在着美丽多彩的溶洞。他们还进了几个溶洞，见识了绚丽多姿、形态万千的钟乳石。他们还登上了伏波山和独秀峰。那次，他被那里美丽的景色所吸引，久久不能忘怀。这次，他惊讶了，洛阳离孟津这么近，却没有人讲过这里的景致，对自己来说简直有点儿咫尺天涯。他停下来，驻足观望时，有人在呵斥他："看什么看，有啥稀罕的，那都是古人的坟墓，你是不是想进去过过瘾！"井账房觉得麻烦来了，可能遇到盗墓贼了，出门前荆掌柜就告诫他，去到邙山岭上，不要东张西望，一旦遇到盗墓的，你就麻烦了，他们就怕有人发现，弄不好就开杀戒，为了自保，这些人会杀人灭口，然后把你扔到墓洞里，没有人能发现的。井账房撒腿跑起来，那人在后面紧追不舍，本来就跑不快的井账房，拿出了吃奶力气，吓得不敢回头。突然，有个拿枪的人站到他面前，指着他说："你独自一人跑啥跑，把我到手的一只兔子给惊跑了！咋办？"井账房这才回过头，刘井村那边的盗墓人的确没有跟上来，倒是被拿枪人拦住了。井账房遵照荆掌柜的话，在衣袋里装了保命钱，不过不是到乔窑要花的五块大洋，而是装了两个五文的铜钱，他是害怕亏吃得太大，挖那么大的坑如何才能填平。一听说吓跑了兔子，人家要赔偿损失，井账房就清楚自己遇到了乡间无赖。定神一想，乡下这种人爱惹事却又怕事，开口要钱的这种人都是小玩家，就顺水推舟让他开个价，那人翻着白眼儿看看他，说："一块大洋咋样？"井账房干别的事不行，讨价还价却是行家里手，迟疑了一下，带着哭腔说："一只兔子在集上卖五文铜钱，还是又胖又大的那种，就算我吓跑了你的兔子，大不了包赔你三文钱！"拿枪人说："看你是痛快人，五文就五文吧，这回便宜你啦！"井账房装着要哭的样子，说："你这是要杀了我呀，我就这俩钱，还要到孟津城西乔窑串亲戚。"拿枪人一听说乔窑，马上一个激灵来了精神，说："我就是乔窑人，好吧，我给你带带路，这五文钱全当是带路钱！"拿枪人再三叮嘱，五文赔兔子钱这个事要井账房保密。井账房发誓替他保密。拿枪人就神采飞扬地讲起了乔窑村这个地方。

下了邙山大坡，顺着拿枪人手指的方向，一座葱绿笼罩下的大冢巍峨壮观，那是明代著名清官、东林党人、刑部尚书乔允升的墓。中午的阳光明媚灿烂，照射下的尚书墓熠熠生辉，墓旁的青松翠柏郁郁青青，充满盎然生机，顿时让人产生一股积极向上的力量。再往西看，北邙山脚下的乔窑村，村东的深沟宛若一条正在行进的巨龙，潺潺水声叮咚悦耳，村西则是连绵不断的丘陵，像一头静卧的白虎，丘陵上的林木不时发出呼啸之声；乔窑村正北是一望无边的平畴，生长着茂盛的庄稼和树木，在人们视野的尽头，便是那条滚滚东流、波涛汹涌的黄河。

井账房完全被乔窑的山水征服了。他读过不少堪舆学相关的书籍，听过不少江湖术士关于风水的分享，然而像乔窑的坐落至少称得上优中之优。在惊叹乔窑风水的同时，井账房更感叹明代风水术士的水平，中国是一个人类文明发达的东方大国，历来重视天文地理的研究，奠定了风水理论的厚重基础，到了明代更是提升到了新的高度，远远领先于世界上其他古国。且不说燕山、石景山拱卫的北平，也不说钟山、霞山环抱的南京，更不说周山、龙门山依偎的洛阳，那都是闻名世界的风水宝地，而眼前这块名不见经传的巴掌之地，小小的乔窑村，竟然属于套子里边裹珍珠，蕴含着中国富有人类智慧的风水文化结晶。井账房忘了自己来乔窑的任务，沉醉在了村庄秀美、山环水抱、明堂开阔的赏心悦目中。继而他又在心里问自己，这地方真的就是乔窑村？有个妇女从他们身边走过，挓着一只山西平遥特有的那种推光漆红篮子，篮提手上正楷字写着“津邑乔窑村”，另一面被妇女的衣服遮挡了，看不见写的什么，凭借经验，井账房猜想那面一定写着“乔记××”，洛阳这一带人家的篮子上大都这么题字。那妇女跟打猎人打过招呼，就匆匆进村了。这时，井账房才打听乔仁厚家的位置，打猎人笑了，说：“他家是我们东邻，在乔窑北街，你一进北街就能看到，大门朝北，是高门台，临街还挂着两块匾额。”打猎人一口气说了很多，但还是很快刹了车，他说，“不陪了，家里有事。”井账房在会芳处理事务不那么出色，到了乡村，特别是面对一个拿土枪的人，还是游刃有余的。他知道打猎人不好意思讹了兔子钱，为了脸面才匆匆离去。乔窑北街其实不是完整的街，它在乔窑村处于较低的位置，有七八个宅院，南边的街也不是街，南街西低东高自然形成两大块，南、北两街之间还有半条街，整个乔窑村有五个层次，三大板块。东享巨龙之水，西贴猛虎之腹，南依北邙山之腰，北望黄河之滨。按照打兔人的指点，井账房在街中间门朝北的高门台跟前站住，临街屋檐下的两块匾额虽年代已久，但阳文刻字清晰犹新：“忠厚传家”“克己秉公”。所谓高门台，其实有些夸张，比起东西邻居只不过高出不到二尺，比西邻整洁而已，看到匾额，井账房油然而生敬意。

六

把井账房领进家门的是一个中年人，他是父亲的五叔乔祖庆。泡上一杯茶，亲热地请井账房坐下喝水，听说是洛阳会芳的账房来了，祖庆很热情地招待着。井账房俨然还沉浸在对乔窑见闻的兴奋中，就赞不绝口地夸着乔窑风水好、文化气息浓。父亲五叔很实在，他在孟津县城的一家食品店打工，这天回家送东西，竟然和会芳账房先生相见。孟津人喜欢说人不亲行亲，乔祖庆和井账房一番寒暄后就有了喜逢知己的感觉。而此时的井账房却心不在焉，他从昨晚的苦苦思索中，得出了做事的一条哲学道理，凡事不能事无巨细，也不可眉毛胡子一把抓，要有重点，要抓主要矛盾。他把这个道理运用到乔家这件事上，就是要把会芳出的这件震惊洛阳城的事，只向乔家有权威、头脑清楚、可以担当的人讲，这样做就会事半功倍，甚至获得最好的效果。进村之前，他已问过那个贪图小利、毫无城府的打兔人，乔家的当家人是谁。打兔人不假思索地脱口而出：“当然是乔仁厚的奶奶，一个富态体壮的老太太，她可是里里外外一把手，最会思量事的人！”井账房当时就认定，这件事只跟老太太讲，见其他乔家人只聊一些无关紧要的话。乔祖庆又为井账房斟上一杯茶，知道他有事情要找母亲张氏，就开门见山告诉他母亲张氏到八方庙赶会了，时间不长就会回来。井账房就把话题重新转到关于乔窑村的事情上，问：“乔家有没有祠堂？”乔祖庆说：“当然有，只是不在乔窑村，而是在孟津县城的西关。”井账房显然又有了兴趣，哧溜一声把一杯子水喝下一半，笑着问：“乔家祠堂为啥不建在乔窑？”乔祖庆说：“井先生有所不知，乔姓在中国姓氏中排七八十位，的确不是大姓，然而在洛阳一带，尤其在孟津县，却是举足轻重的姓氏。孟津县城西门里、北关、乔窑北一点儿的马庄、孟津县西部的油王、煤窑、横水、海兹等，都有乔姓村庄，乔家祠堂只能建在县城，才能满足乔姓祭祀先人的需求。我们东乡的双槐村，居住着很多井姓的人家，他们村也没有井家祠堂。”乔祖庆无意间竟将了井账房一军。井账房只是笑了笑，说：“那是那是，祠堂就该建到比较显要的地方。”他突然把话题一转，说，“乔窑这块风水宝地上，除了乔尚书冢，应该还有彰显乔氏文化的地方吧？”乔祖庆想了想，微笑着说：“南街嘴儿上有个东学，有一些历史了，它应该见识过乔窑的沧桑变化，井先生要是不累的话，咱们去看看！”

他们到了南街最高处，顺沟风习习拂过，给炎热天气中的乔窑带来阵阵清爽。这个被乔窑人叫作嘴儿上的地方实际是一块相对开阔的露台，有一块碣石牢牢地竖在那里，石上刻着“瞻祖台”三个擘窠大字。伫立此处，仰望东南，乔尚书允升公的墓冢尽收眼底。“瞻祖台”上一个人躺在罗圈椅子里，正在全神贯注地吹奏着洞箫。乔祖庆告诉井账房，说吹洞箫者是他的本家侄子，小时候得了病，发烧治不好，就成了现在这个样子。东学是一个四间头的小院，灰砖蓝瓦，四根柱子撑起雕梁画栋的房顶。房檐下一块长方形的匾额上，苍劲有力地书写着“东林世泽”四个大字。匾额及屋宇下的柱子上挂着枣红色的四根楹联板，内外有序地挂着两副楹联。中间的是：司寇恩光照千古，东林世泽润万年。两边的是：风声雨声读书声声声入耳，家事国事天下事事事关心。井账房为了表现一下自己的才学，说：“这副长联是宋代名联，后来明代东林党人顾宪成把它作为东林书院永久的励志联。这副短联，好像是你们乔家人为纪念明代东林党人、刑部乔尚书而撰写的。好啊，开眼界了！”

等他们谈论着进了乔家时，张氏已经从八方庙回到家中。这位富态体健的老太太是父亲的祖母，出生于孟津县相邻的偃师县寺庄，也是书香门第的千金。老太太的祖上也曾进士及第，在朝廷户部任员外郎，两家结成秦晋之好属于门当户对。老太太到乔家，生育三个男丁：守甲、传甲、祖庆，平时对孩子严加管教，家风自然很好，尊老爱幼、和睦邻里、忠厚笃实、勤俭持家、知书达理，虽然少有金榜题名，但三个儿子均有成就。有著名大厨、有政府官员，还有商店账房。老太太治家有方，宽厚大度又不失明察秋毫，家教严厉又不失和蔼可亲。在乔窑乃至孟津县城，老太太小有名气。

看到客人进来，早有人告知是会芳来人，老太太心里就不平静。前天夜里，老太太做了一个梦，梦见家里失了火，火光冲天，烟尘滚滚，哭喊声一片。老太太从梦中惊醒，觉得这个梦不吉祥，就胡思乱想起来。再加上这两天右眼跳个不停，俗话说“左眼跳财，右眼跳灾”。做梦失火，右眼跳灾，老太太认定可能要发生什么不好的事，为了消灾，她一大早就到八方庙去进香。老太太平时很少烧香拜神，满脑子的唯物主义思想，并不是她不信神鬼，也不是她没有敬畏之心，她是看不惯那些愚昧无知的人，把烧香拜神当成唯一的寄托，求财富进香、保健康求神、盼升官烧纸、得子嗣朝拜、遇事就叩首……寺庙的门槛被他们踢得起明发亮，到头来还是应了那句话：命里穷来终归穷，拾了黄金要变铜。这次老太太去八方庙烧香，名义上是赶庙会，顺路拐到庙里了。头脑清醒不那么迷信的人，进庙烧香前后的心理都是矛盾的，人们习惯了看香头论吉凶，本来烧香拜神是带着信心和虔诚进去的，都希望香头是吉不是凶，可谁能有把握呢，弄不好没有解除忧虑，还会增加新的困惑。老太太这次八方庙进香，香头的释义竟是平安无事，特别是焚烧的黄表纸，不仅烧得迅速，而且灰烬腾空，都令她满意。因此，见到祖庆带领井账房进家，老太太满面笑容、慈祥地打着迎接客人的手势。

井账房一句借一步跟老太太单独说点事儿的话，让本来满是春风的老太太脸上现出了一丝不悦。然而见多识广的老太太，还是连声说好。井账房在老太太高贵典雅的气度面前，设想了一夜的交流策略，一下子变得茫然无措，竟不知道如何开头了。还是老太太启发了他，说：“仁厚在会芳干得还行吧？这孩子有时候受不了气，没给你们掌柜添啥麻烦吧？”井账房这才缓过气来，启动了话匣子。井账房不敢正面看老太太，还要做出一副大方自如的样子，于是就微笑了一下说：“不是我奉承您，您不光是教子有方，对孙子的教育也是很成功的。仁厚到会芳两个月了，为人处世都呱呱叫，好几回都受到掌柜夸奖。您大门外的‘忠厚传家’实至名归呀！”井账房老毛病又犯了，说起话来再次跑了调，忘了主题思想。还是老太太张氏头脑清楚，方向感极强，再次往话题上引导：“你井先生这次来乔窑，到底是啥事？是仁厚出啥事了，还是不想干开小差啦？你只管说！”这时，父亲的母亲邓氏、婶母赵氏在一旁踱着步，乔祖庆站在院子里的葡萄架子下面东张西望，他们虽然听不清客厅里的说话声，但从井账房的诡秘神态中，似乎看到了不正常的情况。井账房说："您老人家不一般啊，差不多把我要说的事全猜出来了。会芳那边确实出了点儿事，掌柜的正在慌忙处置，就派我打了前站。"张氏不惊讶、不忙乱，十分淡定地说："直说，出了啥事，是仁厚戳了窟窿？"井账房这时心里很乱，不知道怎样表述才更好，就慢吞吞地说："这个事不是您孙子惹的麻烦，但多少有一些牵连。"井账房把掌柜出差，两个师兄作案、邓家叔侄出现在会芳、会芳仓库被盗，讲故事一样地叙述了一遍。讲到邓家叔侄，老太太愤怒地哼了一声，狠狠地瞪了在门外踱步不时探头的邓氏一眼。井账房停顿了半分钟，观察了一下老太太，接着讲了匿名信、来路不明者炸货物的过程。他把爆炸前的瞬间描述得十分恐怖，有人闪电般冲过去，拿起炸药包，冲向护城河这一刹那，描绘成像流星划破黑暗，然后一声巨响形容成比霹雳还要震撼，洛阳城几乎要跳起来了。老太太生气了，说："你别说这么多过程，要告诉我结果！我问你，那个救货物、救过街行人、救会芳货栈的人是不是我孙子？他被炸碎了是不是？！"井账房沉默了，被老太太追问得像霜打过的菜叶子。停了几分钟，这蔫儿了的菜叶子又舒展开来，很不利索地说："把炸药包夹着扔到河里的人就是乔仁厚，不过，不敢确定他人被炸死了。因为爆炸现场没有尸体，也没有残缺不全的肢体，甚至连血水也没发现，现场的确很惨烈，河沿的柳树枝叶撒了一地，要比龙卷风时雷劈的现场还要可怕。"

老太太愣住了，仿佛那一刻她变成了雕塑，之后又重重地坐在那把宽大的太师椅上。老太太张氏坐下不到一分钟，就重新振作起来。看着井账房那惴惴不安的神情，禁不住扑哧一笑："你们在城壕里找了没找？"人们通常对护城河沟有些偏见，不叫河而叫壕，因为这些河沟许多时候是干涸见底的。井账房明白老太太的意思，毫不迟疑地回答："前些天洛阳狂风暴雨，护城河里水满得几乎漫上地面，好几天了还没退下去，人要是掉进去，冲住就漂远了。"老太太眼睛一瞪，说："你的意思人可能被河水卷走了，那你们没有顺着河沟瞅瞅？"井账房说："瞅了瞅了，只是没有发现啥东西。"老太太张氏叹了一口气，说："那你们掌柜打算接下来咋办？"井账房一时又说不出话，仿佛声道被堵塞了似的。他这时心里埋怨自己说，想了那么多，想了那么长时间，怎么还是好多应对的话没有考虑好呢！这种时候，他不愿也不敢搪塞老太太，没有经掌柜同意认可的意见，他绝对不能自作主张，任何时候都要对掌柜负责啊！老太太张氏有些不快，又问：“那你这趟来乔窑，翻山越岭几十里，就是给乔家人报个信，告诉乔家人他们的孙子、孩子出了事？”井账房慌出了汗，也不敢擦一擦，任一粒一粒的汗珠肆意滚落，他回答老太太：“是，也不全是。”他慢腾腾地从衣袋里面掏出那五块大洋，没敢大大方方地放在桌子上或递给老太太张氏。老太太显然是被他模棱两可的话激恼了，说：“啥叫是，也不全是？你说个囫囵话，会芳不管，我们乔家就开始管。乔家的人为了你们，在危险时刻不要命了，我们不会讹人，也不会欺诈谁，但最起码我们活要见人，死要见尸。我们把一个活蹦乱跳的小伙子送去学徒，两个月时间，就只是得到一个像讲故事一样的消息，换给谁，他们能善罢甘休吗？”老太太张氏的语气重了点儿，声音也随之提高了很多，估计外边的邓氏、赵氏，包括那个看葡萄架上蚂蚁爬树的乔祖庆也听出了眉目。邓氏曾是孟津城东邓家的大小姐，那种娇生惯养的环境，使她富家千金的性格得以狂生蛮长，而待人接物的能力却遭受扼杀，农家女子应有的心灵手巧在她那里基本上不沾边，为此换了环境进入乔家大门之后，常常受到婆婆张氏的教诲和批评，久而久之就成了乔家的受气包。听到有人嘤嘤啜泣，张氏就锁定是邓氏在哭，马上向邓氏所在的方向喊话：“那谁在哭，真没出息，你听明白了？要哭你就跑到远一点儿的地方哭去！”果然，外面又鸦雀无声了。

井账房这才郑重其事地把五块大洋递给老太太张氏，说：“找人要花钱的，再说，如果人不在了，这点儿钱就暂做一点儿赔偿，也是掌柜聊表一点儿心意！”尽管井账房的话并没有多少毛病，但老太太张氏还是听不进去，说：“找人的事，乔家自会安排，花费的事情不用他人多管。你把钱收起来，回会芳告诉掌柜，人要是有幸活着，相信他还能挣钱养活自己，不需要会芳花费，人要是不在了，要钱又有啥用！”

老太太挺起腰，从太师椅上站起来，叫来儿子乔祖庆，开始安排井账房的事。老太太说：“井先生，我们乡下人说话不大讲分寸，多有得罪，还望你能体谅！”说完后，就呼唤祖庆送客。

井账房走出乔窑村时，一阵风吹来，那是夏天的顺沟风，沁人肺腑，悠扬而又深沉的洞箫声随风而来，优美而感人。瞻祖台上，乔窑人习惯地称望祖台，那位得了腿病的人，蜷缩在藤椅里，正吹奏着那支三尺多长的洞箫。井账房无论如何也想不通，这个小小的乔窑村，还有今天访过的乔家，人们竟有这么出众的精神境界。尤其是一个残疾人，还能用洞箫讲述着凄美、悲凉的故事：

世事漫随流水，
算来一梦浮生。
醉乡路稳宜频到，
此外不堪行……

吹奏一遍过后，那残疾人还深情地唱着，井账房觉得曲和歌都很美，但不知道那是五代南唐后主的《乌夜啼·昨夜风兼雨》。

七

又到了农历的七月三十，那是孟津县城传统的古庙会的日子。这个庙会时间临近中秋节，又在县城，加上被酷暑折腾过后，人们对聚集串亲有着特殊感情和浓重兴趣，自然就成为一次盛大而有召唤力的庙会。在孟津，人们除了过年、过元宵节、过八月十五引起重视外，七月三十就成了相沿成习的重要日子，不似节日胜似节日。七月三十还没到来，人们就在积极准备有关事宜了。比如，乡下人要揣摩着到庙会上采购一家人过中秋节的物品，庄稼人更重视到庙会上置办秋收的农具和仓储用具，种植瓜果的农家着手果品的上市。更有趣的是人们从流赶潮的凡俗基因，让那些剃头修脚、补锅钉秤、赌博卖当、卖膏药起黑痣、看相测八字、牲口钉掌、风水术士等三教九流都赶来凑热闹，各类卖小吃卖名吃的也不放过这个挣钱良机。于是，七月三十从黎明到日落，从东关到西关，从南关到北关，车水马龙，熙来攘往，城隍庙、关帝庙大戏连台，衙门口、十字街社火表演十分精彩，多个场所都呈现着人声鼎沸、欢声雷动、气势如潮的景象，单拿这天形容，要比张择端笔下的《清明上河图》还要壮观。其实，这种繁华只是形式，而有着浓厚文化底蕴的孟津城，家家张灯结彩、户户开门待客，人们欢聚一堂，喝茶聊天，谈古论今，海阔天空，精神方面的庙会更有趣味，更让人流连忘返。除了在家庭里评诗论画、吟诗书丹外，二程庙也是一个很有书画味儿的地方，方圆几十里上百里的文人学士也借七月三十这天，风尘仆仆、披星戴月赶来聆听讲学、充电解惑，这又是县城七月三十庙会的一道亮丽风景。

黎明时分，城西南的乔窑村就不再寂静。父亲的爹爹乔守甲站在院子里，咳嗽了两声，轻轻地走到乔家老太太张氏窗下，压低声音问："娘呀，今天还去东门里接老大家吗？"父亲在乔家又一代人中排行老大，母亲就成了老大家，旧时在孟津乡下还没有呼叫妇女姓名的习惯，或者相当多人家的女孩子根本就没有正经名字，即使有，到了婆家后也只能让人家喊叫成刘氏、李氏这一类称谓了。母亲有名字，但到了乔窑，只能任长辈们俗称为老大家。在乔家长辈心目中，母亲被称为老大家，既得到了不同于其他女人的雅称，又受了最尊贵的待遇。乔家老太太张氏好像早就睡醒了，只是没有起床。她听到儿子这样问话，就严厉地批评起来："去呀，谁说不去了！不光要去，这回还要把牛车上的棚子、花边安装得整整齐齐，牛脖子上系的铃铛旧了，换个新的、大的，要显示出咱乔家的风度！没记性，还问呢！"老太太张氏责备孩子都是这样，不仅一针见血，而且淋漓尽致。父亲的爹乔守甲挨了批评，还表示虚心接受，忙说："娘，放心吧，我现在就去喊乔顺子给牛加点料！"老太太说："快去吧，长点儿记性！"

老太太批评儿子乔守甲不长记性，自有她的道理。那天井账房来乔家，通报了洛阳会芳发生的事情，含糊其词的话里，透露了两条信息：一是会芳出事了，掌柜很重视，因为当事人是乔仁厚，就派人前来慰问；二是你们家乔仁厚为了排除爆炸物，抱着炸药跳进护城河，炸药爆炸后，人失踪了。这绝对不是很好的消息，那天邓氏、赵氏、祖庆都听到了，邓氏控制不住地抽泣起来。乔家老太太很清楚，好事不出门，坏事传千里，说不定除了乔家一家人外，乔窑乃至乔窑之外的人也知道了这件事情。老太太张氏之所以能领家率众，与她豁达开朗的性格、洞察事物的睿智是分不开的。她虽然心里也不平静，甚至内心在隐隐作痛，但她还是从这件不吉利的消息中，看到了另外一种可能。于是她当天在井账房走后，就把全家召集到一块儿，包括在县城做生意的祖庆、在洛阳做文书的乔传甲。很巧，那天傍晚，乔家成员到得很齐。一直都是在家里发号施令一人说了算的老太太，这天偏偏改革了一言堂，说："有个事情很奇怪，我说说原委，大家说这种事情咋处理？"在座的十多人都不作声，全神贯注地听老太太说明情况。老太太就把会芳井账房来家的事和盘托出，只是她把会芳发生的情况、邓家叔侄的情况，以及爆炸前的情况讲得很具体，把爆炸时的恐怖场面介绍得很平淡，让大家把炸药包理解成过年过节燃放的爆竹。讲完，老太太风趣地说："我这孙子呀，从小就崇拜孙悟空，跑得快，蹦得高，胆子大，过年到他外婆家串亲戚，一大堆鞭炮邓家子孙一群，都捂住耳朵，看他一个人放，有时候还表演掐灭炮捻的恶作剧。这回在洛阳又出了名，一个人把燃着捻子的炸药扔到城壕里，别人都平平安安，孙悟空却真的失去踪影。"老太太见几个孩子、几个儿媳还有在乔家帮忙的几个亲戚像听故事似的专心致志，她说了半天对他们启而不发。就出了个题目，说："守甲、传甲、祖庆，你们弟兄仨从大排小，说说咱家孙悟空不知去向，咱们找还是不找？咋找？"弟兄仨你看我我看你，他们知道，老太太的话就是圣旨，必须说出自己的意见才能过关，可不知道怎么说能使老人家满意。老太太长期一人说了算，在家庭里扭曲了孩子们的性格，或许他们在外面呼风唤雨、说话算数，回到家里却变得或者说装得十分木讷。停了两分钟，老太太开始点名，让守甲说。父亲的爹爹，一说话脸就红，完全给人一副不善言辞的样子，但这一次，是自己儿子的事情，就说："我觉得这孩子这一回有些危险，那炸药包会是闹着玩哩？不过，既然现场没有衣服啥哩，也许会平安无事。我觉得找也是白找，找不着时影响就大了，别人该传咱家的长子让炸药包崩了，再说了，这事要是叫老大家知道了，这一家就完了。"在一旁的邓氏又伤心落泪了，毕竟是自己的孩子，即使真的像孙悟空那样神奇，她也不情愿。她想哭又不敢，一来婆婆张氏会骂她只会哭，二来毕竟还有希望。老太太让传甲说话。传甲到底是在衙门里做事，很沉重地看看四周，最后把目光落在老太太张氏那里，慢条斯理地说："咱们对这种从天而降的事情，不用惊慌，手忙脚乱于事无补，反而让外人在一旁说闲话，咱家孩子又没做坏事，也没办错事，全家人应该自豪才对。从明天开始，我利用各种关系，抽出一些工夫，先在洛阳那边找点儿线索，看看有没有啥发现。家里这边，都不应有任何悲伤、痛苦的表现，还像往常一样该干啥干啥，该咋干咋干。”传甲说完，有意看了一眼嫂子邓氏，明显是提醒她别胡思乱想。轮到祖庆了，老太太问他：“祖庆，有新的想法没有？”祖庆知道老太太在提醒他有好的主意就说，没有就节省点儿时间。他说了一句：“三哥、四哥都说过了，我老五听娘的，叫干啥就干啥，保证不耽误事！”祖庆说的三哥、四哥、老五，是指在乔学海之后的孙子辈里，和伯父、叔父家的孩子们一起排，排行三、四、五。老太太点了点头，很满意祖庆的随机应变。笑了笑，说：“我总是觉得，仁厚这孩子不会出事，吉人自有天相助。从现在开始，全家人对这件事，要做到内紧外松，不要让外人乘机在一边说点儿屁话，咱用行动告诉他们，咱们家充满昂扬之气、充满浩然正气。特别是不能让老大家看出点儿啥毛病，这么好的媳妇咱们一定不能慢待，更不能亏待。乔窑这个地方——不光是乔窑这个地方，好多地方的人都是狗眼看人低，恨人富骂人穷。唉，没办法呀！”

老太太之所以批评乔守甲不长记性，就是因为刚刚嘱托大家的，几天时间就忘了。守甲慌忙出了家门，在对门乔顺子家临街墙外大声喊着：“顺子，起床吧兄弟，今天七月三十庙会，往东门里接老大家！”“咋，还去接老大家？那好，我早点儿去套牲口。”乔顺子问了一句，让乔守甲吃了一惊，心想这人咋会蹦出一句这种话呢？又对乔顺子大声说了一句，有意让更多的乔窑人听到。“顺子，起来吧，给牲口加点儿料，再把车棚子安上，牛铃也该换了，磨磨叽叽都不早了，城里的路上挤得很，说不定还得走南后街！”乔顺子回答的声音也很大，说：“好的，放心吧三哥，我快着呢！”

乔窑人乃至所有乡下人，出外办事情都格外提劲儿，特别是出村进城，更是提前做准备，临行还唯恐哪个细节漏项。先说老太太张氏主政的乔家，毕竟为乔尚书后裔，父辈乔学海为六品皇上命官，张氏当年嫁入乔家时，尽管她丈夫乔芸芝官位不高，却也是国子监监生出身，在孟津也称得上响当当的人家。县长经过门前要下轿，县尉路过要下马，这也让乔窑人为之羡慕，甚至招来嫉妒。光阴荏苒，世事无常，沧海桑田，随着老一代人的仙逝，乔芸芝因病去世，一家子的生产生活之重担就落在了老太太张氏肩上。张氏娘家曾为偃师县寺庄大户人家，张氏学问不深，但在女子无才便是德的年代，所学过的知识足以让多少官宦人家的女孩望之兴叹，可以与稀少的女子学校的学生媲美。从偃师到孟津，人们都称张氏为识字人。张氏在娘家是长女，常跟父辈在官府出入，偶尔还略有建言被采纳，在家更是以身作则，勤动脑动手，把家里摆布得条理分明、层次清楚。寺庄人称张氏一副善心、一个好脑、一双巧手。当乔家出现变故后，张氏就把乔家的希望和未来寄托在三个儿子身上。后来，眼见儿子辈难成大业，就全身心巴望着长孙乔仁厚能够出人头地。尽管当年“抓周”，长孙没有让她称心如意，然而也没有让她灰心丧气。长孙在众多物品中，竟然抓住了一把小手枪。老太太张氏虽然希望长孙抓一支毛笔或者抓一只砚台，再不就拿住那本《康熙字典》，然而这个顽皮的家伙居然抓了一把枪。张氏有些话没有说出口，她安慰自己说，“抓周”就是一种迷信活动，即使抓住文房四宝，也不一定将来就能高中状元，那状元全国每年只有一个。她转念又为自己宽心说，时下天下不稳定，土匪强盗四起，许多地方都在动刀兵，家里真能出一个武将有什么不好，天底下有文状元，也有武状元。张氏在“抓周”后，亲昵地抱起长孙，在他脸上亲了一口，说：“俺孙子属猴，是腾云驾雾的孙行者托生的，将来也是状元！”无论是在偃师寺庄娘家，还是嫁到孟津县城北门里，以及后来举家迁回乔窑村，老太太张氏从儿媳熬成婆婆，又熬成奶奶，一直是受人尊敬、受人拥戴、自强自立的巾帼女杰。后来，好多方面都随着岁月改变了，但争强好胜、不甘人后、爱护名誉、积极向上的习性和特点不仅没有改变，似乎在年复一年日复一日地强化着。当她得知会芳发生了大事，长孙为人排险中没了影踪，第一感觉是大事不妙，第二感觉是长孙死里逃生，第三感觉是孙悟空就是孙悟空。她坚信长孙在大劫大难面前，一定是化险为夷、日后平步青云的那种人。在没有得到长孙确切消息时，她最担心、最讨厌那些心术不正、行为不端的人在一旁猜测和瞎说，要想扬眉吐气地傲立乔窑，自信和自强、自励和勤勉是最主要的。她看不惯邓氏的畏难和懦弱，每天都是哭丧着脸，从没在她那里看到过阳光灿烂的时候。为此，老太太经常教导邓氏，然而江山易改、本性难移，岁月更替，表情依旧。老太太批评邓氏说：“从来就没有什么神灵会去解救、造福一个人，改变贫穷和灾祸的出路就是依靠自己，每天都黑着脸、不会笑，哪个人爱看，就是想帮你的神仙看见你那种样子，不吓退才怪！”井账房来乔家那天，邓氏老毛病又犯了。老太太批评她之后，还是对她放心不下，就专门开个家庭会议，把家里家外应该注意的事情重新做了强调，要每个人都长点儿记性。

接老大家这件事，老太太张氏一直都是她议事日程里重要的选项。老大家自从进了乔家大门，一直是她最好的帮手，听话懂事、心灵手巧，还是一个识字人，在邓氏性格缺陷很多、烂泥扶不上墙的状态下，老大家在多个方面弥补了乔家的不足。老太太张氏高看老大家，从内心里发誓不让老大家受委屈，更不能无形中伤害到她。老大家娘家不算远，路也不算坏，好多人家的媳妇都是步行来往的，但老太太张氏却表态，咱乔家要有乔家的样子，就是坚持接送老大家。乔家当时经济状况已经相当拮据，家里没有骡子和马，也没有威风八面的马车，只能在破旧的铁轮车上套一头牛，吱吱咛咛慢腾腾地行走。老太太自我解嘲说：“人家骑马咱骑驴，后面还有步行的！”是的，牛车在当时，差不多称得上中产阶级的水平。从那时就不愿委屈我母亲的张氏，在得知我父亲生死未卜的时刻，无论如何，都要表现出乔家的固有风度，生怕外人——主要是母亲，察觉到什么猫腻。

小顺子是父亲家的街坊，论辈分父亲和母亲应该称人家顺子叔。好长时间，顺子是乔家雇用的车把式，自然是母亲的专车司机。小顺子很有分寸，他也像村里人一样，很礼貌地称我母亲为老大家。出车时，遇到熟人、村里人还自豪地告诉人家：“东门里、老大家。”而后，把长鞭抡起来，在空中抖个圆圈，“啪”的一声，再吆喝牛儿：“打！”

这天，顺子把牛喂饱后已接近晌午。由于老太太张氏要专门监督着把车子装饰得好一点儿，这样就更体面。七月三十庙会，县城里肯定少不了出现很多好车、新车，如果看到一辆破旧的牛车呻吟着走过来，一打听是曾经的名门之家的香车，那么岂不让人耻笑？老太太张氏亲自拿一块抹布，仔细地擦拭着旧车的车棚，她总想让它变新一些。邓氏、赵氏、范氏等也拿着工具对车的下盘等处敲敲打打。顺子不停地用手梳理着牛毛，还精心把牛肚上沾着的草末拽掉。牛和车都拾掇停当了，老太太张氏从家里取出一只崭新的铜铃，把原来那只过时而且小又发黑的铃铛换下来。新铃铛在午时的阳光照耀下闪着金光，牛好像受到感动，兴奋地抬起头，然后有力地摆动了一下，铃铛马上回应出“丁零丁零”的乐声。

顺子坐在车前，很快活地对老太太张氏说：“娘！发车吧！”邙山北的人称伯母为娘。老太太这阵子情绪很好，脸上露出璀璨的笑容。她把手一扬说了声：“庙会上人多，小点儿心啊顺子，早去早回啊！”

顺子扬起长鞭，在丈余高的空中划了一道弧线，“啪”的一声打破了乔窑正午的宁静，然后大喝一声：“打！”

牛车缓缓地启动，然后平稳地走出了乔窑，“咕噜咕噜”行进着，铃铛不时发出诙谐的乐音。

八

那天讹了井账房一只兔子钱的猎人，根本就不会打猎，他拿着那杆被人称为“土炮”“老笨桩”的枪，在北邙山乔窑村上面的路边招摇，一是为自己壮胆，二是在物色更大的“猎物”。他叫乔响器，根本不会玩枪，土枪发出的炸响能使他心惊胆战半天。按道理，人应该发挥自己的优势，有智出智，无智出力，天无绝人之路。响器三代单传，家境不好也照样对他娇生惯养，培养了他好吃懒做十分贪婪的性格，懒惰任性不说，成年后还对爹娘拳打脚踢，动辄骂爹娘没有本事让他跟着吃苦受罪。爹娘去世后，就开始跟着那些混社会的人到处闯荡，不久，他就成为当地一个小混混。一个混混不会玩枪，在人手一枪的团伙里，乔响器就是一个废物。为了生存，这家伙还要追求好的生活，就寻找机会拜师学耍枪。乔窑就是一个小社会，林子虽小但什么鸟都有。父亲的一个五服叔叔，是一位江湖侠客，走南闯北，云游八方。他不仅参与打家劫舍，也乐善好施，还有一条原则是兔子不吃窝边草，因此在乔窑人气很足。父亲的这位五服叔叔，打家劫舍时尚能为乔窑人着想，发现有可以从良的那种女人，总会给乔窑娶不上媳妇的光棍带回来。父亲的一个六服堂兄就受到恩惠，另一个受益的便是乔响器。无文化缺教养的人，一般都心胸不广，迷信十足。响器得到的那女人姓裴，出生于洛阳县裴坡村，家境不好就被人卖到洛阳，被逼做了皮肉生意。父亲的五服叔叔把这个可怜的女孩带回来，安排给了单身汉乔响器。本来男耕女织过家家日子会越过越好，乔响器偏偏干起偷鸡摸狗的勾当。乔响器常常被人抓住，又打又罚得不偿失，他不从自身找原因，却归罪于裴氏，说“裴”就是“赔”，又打又骂，弄得裴氏找父亲的五服叔叔诉说。父亲的五服叔叔可怜裴氏，不想眼巴巴地看着人家井里出来再掉河里，就同意日后再干大宗生意一定带着乔响器。克服乔响器的弱项，就要教会他打枪，父亲的五服叔叔从此当起了乔响器的射击教练。由于忌讳再赔本，乔响器就把自己原来的名字“乔向奇”改为乔响器，意思是不再沉默要声名远扬。父亲五服叔叔训练乔响器打枪只用了一枪药就搞定了。他让乔响器把土枪装上药，再让他从枪口用一根细木棍慢慢捣瓷实，把砸炮放在枪管后面的小洞上，再令乔响器趴地上，闭住眼，然后扣扳机。果然，“砰”的一声。他睁开眼，发现不远处的一棵小枣树被散弹打得粉碎。从这以后，乔响器就对打枪上了瘾，有事无事都要装上一枪药，朝树上或者空中放一枪，他认为自己很英勇，同时枪声也很有味道。乔响器的浪费枪药引起了道上同伙的不满意，大家埋怨父亲的五服叔叔引来了一个二百五，都说解铃还须系铃人。父亲的五服叔叔想了个办法教育他，那天把伙计们开剥过的兔子的头和皮做成一只假兔，放在一个乱葬坟里，然后告诉响器有重要猎物要他打。乔响器信以为真，就装好枪药，绕着假兔转了好几圈，最终选了个最佳射击位置，瞄准就开了火，接下来就兴致勃勃地去捡兔子，结果捡了个啥也不是的烂兔头。乔响器摇摇头，说，这谁真缺德，弄个假兔子骗我开了空枪，白白浪费一枪药。父亲的五服叔叔这时严厉地说，你要是真的心痛枪药，就不要动不动放空枪，那多没意思。后来，父亲的这个五服叔叔在干一宗大活儿时被官府抓了，乔响器从此就成了单干户。他在邙岭上以打猎的名义，学着讹人、绑票，想着做大宗生意。

在顺子赶着牛车出村的时候，背着猎枪的乔响器拦住了他，说：“顺子，赶个牛车出力不小，挣不了几个钱，干脆跟你响器哥干好了！”顺子是实在人，知道自己跟响器不是一路人，好鞋不踩臭狗屎，就说：“随后再说吧！”响器认为顺子没给他面子，说：“顺子，你不识好歹，离了你乔顺子，我还能挑选更能干的！信不信？”乔响器“呸”地吐了一口痰，往村里走去。这让本来兴高采烈的顺子，心里难过起来。昨晚半夜，乔响器来敲他家门，说："顺子，一把年纪了，整天赶个车，一年大不了挣个三斗五斗，差不多只是混个肚圆，买房子置地不沾弦呀！"顺子说："响器，你说赶车不挣钱，不能买房子置地，对，不过，你整天背杆枪，东窜西跑的，不也啥家业没添？"响器苦笑着说："这三更半夜来约你，就是想弄点儿大事，事成后咱哥儿俩吃香喝辣，叫别人来给咱赶车！"顺子说："这年头，兵荒马乱的，哪里还有美事等咱？"响器对老实巴交的顺子说的这一番话很生气，认为他就是一个扶不起来的阿斗，想放弃他。响器说："你甭东拉西扯，直说你干不干？""干啥？你又没说。反正与偷鸡摸狗有关的事打死我也不干！"顺子回答说。响器也不再缠绕他，说："你这家伙真是一头犟驴，打着不走牵着倒退。不干算球了，我再找人，田才那孩子就是乔窑的时迁，他闲着手急得发痒，找他去。顺子，等哥弄成事了，你跪下给我磕头我也不收留你！"顺子说："哥发大财吧，我落个肚圆就行。"响器还想再说点儿啥，顺子就下了逐客令，"响哥，时候不早了，明天是七月三十庙会，我还要出车。你也该回去歇了。"响器这时又想起那天洛阳会芳来人的事，当时他不知道怎样从井账房那里听出了一点儿消息，脑门儿一热，就对顺子说："顺子，哥告诉你，明天去不去县城还不一定呢！他们家要出事了，你还出啥车呀，不信明天你就知道啦！"乔响器打击顺子，不顾自己主观臆断可能会产生的后果。他自己得意了，让顺子胡乱推测了许多，果真相信不用出车的话。于是，当乔守甲唤他起床准备出车的时候，他顺口问了句"今天还出车"这类的话。当然顺子不知道，他的这句问话，却让乔守甲乃至乔家人十分难受。

乔顺子在受到乔响器贬低、揶揄之前，对自己赶车这份差事很满意，特别是每月接送老大家的东门里之行，更让他兴奋。东门里王家从没有小看过他，没有因为他是一个赶车的人就冷眼相待，而是拿他作为客人，嘘寒问暖，临走还要送他点儿东西。顺子赶车以来，到过好多家庭，出入过好多场合，像东门里王家这样待人厚道、一视同仁的，基本没有第二家。因此，他很乐意去接送老大家。除了王家人热情款待顺子外，我母亲也很尊敬他，亲切地称他叔，连农村习惯称呼的"顺叔"，也在母亲这里成了"叔"。一个赶车人，伺候人的人，还有什么理由不感动呢？小顺子想到东门里，就如同享受着阳光雨露的庄稼，生机勃勃地成长着。顺子一扫响器带给他的阴霾，愉快地赶着牛车，铃铛有节奏地响着，他觉得比往日更加快活。

那边的乔响器依然背着那支锈迹斑斑的土枪，哼着跟团伙打劫时学会的小曲，在乔田才家门口来回走动着。从顺子家碰了一鼻子灰出来后，他没有马上找人称乔窑时迁的乔田才，而是独自跑到东坡那个他存放猎物的窑洞里。原本他是约顺子夜间套上车，神不知鬼不觉地把猎物拉到集上，赶上早集卖个好价，没想到顺子没给他面子，这一单生意无法做下去。他虽然想到了乔田才，但半夜里敲一个盗贼家的门，不是很值得村里人怀疑嘛。乔响器心想宁可做江洋大盗，坚决不做跳梁小丑，他从心底里瞧不起乔田才这种小毛贼。但这天的猎物还必须找一个帮手，万一出点儿情况，他就让帮手顶桩。傍晚时，他在邙山岭上找猎物，正好有一家的牛惊了，昏头昏脑地向他冲撞过来。他一看并没有主人追过来，就绕着圈子找机会把牵牛绳子抓住，后来就把牛牵到乔窑东坡的一个山洞里。他想约顺子把牛拴住用车拉到集上出卖，如果一个人夜里牵头牛，别人会怀疑的。他没有找乔田才是不信任他，凡做贼的家伙胆子都比较小，经不住打，三锤两拳可能就招供了。乔响器最后决定先把牛寄养在山洞，喂点儿草料寻个买主让他亲自来牵。他不想让人怀疑什么，也不想夜里像个幽灵东躲西藏，自信把牛拴在山洞里万无一失，就回到家中。谁知一觉竟然睡到太阳升到半空，等他到东坡去看望猎物时，牛早已蒸发了。他先是怀疑做贼遇上打劫的，那牛被土匪抢走了，接着就想起了燕子回归、老马识途的故事，只好像打了败仗的兵一样垂头丧气地回到乔窑。他把责任归结到顺子身上，要是夜里把牛拉到集上，说不了这大洋已经在身上叮当响呢。正恼怒顺子，顺子就赶着牛车出村，趁势就说了顺子一顿，心想你顺子叫哥不高兴，哥也叫你不痛快。事还是要干的，特别是做大宗生意，需要一个有能耐的帮手。他左思右想，最后还是落脚到了乔田才家门口。乔田才因为一起入室盗窃案被关在县城后面的地窨里一年半，后来经父亲的二叔（堂叔伯弟兄排老四）传甲出面说情并担保，假释出狱，经济困难得发慌，占便宜的手也闲得发痒，于是就响应了乔响器。乔响器自从打过一只假兔子被同伙耻笑多日后，脑子里就萌生一个念头，做人做事一定要看得准抓得稳，耳听是虚眼见是实，不见兔子不撒鹰，胆大心细遇事不慌。他像背诵经书一样，时刻温习着那几句话。这次得手的牛蒸发以后，他又开始着手新的基础设施建设，一定要把猎物和财富掌控自己的手里，放置在自己的眼皮底下。既然乔田才甘心情愿入伙，那么他乔响器从此就得到了第一个马仔，如何用好他正是需要认真考虑的事情。乔响器知道，乔田才这个家伙，在乔窑村以外的方圆十多里的百十个村庄都得过手，也失过手，谙熟各村的大户富户，有时还潜入这些人家数日，基本厘清了他们的人员状况和资产数量。换句话说，乔田才掌握着诸多富豪家庭的情况，这对乔响器要做大宗生意，无疑是求之不得的。乔响器有些飘飘然，似乎得到了乔田才，就握到了财富的把手。他心里太舒坦了，舒坦时就有点儿忘乎所以，就谋划着第一单生意从哪里开始，开始就要一炮打响。他心里把自己想得比三头六臂的怪物还要厉害，要乔田才提供最富人家的住址和情况。乔田才果然是乔窑时迁，开口就是三十里铺司马儒、东山头黄万年、白鹿庄张大运、朱仓村朱老万、张盘村梁志明……几乎刹不住车。乔响器笑得合不拢嘴，连忙叫停了他，说："够用了，一口吃不成个大胖子，咱们从长计议，一家一家来。"他们商量好，先从洛阳三十里铺司马儒家开始。

乔响器要乔田才到三十里铺踩点，任务很明确：看司马儒家的生活规律，再看他们家几个小孩，小孩平常都在什么地方玩耍或上学，最后看看他们家有没有马车、驴车之类的交通工具。为了鼓励乔田才独立作业，乔响器把那天讹井账房的五文铜钱给了他，说饿时买点儿吃的，等这笔生意完成再平分成果。乔响器还说："本来两人同去，相互壮胆，不过那样的话目标太大，弄不好就会招来麻烦，再说了，你响器叔比不上你飞毛腿时迁，会拖你后腿，遇到情况撤退不了，肯定会连累你。想来想去，还是你一人去更机动、更利落。"乔响器就是农村人说的那种捣蛋货，小时候夜间出门明明胆小害怕，还总设法掩饰，三人行时，他会说，你两人胆子小一个走我前我在后边给你壮胆，一个走后我在前护着你。长大成人了出门办事依旧故技重演，这次指挥乔田才其实也是那种招数的翻版。乔田才走后，他悄悄实施起基础建设来了。他要在后院里打个井一般的深筒子，然后再挖出个窑洞，把收获的钱财、物品收藏进去。他还在院子后边建个窑洞，牵回牛、马这种牲口就饲养在里边。万一日后有了大车，大牲口也有地方喂养。乔窑之所以叫窑，与这个地方土层深厚、土质密度大且适宜建窑洞有关。乔窑不仅平地靠山有窑洞，深沟里有窑院，就连陡壁上也凿出隐蔽性很强的窑，人们起名叫天窑。乔响器要在自家后院建窑挖窑，不是难事，很容易办到，而且为了保密根本不用请人，自己和老婆两人就绰绰有余。建造窑洞要挖出大堆大堆的土，要是这时候把土拉出去，既浪费时间和人力，又容易被人怀疑甚至识破。乔响器就是乔响器，他把挖窑洞的土，在院子里打起厚厚两道墙，仿佛就是防御工事，如果往上边棚上木架和瓦片，就是两间房屋。在乔田才踩点的几天时间里，乔响器和裴氏不显山不露水、不声不响地建成了一个窑洞、一个地窨和两间没有屋顶的半拉子房子。

乔田才完成了踩点任务，汇报得十分细致，对于乔响器提出的疑问，也对答如流地做了解释。这宗买卖就这样敲定，十天内完成对司马儒儿子司马川的绑架，赎人需要两驾马车，外加十块大洋。

乔响器没有得到马车，已经在内心里热烈庆祝了。他要在乔窑人面前证明：在历史悠久的乔窑村，三百多年才出一个乔响器，他有勇有谋、有经济头脑，也是一个不好惹的家伙。他更想让乔顺子知道，没有牛车，不算啥，牛车是最低档次的，马车才是最高贵、时髦的玩意儿！他心里骂顺子：“顺子，你有眼不识泰山，眼光短浅得像老鼠，把牛脖子上挂一个大铃铛，还起明发亮，要知道你就是弄个大喇叭挂在牛脖子上，牛车还是牛车，一辈子也变不成汽车、火车！顺子，你个小样儿！”骂着顺子，又联想到不久就要发大财的自己，乔响器心里乐开了花，他心脏也随之激烈地跳动。仿佛自己坐上了高头大马拉着的胶皮轱辘大车，一声“嘚”，那马一尥蹶子就飞快地奔跑起来，身后还扬起一溜子灰尘，人们向他伸出钦佩又赞扬的大拇指，交头接耳说：“还是人家乔响器，水中蛟龙，天之骄子啊！”

九

中午的时候，征集新兵的地方，进来一个奇怪的人，立即引起人们的关注。民国二十七年的八月初，洛阳这一带天气酷热，虽说连续下了几场大雨，还是没能改变这难耐的炎热，大地依然如同一个大烤炉，这火炉的熊熊大火越烧越旺，似乎那些倾盆大雨对这种烈焰杯水车薪似的。征集兵员的大院子敞开着，不少人进进出出，他们大多都身穿自制的短衣，好像刚从农村过来的农民。他们议论着什么，好像对某个问题的看法不那么一致，议论中间还争执起来。他们在争论时，还不时地观察着一个新进来的人。这个人不像农村刚来的，没有农村人的土气；也不像洛阳人，没有洛阳人的洋气，这个人头发有点儿乱，稍带有卷儿，但绝不是在理发店里烫的。他虽然衣衫不是那么齐整，甚至衣服上还明显少了颗纽扣，但比起一般人来还是属于时兴的。他走进院子就如同刮起一股小旋风，把地上的落叶也带得乱动。他走到一张登记台处，问坐着的那位当兵的："长官，有没有招收打日本兵的队伍？"那人说："我们就是，那边桌子上登记的也是！"当兵的回答得很利索，然后从上到下打量着这个冒冒失失的年轻人。那人又问："有没有渡过黄河去打仗的？"当兵的奇怪了，觉得这个年轻人原来是有目的而来的，就问："为什么要渡黄河？过长江不行吗？"年轻人说："我听人说往北去抗日，那里有很优秀的人才，也有一支会打仗的军队。"当兵的不知怎么回答才好，就说："日本侵略军从东北、东南、海上、陆地上多方位侵略中国，我们也在多个地方抗御他们，因此战场很多，不光是北方啊！"这个年轻人又说："我是说往北抗日，或许能遇上更多的熟人，那多好，能相互照应！"当兵的恍然大悟，哈哈笑起来，笑完，对年轻人说："到了抗日队伍里，大家就吃住、打仗天天在一起，时间长了，不就全是熟人了吗？"当兵人爽朗的笑声，更让人们注意这个年轻人了，年轻人的脸马上红起来，不好意思地看着登记台，又问："那咱们是往哪个方面去的？""可能是山东，也可能是湖北、湖南，那要看如何调配，具体情况我们也不清楚！"年轻人又问："那么，到了部队是不是就固定在一个地方了？""不一定，部队随时都在听从上级命令，叫几点出发必须出发，限定时间到达必须不能耽误，战场需要，今天在河南，明天可能就往贵州，也可能到山西、陕西。"当兵人斩钉截铁地回答。

年轻人在多个问题得到回答后，尽管并不是那么满意，还是开始填写那份表格。接待新兵的那张桌子上已经放着好多张填写完好的表格，从字迹上看，好几张一种字体，是由一个人代写的。这个年轻人开始填表，那优美大方的魏碑体字一出手，就引来围观者的嘘声，他们无论如何都不相信，眼前这个很另类的人，竟然能有一手好字。"乔仁厚，十七岁半，孟津县城西乔窑村人，一九二〇年十一月生……”

当父亲把那张表格填完后，当兵的拿起表格问：“你学过打枪吗？”父亲思考着如何回答好呢，说没学过，不是事实，人家会看不起自己，说学过，如果让表演一下脱靶了多不好意思。就犹豫起来，他想好后正要回答时，忽然有人在一旁说：“长官，他学过打枪没有我不知道，我知道他会扛炸药包！”父亲回头看去，只见那人眯缝眼笑着向他走来。这人正是会芳那个坏得流脓的闫七少，那个所谓的大师兄。父亲看到他，很讨厌地瞪了他一眼，并没有搭理，也没有流露出很熟悉的表情。闫七少有点儿不高兴，认为曾经的徒弟竟然当众不认他的师兄，就说：“怎么？几天光景，连师兄都不认啦？”父亲离开登记台，迎着闫七少走去，两人只差一步远的时候，围观的人们开始觉得不那么对头，可能会有什么事情在他们俩身上发生，于是一个个呆若木鸡地愣在原地。父亲贴住闫七少，告诉他：“我已经给你足够的面子了，这儿已不是会芳货栈，在那里，你们先入为主，倚老卖老，以大欺小。我是到那里学习做生意的，出门时家里有交代，让我尽量少惹事多避事，于是我就尽量原谅你，不招惹你，好鞋不踩臭狗屎，什么大师兄、二师兄，你们算个什么，死狗货！”闫七少被父亲来势汹汹的举动弄迷糊了，做梦都没想到，前几天还温顺、腼腆的学徒突然来这一手。父亲似乎收藏了一肚子的话，准确地说是积攒了满腹的委屈终于找到了发泄出来的机会。他接着说：“你们俩合伙在会芳吃里爬外，是鸡鸣狗盗之徒，不知道善有善报、恶有恶报的意思吗？出了会芳门，老子就是老子，孙子就是孙子，现在我就收拾你这孙子，你信不信？”闫七少慌了，连忙结结巴巴地说：“千万别，千万别，误会了老乔，我赌咒，谁要是存心害你谁就是娼妇生的！”父亲说：“晚了，还称呼老乔，称呼乔老也饶不了你，赌咒有啥用！”父亲一拳打到闫七少右眼窝里，边打边说：“这一拳是荆掌柜的，偷了货物，还想勾结地痞流氓炸会芳大门！”父亲又挥拳再打，说，“这第二拳是邓家叔侄的，你向警察局告密，诬陷复旦中学进步学生扰乱社会秩序，害得会芳和学校都不得安宁！”第二拳出手时，有人大声喊叫：“别打了！这是什么地方，想干什么就干什么？”父亲听出说话声音不是洛阳本地的，还想打第三拳时，就被人拦住了。一个军官模样的人站在父亲和闫七少中间，表情有点儿怪怪的，说他是在斥责吧，却面带微笑，说他是怂恿吧，语气又是那么严厉。闫七少见有人出面拉架，就自我解嘲说：“要不是看在部队长官的份儿上，部队是讲组织纪律的地方，早就还手了！”军官看了闫七少一眼，说：“没还手，你做得对。不过……”军官把不过拉得很长，之后笑着说：“不过你还手了，也不一定能占到便宜！”闫七少很会见风转舵，可能是不愿给长官留下不好的印象，就说：“长官说得也对，一个不怕死，冒死把一大包燃烧着捻儿的炸药包抱走扔到护城河里，这种人黑白无常见了也会躲开。”军官禁不住笑出声，之后看了一眼还撸着袖子的父亲，再看一眼两只眼睛红肿的闫七少，说：“你再讲一讲炸药包的事。是不是前两天天快黑的时候，那声震动洛阳的爆炸？”闫七少有些忘乎所以，不顾两只眼睛的疼痛，眉飞色舞地讲起那天傍晚的会芳门口，说时还夹杂着夸张成分。而这时的父亲，他重新走到登记台前，问那位站着看热闹的军人：“我的表格还有什么需要补充的没有？”军人由开始的态度傲慢，对父亲不屑一顾，变得十分尊重起来，说：“没有了，再等一会儿，让接兵的长官们目测一下，到时人家问话就如实回答。”那边，闫七少如同一个演讲者，给周围那么多老兵、新兵讲述着一个惊险的故事。无形中，他把父亲那天傍晚的壮举，讲述给了一大群素不相识的人。听完闫七少的描述，军官走过来问父亲：“他说的是真的吗？”父亲说：“有真有假！”军官问：“哪是真的，哪是假的？”父亲马上回答：“这家伙肯定参与了往货物上放炸药包报复会芳货栈的事，他说是不明身份的人干的，是假话！关于拿走炸药包这件事，您不用再问了。”父亲不想再涉及那晚的事情，说起那件事他就很难过，会芳养活着那么多领工钱的人，掌柜的遇到麻烦时却没有人敢站出来说实话、说公道话，更不要说拼命了。闫七少还在说，他虽然亲眼看到那天傍晚的场面，但发誓绝对不是他使的坏。父亲轻蔑地乜斜了他一眼，心想他不敢承认这坏事是他干的，就说明他认识到那种行为的丑恶，见不得人，再说了，这家伙可能也是报名参军上战场打日本鬼子的，要是部队发现了他的劣迹不许他入伍，那不就少一个杀敌的人吗？再说是人都会犯错，咱讨厌他，可能有人喜欢他，即使他参军了，也不定都分配在一块儿。想到这里，父亲也就不再追究闫七少的罪责了。不过，从那天开始，所有接新兵的军官或老兵，以及这一批入伍的新兵，都知道了会芳门前发生的事情，也知道他们这一批新兵里，有一位不怕死的孟津人。父亲根本就没想到，他刚入伍就被人当成一名上过战场的老兵对待，没有人再小看他，也没有人敢在他这里放肆，就连接兵的官兵也对他另眼相待。父亲没经历过的、没想到的事情还多着呢。他曾想过参军要经过严格的审查，经过多项测验，然后再经过一段时间的训练，才能穿上军装拿起枪。过后，他拍着脑袋告诉自己，想错了。只要来报名的，差不多都被批准了，好像打架斗殴、小偷小摸，甚至像闫七少这样做过坏事的人，也都获准成了新兵。新兵训练也很简单，他们被弄到洛阳西一个很大的空地里，两面山、一面水、一条道路，哪个人后悔了，不想当兵了，逃跑也不会成功。开头那些天，新兵们很像一群寻草吃的羊，被老兵和教官吆喝着、驱赶着，常常有人被骂被打，还有的被脱光上衣，任皮带抽打。后来，这群羊被驯得有了团队意识，也懂得各种号角的意思。发枪前，接兵的要新兵们了解枪，要求大家牢牢记住，枪是用来打敌人的，打日本鬼子的，无论何时何地，都不得把枪口对准自己人。接下来，要每个人都掌握射击的要点，准星、缺口、目标三点成一线时扳动扳机，还要屏住呼吸、全神贯注，不受其他事物干扰。实弹射击每次发子弹三颗，要求至少要命中两发，最差也要打中一发，否则不得吃饭、休息，加班加点练习瞄准。几天的射击演练，新兵们每人最多十五发子弹。父亲觉得那些老兵和军官对他很照顾，常让他为新兵们做示范动作，因此，他就比别人能多打成倍的子弹。射击结束那天，接兵的军官还破例让父亲用他的手枪打了五发子弹，说是让感受一下手枪和步枪的不同之处。

洛阳这个地方，一年四季的气候既有规律也有特点，人们说那叫小气候。每年的汛期从五月开始，通常都在九月底结束，下雨最勤、最集中的是“七下八上”，七月下旬和八月上旬是最重要的汛期，倾盆大雨、瓢泼大雨、大雨如注、狂风暴雨等词语，在这个阶段使用十分恰切。然而，这年就有些打破常规，从七月中旬开始，接连几场凶猛的雨就光顾了洛阳，让生活在这里的人们感到压抑，甚至多日不见阳光，让人无比失望。许多老居民都骂起侵略者，说日本在东南一带开战，把雨水一下子赶到豫西这边了。哪里知道，骂声还没停下来，天气就打起人脸来。进入八月，本应该雨量比七月还要大，老天偏偏没有开闸放水，仅仅几天时间大地就裂开了口子。凡以前因雨大涝了的地块，进入八月后就全部呈现出鱼鳞一样的泥块儿。天旱不说，而且热得厉害，人们又在干蒸难耐的日子里再次骂起来。军营里并不比平民家里好受，那些新兵常常在夜间被热醒。好在八月十六日，凌晨的集合号声响起，新兵们很快地一个不落地到达约定地点。他们早就热醒了，正热切地盼望着赶紧开拔，相信不管到哪里，都要比在干热的环境里好受一些。半夜，大院子要比室内舒服几百倍，一阵一阵的夜风总是带来宜人的凉爽。父亲看到，这所大院子里黑压压地站着那么多人，比平时训练时多得多。心想，养兵千日，用兵一时，队伍要出发了，要奔赴国家最需要的战场，人有用武之地，是一种自豪、光荣和安慰。父亲那天半夜情绪好极了，尽管前路像眼下的夜一样黑咕隆咚，但他似乎透过这漫漫长夜，看到了美好的黎明。

是清脆的哨声打断了父亲对战场的憧憬，部队长官开始训话，要求每一名士兵按照点名顺序，分别进入十个长队。人们只能影影绰绰地看见地上一道道的石灰线，那便是人们进入规定长队的界限。父亲觉得自己是本长队第六个喊到的，之前是张猛，再前是田狗剩。然而，当他进入白线里时，发现自己前边的那个人似乎很熟悉，站立的姿势、踏步的动作，多么像闫七少。偏偏点了张猛时，这个人就应答着“到”，天底下人说没有两片完全一样的树叶，可怎么会有一模一样的两个人呢？父亲纳闷起来，之后自我批评说，少见多怪呀。父亲正在纠结的时候，所有人员按照编排集合完毕，已经按照训话长官宣布的顺序，一队接一队地登车。那些早已候在一侧的车辆没有开灯，也没有发动，而是静静地待着。父亲当时想，这可能是秘密行动吧，为了不暴露目标，才不照明，也不发声。登车时的窸窣声终于停下来，大院子宁静得无人一般。这时，远处的鸡鸣依稀传来，东方渐渐地由深蓝变成灰白，运兵的车辆缓缓出动，好慢好慢的，如同老牛拉着沉重的大车。

天亮了，一缕缕阳光捉迷藏一般地晃动着，时而射进车厢里，时而收回去。父亲这才仔细地打量着和自己先站在一条石灰线上，之后又乘一辆车的人们。他们有的勾着头，把头垂在两腿之间，在车辆行进时一颠一簸地打着瞌睡，只有三五个好奇的人东张西望着。父亲持一种看夜戏的心态，欣赏着车内的人们。他觉得车里空间被占得毫无插脚之地，像农村红薯窖里摆放红薯那样一根挨着一根。他突然想在人堆里寻找那个叫张猛的人，看看他面目是不是也和闫七少一样，可仔细查找了几遍，也没有发现他。可能此时张猛也把头低到两腿之间，那当然看不到面孔了。他们乘坐的车辆，估计是用大大的帆布包裴起来的，前后都有一块门帘一样的大布块儿摆动着，偶尔摇摆出一个缝隙，风和阳光都是趁这种时候进到车内的。中午时分，车辆开到一个地方停下来，车上人不知道这是哪里，也没有兴趣去打听。这时，坐在车前驾驶室的老兵站在车后喊："大家抓紧下车，需要大小便的要抓紧时间，完事后在车跟前排队，我们去进餐。"车上人开始骚动，刚才睡着了的，这时几乎一个动作，把双手举得很高，长长地打着呵欠。蓦地，父亲像发现了怪物似的，那个张猛正是闫七少，货真价实。父亲知道，这家伙无论如何也不可能再以师兄自居了，就审查似的问："你不是闫七少吗？怎么玩把戏一样地变成了张猛？"这家伙连忙摆摆手，示意小声点儿。下了车，父亲在前面走，张猛在后面快步跟上来。说："老乔，这名字的事说来话长，等有机会时，听我仔细说说。你看，这一车人，没有几个面熟的，那些训练时刚认识的几个，这回也没分到一块儿。咱俩最熟，我也只能跟你交底了！"父亲觉得此时的张猛，一副失魂落魄的样子，怪可怜的，就点点头。从那天后，他们之间的交流逐渐多起来，但一直停留在触景生情和有感而发的前提下，很少涉及个人和家庭的事情。他们在那个地方吃了午饭，所谓午饭，其实是很简单的，跟早饭、晚饭没有多少差别。每人一碗稀饭、一份杂烩菜和两个馒头，吃完就出发了。还是那位老兵在和一个新兵交谈时，无意间说出了"兵站"两个字，父亲才知道那个地方原来是兵站，多么像农村放农具、养牲口的杂院。在兵站重新乘车后，车依旧晃晃荡荡地行进着，而且拐来拐去，似乎这里的道路盘旋不断。盘旋路段至少用去了一个小时，接下来便是坑洼不平的路面了，车不仅颠簸不停，而且还掉入深坑多次，汽车常常像拼命似的吼叫着轰轰几下才能冲出深坑。经历这一段后，车里的新兵们由刚坐车时新鲜、好奇、振奋，开始感到厌烦、焦虑、不安，好几个人烦躁地说："坐车真不如地奔，真难受，屁股都要蹾得分成两半了！"这些人说的地奔，应该就是步行的意思。在这种时候，车只要能走得动，老兵和军官们只要不发号令，再难受也得受，叫苦不迭丝毫没有意义。父亲在这种时候，定力要比同车的其他人都好。他清楚地明白，既然搭上了这班车，即使中途发生颠覆，也只能随之而去，叫喊只能是意志薄弱、教养不够的表现。他打量着车上表情各异的战友，把自己的情绪调整到静观世事的状态，通过他们的发泄来衡量这些人的涵养。大约又过去半点钟，车在歇斯底里的叫嚷之后，再轰隆也没能冲出那个由坑连坑形成的路段，熄了火的车像死了一般停下来。老兵在喊叫："统统下车、统统下车，大家下来推车！"一听到下车的命令，早已被颠簸得叫苦不迭的新兵们如同下饺子似的，扑通扑通争先恐后地跳下来。没等统一喊口令，新兵们就经过三五下伸腿展臂的准备活动后，或站在车两侧，或站在车厢后，自动地推起车来。车虽然被推得动了动，但基本上还是在原地，那道坎儿足有两尺高，是日本飞机轰炸后留下的。汽车司机这时发动了引擎，老兵喊着口令："预备，推啊，加油！"人车互动，那道坎儿就被克服了。然而，过了这道坎儿，紧接着就是好几个弹坑。推车的父亲借着车爬上那道坎儿的时候，一边扶着车厢一边扭头朝后边看。原来排成一队的车辆，此刻横七竖八早已不成队形了，都在各自为战，奋力爬着弹坑。这种状态一直持续到天色昏暗下来，父亲他们这支队伍接到通知，要徒步行军三十七公里，在一个名为周村的地方乘火车。几个小时前还在车上叫嚷着宁肯步行也不坐车的几个家伙，立即又改换了说法。他们有的说："步行三十多公里，到了目的地半夜了，吃没吃的，睡没睡的，哎，这就是去打仗的部队？"有个战友迎合说："汽车走不成，路让日本空军的飞机炸坏了，那火车路就保证通着？"随后就是一阵讨论，那个低矮的胖子说："让咱上战场，饭没吃好，车没坐好，还要地奔，这是叫咱们受罪的！"听着他们在东抡西砍地乱说一气，父亲感到和这些人在一起简直是丢人，于是他把脸扭到一边，不再用正眼看他们。张猛似乎能揣摩出父亲的心理活动，很不客气地说："伙计们，我看你们在填写表格时，都在服从命令、英勇杀敌、不怕牺牲那一栏下面签了字，不会签的起码按了指印。既然保证过了，就应该把自己的话拾起来，还没真枪实弹干哩，就叫苦连天，那当啥兵呢？"见有人持不同意见，就有人把话题转了，那个黑点儿的胖子说："对呀对呀，既然咱出来当兵，就要有吃苦受累，甚至流血的准备，只是咱们就像被装进袋子里，人家往哪儿背咱都不知道。火车往哪里开？"张猛这会儿成了主宰这些人的老大，说："往哪里去，是听长官们说的，咱们说啥都不算，还不如省口气暖肚子！"

大家马上陷入无声状态，只等长官发布命令了。刚才还发牢骚的几个人，来自同一个县，他们说是洛宁县底张的，还有两个是宜阳县韩城的，这几个人都在县城的学校读过书，他们虽然不再发泄了，但心里并不服气，对于张猛的话没有反驳，完全是出于对一个人的敬畏。笨蛋也会动脑子想，车上坐了一个连炸药包都敢拿着跑的人，那还不是神一样的存在，张猛跟神走得那么近，不看僧面也要看佛面啊！父亲越是不吭声，越是深沉，越是给大伙留下特别庄重、神圣的印象。

那天夜里的行军，还是以车为单位，每车三十五个人，没有要求步伐一致，但强调不得掉队。大家半数以上没有行军的经历，但新鲜的感觉的确能够让人振作。或许大家都认识到了一点，那就是既然命运把大家捆在一起，那么大家就应该树立一种同生死共患难的信念，特别是到了战场上，相互依托、团结一致，才会产生出让敌人胆寒的力量。三十七公里路程，甚至还要多一些，因为途中为了给友军的辎重让路，躲避日军的空袭，都需要绕道，并没有谁再发牢骚。到达那个叫周村的小站后，上边传令让原地休息，等候火车。候车的一个小时，每人得到一听罐头、一包饼干。罐头带给每个人一阵好奇，在此之前，还没有一个人享用过这种既有火腿、巧克力，还有两支香烟的东西。长官和老兵再三警告，不得抽烟。兴奋的新兵们拿出烟在鼻子前闻了又闻，不抽也不扔，悄悄地装进衣袋。大家把黑不溜秋的巧克力当成了神秘之物，害怕别人笑话，差不多都是用舌尖舔舔，再把锡纸包上，好像把这种造型美观、又苦又涩的东西吃掉就是暴殄天物似的，几乎都把锡纸原状包好，跟香烟装在一起。父亲这天吃巧克力时，发现了张猛的一个细节：这家伙把巧克力拿在手上，锡纸也没揭，只是闻了闻，就塞进衣袋，星夜里还能隐约看到他的泪光。在会芳的日子里，父亲认定这家伙就是一个野蛮、充满兽性的种，这会儿才发现他还有心有肺，或许他想起了家乡的老人，打算把这好吃的洋气东西留给他们吃。就是这听罐头和那包饼干，让大家忘记了奔波的劳累，也忘记了等车的煎熬。当火车停到跟前的时候，大家还对等车的时光心存留恋。这天的后半夜，大家有序地躺在闷罐一般的车厢里，没有抱怨，也没有议论，平静地进入各自的梦乡。可能是太累了，火车在途中多次紧急刹车，在沿河的多个车站都有停留，七十多人没一个知道。上火车时，两辆汽车的乘员共享一节车厢，也许是增加了一半的陌生战友，大家可能在语言行为上更加矜持和收敛。天亮的时候，大家被人唤醒，是部队的长官让大家抓紧下车，说是要步行二十公里，到一个码头乘船。细心的人就会发现，昨天还坐在车前边带队的老兵不见了，而眼前发号施令的人竟是一张陌生面孔，说话的声音也和河南人不同。父亲知道，这些人可能才是真正的带兵的人，部队有很多秘密和规矩，这可能只是一方面吧。

这天的行军是从清晨开始，而且开始有了团、营、连和排，班长是一位老兵，姓姜，自我介绍说是安徽金寨的，离河南信阳很近。班长看起来很厚道，说话不是那么讲究，三两句话就会带一个把儿。他称父亲为老乡，很热情的样子。父亲不知道安徽金寨在什么位置，只知道信阳在河南南部，和安徽、湖北搭界。人家称老乡就算老乡吧，父亲也表现得很谦逊，微笑着跟班长打着招呼。这一班里，从洛阳招的只有四个，其余的六个有安徽的三个、江苏徐州的三个。姜班长告诉大家，队伍到码头再用餐，请大家忍耐点儿，行军打仗就是这样，很多时候为了赶路，就少不了忍饥挨饿，夜间也不能安安稳稳地睡，随时就会有作战任务下达。行军路上，异域他乡的山水，既让人陌生，也让人好奇，加上姜班长不断为大家加油鼓劲儿，二十多公里的路程很快就走完了。

父亲面前是一条白茫茫的大河，肉眼根本看不到对岸，河面上有很多机动船在行进着，还有的慢慢地在岸边寻找着码头，对岸是一座高入云端的大山，山上的树木花草此时是一片深灰色。父亲对黄河太熟悉不过了，那是一条奔腾不息的大河，可跟眼前这条大河一比，就有点儿小巫见大巫了。他不禁感叹起祖国河山的壮美，只是遗憾自己的见识肤浅，竟不知这条大河名字。姜班长走过来，说："老乡，咱们面对的就是长江，它比北方的黄河要壮阔一些。咱们从这里乘船，在对面偏东一点儿的地方下船。那个码头叫九江。"父亲眼睛顿时一亮，心想，原来这条大河就是长江，马上要渡过长江的冲动让他兴奋不已。

这天的用餐是在江边徐家码头上，从上到下传来命令，要所有官兵抓紧吃饭，饭后立即赶赴九江。父亲从姜班长的表情看出，可能要有紧急行动了，究竟是什么任务，并没有人说，姜班长肯定心里有数，或者从步行开始他就知道。再顺着时间追溯，下火车时团以下建制立马儿形成，从团到班，现成的长官，说明下一步的行动是早有准备的。轮船在江中开足马力行进，江北绿树掩映，山丘相连，对岸的高山耸峙，挺拔俊秀。父亲第一次感触到这么宽阔的水域和这么雄伟的大山，觉得云和山相连，山和水包容，山在水中旋转。眼看着山就在水中，瞬间它又映现在离水很远的地方，说这种境界是一种幻觉吧，可自己明明就站在船上，耳闻目睹这既美好又虚幻的一切，绝不是在梦里，也不是在一种想象中。父亲在黄河上坐过船，船在河中央时，南边可以看到长龙一般的北邙山，北边能够眺望峥嵘起伏的王屋山，然而却没有感到山的缥缈和水的虚幻。他还在感叹中，船已经驶进那片长满绿苇的水湾。姜班长向前方指了指，太阳升起的地方下面，重峦叠嶂、云烟氤氲、树木葱茏，隐约可见。姜班长说："那个地方叫铜陵，对面就是安庆，是我们安徽省的南部，很不错的地方，等打完仗，把日本侵略者赶走，我带你们到那里玩。黄山、太平湖、徽州都不远。"说着说着，姜班长就声音发颤。父亲知道他是在思念故乡，这时，父亲的脑海里，也出现了北邙山、黄河、孟津乔窑。父亲意识到自己眼圈红了，里边有些湿润，禁不住想起关汉卿的名句："晓来谁染霜林醉，总是离人泪。"有时候离开家乡家人的感受，也可以套用这种情人离别的句子去表达。

在九江下船的时候，天下起雨来，大家只好在码头石阶上小心翼翼地走着。趁着大家步履缓慢的当儿，父亲回头望了一眼载他们过来九江的轮船，"江华"两个字在蒙蒙雨中仍然清晰醒目。终于爬到了八九十米的渡口斜坡顶端，经过短时间的整队，父亲的队伍又步行在九江江滨道上了。父亲总嫌队伍行进速度太慢，就不自觉地朝路旁扫上一眼，路边行走的人们除了给军队让路，就是站在那里东张西望。他们身后有一个卖杂货的，店前竖一块牌子，上面不规矩地写着"浔阳杂货"。于是，父亲揣摩着"浔阳"两字，很快又想起白香山的"浔阳江头夜送客"，仿佛这个地方一下子亲切了许多。江边的雨和雾结伴而行，如同烟雨一样，远景近景好像沉浸在这迷茫之中，把九江这座城市装扮得无比神奇。雨中行军，脚步声"唰唰唰"的很有声势，为战争乌云笼罩下的江州注入着信心和希冀。队伍经过五个转弯后，走进了一所学校。学校校园很大，早有更多的部队在此集结，父亲他们这些坐轮船过来的只是那么小的部分。下了火车，虽然有了团、营、连、排、班的建制，但那只是临时的人员组合，姜班长告诉父亲，经过这个学校操场的培训后，再组合的才可能是正式的，很可能大家还会被拆分。

这里是九江市的一所公立学校，进了那么多人其实才仅仅是一个团，其他的团级单位驻扎在九江南十里铺一带。雨越下越大，大概是部队没有作战任务，这天的主要任务改为休息。雨下了一夜，第二天还在下。部队就边休息边培训，据说一个整编师的中将师长、黄埔军校一期毕业、陆军大学正则班毕业的年轻长官亲自来训话。由于没有大的礼堂，临时决定以连为单位，一个教室一个连，接受长官训话。父亲他们的连很幸运，成为第一个聆听将军训话的单位。训话长官操一口与河南、安徽截然不同的口言，大致意思可以听懂，姜班长悄悄告诉父亲，师长是湖南醴陵人，特别会用兵打仗。父亲马上振作起精神，好不容易遇上一个会率兵打仗的人，心想一定要听认真些，好多知识都会在战场上有很大用处的。师长先讲什么是军人，讲之前提问在场的新兵，不知什么原因就让张猛回答。平时能说会道的张猛，面对师长，站起来却支支吾吾地回答得令人发笑："军人就是军队里的人！"师长没有为难他，还肯定他回答得很实在。师长问大家入伍时是否登记填表，让大家举手，不是回答问题，所有人齐刷刷地把手举过头顶。师长说："军人就是通过报名、经过审查、获得军籍、开始服兵役的人。恭喜大家成为中国军人！"师长讲话很有层次，虽然他没有拿教案，也没有教具和参考资料，但经他别开生面、时而谈笑风生、时而庄重严肃的演讲，深入浅出、寓教于乐、娓娓动听，让大家在愉悦、紧张、活泼、认真的情感变换过程中，知道了很多常识，明白了深刻道理，懂得了军人的神圣。

父亲在他的日记本上认真地记着："军人最伟大的精神境界是宁死不屈、马革裹尸。"师长训话很流利，让记录的人只能大致记住重点。"保家卫国、坚守阵地、与阵地共存亡是军人的职责，宁可前进一步死，决不后退半步生是优秀军人的底线！"还有"军人素质，熟练掌握作战技能，具备战斗能力、体能素质，会正确、熟练使用战斗武器，有较强的现场观察识别能力、机动反应能力。"讲到军人素质、遵守纪律方面，师长还讲了半年前他经历过的事情，由于战事需要，师长带队由九江十里铺向汤家坂前进，执行阻击日军的任务，部队还未出发，有两名军官就趁机开溜了，途中又有一名副官潜逃。师长说，这几个人害怕日本侵略军，怕到没有交手就跑路了，这种人不配得到军人称号，更不配当中国军人。师长讲话很励志，他说：“日本军人装备精良，其实他们很佩服我们中国军人的，他们捡到中国军人的水杯，看见上面刻有卧薪尝胆字样，就有了敬畏之心，尤其是中国军人宁死不屈的精神，更让他们佩服得五体投地！”师长讲了发生在不久前的“淞沪战役”“台儿庄战役”等，中国军人打出了威风，打出了志气，让敌人胆寒。师长说：“战争从某种意义上讲，就是勇敢者的游戏，两军对垒勇者胜，贪生怕死的人往往出师未捷身先死，那次跑路的三名军人，恰恰在途中遇到了日军的一个联队，当他们扭头逃走时，被日本人的乱枪打死，死得毫无价值可言！或许，这几个军人服从命令，跟队伍集结到预定地点，大获全胜时有他们的战功，即使战死，那也是可歌可泣的壮烈！”

讲到武器，父亲记在本子上的很简单：“武器为军人的第二生命，枪与人共存亡，应加倍爱护武器及熟悉使用武器。”师长在讲武器使用时说，他接触了兵员补给单位的几位长官，也粗略翻阅了部分新兵的档案，还询问了一些士兵入伍以来的情况。他说：“在入伍之前，大多新兵没有摸过枪，平时连械斗这种事情也没经历过，对战场有些畏惧，也有的比较勇敢，比如河南洛阳一个新兵。”师长说着停顿了一下，目光在教室扫了一遍，接着讲下去，“这个新兵没有进行过任何爆炸训练，竟然在危急关头，英勇地抱起随时可能爆炸的炸药包，猛跑几十步跳进城壕，在猛烈的爆炸之后，人竟然健康地活着！”没等师长讲完，张猛就欣喜若狂地说：“就是这个新兵！”张猛指着父亲，把父亲弄得脸唰地红了。父亲已经告诫过张猛，话说三遍淡如凉水，不值得挂在嘴上。师长让父亲站起来，然后鼓动大家给予热烈的掌声。师长鼓励说：“这位新兵如果认真学点儿武器使用知识，掌握爆破器材的性能，加上这种英勇果敢精神，我相信他会成长为勇士、战神、优秀军人！”父亲拿着笔，却不知道如何记录，但他还是写下了“勇士、战神、优秀军人”几个字。

听人讲课是一种功夫，对于放任自流习以为常的新兵们来说，听课比重体力劳动还要累人。因此，熄灯号刚刚响起，就有不少人立马儿进入梦乡，整个军营随之悄然无声。父亲恰恰相反，竟然毫无睡意。听着大伙儿的鼾声，他不知为什么想起了梁周寺里净尘法师的话：“我们身边的好多人，争强好胜，贪财、贪名、贪利，什么都要，实际上临死的时候，一样也带不走。这些人每天晚上，睡着就是小死，天天都要死一次。不服可以试试，睡熟了，人家把他身体抬走，他根本不知道，这跟死有什么两样？”父亲拿法师的话套用在熟睡的人身上，认为熟睡的确如同小死，想着想着，不知不觉地睡着了，或许他比别人睡得更熟、更香。

父亲被一阵军号声唤醒了。紧接着院子里就响起急促的哨子，有人在大声喊着紧急集合一类的话。院子里一阵骚动，透过朦胧的夜色，可以看到不远处的点点灯光，江上汽笛声悠长而颤抖。九江一带的雾气比洛阳的晨雾形成得早，好像半夜就有了，而洛阳一带差不多都是天亮以后，有时八九点钟，在人们的眼皮底下形成的。如果不是半夜时的紧急情况，今生今世也不定见识九江一带的雾，父亲感叹着，他把睡梦中的早起，看作和九江夜雾的期遇。雾气好像是在游动，时而薄时而厚，薄时可以隐约看到天际里的群星，比晴空多了几层轻柔的细纱，给人增添着童话一般的想象；厚时如同一块铺天盖地的魔毯，慢腾腾地接近着万物，让人感到压抑的同时，又感到富有梦幻一样的深沉。院子里偶尔出现一道白光，好像一把快刀把夜色切开了似的。

部队在这种迷幻一般的环境里摸索着出发了。黑夜、浓雾中的人们，摩肩接踵，像一整块儿移动的物体，多少人，往哪里去，大家都不清楚，每个人只知道步调一致、紧跟队伍。部队长官训话时说过，一切行动听从指挥，不该问的坚决不问。父亲的方向感很好，他借着雾薄时看了看天空，星座的位置大体告诉他，出了大院往左是北，往右则是南，队伍是向南行进。大雾中的九江，没有灯火、没有人影，底色是一种灰暗的沉寂。部队出动多少人，这是机密，但打破沉寂的脚步声，又告诉人们这个阵容很庞大。庞大的阵容出了九江，在灰蒙蒙的雾中分成了将近十块，朝着多个方向行进。市外的雾仿佛比市内的轻薄，呈现一种灰白色，队伍就是在这种迷茫的氛围里快速往前移动。这种时候，道路的颜色变成了褐色，比刚出院子那阵子好走多了。经过几次夜间训练，泥泞的、坎坷不平的、曲曲弯弯的、荆棘密布的、卵石遍地的路，甚至乱葬岗、羊肠小路，都作为必走道路的科目，特别是漆黑夜里、雾色弥漫中，极端恶劣天气条件下的行军，父亲适应得很快，以全优的成绩通过。在会芳时逞能、使坏的张猛，进入军营后，好几项成绩不及格，使他灰溜溜地怀疑自己不是当兵的料。此时，父亲俨然成了大师兄，而张猛就是初来乍到的小学徒。虽然父亲比他年龄小三四岁，甚至五六岁，但他却总是虔诚地称父亲为“老乔”，叫得父亲啼笑皆非，还不得不答应着。张猛说：“我原来想着打仗很好玩，守住一个关口，让敌人打不进来。谁知道还这么受罪，起五更不说，像这边的雾大得吓死人，行军走路像瞎子一样摸黑。”父亲像哄小孩一样借用井账房的话安慰他说：“吃得苦中苦，方为人上人。等打了胜仗，弄不好你还能升个官儿干干呢，像姜班长，现在已经是副排长了！”张猛立即稳定了情绪，眼睛一亮，说：“那你说咱还有干头儿？那么先不逃跑了。”张猛这家伙身上好像藏着秘密，总是说以后再告诉父亲，有时候他还幼稚地想，三两个月把日本兵打败，计划着春节前挣点儿饷银，回他们虎掌凹过年。茫茫大雾里，姜副排长发话了，说：“兄弟们，注意脚下，精力要集中，再走三十里就进入阵地了，到那里兄弟们再聊天啊！”人逢喜事精神爽，姜副排长从班长升到副排长，心里美滋滋的，说话也十分亲切。

时间在匆匆行军者跟前，总是过得很快，南方的黎明也似乎比北方来得早。从东方开始，天渐渐亮起来，原本浓厚的雾也随之变得淡薄最终散去。夜里行军，大家只知道“噔噔”地赶路，不知不觉间早就超过了姜副排长说的三十里。九江一带的路，多数是绕着山水在走，垂直距离三十里，那么在路上起码得走七八十里。王家坂、廖家畈、普泉山、鸽子庙这些地方，往往像原地打转似的，有时可能有意制造一些假象，多数时候则是因为路况太差，一道岭可能有十多个上坡下坡，而且坡的边缘还有陡峭山壁或深不见底的沟壑。这种路段，行军不到一公里人人都少不了汗流浃背、气喘吁吁的，为了不让人掉队，少不了还出现短暂的逗留。夜间行军，不时地还要停下观察一番天上的飞机，地面有雾，高空或许无云无雾，不定什么时候暴露目标就会遭到空中袭击。天亮以后，时常有日本人的飞机掠过，飞机有时几乎要擦着山头或村庄里的树梢，像飞行表演似的，一会儿俯冲下来，一会儿直上云端。好在夜间雾气大，飞机飞行要冒很大风险，否则，地面上行军还真悬。九江一带的树木茂密，道路在绿树的隐蔽下为行军创造了条件，即使个别时候飞机向林子里扫射一梭子子弹，或者扔下一枚炸弹，那都是投石问路。姜副排长鼓励大家，大胆走路，但一定要注意力高度集中，战争时期对流弹、对敌人的试探一定要多加小心。

王家坂那面陡坡走完，部队为了躲避空袭，停下来休息。刚刚还紧张得头冒冷汗的张猛话匣子就打开了，他对父亲及其他战友说："这个坡，很像虎掌凹往洛阳去时遇到的白沙坡，七扭八拐不说，还陡得很，只不过白沙坡没这儿的长，山也没有这里的高！"听着他说家乡的坡，父亲很自然联想到洛阳到孟津的耀店坡、大坡口坡，相比之下，老家的山平缓，坡自然也只是缓坡了。几分钟过后，部队又开始赶路了。到了这里，大家心里已经有了底，不远处就是汤家坂，距汤家坂二十多里的地方，中国军队正与日本军队激战。

到达汤家坂，已是午后，父亲和他的战友们开始马不停蹄地修筑工事。这天下午，就出现了一些从最前方退下来的军人。很快，父亲他们这支队伍就成为一支由新兵、老兵、撤退的兵混合而成的部队，他们要阻击的是来势凶猛、牛气十足的日军 106 师团。日军从安庆方向一路西进，不可一世，尤其是波田支队陆续占领了彭泽、湖口等地。尽管在姑塘一带，中国军队奋力拼杀，最终还是败退。一场殊死的战斗到来之前，汤家坂出现了短时而稀有的安静。父亲这时仿佛恍然大悟：这是在保卫大武汉啊！九江为江西和湖北的门户，要保卫大武汉，必须死守九江！到了这时，父亲这个第一次来到长江一带的新军人，回顾入伍以来的历程，那天下火车上轮船的地方是汉口，是武汉的一部分。到达九江后，他学习了很多军事常识，还实地勘察了九江一带的地形。当下，他正在准备参加人生第一场战斗，激动、担心、冲杀、牺牲，情绪如同一团乱麻线，错综而复杂。然后，他很快淡定起来，心想对手也是人，绝不是三头六臂的妖魔，一定能战胜他们。

没有战场经历的父亲，焦急地等待着开打的那一刻，觉得时间过得出奇得慢。在焦躁的等待中，天色渐渐地暗淡下来，接着天上出现了几颗星星，再后银河出现了，群星开始扑闪着眼睛。父亲认识北边那颗星，想它的下面可能就是洛阳，孟津乔窑此刻应该是炊烟袅袅、关门闭户的时候。这时，他脑子热了，一首小诗在瞬间油然而生："男儿杀敌上前线，千山烽火万里烟。

纵使沙场血流尽，埋骨南疆也坦然！”父亲把枪端好，眼睛看着前方，自信之目光像天上的星星一样活跃、一样警觉。

十

乔家牛车经过精心打理，个别地方还重新装饰了一番，虽没有发生脱胎换骨的变化，但还是给人一种顺眼的感觉，尤其是牛脖子上系的铃铛由旧换新、由小换大，声音悦耳且清新，总之从车到牛，让人耳目一新。牛车干净利落，顺子为此而神清气爽，那头黄牛在换了铃铛后似乎也欢喜起来，拉起车子昂扬奋发。从乔窑到孟津县城这五里多路，比往常节省了至少十分钟的时间，中午前就到了县城东门里。由于这天七月三十庙会，县城的主街道拥堵，主家叮嘱乔顺子尽量选择背街走，不然的话天黑也走不到东门里。乔顺子很自信，说这条路他走得多了，两条背街也没少走，让乔家当家人张氏尽管放心。张氏对顺子很放心，这么多年，自从老大家进了乔家门，接送的任务都由乔顺子去执行，他赶车稳当还不耽误事，也得到东门里王家尤其是老大家的夸奖。

乔顺子是忠厚人，给主家赶车就对主家负责，主家交代为了节约时间让他走背街他不打折扣地照办。虽然忠厚甚至木讷，但乔顺子有时也懂得变通，条条道路通汴京嘛，并不是一棵树可以吊死人。县城除了主街，背街有两条，一条在南，叫南后街，从西关开始南拐；还有一条叫北后街，也是从西关拐，只不过是往北拐。乔顺子通常走南后街，一直可以把牛车赶到王家后门，然后就把牛拴在城壕边的那棵老榆树上。北后街他基本没走过，因为北后街相对绕远，要走到北后街和东关交会处，再往南走，走到南后街最东，还要再往西拐，才能找到那棵拴牛的老榆树。那时候，县城大街上没有门牌号，那棵拴牛的老榆树便成为参照物。乔顺子一般都是把牛拴好后，把牛车的刮木绑紧，相当于把刹车拉住。他第一次到东门里王家来，就丈量了老榆树和王家后门的距离。他在乔窑是庄稼把式，别看他大字不识几个，丈量土地面积时只要走上一个来回，再走一个横头，说出的面积可以精确到平方尺。至于老榆树到王家后门的距离，那是乔顺子故意要的一个小聪明，也属于一种变通。回到乔窑，他就会告诉张氏，亲自仔细地步了步，闭上眼都不会走错门。这时，就会得到乔家当家人张氏的夸奖，有时还会奖给他一块点心。其实，他不用丈量，肉眼就能看出老榆树到王家后门的距离。通常，乔顺子到了王家后门就会把皮鞭甩得炸响，然后门呼隆就有人从里边拉开了。这甩鞭子是他喊门的一种方式，也是一种从粗野到文明的进步。他第一次到东门里接人，牛拴好后，就站在王家后门处大声喊："老大家，我赶车来接你哩！"他几乎把嗓子喊得发痛，甚至沙哑了，并没有人知道他是谁家的客人，老大家是谁呢，即使有人听见他在喊叫，也只是看看而已，很快都回避了。他自己过后也觉得，自己喊叫半天，像一个叫花子，有几个人知道老大家指的是谁，除非在乔窑。那次，多亏杨树洼的客人张东方来串亲，看到有人在大喊大叫，就管闲事问顺子找谁，这才帮他把在乔窑被称为"老大家"的母亲叫出来。从那以后，王家姊妹们常用"老大家"三个字来开母亲的玩笑，刚开始母亲一笑了之，时间久了，连赖在舅家不走的母亲的表弟许琰也放肆地叫老大家。母亲气鼓鼓地说："孩子家也敢这般对大人们无礼？看我不打你的嘴！"母亲装着要打许琰，许琰就跑着求饶。母亲问："我的名字叫啥？"许琰这回乖了下来，马上说："叫兰菊姐！""再说一遍！"母亲表情很严厉，许琰这回没有辙了，他以为自己说了"兰菊"两个字，有所冒犯，惹人家生气了，就马上换了一种称呼，说："你叫四姐。"母亲饶了他，但告诉他："以后不准再叫老大家，就叫四姐。"回乔窑的路上，母亲很和气地跟乔顺子商量，以后再到东门里，不用喊叫，只需要把鞭子甩响就完全可以了。母亲说："顺叔，其实咱这牛车往东门里一过，牛铃叮当一响，家里人都听出是您赶车来了，最多把鞭子甩几声，不用您使劲儿吆喝。"母亲不待见"老大家"这个称呼，又不能封住别人的口。

乔顺子七月三十这天破例绕远走了县城北后街。他早听说明代尚书、书法大家王铎家的后院，以及那个叫"再芝园"的地方都可以坐在车上观赏。过去到东门里，他很少走这条街，衙门后边常有血糊淋漓的囚犯从此抛出，清末民初也常在这条背街处行刑。且不说看到横七竖八、死不瞑目的尸体多么恐怖，单单那些酒气熏天、横眉竖眼的刽子手，提着血淋淋的屠刀，或者提着枪管里还有白烟冒出的枪时，他乔顺子的心都悬到喉咙里了。七月三十庙会，背街虽然好走，人是少了点儿，但比起平时，还是熙来攘往的，乔顺子这才勇敢地走一回北后街。乔顺子是乡下生乡下长的纯乡下人，进城后对城里的事情格外上心，对于陌生的东西就耐心询问，对别人的议论喜欢站在一旁聆听，时时处处表现出毕恭毕敬的样子。那些街谈巷议者看到身边站了一介乡下农夫，一副老实巴交的憨态，也就不那么在意他的存在，该说只管说，该撂炮继续撂炮。这样，乔顺子就对县城里的好多事都有了感性到理性的认识。

起初，他听人说东门里王家分大王家和小王家，就很快想到扑克牌里的大王小王。后来就听人说：县城东门里路南住的是大王，路北住的是小王。母亲的娘家住在路南，自然属于大王家，大王家祖上也是出过大官的，而且后辈人丁兴旺。小王家在路北，王铎家在路北，跟大王家几乎是正对门。王铎虽身为明、清尚书，门庭显赫，明堂开阔，然而出于对大王的尊重，门台的高度明显低了不少。这些建筑体现着主人的意志，也遵循着传统文化三纲五常的原则，更是王家世代和睦的象征。站在母亲娘家大门口，往北看去，尽管街北青砖蓝瓦房舍错落、庭院之间层次分明，然而回首仰望大王家明显处于一个百鸟朝凤的风水格局之中。

乔顺子今天情绪好，甩起长鞭也精神抖擞，鞭梢在空中兜出一个个圆圈，发出一声声清脆的炸响。王家南后门呼隆一声开了，马上露出那个孩童顽皮的笑脸，这男孩做了一个鬼脸，然后诡秘地嘿嘿一笑说："乔窑的牛车，今天还打扮了一遍，牛铃换成金灿灿的了！老大家见了会很高兴的！"说完，这孩子朝乔顺子咧了咧嘴，露出一口被糖果腐蚀得发了黑的牙齿。这顽皮孩子见母亲而装得很淡定，连兰菊姐也不叫，直接叫着四姐，扭扭脸就现原形，依然我行我素揶揄地使用着"老大家"这种称呼。往常到了该回乔窑的日子，母亲总是从中午开始，就注意着后门外的动静，主要是牛车的辘辘声、牛铃的叮当声和皮鞭的炸响声。这天，母亲的姊妹们正在做油卷馍和糖包馍，一手面腾不开手就让小许琰去开门。这孩子总是扎堆到女人群里，不会干就搅，不让搅他就把化妆品抹在脸上，弄得自己不男不女，还不愿受批评。让他开门，他不情愿，开了门就来了个"老大家"作为报复。乔顺子只知道这个住舅家的孩子调皮捣蛋，不知道一声"老大家"竟如此恶毒，就跟着他进了王家。所谓南后门，并不是院子的门，而是在三间上房的一侧留出三尺的过道，安上两扇门。开了门，不到一百米的地方就是城壕。明、清时，城壕里注入了大量的河水，整个水系是活的，那时就叫护城河。后来，护城河里的水干涸了，也没有再注入，就成了当前的样子，人们也趁势把它改称为城壕。自从变成城壕后，人们就在壕畔上种植起农作物。当然，护城河上原本是有城墙的，只因为城墙是用黏土夯起来的，年久失修，雨淋风剥，后来就变成了略高于地面的土垄。没有了高高的城墙，母亲娘家人就开门见山，那卧佛一般的北邙像一幅美丽的动态画卷，随着季节的转换，陆续更换着画面，养眼舒心。乔顺子把牛车停在老榆树下，那头黄牛在慢条斯理地倒嚼，书本上说反刍，给这美丽壮观的画卷增添了韵味和动感。

走出过道，那墙角的无花果在微风中摇摆着紫色的果实，像在欢迎乔顺子这位客人。这时一缕缕浓郁的桂花香味扑鼻而来，乔顺子今日奔放的心情被环境和桂香所激发，禁不住话就多了很多。他说："八月桂花香，七月三十就香喷喷的，还有墙角的无花果，真让人得劲儿！"听到顺子说话，母亲慌忙从厨房走出来，她围着围裙，两手还捧着面团，跟乔顺子打着招呼："顺叔，您先坐下喝点儿茶，休息休息，馍马上上笼，咱们吃了饭再走！"刚才听到鞭子响，母亲就泡了一壶茶。外婆到庙会上去了，西门里陆家女儿相亲，作为两代以来的至交，德高望重的东门里王家肯定是不能缺席的。外婆出门前，专门交代家中的儿媳和女儿、侄女，让她们把馒头改改样，蒸点儿油卷和糖包，菜就按以往的做。外婆考虑事情很周到，强调说："今天不到下午，乔家就会来接人，乔顺子来了让他吃点儿油卷、糖包，新鲜。还有许琰、吕尚这几个淘气孩子，要照看好，别让他们出门，庙会人多，出门容易闯祸！"外婆从过庭走出去，到大门口可能看到啥情况又折了回来，对正在忙着做油卷和糖包的小姊妹们说："糖包和油卷蒸好后，再盛一碗菜，给对面你们婶子和留根送过去，叫他们也尝尝。"外婆说的对门就是王铎家，留根是王铎家唯一的嫡亲后人，孤儿寡母不说，留根的一条腿还有病。外婆感叹说："大街再宽，也隔不开亲情啊，看见他们娘儿俩，我心里疼！"平时外婆总是热情招待乔顺子，每次都让他吃饱喝足。外婆去陆家前交代的话，虽然是平常小事，但毕竟牵涉着往留根家拿，不知不觉就给这些学做油卷、糖包的人们增添了压力。她们从细枝末节开始，唯恐出了毛病而影响效果。

乔顺子是干粗活儿的人，但他在与人打交道过程中，逐渐学会了品味别人说话的真正含义。他坐下喝了一杯茶，就站在厨房前说了句：“我出去走一走，看看正街好通行不好。”他琢磨了母亲的话，知道离吃饭还有一段时间。坐在那里等着吃饭，像个傻子一样，真不如上街走走，这样既消磨了时间，又不招人讨厌。乔顺子还想，每次不论走正街、后街来东门里，差不多都是走后边门进王家的，前面院子据说很讲究，还没有见识过呢。他借口出去走走，目的就是想从北边正门走过去，耳听是虚，眼见为实，明朝达官贵人家应该很气派的。

这是一处典型的明代建筑。两个三间临街房和一个两间跨院，临街房两个大门都能进出。临街房的檐下水平线悬挂着四块金丝楠大匾，分别镶嵌于两座门楼的左侧。尽管大匾油漆因年久脱落而略显斑驳，但它仍不失高雅大度、威武庄严。西院的两块分别是隆庆皇帝和万历皇帝的御笔：“柔嘉维则”“学高德劭”；东院两块分别是洪武皇帝题词宋克书写的“高山仰止”和孟津县令云子甫题写的“既明且哲”。不知什么原因，东、西两个门楼只打开了一个门，另一个门常年关闭。人们猜测那是因为一个门象征一家，如果两家走一门就象征着两个院子仅有一家，寓意就是两门是一家。东边那个大门开着，乔顺子打这里走进去，临街房进去，是一条东西通道，与县城大街平行。这条通道最东是那个跨院，接着跟大门照应着两个月亮门，月亮门迈进去，是敞亮开阔的大厅，人们称之为过厅，过厅两边是一式两份的建筑，挂着王家家训和二十四孝图。过厅东面就是跨院，即是通道，又是花园，明代的大砖已经在盐碱土壤的浸润中出现风化、剥蚀等情况。走出过厅，东、西两个院子，都有各自的院门，独自一体。两所院子均为五间两对厦门，最后就是所谓的上房屋。两所院子还是仅有一个南门，尽管上一代已经分成两家，但对外的印象仍是出自一门。

乔顺子在王家吃了午饭，很知趣地到老榆树下翻弄起牛车，同时为黄牛理顺一下皮毛。按道理说车刚打理过，牛毛也很整洁，顺子觉得自己这样做最符合常理。

外婆从陆家回到家中，问了顺子、问了王留根母子俩，就跟侄女聊起天来。侄女是西边那所小院的姑娘，在两所院子女孩排行中排老三。两所院子共有六个男孩，母亲的三个亲哥哥分别排老三、老四、老六，西院那边排老大、老二和老五，两所院子共有五个女孩，母亲有一个亲姐、一个亲妹，排行老大、老五，西院的两个女孩排老二、老三，母亲排行老四。母亲的三姐婆婆家离黄河铁谢渡口很近，她也是七月三十庙会回娘家的，东院姊妹们玩得开心，母亲的三姐就加入过来。外婆是那种宽宏大量的人，为人特别包容，于是王家东院常常是欢声笑语、人声鼎沸。正因为这种和谐的氛围，打动了母亲好几个姑姑家的男孩，他们住到舅家为所欲为，外婆又把他们当自家的孩子关怀，俗话说猫狗识温存，何况他们是更为高级的动物。跟外婆一同进门的还有母亲的一个姑姑，她很有意思，明知道自己的两个儿子和一个外甥赖在王家不走，还煞有介事地喊他们回家。她家孩子在王家玩得开心、吃得可口，根本不愿回去。母亲的姑姑当着众人的面，大声斥责孩子说："你们到底回不回？"孩子们异口同声："不回，就是不回！"母亲的姑姑就假装生气地说："你们就像狗一样，贪吃贪玩，疯起来不听话！"许琰、吕尚硬着脖子接了一句："我们就是狗，咋着？"母亲的姑姑戏演完要走时，没有忘了自我解嘲。她笑着对外婆说："嫂子，常言说外甥是舅家的狗，这几条狗你就喂着吧！"外婆陪着她笑，说："孩子们高兴，就让他们在这里耍吧！"母亲这几个表弟在王家任性得出奇，毕竟是亲戚，大家都不便过多地批评教育，这些孩子很是作怪，话还特别难说。母亲的三嫂、四嫂、六嫂都不愿多搭理他们，外婆也不想因为开导了他们引起亲戚之间关系生生涩涩，只有母亲敢指责他们。母亲说："人不能太没样儿啦，看你们那种厉害劲儿，你们妈的话都不听，完全就是上打君下打臣的家伙！"当然这话是在她姑姑走了之后才敢说的，母亲的姑姑很溺爱孩子，常常看不到孩子的缺点，而是一味地护短。母亲清楚自己的地位，一个出了门的闺女，不应该那么强势。马上要回乔窑了，乔顺子甩响鞭子在催促母亲。每当这种时候，母亲一定要办一件事，来安慰一下自己的心灵。

母亲走进上房屋，在她父亲的画像前静默一阵子，盯着父亲那张笃定诚朴的脸，泪水禁不住夺眶而出。母亲的父亲王睦，曾在乡试中以第一名的成绩成为秀才。在备考日后的高一层次的考试时，面对二十世纪初国家贫穷落后、地方官吏腐败贪软的状况，他放弃了科举之路，把精力和才智用在了帮助农民、小手工业者发展经济上，很快成为津邑优秀的乡贤人物。王睦对黄河中游一带，主要是南岸冲积平原盐碱土壤的改造，提出了置换北邙黄土、黏土的方法，在自己示范带动下，农民们改造出一方又一方的优质农田。原本荒芜了的滩涂、撂荒多年杂草丛生的邙山北坡，农耕文化得以长足发展。土地产出能力增强后，农家对土地的价值有了更深刻的理解，邻里之间，保与保、村与村、户与户、人与人之间，因为土地造成的矛盾便时常发生。王睦从中调解、化解的矛盾数不胜数，那时，孟津县城一带称他为“无冕县令”“土地神”。土地少的人家，王睦指导他们从事手工业、粮食加工，最有规模的就是食品工业，孟津的糕点业开始发达，产品通过黄河渡口进入平原省，经过铁路运输进入山东、安徽、陕西、四川。一九二一年，黄河中游一带先涝后旱，次生的灾害让老百姓日子十分艰难。时任孟津县县长登门向王睦请教救灾良方。王睦看他态度诚恳，就在纸上写了一句话：“淹不死的白菜，旱不死的葱！”意思是只要有信心，动脑筋，人们是可以克服时艰，度过饥荒的。王睦告诉县长，官府的赈灾，无非是发放库粮、发放银钿，像撒胡椒面一样的传统模式，只能救人一时，很难救人一世。最好是认准重灾户，双管齐下，官府救济和灾民自救相结合。官府的钱粮，不要层层下达，省去中间环节，避免雁过拔毛。王睦深情地握住县长的手说：“能深入到民间的官，多是好官！”县长走时，恳求王睦让带走他的文章《自然灾害频仍状态下的农村赈济和救灾刍议》。王睦不是官员，但凭着他的人格魅力、才华睿智，受到津邑千门万户的崇敬和爱戴。他不负众望、夜以继日、马不停蹄地为民众料理红白喜事、协调民事纠纷，废寝忘食地工作，致使他健康的身体出现疲惫不支的状况。母亲八岁那年，她父亲王睦终于在筹备津邑民间社火比赛中发病了，很快就离开了人世。母亲还记得她和六岁的妹妹，跟着大姐和三个哥哥以及三个嫂子，拼命地喊着：“爹，躲钉！爹，躲钉！”当时，她并不知为什么这么喊。又过了八年，母亲在媒妁之言下，嫁到了逐渐没落的乔家。出嫁那天，母亲站在王睦的画像前，流着泪告诉他：“爹，闺女马上出门了，虽然要成为乔家人了，但我永远是您和娘的闺女！”之后，凡回娘家要离开时，母亲都忘不了告诉自己的父亲：“爹，闺女走了，过不了多久就回来看您！”

母亲眼圈红着走出上房屋，外婆她们已经在等她了。这一切很像一种工作程序，一个环节结束，另一个环节就开始了。母亲的嫂子们十分友好，对她们的妹妹关心备至，她们相跟着，目光都含着眷恋和不舍。大家知道乔家牛车在后门那边的老榆树下，就开始往过道方向走。母亲这才看到，每个嫂子手中都拎着一个小布包。有今天中午才出锅的油卷和糖包，还有外婆刚从陆家带回来的红烧肉和加上红点的馒头。母亲的嫂子们都不作声，认真地聆听着外婆的吩咐：“这些红烧肉拿回去，仁厚他爹乔守甲是大厨，让他加工一下给大家吃。糖包馍不多，你们家那个小妹子仁娥、小弟聚厚爱吃！”乔顺子这时已把牛车赶过来，“喔”的一声让牛停下来。外婆笑着说：“他叔，让你辛苦啦！”外婆把一包茶叶递给顺子，说让他回家沏沏喝。外婆是为了让顺子把车赶得稳当些，切实保证闺女安全，对乔顺子格外好。顺子没有说谢字，只是憨憨地笑了笑，就接过茶叶。外婆交代顺子，正街行人松散多了，不用再走后街了，后街的路没有大街的平展。顺子心里有数，往前走百十米再往北拐一小段路，就走到正街了。牛车吱扭着起步了，牛脖子的铃铛“丁零零”地响着。母亲向送别的家人挥着手。她的一个嫂子这时代表大家说：“兰菊，八月十五回来吃月饼一起赏月啊！”

牛车走到王铎家门口时，一个十岁上下的男孩拦住了车。那男孩头后边的小辫儿甩动着，像一条游动的泥鳅，他的腿不那么灵便，但仍然很有力量。男孩说：“兰菊姐，你回来时再带点儿水白杏给我吃，你们乔窑的杏真好吃！”母亲早已让顺子把车停下，她先跟那位老太太打着招呼，说：“婶，今中午的油卷和糖包馍还好吃吧？”老太太先是回答：“好吃。”接着就批评起自己的孩子，说：“留根，那是你四姐，以后可不兴喊名字！”母亲安慰留根说：“傻弟弟，杏早已经没有了。姐再回来给你带点儿乔窑的柿子好吧？你喜欢吃哪一种，摘家红、老门钉、圆公公、桂兰青、火罐？”留根说：“四姐，那就吃摘家红吧！”这时，留根的妈妈已经在催了，说：“留根，你四姐该走了，要不回到乔窑天都黑了，乔家人该着急了！”

三华里的孟津县城大街上，乔家牛车行走了足足二十分钟。母亲是最不想劳驾别人的，特别是乔家每次都用车接送，她心里总是很不踏实。母亲曾试着步行一回，从乔窑到孟津县城西关用了二十多分钟，而进了西城门开始，王家的亲戚、世交隔三五家就有一个，不是人家热情寒暄，便是母亲主动问候，王家上一代建立的威望在延续中发扬光大，从西门里开始，陆家、潘家、白家、梁家，他们对东门里王家都高看一眼，情深一层，好像这种亲情友情在不停地传递。母亲只是王家的闺女，尚能受到一街两行的夹道问候，遇到实际矛盾和问题，原则上都能迎刃而解、马到成功。三四里的县城大街，不怕慢只怕站，站着说话就势必占了大量时间，因此，母亲那次足足走了两个小时。后来，乔家出于一种面子，死活也要车接车送，因为乔家人得知，母亲的其他姐妹们都有车接车送，习惯了争强好胜的乔家当家人张氏自然也不甘落于人后，再说了不管怎么没落毕竟也是尚书、知府家后人！母亲则出于避免麻烦的考虑，就接受了车来车去的待遇。

乔顺子得到了王家很高的礼遇，觉得赶牛车很值，心里热乎乎的，路上就哼起了小曲。母亲听得出这曲子的名字叫《小放牛》，因为她到东乡铁炉村串亲时，听邓家老七唱过。父亲的七舅一高兴就哼小曲，而好像最拿手的就是这首《小放牛》，有时候兴奋了还把歌词哼唱出来，声情并茂：

“天上桫椤什么人栽？地上黄河什么人开？什么人骑驴桥上过，什么人出家一直没回来？”

回乔窑的路上，母亲觉得乔顺子哼的小曲很无聊。

十一

第一次上战场，父亲把作战想得简单极了。他天真地想，固守阵地就是看到日本军队冲过来，部队号令下达，远一点儿就用枪射击，稍近点儿就用手榴弹炸，到了跟前时就用刺刀刺，甚至抱住摔跤。他迫不及待地希望敌人快点儿出现，然后就痛痛快快地打一回。父亲心里想，都是人，都有一方水土，一方水土养一方人，你们日本人在日本安安生生地过日子，为什么要远渡重洋、跋山涉水侵略中国？在父亲心里，这些日本人有罪，有罪的家伙就该死，他一定要多消灭点儿这些罪人。在汤家坂那一夜，他们连队增加了几十个人，除了从其他阵地退下来的散兵游勇，还有不下十个从医院伤愈补充过来的老兵油子。这些人说话叽里咕噜，让人听不懂他们说的是啥。说话不清楚不说，这些人还摆老资格，认为自己上过战场，有资本就有底气，不把新兵放在眼里，面对新兵们呱里呱啦说个没完。修工事、搬武器的事，他们根本不动手，傲慢、懒散得令父亲想发火。他们根本没看起姜副排长，连老姜这种字眼也不愿说，直接就用“你这家伙”称呼排长。父亲有些生气，觉得这些人不应该这样，不论你们过去多么厉害，那毕竟时过境迁，并没有谁见到，现在既然融合在一起，就应该入乡随俗，在什么山上唱什么歌，是骡子是马拉出来一遛不就清楚了。马上要打仗开火了，停留在过去多么无聊，是英雄好汉就表现在和日本人拼命上，出水才看两腿泥。父亲心里别扭，又不便于言表，就在心里告诉自己，打起来后一定要让这些老兵看看，新兵也不全是吃干饭的，也是英勇顽强的范儿。

躺在战壕里，这些老兵有的还不忘掏出烟拿出酒葫芦抽着喝着，仿佛不是严阵以待，而是得过且过。姜副排长传达上边精神，禁止明火、不许喝酒，这些家伙全然不顾，好像规矩、命令不是针对他们的。夜黑下来后，汤家坂这一带不停地有飞机盘旋，有时候飞机好像有目的地从工事上方不高的地方掠过，有时候像风筝一样停滞在工事上方。自从修筑工事开始，张猛就像换了个人，一声不吭地挖土壕、搬石块，完全就是一个干活的民工。等大家都进入阵地守株待兔时，他又眼望夜空，想着什么。起初，他还跟父亲交流一些虎掌凹、白沙坡一类的话题，之后就一个人陷入望天观星的沉默之中。父亲知道，张猛有顾虑，他担心万一自己死了，家里的人和事，都放不下。加入部队以来，张猛觉得父亲这个人值得信任，好多话当然是不属于隐私的，都讲给他。父亲也慢慢觉得，这个人好像并不那么不可救药，起码人性里还有正义的元素。比如，对姜副排长，张猛就知道尊重，对明摆着的道理，能分清真假，还能坚决捍卫正确的，他看不惯那些老兵的蛮横，就与姜副排长走得很近，只是，他心理有时候还是比较阴暗，小农意识不定时地就暴露出来。大敌当前，张猛没有信心和勇气，甚至后悔自己来到抗日部队。父亲想的和他不同，好像对死亡就没有任何恐惧，他一定要让邓家叔侄知道，那个没有被他们看起的表亲，在战场上无所畏惧。邓家叔侄有学校支持，有组织地加入抗日队伍，而自己是只身一人当了兵，面对共同的敌人，他只想多打几仗，多杀些侵略者，到抗战结束时和邓家叔侄比比谁杀敌多。父亲从加入部队那一刻起，坚信有一天，他会和邓家叔侄在战场上相逢，久别重逢的喜悦，共同杀敌的联想，默默地支撑着他、鼓励着他。

行军虽然很累，但当人鼓足力量、奋勇向前时，就会忘却疲惫和枯燥，甚至还会激发出潜在的信心和勇气。然而，当人在工事里枕戈待旦，或者耐心等待敌人时，起初可能精神振奋，全神贯注，仿佛大敌马上滚滚而来，但经过一段时间之后，连个敌人影子都没出现时，难免产生敌人到来尚遥遥无期的倦怠，从而绷紧了的弦渐渐松弛下来，最先打起的精神也会慢慢疲软起来。等待竟是漫长而又难熬的，特别是天黑以后的时间，一个小时要比白天两个小时还要消磨人。人太多，除了担任警戒的军人，其他都在难熬的夜里恹恹欲睡。即使有人借助观看星空来转移疲惫，也禁不住打起盹儿来。虽然夏日还没过完，然而九江这个地方夜晚还是有些凉爽，晚风不时地裹挟着潮湿的江风吹来，使人们在难耐的夏夜感受到生活的快意，也给在焦急等待中煎熬着的军人一些安慰。夜里十一点时，大家开始轮流警戒，没有警戒任务的在阵地休息。凌晨，部队接到命令，阵地进行调整，父亲所在的部队当即到上八里坡附近集合。先出发的侦察部队，已经赶到上八里坡的西端，根据地形特点，大致描绘出作战简图和方案。天亮前的急行军，大家都行动敏捷，即使那些牢骚满腹的老兵、养好伤的兵油子，表面上都不拖后腿。老兵们更清楚，这种突然间变更阵地，特别是凌晨行动，一定是有最重要的任务要去执行，因此他们在大局面前就以服从作为天职，况且发泄的行为已经表露，再重复去做就显得十分无聊。好在这次路程短，很快就到了。站在上八里坡，放眼望去，蔡家垅、雅雀山、冯家池一带，像一道蜿蜒起伏的小山岗，而雅雀山则高高跃起。父亲当即就感到这个地方似曾相识，跟北邙山有许多相像的地方，完全可以把这道山岗比成北邙山，把雅雀山比成北邙最高处的凤凰山，而蔡家垅这条山沟很像乔窑村东的那个沟。特别巧，父亲又被安排到了雅雀山。他知道，越是居高临下的地方，越可能是最艰巨、最重要的关隘，心里就产生一种光荣感。他们到来之前，这里有很简易的工事，挖得不深的壕沟上乱七八糟地垒着一些扁尖不圆的石块，壕沟里也放有不少的石头疙瘩，可能是供单兵射击时用的。父亲第一次参加对日本侵略军的战斗，虽然不清楚日军进攻时的火力，但他意念中觉得这些临时工事要是放在冷兵器时期或许坚不可摧，但放在有炮弹、炸药火器的时候，这种阵地是很脆弱的。大敌当前，他不能表现出丝毫的怯懦和担心，很自若地站在一块石头上，把眼前可以晃动的干砌石垛口垫得纹丝不动，然后拿起那支汉阳造步枪在垛口处向远处瞄了瞄。很有意思，父亲的这一系列动作产生了很强烈的感染力和影响力，战友们都仿效着动起来。不敢说其他阵地受没受到影响，起码父亲影响了一个排、一个连，甚至一个营。那些曾经打过仗、负过伤的老兵，已经觉得父亲是新兵中的另类人物，已经把他作为老兵去交谈。张猛看父亲的凝聚力这么大，就重新把洛阳会芳处置炸药包的事宣扬开来。张猛想的很多，竭力去塑造一个河南老乡不怕死的形象，如果这个形象得到大家认可，受益的肯定是河南战友们。在和老兵们交流中，父亲感觉他们虽然傲慢、欠缺礼貌，但都还存在着较强的是非感、荣辱感和同情心。他们告诉父亲，冲锋时一定要把握好最佳时间，比如冲锋号响后，一定要做一个假动作，让防守的敌人盲目打一发没有效果的子弹，然后趁敌人在拉动枪栓时再冲锋，这样，他们的第二枪就会在忙乱中打偏。站在战壕里，老兵中又一位对防守侃侃而谈，他说：“咱们手中的汉阳造，用的子弹很大，开枪时声音响亮，但后坐力也很大，效果还不怎么样！”显然，他对手中的枪十分不满，一下子得到好几个老兵的支持。其中一个叫老秦的老兵插话说：“是的，咱们手里的汉阳造，声音大射程短，三百公尺内能击中目标并杀伤目标，稍远点儿说句掉板话能抓住子弹。”又一个老兵说：“伙计们，人家老日的三八大盖，响声不如汉阳造，但是可以射伤五百公尺内的目标。因此，咱们还击尽量等他们靠近点儿！”关于更近距离的拼刺刀，那些老兵也讲了他们的体会。快开战时，父亲觉得收益很大，觉得有不少脾气不好、性格古怪的人，也是有正能量的。他们好的一面，连姜副排长也比不上。

雅雀山阵地上，大伙在积极地备战，尽力使自己能够处在有利的位置。此时，补船山、猪桥垅一带的枪炮声不断传过来，像是在提醒雅雀山阵地上的人们，敌人越来越近。正在准备严防死守的雅雀山各处阵地，指挥官们接到了上级命令，说一支有更强实力的部队要来雅雀山，替换这里的部队。战场总指挥可能出于全盘考虑，认为守住雅雀山事关重大，而强化这里的防守也是重要的一步棋。毕竟，来势凶猛的日本精锐部队波田师团已经占领姑塘，并且在鄱阳湖上迂回进攻、佯攻，试图伺机登陆，九江失守只是时间问题。哪些位置失守，哪些地方是战略放弃，哪些地方是固守重点，这些事关战局的事情只有指挥机关明白，其他部队以及阵地上的官兵只是棋盘上的棋子，服从命令、听从指挥就是职责。当强敌压境、兵临阵地的时刻，父亲他们所在的部队听到了被换防的通知，大家心里接受不了，甚至很不服气。大家心里想，没有开打就怀疑我们的战力，是不是太小看人了。来接替他们的友军先头队伍已经小量到来，主力部队尚在行军途中，坚守阵地的父亲他们已经在内心里说服自己，换防或许是作战体系中的一环，正在准备全身让位的时候，场面却出现了戏剧性的变化。十点五分，廖家畈方向的敌人成群结队洪水一般地向雅雀山阵地压过来。正待换防的雅雀山阵地，还没有多少变动，于是只能按照起初的部署，没有来得及换防的部队继续扛起阻击强敌的重任。从那天十一点开始，空中常有十多架日军飞机呼啸而过，飞机飞得很低，好像是在侦察雅雀山上的布防情况。敌机有时做着俯冲动作，继而把一梭子又一梭子的子弹扫射下来，有些毫无目标，有些全打在阵地上。还好，在进入阵地之前的训练中，主要是在九江小学的培训中，师长亲自讲了有关防空的知识，大家对飞机投掷炸弹、空对地扫射有足够的防备，因此在敌机反复出现时并没有引起阵地上的恐慌。在飞机扫射轰炸过后，日军的炮火就开始了猛烈地轰炸。应该是日机在低空飞行时，侦察到了我军阵地的一些情况，给炮兵提供了比较靠谱的数据，敌人的炮弹大多命中了阵地。大约三四个小时，敌人的炮弹就不停地落在雅雀山阵地上，整个雅雀山浓烟滚滚、粉尘飞扬，其间还有多处因草木被燃烧而火光冲天。硝烟、沙尘覆盖下的阵地，之前修筑完整的工事一片狼藉，多数掩体、作战坑、壕沟成为一片乱石岗，好多战士摇身一变成了煤矿的掘进工和炭窑的烧炭工，真有点儿满面尘灰烟火色，要不是说话时露出的白牙，要不是大家身子会动，十足就成为一根根顶煤矿窑顶的黑柱。敌军炮火纵然凶猛，但也有稀疏的时候，有个别时候还出现一些停顿。阵地上的官兵们就借这种机会，修复被炸毁的工事，大家铆足了劲儿，心想炮火上你们有优势，狂轰滥炸把爷们儿弄得人不人鬼不鬼的，等一会儿看咋收拾你们吧！果然在敌军炮火轰炸之后，步兵开始向雅雀山进攻了。

敌军排出一种看似由多个三角形组成的阵势，每五十米的宽度有一辆坦克带队，大有踏平雅雀山之势。炮火过后，雅雀山阵地以北以及东北，比之前开阔了不少。敌军的队形变化、指挥官瞭望的动作，几乎都可看到。可能日军认为，经过几个小时的炮火猛烈轰炸，飞机的密集扫射，雅雀山阵地上的中国军队估计会损失大半，甚至作战能力已经丧失。于是，他们在发起进攻时那种张牙舞爪的样子，势在必得的抓狂劲头，让阵地上的中国军人非常愤怒。日军推进速度很快，据说这是一支从东南亚方向过来的部队，擅长在热带地区、丛林地区甚至水陆两栖作战。一千米、九百米、八百米、七百米，中国阵地上的官兵，已经清楚地看到日军官兵的头盔和鞋子，还隐约听到他们的脚步声。常识告诉中国军人，我们的汉阳造步枪，只有等敌人走进三百五十米以内，才能击中他们。大家平心静气地做着瞄准动作，心里默念着射击要领，准星和照门提前对好，只等目标连在这条直线上。六百米、五百米，日军越来越近。雅雀山中国军人在阵地上等待着指挥官的开火命令，他们知道还需要再等三五分钟，汉阳造就能击中敌人。突然，在父亲他们右侧一百米的地方，有人提前扣动了扳机，接着就砰砰啪啪一阵乱枪。可能是有人不小心走火，也可能是某战壕的指挥官提前下令射击。正因为这一阵对敌人毫无杀伤的射击，给正在轻敌得意中的日军提了醒，日军突然停止了进攻，站在原地开始还击。日军在还击的同一时间，组织起十多组掷弹筒，向刚才率先开火的阵地发射。这种掷弹筒很有意思，一个个低矮的空筒对着中国阵地，然后一个个掷弹者把炮弹往空筒里用力砸，很快一发发炮弹就飞向目标。近距离看，便发现这种玩意儿很厉害，几乎弹无虚发，只是落地后威力没有炮弹猛烈。在一阵掷弹筒小炮弹爆炸之后，日军又全线进攻了。大约在距离中国军人阵地四百米的时候，日军的坦克车就停了下来，不算陡峭的雅雀山，相对高度只有二百来米，但人工开挖的壕沟以及飞机误炸的弹坑，使坦克这种庞然大物行走十分艰难。日军爬坡时的阵形又发生了一些改变，他们组成了好多个金字塔，一字排开，一个金字塔后面，又分成两个小金字塔，金字塔阵形又像人字，后边是很多王字和八字。搭眼看去，仿佛满坡王八。这回中国军人吃一堑长一智，相当沉气，仿佛一下子变成了成熟老练的善战队伍。日军队伍离中国军队四百米了仍不见还击，三百五十米时还是静悄悄的，一直到两军相距三百米时，中国军队指挥官才发出射击命令。日军虽有防备，但还是被中国军人突然的万弹齐发弄得乱了方阵，那王八阵形也随之乱成一片。尽管敌人的进攻阵容出现骚动和紊乱，但他们毕竟是经历过很多战场的队伍。他们在瞬间趴下，趴的方向互相保护，很方便向不同角度还击。中国军队阵地上除了步枪和为数寥寥的机关枪，就只有手榴弹了。步枪面对有了戒备而且卧倒在地、乱石大坑又能作为掩体的敌人，有效射程内却不能有效地杀伤他们。机关枪在此种状态下就是一种低效率武器，而手榴弹，虽然短兵相接时具有很好的杀伤力，但我们最优秀的投弹手，也掷不出百米这个半径，还要让这些家伙继续往前冲才对。这时，狡猾的敌人，又开始布置掷弹筒了。敌人以一块大石头做掩护，在大石头两侧架起掷弹筒，还有一处在一棵倾斜的大树下，架着三个掷弹筒。中国军队阵地上，已经从好几个角度向架设掷弹筒的日军射击，但除了击中一个掷弹手外，其他的只能算得上放了空枪。而日军其他枪手，为了掩护掷弹手，也在伺机射击。虽然枪炮声不激烈，但进攻者和守卫者的对打一直没有间断。日军的掷弹筒又开始发威了，炮弹落到中国军人阵地上，造成了不小的杀伤，爆炸声伴着惨叫声，增添了阵地的血腥。这时，日军的飞机再度出现，一梭子一梭子的子弹射向中国军人。之后，日军又开始组织进攻。中国军人阵地上还击的子弹射向敌人，枪声没有刚才那么激烈，但效果却比刚才好。日本军人距中国军人阵地越来越近，叫喊声也随着大了不少，虽然听不懂他们在喊叫什么，但父亲他们估计日本人也是喊冲喊杀，抑或是在吓唬中国军人，抑或是为他们自己壮胆打气。就在他们冲得最厉害的当儿，刚才还哑巴似的机关枪这时又叫起板来。“嗒嗒嗒”一阵扫射，父亲面前不远的日本军人被击中五六个，没有击中的立马儿做出卧倒姿势。父亲左右好长一段防线，都有机枪声响起，全线击退了日军的进攻。日军又退到了二百米开外，在那里重新布置着掷弹筒，这次他们的重机枪也架上了。进攻不见效，还有士兵受伤，日本军队更加疯狂，居然有一辆坦克车在难以行驶的坑凹地不顾壕沟的宽度和深度，开足马力冲过来。之后又“吱吱呀呀”地往山根儿前靠近。不知什么原因，坦克再度熄火，像一头垂死的老牛，卧在地上一动不动。日军的重机枪果然厉害，不仅火力凶猛，而且射在中国军人阵地上还发出“噗噗”的声响，并且把石块击碎，把树桩打裂。阵地上的中国枪手，也在瞄准敌人机枪手射击，哪知击中一个，补上来的更加发疯。他们不像中国军人，千方百计节省子弹，尽可能把子弹用在关键时刻，而他们，好像以消耗子弹为荣。于是，敌人的机枪、掷弹筒强势压制着中国军队。只有短兵相接，让日本军人更贴近中方阵地，重机枪和掷弹筒才可能停下来。中国军队指挥官一定读过那篇文言文《冯婉贞胜英人于谢庄》，文中分析了敌军的优势，克服了中国民众的劣势，从而扬长避短，在谢庄痛击了持有洋枪重炮的英国军队。处于劣势的中国军队阵地上，有不少不畏强暴、英勇顽强的军人，他们发誓只要人在阵地就在，要拼死守住阵地。在民族大义面前，中国军人舍生取义的精神像雅雀山上挺拔的青松一样在战火中更加振作，官与兵、兵与兵之间的默契也在攻防的多个回合中形成。装备不好、武器落后，就选择最佳下手时机，最大限度地发挥应有的能量。日军继续凭借他们武器的先进和弹药的充裕，更加猛烈地对准中国军队阵地狂轰滥射，用强大的火力压制住坚守阵地的中国官兵。这一次，中国军队看似十分消极和被动，不再从多角度射击日军炮手和机枪手，给他们一种弹将尽人乏力的错觉。日军经过好几番的进攻，也不再硬冲，而是前进十米停下来卧地观察，而机关枪和掷弹筒继续扫射和发射。一直到日军进入离中国阵地五十米的地方才停下来，日军进攻部队此时开始快速冲锋，中国军队在掩体内以逸待劳，对准冲上来的日军就是一阵射击，很快又一次把日军打退。父亲他们阵地的左右，几乎采用的同一战术，只是有的情况稍好，好几个连队的阵地死伤很惨重。日军推进受阻，令他们的指挥官暴跳如雷，阵地上的中国军队都清楚地看到他张牙舞爪的样子。这种拉锯一样的情形又维持了好长时间，野蛮的日军终于又兽性大发，他们重新用重炮猛轰中国军人阵地，飞机也出动八九架助阵。炮弹、炸弹接二连三炸中守军阵地，响声如雷，碎石纷飞，中国军人这次被炸死炸伤很多人，不少官兵被炸得血肉模糊，有的士兵连人带枪都炸飞了。张猛在最后一次飞机空袭中受了重伤，当时的情形很简单，是因为以前受过伤的一个老兵，这次进入阵地后，总带着胆怯的心态，“一朝被蛇咬，十年怕井绳”这句话好像就是说这个老兵的。当敌人炮弹落下来时，他首先惊慌起来，乱窜一气，张猛也跟着在阵地上乱爬，认为老兵有经验，能躲过敌人的枪炮。在进入阵地前一周的训练中，长官在九江小学的教室里，关于防空、关于避开炮弹，专门讲了二十多分钟。长官那时还特别指出，敌军优于我军的就是空中有飞机，远程有各种型号的大炮，近距离有掷弹筒、机关枪，就连士兵拿的步枪也比较先进。长官说，战场上的情况是不断变化着的，敌人有优势也存在着短板，那么我们在敌人轰炸和扫射时，千万不要惊慌，要保持警觉和清醒，找到最能有效保护自己的坑洼、大石头，还有我们工事的最坚固部分，没有一个弹坑连续落下炮弹或炸弹，也没有机枪朝一个地方猛射。长官强调了眼观六路、耳听八方的含义，强调了灵活机动、大胆应对的重要性。可是，张猛为什么躲过了几次敌人的飞机大炮，而在傍晚时分，敌人飞机、大炮对目标看得并不真切时，却和那个老兵被炸飞、被击中了呢？父亲慢慢猫着腰到了张猛跟前，帮他把压住腿的石块推到一边，看他肚子上中弹，就掏出临时止血包为他绑上。张猛开始还喊叫说自己真没用，一个活人叫没长眼的飞机射伤，还叫那瞎子一样的炸弹崩住。接着，他又说自己冷，要父亲挨他近些。父亲也被张猛的表现弄蒙了，他躺在自己怀里，起初一动不动的，很快就像筛糠一样颤抖着。父亲叫着他的名字，说很冷是吧？他睁开眼，说了句大事不好，这回恐怕要撇在这山上了。父亲安慰他，不让他胡思乱想。他颤抖着把眼睁得很大，看了看天。这时，恰好有一颗流星在天上划了一道金黄色的抛物线，眨眼就消失了。张猛说："老乔，你看，我就是刚才那颗星星，落了，完蛋了。"父亲说："那颗星没有落，它还在很远的地方飞着，只不过咱们肉眼看不到。"张猛勉强露出了一丝丝笑意，说："身上冷得像进了冰天雪地！"父亲安慰他说："坚持住，天黑下来，日本鬼子就不敢进攻了，他们也怕咱们！"真的，傍晚开始，敌人的飞机、大炮、重机枪、掷弹筒的确疯狂了一段时间，但和他们白天一样的进攻却没有。而且，为了轰炸和扫射范围扩大，他们的部队还后撤了二百米左右。张猛没有听父亲的话，没有安静下来，相反出现了焦躁不安的状况。这种时候，只有张猛知道是什么原因。张猛又喊叫冷。父亲把自己那件衣服盖在他身上，还使劲儿握紧他的手，尽力使他暖和点儿。张猛并没有消停下来，轻声说："老乔，洛阳会芳炸药包的事不是我干的，但那伙人我认识，都怪我引狼入室。那天他们偷走的东西，是二师兄帮他们打开的库房，那孩子嫖女人染了病，得用钱治病。他们偷走的是两大箱子鞋和几箱子帐篷布，卖不上价钱，又担心因此发案，就想用炸药包把东西毁掉，也想惊一下会芳掌柜，让他明白遇事不要慌忙报案。为首的黑桃五我认识，还在他身上花了不少钱，想让他日后为我出口气。”张猛开始咳嗽了，而且咳得停不下来。父亲轻轻拍着他，让他安心休息，说等部队打赢了背着他走。张猛根本不听，说他心里有数，不用背。这时，上八里坡北边，还有九江附近，枪炮声密集而激烈，如同春节期间家家户户在燃放鞭炮，是友军正和日军在交锋，他们跟敌人在不同的阵地上对峙着，战斗艰苦且处于胶着状态。父亲虽然不是指挥官，只是一个士兵，但他凭借自己的观察和判断力，料定这几处争斗的地方，中国军人虽是在独立作战，然而相互之间又是一个整体。雅雀山这边的仗打得好，也是对其他阵地上中国军队的支持。部队差一点儿被换走，说明这块阵地很重要，应该由实战能力强的来把守。既然没有被换走，就应该为自己争口气，让敌人在这里占不到便宜，让他们知道中华儿女都不是软柿子，也让友军看到他们的兄弟部队也是能作战、能担重任、能取得胜利的队伍。人心隔肚皮，谁都有想法，父亲跟前的这些人，若不是被逼无奈，哪个敢发誓说自己不怕死、不胆怯？在职务上父亲上边有好多层长官，他们到底有多少智慧、有多大魄力、有多丰富的经验，恐怕无人知晓，但表现出的官气、傲气和戾气却让人看得见、感受得到。在年龄上，父亲同一战壕的有大叔、有大哥，就连张猛也比父亲大五六岁。而打起仗来，他们除了空嚷嚷赶别人冲啊、顶啊，就是刻意地保护自己不受伤不被打死。有时候老兵尤其是受过伤再度上战场的，个个儿惜命，好像新兵就该牺牲在前。父亲静下来时，越想越感到人这种动物奇怪极了，平时说大话、充英雄的人，听见枪炮声就紧张，看到敌人发动冲锋就闻风丧胆，而那些话不多、貌不惊人的士兵，打起仗来沉着应战，英勇顽强，置生死于度外，让人肃然起敬。张猛起初怵场，但经过两个回合的磨炼，信心和勇气全都有了，只是他的弱点太明显，太相信老兵的能耐，关键时候就跟着那个老兵乱窜，简直像一只无头苍蝇。他也不知道哪些老兵有正能量，哪些老兵就是混日子、挣军饷的。

阵地上除了张猛，还有几个在壕沟里滚翻挣扎的伤兵，他们没有说话和叫嚷，可能没有人能够安慰他们。在日军还没有进攻这段时间里，雅雀山阵地上的中国军人正在积极修复着工事，收拾着在轰炸中炸得零散了的东西，然后还能使用或拼凑的武器分门别类地摆放在一起。父亲则照料着张猛，这家伙猛咳一阵之后，声音便小起来，而且每说三四个字要停顿一下。他说："老乔，会芳那个账房先生是标准的没原则的糊涂蛋，他认不清好坏人，自己没有思路，那天关于你亲戚邓家叔侄的事，我们只是提醒他一下，他就把报案的重点转移了。他是个财迷，听说举报一个进步青年可以获奖三块大洋。那个二师兄是他的表外甥，进会芳他是介绍人！"张猛停了一下，叹了口气说，"老乔，我是回不去了。仗打完了，你回到咱洛阳，有机会的话，去去临汝虎掌凹，找找张黑妮家的人，让他们给黑妮捎个信，我爱黑妮，只是这辈子救不了她了，下辈子如果能遇到她，绝不会让她落到闫七少手里！"父亲把张猛之前支离破碎的私事串联在一起，原来张猛心仪的女孩被镇上闫七少抢走了，从那时起，他就借用了闫七少的名字，做一些蝇营狗苟的事情，用这种黑暗心理来报复闫七少。张猛在洛阳结交一些恶人或者加入团伙，梦想着有一天气候形成就同闫七少一决高低。张猛失血太多，一会儿说渴，一会儿叫冷，说冷的时间很长。还是姜副排长过来后说："这种时候，重伤者喝了水就死，别说没水，有水也不敢喂他！"张猛还在挣扎着，他一直在说一句话，而且重复多遍，说他不是坏蛋，心没有黑，只是想黑妮，恨闫七少。

夜色神不知鬼不觉地加深着，天空划分出了好多层次，除了湛蓝、淡蓝，更多的是黑蓝，星斗似乎没受战火的影响，依然静静地注视着大地，只是不少星星慢慢地移动着位置。敌人的阵地不知什么原因，已经消停了好一阵子。这时，雅雀山阵地正口头传达着命令，要大家做好撤退的准备。此刻，其他阵地，主要是九江方向和上八里坡一带的枪炮声已经停下来。在战场上，撤退也不是一件容易的事情，除了携带好必需的装备，还要尽力把伤员带走。同时，对敌人发起的突袭也要有所防备。因此，大家行动要迅速，阵地上一定要做出戒备森严的假象。这时，那些损坏了的枪支便成了道具，把枪口对准敌军的方向。夜里，中国军人把手榴弹的拉环用细绳连起来，无规则地放置在战壕里，准备让扑过来的敌人蹚雷。张猛不让背他，也不让碰他，说他一定要看着该死的日本鬼子触雷。

父亲依依不舍地走出阵地，在黑夜里跟着队伍进入茫茫之中。他依稀听到身后张猛的低语，估计还是那句话："爱黑妮，自己不是坏蛋，心没有黑。"父亲聆听着那种声音，并且感觉着声音的变化。声音由起初的唏嘘，很快成为窸窣，渐渐就被行军的脚步声所取代。"放心吧，张兄，抗战胜利后，我一定到虎掌凹把你的话捎给黑妮！"望着无限高远的夜空，父亲在心里对自己说着。想着想着，从未流过眼泪的父亲，竟然有泪水在眼眶里打转了。

十二

村镇上的人们把每年的农历节日看得很重，尤其是中秋节、春节、元宵节、端午节。这四个节日好像是重中之重，虽然目的任务各有侧重，但一般人家还是把它们看成综合性节日去念叨去安排。孟津县城一年一度热闹非凡的七月三十庙会刚刚过去，中秋节紧跟着就到了。县城西乔窑村父亲的祖母张氏，作为一家之主，她把时间过得快比喻成飞一样的。对她来说，自从长孙乔仁厚在洛阳会芳爆炸事件失踪后，就一直希望时间能慢一点儿走，要不然摆在眼前的棘手事根本无法处理。张氏曾经乐观地想，假若自己孙子活着去到一个地方，肯定会给家里捎一个信儿，接到信后就能安稳住大家的心，也让那些在一旁散布闲言碎语的人闭嘴。可是，几个月过去了，别说写信了，连一丁点儿消息都没有。中秋节不说，寒衣节也不说，到了腊月祭灶、除夕仍然不见人影也没有书信，那么向人们如何解释，平时可以说成因为忙，或者因为出差路途遥远回不来，那春节还不出现，无论怎么圆场，能让几个人相信呢？张氏心里反问着自己，越问越觉得心里比一团无头绪的乱麻还乱。于是唯一能自欺欺人的幻想就出现了，时间慢点儿再慢点儿，甚至停住不动。她知道那是不可能的，自己还是要想办法去应对，尽可能把戏演得合情合理少有漏洞，只要不穿帮就行。八月十五前几天，张氏就开始张罗了。她要隐瞒洛阳会芳那边的情况，主要是不能让县城东门里王家产生什么怀疑。乔窑这个地方虽说算不上富裕，但秋天这个丰收季节，还是呈现出五谷丰登、硕果累累的喜人景象。北邙山坡上柿子红了、枣子红了、小苹果熟了，芝麻、绿豆、豇豆长成了，坡下南瓜、菜瓜、茄子、辣椒都到了采摘时节。张氏稍微一准备，配上乔祖庆带回家的月饼，往县城东门里王家送的礼物就有了。

按照惯例，母亲农历每月的二十日回娘家，月底那天再被接回乔窑。只是这年的八月十五，乔家可能出于一种殷勤，张氏就在这天安排了牛车，让母亲提前回了娘家。母亲的确心很细，临上车想起了要给留根带点儿柿子，就讲给了张氏。张氏这段时间对母亲很关心也很敏感，每天都愉悦地对待她。虽然捎给王家的中秋礼物不少了，但还是很乐意地另外用小竹篮装上了红柿，笑着递给了母亲。

乔顺子“打”地吆喝了一声，牛车缓缓地动起来。看着牛车，张氏禁不住想起了往事。

自从张氏嫁入乔家起，就一门心思致力乔家家业振兴。清末民初，社会动荡、政治昏暗、民不聊生，那时也是投机钻营者、招摇撞骗者得以平步青云、飞黄腾达的大好时机。作为皇帝命官的乔学海家，两个儿子虽都曾在京城国子监读书，并有条件谋个一官半职的，然而秉承耕读传家、饱览四书五经、信奉忠孝廉耻的乔仙芝、乔芸芝放弃京城的文官差事，鄙薄水到渠成的游宦生涯，双双回归津邑，名副其实地经营起耕读之家。那些岁月，忠厚、仁义可能换来赞誉和威望，却换不来官府的青睐。在这种背景下，乔家二监生的家庭逐步进入没落的阶段。读书人对封建礼教的守望，对君子固穷的自勉，在他们身上得以全方位的体现。即使读书传家、耕读持家这些最普遍被人认可的模式，两位监生也属于最不成功的。先是读书学习，尽管他们忍辱负重，流汗出力，给达官贵人家当抄写匠，换些银两供子女“读四书念文章”，红旗也没有插到门上。他们的孩子有的四十多岁了，还在苦苦地考着秀才。父亲的祖母张氏虽然也受到过学而优则仕理念的影响，但她比起那些一根筋的文人，思想开放了很多。她面对黑暗腐败的现实，并没有要求自己的后代死读书读死书，而是坚信三百六十行，行行出状元的说法。从张氏开始，乔家的家训、家教、家风就有了一些改革。效果也很明显，乔芸芝家的后代就比乔仙芝家的后代从业渠道多而开阔，根本没有为了考取秀才而屡败屡战的情况。乔芸芝的孩子从事手工业、商业、公务员，不能说出类拔萃，起码可以说比较优秀。乔芸芝去世后，张氏又把精力用在对孙辈的培养教育上，尤其是她的长孙乔仁厚，在她心里就是乔家的未来和希望，就是她要向乔家祖先以及世人交出的一份优秀答卷。

长孙长到十四岁时，她就着手为他选择一个媳妇，“成家立业”这个词被张氏理解为只有先成家，才能后立业。张氏的想法讲给了乔家的亲戚或朋友，很快就有人提亲来了。乔家虽然没落了，但昔日的影响力还在，对外形象还依然高大富裕。乔家那时已经从县城北门里迁到乔窑，单从乔窑的住宅和人的精神状态看，的确十分让人羡慕。这也许就是“破船还有三千钉”那句话对人们的影响吧，乔窑的人们都依旧拿崇敬的心态对待这家人。给张氏长孙提亲的事情，呼应者接踵而至，而且都是在孟津县有点儿来头的。说媒的人靠的是那张能说会道的嘴和三寸不烂之舌，当然也不排除那些想成全好人家的有责任心的人。那些来提亲的，无论是以说媒为业的媒婆，还是有责任心的管事人，向张氏表的态几乎一样，那就是讨张氏开心。她们摸准张氏的脉搏，全往她心窝里说：“咱乔家不论咋说都算得上孟津县的名门大户，咱家孙子小小年纪就能看出是棵栋梁之苗，人不仅长得眉清目秀、俊朗帅气，而且很有胆量，据说当年抓周还抓了一把宝剑，是块聚众率兵的料啊！”这一番话，把张氏说得满脸堆笑，禁不住频频点头。虽然她们把枪说成了宝剑，但张氏并没纠正，反正都是兵器。张氏虽是遇事冷静、能理性对待外界事物的人，但在人们奉承与吹捧下，多少也有些飘飘然。给长孙确定婚姻大事的问题上，她直接越过长孙的父亲乔守甲和母亲邓氏，大有大包大揽一竿子插到底的气势。张氏底气很足，一是乔家之所以在没落中还留得一些威望和地位，都是她正确领导的结果，家里的主要事情就应该她当家做主；二是邓氏在儿子十三岁那年再度怀上身孕，自己的事情还顾不过来，哪有能耐考虑儿子的婚姻大事。张氏在乔家没落时，还保持着不服输的韧劲儿和进取精神，她总想在方方面面走到别人前边，包括长孙的婚姻大事。张氏昼思夜想，一定要给长孙寻找一个名门闺秀做媳妇，这不仅是对长孙未来有益，还会大大提振乔家的士气。张氏从自己身上，已经印证了那句经典老话，一个好媳妇三代好儿女。她自己已经给乔家增添了光彩，儿子们差不多都算有点儿出息，第三代人的相貌以及体魄都相当出众，年龄幼小而接物待人就获人夸奖，有句俗话说从小看大，相信长孙他们这一代会更有出息。张氏对后代择偶还有另一方面的想法，认为不能只关心出身门第如何，还要多方面考察她的个人条件。她一直觉得大儿媳邓氏虽是出身孟津铁炉的大家闺秀，但本人却养尊处优惯了，四肢不勤，五谷不分，进入没落的乔家之后，不懂庄稼活儿，不会针线活儿，更不会教育子女，没能给活力不足的乔家带来多少朝气。这次给长孙择媳妇，张氏已经站在未来的高度，以发展振兴乔家大业的眼光，不拘城乡优中选优。在众多的说媒人员中，张氏从中初选了六位，再三推敲后，把两位人选放在了待定的位置。张氏心里有数，媒妁之言只有征得男女双方的家长同意才能成就婚姻，经过挑选的拔尖女方，并不是男方所具有全部决定权的，一旦女方家长不满意，随便找个理由就能回绝。因此，她留下两个候选人，是一种策略，是在给自己留下一条退路。实际上，张氏心目中早已对东门里王家这门亲事，特别满意，觉得非常适合乔家，只是担心王家能否接受一个没落之家的恳切求婚。

孟津县城东门里王家由于人脉广、威望高，在津邑声名远播，特别是清末民初王睦先生为人厚道，在民众遇到灾荒年景或艰难困苦时，总是不遗余力地相助，曾被推荐为中国农民会议的代表，只可惜先生积劳成疾不幸逝世。文化积淀厚重的津邑，人们千方百计地传播着王睦的业绩和事迹，更激动地把路南的王睦家族称为大王家，把明、清尚书王铎后裔称之为小王家。或许这是一种不可磨灭的口碑，一直让人们感到这比大王家大门口悬挂的大块匾额有更大的含金量和价值。这种家庭环境熏陶下的子女们，勤劳、爱学、上进，有道德、懂礼义、守规矩，也让人们对王家充满敬畏之情。王家的子女们到了婚嫁年龄，前来提亲的媒人和亲朋也可称得上络绎不绝。不是因为王家多么富有，子女们多么优秀，而是他们身上体现着令人称道的品格，津邑那时还有一种说法：“大王家闺女不愁嫁，大王家男孩不用相。”

王家东院王睦去世后，王睦夫人张氏便成为一家之主。张氏娘家在县城东南两公里处，是一个名不见经传的小村庄，名字叫杨树洼。杨树洼南依北邙山，北边是产粮大村下古街。在黄河时常泛滥，下古街以北遭遇大水围城的年景，杨树洼不失为一块旱涝保收、人寿年丰的风水宝地。杨树洼张姓居多，两三户张姓亲戚，是仅有的异姓。黄河涨水的时候，茫茫大泊，水天相接，烟波浩渺，远山静穆，鹰隼翱翔，待到大水渐渐退去，地上农田面目全非，庄稼颗粒无收，之后就是蓬麻丛生、芦苇狂长、飞蝗蔽日、残墙断壁、老树昏鸦，逃避水灾的人们开始回归，拼命寻找昔日的家。依傍北邙的杨树洼此时全无奔波之劳和水患之苦，张家人远眺北天，俯瞰茫茫荒野，乡愁便如村里袅袅炊烟在心中升腾。原本张家也处在这河滩之中，开荒种田衣食无忧，而且河滩千里，潜力无边。然而张家祖上却突发奇想，拿出河滩地换回一片荒岗，千辛万苦后，这荒岗被开垦出几百亩良田，还新添几百亩宜林牧荒坡。张家人在种植草药时，开启了中草药交易这个平台，与安徽亳州、平原百泉、江西樟树、河北安国的商家有了联系，还不断地为当地著名的邙山防风、远志、艾蒿找寻买家，在灾民生产自救中出了大力。张家人在杨树洼是一大家，后来繁衍生息多代，人丁就像这里的生产经营一样兴旺发达。张氏就是杨树洼奠基者的孙女，理所当然地秉承了家族的优良传统和进步文化。她的父亲在给子孙起名时就把志存高远、胸怀天下的文化元素寄寓其中。且不说张氏这一辈的名字，仅张氏众多侄子的几个便可见一斑，张东方、张南方、张西方、张北方、张骞、张朔、张遥、张滇、张渝、张鄂等不仅叫得响亮，而且后来在多个领域都有建树。张氏把娘家的优良家风和营商之道带到了王家，并将王家的家风、家教发扬光大。在王睦去世之后，在生活的逆境中，不屈不挠地扛起王家的重担，使这个家族依然焕发着希望之曙光。送年龄稍大的孩子跟娘家侄子学习经商，让年幼的子女进私塾学文化，使几个儿女得到全面发展、健康成长，成为同龄人中的佼佼者。到了该婚嫁的年龄，前来说媒的人纷至沓来，对方不乏大家闺秀、名门之后。嫁到王家来的，也是经过张氏认真筛选的拔尖人才。至于给王家女孩提亲说媒的，也不敢稍有造次，封建时期讲究门当户对，还要考虑生辰八字，更被看重的是家风、家教怎样，是不是正经人家。

那天上午，当县衙那个被人戏称师爷的郝坰纹满脸堆笑、大步流星走进王家东院，一张开嘴甜蜜地“嫂子嫂子”叫的时候，张氏便知道郝坰纹的来意了。俗话说无事不登门，在县衙做事的人，一般情况下都表现着高高在上的衙门作风，不可能轻易走进平民家的，特别是曾为县长出谋划策开展生产自救、赈灾救灾的王睦去世之后，王家几乎就中断了与官衙的联系。虽然县长每每经过王家大门，依旧下轿步行，保持着对大王家的尊敬，但进入家门的事情就没有了。县衙里的文案、差役尽管见王家人仍尊重有加，然登门拜访却属罕见。张氏又想，东、西两院六个儿郎全已完婚，女孩儿已出门三个，老四年方二八，莫非郝师爷为四丫头的事而来？张氏想，不论为何事而来，进了家门就是客人，于是就请郝垌纹进入客房。郝垌纹端起茶杯很文雅地呷了一口，慢慢地把杯子放下，微笑着说："嫂子，无事不登三宝殿，今天我来家里真的是有事。"说着他从马褂一侧拿出早就准备好的庚帖，双手递给张氏。张氏拿住一看，就明白过来，正如她所料，这家伙今天带着使命，真的是为四丫头说媒的。而庚帖上的男方姓乔，属猴，有些令张氏不那么高兴。张氏想自己闺女属马，农历十一月满十六，而男方农历十一月才满十四，虽说当时男子年过十四就成婚的不在少数，但男方比女方小两岁总不是很合适的。在张氏略皱眉头，貌似犹豫之时，郝垌纹好像有所察觉似地说："孩子们多方面条件都很般配，嫂子是不是对年龄上有点儿想法？"张氏说："要说是吧，也不完全是。"郝垌纹不愧在衙门里混的年数多了，对察言观色、捕捉别人面部信息有了一定功夫。听张氏回答得有些不那么明朗，就说："是不是因为乔家境况大不如前，担心将来闺女在乔家日子过得不称意？"张氏这次马上打断了郝垌纹的话："那倒不是。乔家原来住在北门里，后来很多原因导致家境每况愈下，这个我们听说过。不算啥问题，有句老话说穷则思变，人往高处走！"郝垌纹马上说："是啊是啊，当年乔芸芝先生在世，乔家日子富足，加上祖上有不少遗产，就过得红红火火。后来……"没等郝垌纹说完，张氏就说："人生无常态，变故就像天上飞着的物体，不定啥时候就落下来，也不定落到谁家。我听说乔芸芝先生去世后，那张夫人勤俭持家，教子有方，家庭又慢慢在回暖啊！"张氏叹了一口气，问郝垌纹，"我知道乔家老先生跟郝家老先生是世交，相信你们之间肯定交流沟通过，那这个乔仁厚是张氏的第几个孙子？"郝垌纹不假思索地抢答说："长孙！老妇人对长孙的器重胜过几个儿子！"张氏这才说出了自己的担心："我给闺女找婆家，不看重他们多么荣华富贵，也不担心他们家境衰微，我有点儿在意他们对男孩的培养教育，像乔家这么器重孩子，会不会因娇生惯养，把孩子惯坏了，这对他人生有害无益啊！"郝垌纹"这个"一声，就回答不出新的内容了，不是因为他"备课"不充分，是他真的不好意思在大王家无原则乱诌一通，任何闪烁其词的话都是不负责任的，都是对德高望重大王家的失礼。张氏是为人宽厚、深明大义的人，她没有无原则地让步，而是和蔼中肯地说：

"要是一个男孩子因年龄小不懂事，这不算大毛病，稚子可教嘛！家里不富裕也不算啥缺点，事在人为啊！要是这孩子知书达理，是可塑之材，那我们王家就认了。这事还得你费费事再去乔家把底子澄澄。"郝垌纹觉得这趟没白来，这桩媒肯定有戏。人都是重视面子的，赏脸就是一件让人开心的事，凡夫俗子这样，郝垌纹也不例外。第二天就再次来到乔家，说在王家递上庚帖，王家张老夫人很给面子，让这件事阳光灿烂，同时人家也有忧虑。乔家当家人张氏老夫人喜出望外，就指天发誓，让郝垌纹只管表态，又说长孙是县城东乡邓家的外甥，长相俊朗洒脱、尚知进取，绝不是游手好闲之辈，也不是坐吃山空之人。就这样，仅凭长辈之命和媒妁之言，县城王家和乔窑乔家就结成了秦晋之好，那年父亲乔仁厚十四岁，母亲王兰菊十六岁。

想起往事，乔家张氏就觉得对东门里王家有愧。老大家进到乔门之后，尊老爱幼，协助张氏操持家务，洗洗刷刷从不闲着，邓氏身边一个六岁的女孩，还有一个一岁的男孩，大量时间由她带着，不仅没有丝毫怨言，而且在有些时候还因小孩摔倒、哭喊受着委屈。这都不说，偏偏长孙到洛阳会芳学徒时间不长，就发生了在爆炸中失踪这么一件天大的事情。乔家发生的这一切事情都是在打自己的脸，王家闺女到乔家吃苦受累不说，女婿又不争气地来了个人间蒸发，换位思考一下，谁家可以接受这么一个现实！

乔家张氏十分自责，看着乔顺子牛车走出了村，觉得老大家嫁到乔家简直就是上当受骗，觉得东门里王家把闺女送到了无底深渊。张氏一心的火正无处发泄，看见邓氏拖儿带女走过来，就像找到了一个出口一样朝她教训起来。发泄一阵子后，乔家张氏心情平和了一些，就思考着事情有可能朝好的方面转化，以此来抚平自己烦躁不安的心。她感情也很朴素，一门心思想着如何报答王家，如何安慰老大家。纵然有的设想未免自欺欺人，或者欲盖弥彰，但也只能如此这般。

十三

撤离阵地已经是后半夜了，古人形容这个时段为眠狗不吠、宿鸟无喧、叶宁树杪、虫息阶沿、露明星黯、月漏风穿，描绘得简直透彻极了。父亲读私塾时，对古典文学虽有兴趣，然而缺少字斟句酌地深入理解，特别是受环境局限，对事物缺乏感性认识和理性思考，会背诵许多诗文，觉得别人感觉好得不得了的美文佳句，对自己却如同嚼蜡，木渣渣的，这天子时以后的行动，他才体会到有些诗文真的很亲切。部队撤退很有秩序，尽管经过了一场血与火的洗礼，好多战友永远留在了雅雀山以及山的附近，但并不是溃不成军那种败退。毕竟在整整十个小时的对峙中，中国军队在诸多因素不利的条件下，硬是拿着落后于日军武器很多倍的汉阳造、手榴弹，击溃了那些张牙舞爪、不可一世，拿着三八大盖、轻重机枪、迫击炮、掷弹筒，还有飞机助阵的日本军队的多次进攻。夜深之后，那些退于千米之外的日军，并不敢贸然再发起进攻，或者说从这次交锋之后，这些被神化了的所谓的速战速决部队，并不敢轻易冒渎中国军队了。父亲只是站在他的这巴掌大的阵地上想的，这一仗打完了，他连对手是哪部分的、自己参加的是什么战役都不知道。后半夜没有枪炮声，天空中也没有飞机出现，父亲他们绕过了一道山谷，就遇到了更多的部队，朝着一个方向行进。

几天之后，父亲所在的部队在陌生的山水之间几经辗转，停在那个叫麻塘的地方待命。听别人说，这个叫麻塘的小镇距岳阳很近，濒临著名的洞庭湖。从九江到岳阳麻塘，单从地图上看的确不远，然而，这是一支作战部队，是在奉命行进，指挥官上边还有大指挥官，怎么指挥就得怎么走。父亲进入部队几个月时间，就想通了一个道理，打仗的战场上就如同一盘棋，各个部队就如同棋盘上的棋子，大家都按着执棋人的思路在动在停。一步棋走得不那么好，就可能误了战机，带来不利的后果，如果走坏了一步棋，那么损失更惨，关键的时候可能会导致全盘输掉。那天在雅雀山，有个小指挥官发错了令，就算是他的枪走火了，那也不应该，千钧一发，箭在弦上出这样的错误，让敌人过早地发觉了中国军队，就把这步好棋走黄了。好在这只是一个边角，或者说是局部，要是全部暴露给了敌人，还打什么仗？从父亲感悟出战斗单位的使命时，就觉得单兵也要服从整体，就对部队战略性转移有了新的认识，就觉得默默行军也是一种作战。从九江到麻塘，部队在走着不规则的曲线，像蚯蚓在地上爬过的痕迹那样，这一扭一拐的，就行进了十多天。这十多天还并不是全部用两条腿走出来的，其间还搭过火车、乘过汽车。换在过去，父亲就会说些微词，现在呢，已经学会了执行命令。有时昼夜行军，有时昼行夜宿，父亲把时间弄得很混乱，要不是看到月亮的朔和望、上弦和下弦，还真不知道今夕何夕。至于前不久那场战斗，叫什么战役，他还是在洞庭湖的小船上听摇橹人讲的。他们寻机会到了洞庭湖上，神使鬼差就跟着那位船家上了小船。小船拉客是做的岳阳楼观景的生意，他们花言巧语说只要五文硬币，几个当兵的同乘也就一块大洋。船主还诅咒说："骗谁都不敢骗你们军爷，要是多收钱了，你们就把这条船掀翻。"那种热情，那种黏劲儿，你不坐似乎就少了点儿什么。为了不留缺憾，反正坐谁的船都是付费，都是要上岳阳楼，几个人使了眼色就上了他的船。船主和摇橹的配合得很默契，而且一个咳嗽、一个呵欠，或者"号"的一声，就可能是一种他们之间约定的暗号，就可能引出一个话题。看到几个当兵的上了船，猜到这些兵可能就是从前线撤下来的，在此之前，他们已经接待过好多兵，只是有些兵十分骄横，一身戾气，让人很不舒服，仿佛他们是在拯救天下大众，是老子天下第一的种。之所以猜测这几个当兵的是从战场上下来的，是因为这几个兵彬彬有礼，没有摆谱，完全就是一副忠诚厚道的模样。常在湖上拉客、送货的船上人家，见多识广，久而久之就养成了察言观色的习惯，十分像那些能看云识天气的老人，很少有判断失误的。船主和摇橹的船工三拉两扯就把话题导入前不久的九江战役上。他们明哲保身，专拣当兵人爱听的话说，还尽力往乘船这几个人心窝里说。摇橹的先切入话题，说："中国这么大这么古老，人文景观到处都有，自然风光更是美丽无比，江山如此多娇，日本人他们倚仗着洋枪洋炮、飞机军舰、坦克装甲，耀武扬威、趾高气扬，想咋着就咋着。他们这回打九江，那可不只是看中九江一带物产丰富、风景秀美。"船主轻轻咳嗽了两声，可能是在提醒船工什么，但他并没有看船工，而是朝湖面上眺望着。果然，船主的咳嗽很快有了作用，摇橹人次第看了一遍坐在船舱听他放着厥词的当兵人，接着讲："咱中国军人也不是吃素的，在九江的好多部队都是带着神圣使命，在江边、湖区、澎泽、湖口、雅雀山、八里坡好多地方都跟日本军队干了仗，虽说最终没挡住，但还是狠狠地教训了这些东洋人，有点儿解气啊！"摇橹人看看几个当兵的，又看看船头上煞有介事望着湖面的船主。好像是怕乘船人寂寞，摇橹人接着打仗的话题，说："其实九江战役是武汉战役的一部分，从安庆、铜陵方向过来的日本军队，目的是攻占武汉，而九江是武汉的东大门，只有先占领九江才可能拿下武汉。武汉是华中最重要的地方，也是长江上最重要的地方，日本人早就对武汉垂涎三尺了。他们北面进攻河南信阳，东面进攻九江，投入了大量的新式武器和精锐部队。中国人装备太差，武器跟人家比，差着一大截子。人家的枪炮子弹不论数，而中国军队每人只有十几发子弹，那咋打呢？人家天上飞机，地上大炮，水上有军舰快艇，这就是优势呀！不过，咱们的军队真的不孬包，用汉阳造抵挡着三八大盖，把他们弄得不轻。听人家说，九江战役钳制住了日本军队，咱们撤退是战略意义上的撤退，绝不是溃败。”摇橹人好像是在当面表彰这些士兵似的，他讲得神采飞扬，而听讲的人则津津有味地看着他。父亲心里想，船工怎么知道这么多东西，可能是了解战况的人在他船上讲给他们的。也就是在这时，父亲才知道自己的行伍生涯是从九江战役开始。想起九江的那次战斗，夜深人静时放弃了阵地，父亲有些不甘心，同时又感到沉甸甸的。船主面朝那些闪电一样从头顶掠过的江鸥，顽皮地吹起了口哨。摇橹人在口哨曲的旋律中加大了力度，小船果真提高了速度，船后那道白色的划痕也随之泛着大量的泡沫。

天气晴好，微风送爽，湖上不时还有花香飘过，沁润着人的肺腑，提振着人的精神。船主真是一个口哨演奏者，一曲结束，另一曲又开始，好像有吹不完的内容。摇橹人不再作声，弓着背，吭哧吭哧地换着气。坐船人也开始把目光由近到远，感受着浩瀚壮阔和波光粼粼的美。口哨声戛然而止，船主指着左前方说：“那就是岳阳楼，宋代范仲淹的《岳阳楼记》想必大家都读过，文由洞庭湖和岳阳楼而妙笔生花，洞庭湖和岳阳楼因文而美名远扬。”船主和摇橹人开口闭口文绉绉的，根本不像水上谋生的等闲之辈，父亲在心里居然把他们跟晋代陶渊明联系起来，怀疑他们也是因逃避战乱才到湖上度日的知识分子。看着正侃侃而谈的船主，父亲对他们的敬意油然而生。父亲小时候就读过《岳阳楼记》，而且还能把通篇背诵下来，有天他四叔乔传甲提问说“至若春和景明……登斯楼也”这段话，由于那时的孩子只熟悉自己悠然见南山的小环境，对碧波荡漾、万顷烟波、湖波涌雪、湖色蒙蒙、虎啸猿啼、樯倾楫摧等本来很平实的字词，弄得抽象而生涩，回答得像农村老太太的裹脚布一样又臭又长。那时，父亲的四叔安慰他说回答得还行，还说等长大了见识一下大江大海、山川湖泊，可能理解得更加深刻。多少年后，父亲坐在船上，水波不惊的时候，仿佛湖面是一块广阔宽厚的玻璃，船在其上平缓地滑动；粼粼水波神似特制的丝绸帷幕，条条纹络有序地显现。

举目远望，洞庭浩渺，湖碧如天，天蓝似水，古人笔下的岳阳楼，此刻略显寒酸。父亲边看边想，一篇《岳阳楼记》让世人对洞庭湖刮目相看，一句“通巫峡极潇湘”又让人浮想联翩，多少人慕岳阳楼之名来到洞庭，然而看到水中岳阳楼又不能不唏嘘连连。初次到一处瞻仰，几乎都存在看大吃虚的错觉，然则随着景物和视觉的移位，那种偏见和由此次生的误判都可能得到纠正。下了船，登上岳阳楼，脚下浮光跃金，头顶白云悠悠，遥想极目处潇湘秀丽、巫峡壮美，不用临风把酒，便喜气豪情冲之而来。这时，人一定会产生“山不在高有仙则名、水不在深有龙则灵、楼不在雄伟有文则美”的感叹。父亲读书不多，感悟也有限，但在这里却领悟了处江湖之远则忧其君、居庙堂之高则忧其民和先天下之忧而忧、后天下之乐而乐的真谛。景色造心境，心境造美景，人达到一种崇高境界，还有什么舍不得丢弃，还有什么艰难和险阻呢？船主善解人意，他对登楼的几位当兵的讲了几句吉言，说昔日南来北往的商家巨贾登过岳阳楼后交了好运，生意打此开始兴隆，财源从此像长江水滚滚而来；迁客骚人登楼默读《岳阳楼记》，当官的平步青云，文人们著作等身；军队官兵登过此楼的，旗开得胜，捷报频传！父亲很友好地看着船主，风趣地说：“船家登上此楼，船行万里平安，常受客人称赞！”大家喝彩鼓掌，船主喜不自胜。

小船回到小码头时，天色已晚，麻塘处处炊烟、家家灯火。可能因为战争风声紧急，湖上的夜晚灰蒙蒙的，成为迷迷离离的世界，既没有文人笔下的渔歌互答，也没有词曲里的渔火点点。

部队驻扎在麻塘一所学校里。父亲担任后半夜的警戒任务，他带领一班人前院后院巡逻。之前，姜副排长告诉他，夜间警戒责任重大，危险系数极高，敌人往往趁人困马乏之时出来摸岗，不少值勤巡逻官兵往往在麻痹大意中被敌人杀害，从而造成部队损失甚至伤亡惨重。姜副排长在部队撤退那天晚上受了伤，现在什么情况还不知道，但他的好多话仍在影响着父亲，比如认真负责的态度，吃苦耐劳的精神，不畏强者的勇气等。父亲班上十一个人，河南兵只有两个。他们对父亲了解不够多，但都知道他是个不怕死的硬汉，因此大家都听从他。

一弯像金色镰刀一样的月亮挂在学校偏西的高空中，满天星斗神情疲软地眨巴着眼睛，银河此时的确像一道灿烂的星河，神采飞扬地告诉人们：大家好，农历八月上旬，星河正在调整着位置。一阵风吹过，让人感到清新和凉爽。校园很大，房舍错落，树影斑驳，每阵风吹过，就出现潜潜隐隐、冉冉翩翩，仿佛人影闪动。父亲让大家把眼睛睁大，一定要眼观六路，宁肯草木皆兵，决不让鬼魅妄为。

部队离开麻塘时，天麻麻亮，钩子般的月亮还悬挂在天际。又经过坐车、行军，跋山涉水，到达杉桥小镇的那天夜里，月亮近乎圆满，十分像一个洁净的银盘子，把柔美的碎银子撒在人世间。夜风呼呼地挟着凉意，让人们不禁打起冷战。父亲脑际竟然跳出一句宋词，大致是淮南皓月冷千山，他把这句词用仿词的手法，借用为千里皓月冷衡山。杉桥地处衡山脚下的湘江江畔，山水相连、峰回路转，山口处常有块块小盆地，其间沟洫交错、阡陌成网，水牛在小径边悠闲地啃草，而农家的鸡鸭在村边啄食，时有一条狗一只猫或一头猪突然蹿出，撒起野，就引出一阵“嘎嘎”的惊叫，出现鸡飞狗跳的场面。这里的农家院落和耕种的地块差不多，基本没有方方正正的，房屋与房屋之间不像北方的户与户之间搭脊，形成横平竖直的一排排一行行，这里多为一户一个平台，既无院墙，又无像样的大房，整个院落敞开着。隔一条沟，或者站在稍高的地方，就可完整地观察到院内的动静。父亲他们的宿营地东北、正北方向有三户人家。人的活动和六畜的闹腾给部队里的异乡人很大的好奇和吸引力，大家正好利用这多日来少有的闲暇，欣赏着这里的农耕人家和田园风光。

大山连着丘陵、大川接着沟壑、树林挨着竹林，远远望去绿得奇形怪状，地势的影响，宿营地的风竟然来自多个角度，但凡有风吹起，首先让人感受到的就是沁人肺腑的丹桂香味。杉桥人喜欢桂花，房前屋后，河旁渠畔，田边路旁无不栽种桂花，中秋时节桂花树上挂着黄金一般的小花朵，发散着浓郁的幽香。秋风送爽，桂花飘香，杉桥人对中秋节格外器重，不少家庭像备办春节一样安排着中秋的生活。湖南人很厚道，部队停在杉桥的次日，便有乡镇名流、乡土文化名人及保、甲长箪食壶浆前来表示欢迎。部队没有接到上级命令，对当地人的盛情当即表示了感谢，至于他们送来的佳肴美酒就婉言谢绝。当地名流、乡贤一再强调说，部队入驻本地，适逢中秋佳节，乡民仅备地产和薄酒聊表心意，诚望收纳。这些人的心意被拒绝后，就引出了衡阳县政府的县长。他再三表示，以当地政府的名义举办慰问军队的酒会，让师长给个面子。师长下令连长以上军官参加县政府欢迎酒会，并从全师筛选出二十名士兵代表同行。父亲在九江战役中表现突出，英勇杀敌，作为新兵深受干部们重视，就被安排参加酒会。师长很接地气，他好像了解到当兵的心思，提前给大家发放了饷银，强调了警戒任务，给了全师不参加欢迎宴会官兵六个小时自由支配的时间。师长的这种周到安排，是通过一级一级下达的，使所有官兵在中秋节日之际获得丝丝温暖，特别使那些远离家乡、想念家人的士兵情绪得以抚慰。父亲原本想利用中秋节给家里写封信，告诉家人他在部队跟日本人打仗，让他们放心，没想到他还能被选出来参加地方政府的欢迎宴会，在遗憾之余，只能提醒袍泽们别忘了给家里写个信报平安。提醒过大家，父亲觉得自己很空虚，总感到今天不那么踏实，全班十多个战友只有自己一人去参加宴席，本来是同生死共患难的伙计，自己一人去享受，心里多么不是滋味。于是父亲临出发，又拍拍胸口说："弟兄们，去参加宴会本来是一件高兴的事，可我今天却高兴不起来，而且心里很难受，咱们说好苟富贵、勿相忘的，我咋能先带头破坏这种约定呢！"没等父亲说完，大家就不约而同、异口同声地说："这不算，你放心吧！兄弟们都不是小心眼儿的种！"那个叫夏太和的安徽战友还多了一句："那次游岳阳楼，你还为我们几个付了钱！"父亲感动了，哽咽着表示："今天发给我的饷银，就让太和兄弟买瓶酒和小菜，咱们也来个小范围的中秋联欢！"

欢迎宴会很另类。八月十五这天，秋高气爽、艳阳高照，给本来就因为接待场合逼仄寒酸的杉桥镇，尤其是为此犯愁作难的县长，提供了一个两全其美的环境。按照事前协商的结果，县长代表地方安排宴会，酒席体现地方特色，体现民俗民风。宴会上衡阳县县长致辞、师长讲话。宴会结束，与会者稍事休息，观看当地的民间社火表演并品尝杉桥茶点。晚上，部队官兵邀请杉桥各界知名人士观看露天电影，由师部文艺队放映。县长脑瓜子灵活，看露天电影很浪漫，那么举办露天宴会岂不更加风流，而且别开生面。于是，县长就再度与部队长官沟通，特别顺利，几乎几句花言巧语就得到了军方同意。宴会就安排在杉桥学校，一场露天宴会就这样拉开帷幕。衡阳县县长致辞大概有两百来个字，用时三分多钟。父亲听不懂县长的话，只能跟着别人鼓掌，觉得这是一种礼貌，起码也算是对人家的尊重。师长是安徽人，讲话很亲切，父亲听得仔细认真，虽说安徽地处江淮，洛阳地处黄淮，但这一个“淮”字让语言有些接近。这次给的掌声才是发自内心的。在露天的学校操场摆起餐桌，可能有些当官的及地方绅士觉得不成体统，父亲反而认为这种环境很舒畅，大家同在蓝天下，头顶一轮秋阳，共享柔和秋风，没有特权，没有雅座，让人没有压抑，也没有忌讳，真的很轻快。

开始上菜，杉桥人的热情很让人感动，镇长手拿扩音话筒，长长的话筒好像木炭火锅上的抽烟筒，每上一道菜，镇长就介绍三遍。比如，茭瓜炒牛肉，他先用湖南话介绍，再用安徽话介绍，三用国语介绍，虽然他的安徽话、国语有些不伦不类，但他的精神却赢得了大家喜欢，大家都觉得镇长可能是个走南闯北的人，很有见识。下面的十几道菜，桂花蹄筋、东安子鸡、茭白炒鸭、清蒸鲢鱼、咸鸭蛋、茶鸡蛋、角黍……大家早已吃开了，那位拿火锅抽烟筒的镇长还在介绍着菜品，特像市场上的推销员，不厌其烦地讲解着，要把自己的产品推荐出来，让顾客接受。面对桌上摆放的美馐佳馔，父亲并没有全身心品味，他在惦记那十位弟兄，不知他们吃上饭了没有。没有敬酒时，父亲还对这次露天宴会感激涕零，能参加这个最开放自由的宴席简直就是人生的幸运。随着敬酒的开始，父亲对这次宴席的美好感觉就开始逐渐淡化。他讨厌那种耽误事的客套，鄙薄森严的等级，敬个酒本来是慷慨大方、不分贵贱的，能喝就喝不能喝就拉倒，为什么有的人就点头哈腰、低三下四、举案齐眉地去劝酒、去讨好、去巴结呢？战场上没有虚伪，也没有歧视，短兵相接时比拼的就是能耐，血与火面前比的是个人素质，关键时刻长官也可能向士兵呼救。可和平的环境下，哪怕是短时间的宴会，都要把地位看成第一位的东西。父亲不是对师长有意见，他是敬佩师长程度最大的，人家有理论有实践，还不定时地和士兵促膝谈心，无论什么情况下都没有高高在上、居高临下、不可一世的傲慢。师长应该受到尊重。父亲同桌有几个连一级的尉官，把士兵视若草芥，或者表现出极不待见的样子。父亲说大家凑在一起是吃饭的，并不是受气的，故意摆出一副满不在乎他们的架势，用行动告诉他们你们再厉害能奈我何。当上第六个菜时，父亲就想不辞而别，宁可受处分，也不想看他们的驴脸。因为听说要上“角黍”，有些好奇，就想看看是啥玩意儿，便没有马上离开。再说，父亲来参加宴席，并不是哪个连长开恩，他们还没有资格和能力决定呢。父亲有底气，除了能吃苦能作战外，还有一点就是在和师长聊天时，师长有意让他到师直属机关干呢。最最关键的，父亲根本就看不起这些官味十足的干部，心想哪天战斗打响，咱们在战场上比比，看谁有能耐，看谁枪法好，看谁敢扛着机关枪扫射，看谁敢背着炸药包冲锋。父亲在等“角黍”，心里呼唤着角黍快点儿来。

有个营长在席间突然有事要离开，全桌连级尉官毕恭毕敬地弯着腰给他敬酒，之后又把他送到学校门口，仿佛是主人送远道而来的贵宾。那种样子让人恶心，而那个营长就全单笑纳，好像习惯了这种肉麻的巴结。父亲十分像个多余的人，他不认得营长，即使认识此时此刻也没有他说话的机会，人微言轻，营长计较的是连级尉官的礼节，根本不在乎这一个敢打敢拼的士兵。角黍端上来了，原来就是用箬叶包着糯米和玉米，就和通常在五月端午吃的粽子差不多。父亲像微风一样轻轻地离开了，衡阳县县长还在换着桌子敬酒，片刻也到不了这里。父亲想，走一个士兵不会有人在意，本来人家县长敬酒就是给长官们的。

父亲料想那十个弟兄此刻很可能就在宿营地，离开学校就直奔那里。他路过一户人家的院落，见人家正在吃饭，桌子上的食物十分丰盛，想这家人生活应该很富足。那桌上坐了九个人，然而摆放了十套碗筷，这让父亲十分纳闷。他就向过路的一个老乡求教，老乡告诉他，衡阳这一带的老百姓都把中秋节看成一个全家团聚的节日，家里如果有人因事没赶回家，家里人一定为他摆上餐具，意思是家里有个人马上就回来了。听了老乡的话，父亲马上想到了自己的家，此时此刻乔家人是否也在吃团圆饭，是否也为他准备了一套碗筷呢？父亲心中好像生出一团阴霾，这艳阳当空、秋风送爽、天高云淡仿佛没他的份儿，而最沉重的乡愁才属于自己。父亲脚步也迈不快了，远在南国异乡，最亲的就是那十多个弟兄，想着他们，父亲的心里才有所敞亮，步子随之也加快了不少。果不出所料，这十个弟兄一个也不少，都规规矩矩地坐在那里，盯着那三瓶老酒和几纸包小菜在发愣。看到父亲回来，小兵米吉首高兴得一骨碌爬起来，笑着说："我赢啦！太和赢了！太平也赢了！"原来他们在打赌，说老乔肯定会中途离席，他不会放下弟兄们不管的。虽然米吉首说他们三个赢了，但其他人并没有输，只不过他们没有说出来，而是用实际行动在耐心等待罢了。父亲说："那种场合的饭不香，酒也苦。俗话说，酒逢知己千杯少，咱们十一个人在一起，喝多了也痛快！"大家就你敬我我敬你地喝起来，菜虽然档次较低，但大家都觉得可口，酒也不是很好的，但大家都说喝着香。喝着痛快，不知不觉就喝得天昏地暗，一直到露天电影开始放映，他们才恋恋不舍地看着狼藉一片的酒瓶和下酒菜，一块儿去看师部的电影。那晚放映的电影《马路天使》，是红极一时的影星周璇、赵丹、魏鹤龄联袂演出的，都说好得很。真的，散场了，大家还呆呆地静止不动，深切地回味着电影里的人物和故事。父亲的弟兄们也说电影真好，但他们只记住了几句歌词，而且在散场后情不自禁地合唱起来：

酒不醉人人自醉，
胡天胡地蹉跎了青春……

十四

在洛阳一带，父亲的父亲叫爷爷，父亲的母亲叫奶奶，父亲的爷爷叫老爷，父亲的奶奶叫老奶；母亲的父亲叫外爷，母亲的母亲叫外婆，母亲的爷爷叫老外爷，母亲的奶奶叫老外婆。这些称呼，可能与其他地区有些差别，但差别不会太大。因为有差别，无论大小，毕竟是差别，因此，本书在很长篇幅，一直把称呼搞得啰里啰唆，比如父亲的祖母、父亲的父亲，母亲的母亲、母亲的父亲。看似不那么简洁，实质还是为了说明白。接下来就开启简洁模式。

乔家的长者、领家人是老奶张氏。王家的长者、领家人外婆也姓张。老奶因为孙子失踪的事情一直瞒着母亲，也瞒着王家，为此心里极不踏实，用她自己的话说就是心里一直有做贼的感觉，尽管蹑手蹑脚，尽管如履薄冰，但还是十分担心哪天露出马脚。当年是老奶托郝先生到王家做媒，并言之凿凿地表态，可仅几年光景，乔家就面临一种食言的难堪。八月十五这个传统节日算是支对过去了，好像王家并没有察觉什么。外婆问闺女关于乔仁厚的事，母亲回答得也很有道理，说刚到洛阳会芳几个月，事情多，掌柜不让离开，中秋节就不回来了。外婆当即虽没有再问啥，但她老人家心里肯定有多个问题没说出来。回到乔家，老奶知道母亲应对王家的话十分到位，就打内心深处感谢老大家。但老奶心里的郁闷越来越重，压力越来越大，她知道好多事情瞒过秋天，瞒不过冬天。八月十五应对过去了，可年关怎么应对呢？她一个原本不懂烧香、不会烧香的人，近段时间常到八方庙、梁周寺去烧香问卦，真的盼望着长孙能够在过年前回来。老奶的愿望很朴素，只要父亲回到家中，那么就什么都好，一旦回不来，众人将产生疑问和议论，怎么向人家解释呢？还有，东门里王家过年要请女儿女婿，女婿去不了，怎么解释呢？老大家再说会芳事多，掌柜不让回来，就不灵了。孟津传统习俗，过年和元宵节老牛老马还要放假歇套哩，何况人呢，会芳掌柜再不会经营也不至于过春节也不让员工放假吧！老奶不停地向自己提问，换句话说就是不停地向自己施压。为了这件事，老人家真的是焦头烂额，精神几乎要崩溃。都说乔家当家人张氏有着钢铁一般的意志和蓝天一样的胸怀，但却没有人知道她因为长孙失踪的事情，意志几乎被摧毁，胸怀也正在萎缩。老奶在个别时候也走极端，恨起来就在心里骂长孙，你这不争气的，要是死了，快点儿把尸首露出来，家里豁出去硬着挺着面对别人的指戳，大不了指鸡骂狗地对那些笑人穷、恨人富、巴望别人家出大事的人说："不要说嘴，谁家不死人，说不定还要死全家呢！"真是那种结果的话，就一了百了，不用考虑那么多了，反正人都没了，还有比这打击更大的吗？还有的时候，老奶埋怨长孙，这么不懂事，不管出多大事，不管你走到天涯海角，也不论你心里想的啥，你给家里透个信，哪怕在信里写一句话，那都不会？更多的时候，老奶心痛自己的长孙，现在到底在哪里？天马上冷了，你没带厚一点儿的衣服，一个人在外，有个头疼脑热的，连个人关照都没有；孤苦伶仃的一个人，别人欺负你，你咋办？在家千般好，出门万事难。老奶矛盾、急躁、无奈，思想走极端，问题在于她坚信长孙还活着。但现实让她无语，既然人活着，那么他在哪里？空口无凭多么气人！

老奶大半辈子不烧香、不信佛，更不信看相算命术士们的胡言乱语，差不多算是个准唯物主义者，然而因为父亲的失踪，而且是匪夷所思的失踪，让她背上了沉重的精神包袱，也使她神魂几乎颠倒，开始对光怪陆离、变幻多端的世界感到困惑，也使她开始从烧香拜佛中寻找谜底和解脱。老奶对冥冥之中的东西开始相信，而且程度也逐渐加深，从起初的到庙里、寺院里烧香，烧普通香发展到烧高香。后来，她越发待见起烧香拜佛了，而且伴随着烧香，还焚烧起黄表纸和铝箔钱币来。那种虔诚几乎可以称得上顶礼膜拜和五体投地。后来，在有关僧人和信教者的诱导下，老奶还花钱买了佛像，人家说不是买是请。于是，乔家的上房屋里，从此香烟袅袅、纸灰飞扬。老奶的烧香焚纸知识在实践中日益提高，看着燃烧的香还能根据香的变化解释其中的含义，看到纸灰起飞腾空还能悟出神明的提示。每天烧香焚纸后，老奶便精心地观察和回味，情绪也随之时好时坏。

进入腊月，老奶对烧香焚纸更加重视，或者说更加提劲儿。她烧香焚纸前，又多了一道程序，要洗脸洗手三遍，然后换上干净衣服，唯恐细节上的闪失造成对神明的亵渎，从而导致不好的后果。老奶相信心诚则灵的话，相信真诚一定能感动神灵，从而使坏事变好，好事更好。农历腊月初八，也是农村人进入腊月后一个比较重要的节日。老奶一大早就燃起了香和纸，从香的状态和纸灰的形态看，都属于那种吉祥如意的表述。老奶心里高兴，就想到家里要有好事临头，说不定她的长孙腊月就可能回到家中。老奶面对请回的佛像，内心充满感激之情。正在这时，有人唱着歌进了院子。这歌声打破了老奶烧香时最需要的静寂和肃穆，也给老奶刚刚温暖的心中浇了一盆冷水。老奶觉得这哪里是在唱歌，这是一个叫花子在卖唱，是一个嬉皮士在恶作剧。

唱歌者是父亲的七舅，邓家这一代中的七公子。七舅爷，父亲的舅舅叫舅爷。七舅爷的嗓子并不好，嗓子不好被人形容为破喉咙烂嗓子，越是这种嗓子的人越喜欢歇斯底里。七舅爷进了乔家院子，静悄悄的氛围使他错判为家中没有人，这就放开心情、放松约束地唱起来：“天上桫椤什么人栽，地上黄河什么人开，什么人把守三关口，什么人出家一去没回来呀咿呀咳……”老奶本来看到了希望，极端情绪有所缓解，认为长孙腊月一定能够回来，不曾想这个疯癫张狂之人竟然在院子里放肆地唱着“什么人出家一去没回来”，这不是在用恶语咒乔家人吗？人有时候就是对某些言辞特别敏感，特别在意，自己家里人失踪了，就怕别人提到一去不复返这方面的话，即使说者无意或偶然巧合也不行，一定以为对方是有的放矢，是在恶意中伤，说什么也不会谅解。老奶这时气不打一处来，积攒在胸中的火气、怨气这回终于找到了发泄的机会。老奶怒不可遏地从上房屋里冲出来，看也没看唱歌的人是谁，不由分说就朝那人骂起来：“从哪里滚出来的瞎眼驴，你还念歪经哩！你不知道你爷好久没回家了，你存心是来挖苦乔家是不是？”七舅爷被老奶犀利凶猛的大骂吓糊涂了，虽然张氏不待见邓家这一辈的人，但也不至于这样把人骂得狗血喷头，这在过去还从来没有过呀。七舅爷一头雾水，几十岁的人了竟不知所措，只好连声说：“太婆，太婆，是我呀，您先别骂。”这种近乎哀求的声音，感化了正激愤中的老奶，她定睛一看，见面前站着的人是铁炉邓家七公子，并没有做出多少让步，轻蔑地看了一眼，说：“你没有一点儿规矩，邓家咋培养教育的，唱着不三不四的曲子，还有心唱歌哼曲，看日子都过成啥啦！惭愧不惭愧，丢人不丢人！”七舅爷知道自己刚才唱的歌影响了张氏的安静，引起了张氏的生气，却不知道哪些环节上的不检点竟然让人家不留情面地揭着邓家的疮疤。好歹邓家也是洛阳一带尤其是孟津县举足轻重的大户人家啊！七舅爷本来细白泛红的脸庞，经张氏这么一数落，就立马儿变成赤红而且汗也冒了出来。毕竟老奶也是能够遇问题和情况随机应变、妥善处理的人，当即就感觉到自己的语气重了，打击的面也太宽了，就缓了缓口气，对七舅爷说：“我今天情绪不好，应该是由来已久了，不该对你们邓家说那么多不中听的话，本来你唱那些不三不四的歌，嚷嚷你就完了，可脾气不好的人就是这样容易发火，还容易偏激。你姐到南院去了，你先坐下来歇着等等她。”老奶并没有立马儿改变对邓家老七的态度，一副正儿八经的样子，让七舅爷十分尴尬。七舅爷坐也不是，站也不是，面对脸色铁青的太婆，真的丢了老邓家脸面。七舅爷本来是带着一个重要情报来的，这情报与父亲有关，或许能够缓解老奶的焦虑，他是兴奋着来的，没想到一曲《小放牛》真的把良好的意愿化了灰。七舅爷不想看太婆那张青石板一般的脸，“太婆”是孟津一带对姐姐婆母的称呼，觉得眼前这个太婆太厉害，厉害得让人出气吸气都不自然，还有什么兴致汇报情报呢！恰巧，正当七舅爷心里刺挠时，奶奶邓氏携女抱儿走进家门。看见七舅爷，奶奶说了声：“老七，来了，十多里路够累吧？你站着干吗，坐下歇歇！”奶奶邓氏的客套，让老奶很不满意。老奶挖苦说：“不累，唱着不三不四那种小曲来的，一点儿都不累！”从张氏和邓老七的表情上，奶奶邓氏好像发现了不对劲儿的地方，本来想再跟七弟聊几句，也只好作罢了。奶奶邓氏在乔家虽是这一辈的老大媳妇，本来应该在老奶那里有突出地位，成为妯娌们的标杆和表率，但由于邓家条件优渥，让子女们养成了衣来伸手、饭来张口的习惯，换了环境就不适应，嫁入乔家邓氏就与张氏领导下的乔家格格不入。老奶看不惯、看不起没落地主老财家的千金，奶奶的确也做不出什么业绩让她改变看法，久而久之就成为一种定势：老奶强势，邓氏懦弱；老奶治家有方，邓氏一事无成；老奶一言九鼎，邓氏人微言轻。奶奶邓氏本来就不会做事，说话有时也说不到点子上，加上对家里事一退六二五，作壁上观，更让老奶反感，干脆就被大小事弃用。老奶见邓氏有话要对邓老七说，环顾一遍欲言又止，就大声说：“谈邓家事你们到自己房里，要不就到一边去。要是与乔家有关，你们别在一边瞎嘀咕！”老奶是聪明人，尤其她对有些事上的敏感，不能说料事如神，起码有一定的先见之明。她刚才在骂过邓家老七之后，看到邓家老七那副委屈的样子，还有想分辩的表情，足以说明他这次到乔窑来，兴冲冲地唱着曲儿，是有什么关于乔家的事情，并且不会是不好的事情，最低限度也会是一条有利的消息。果不其然，邓老七在低声跟她姐姐邓氏说了句什么后，邓氏马上就告诉婆婆：“有条消息，可能与仁厚有关。”听了邓氏的话，老奶这次没有给她难听的回答，而是平和地说：“那就来上房屋说吧！”邓老七这才像从刚才那种压抑中挣脱出来，对老奶和奶奶说：“泰和钜来信了，是在陕北来的信！”老奶马上质问：“泰是谁，钜又是谁？他们来信不来信跟乔家有关系吗？”“这……”邓氏看看七舅爷，又看看老奶那张严厉的脸，再把目光落在邓老七脸上。七舅爷底气不足地说：“要说有关系，但关系不那么大；要说没关系吧，那也不全对。”老奶有些急了，瞪了一眼七舅爷：“说话干脆点儿，吞吞吐吐，是啥就是啥，快说吧！”七舅爷这才说他们邓家在洛阳复旦中学读书的两个人，一个泰、一个钜来信了，说他们俩在陕北。就是他们在信中说，往陕北去之前找过仁厚，仁厚还帮过他们。七舅爷害怕老奶张氏，唯恐哪句话掉了板或者不符合她的心意，就不住地往她脸上瞅，一旦发现不对劲儿就刹车。老奶此刻正耐心地听他讲，面部表情淡定而坦然。七舅爷这才接着往下说：“他们的信上说，三人约好要参军打日本侵略者，因为时间关系，泰和钜先走了几天，咋去的，两人当时守口如瓶。估计仁厚也参军了。”老奶听到这里，久违了的微笑出现在脸上。七舅爷以为他的话起了作用，让张氏开心了，就享受起张氏给他的阴天转晴的微笑。老奶仿佛看到了一些希望，就说：“那你们回信让他们在陕北留点儿神，见到仁厚就让他快快给家里写封信，家里人找他就要找疯了！”七舅爷扬扬得意起来，完全忘记了半小时前张氏教训他并挖苦邓家的事，兴致勃勃地答应着：“好、好，一定一定！”这时，门外丁零丁零地响起牛铃，顺子“喔”的一声，铃声随之停下来。老奶侧耳听着门外的动静。七舅爷也沉默起来，一直到牛车重新启动才说：“太婆，仁厚不会有大事的，不用天天心里压块石头啊！”老奶不太接受他的安慰，说：“这种事放到谁家，都会在心里压块石头，何况咱家这种状况！”老奶说的这种状况，是指邓氏不管事，自己的孩子失踪了，她却不积极想办法去寻找，而是只会在眼里挤几滴泪。顺子赶着牛车“打”的一声，牛铃重新响起时，老奶说：“老大家从东门里回来了，仁厚这件事咱们就说到这里，别让人家知道太多，年轻人有时会多想的。”于是，老奶、奶奶、七舅爷开始聊铁炉街里的事了。母亲进了家门，先是跟客人打了招呼：“七舅来了！”七舅爷红着脸回了话，表现得跟小孩子似的。其实，七舅爷家的大儿早已成亲，他已经不再年轻，但依然表现得幼稚。奶奶拉七舅爷离开上房屋，老奶调侃说：“你们姐弟俩多日不见，也该仔细聊聊邓家的事情了。”七舅爷情绪好多了，竟然又忘乎所以地唱起了《小放牛》。老奶没有制止他，只是说：“你们邓家人咋记吃不记打呢？忘性比记性好多了！”七舅爷这次唱的是：“天上桫椤王母娘娘栽，地上的黄河老龙王开，杨六郎把守三关口，韩湘子出家一去不回来呀咿呀嗨！”七舅爷可能爱唱歌，但他会得不多，《小放牛》最拿手吧！老奶骂他没记性，但他还是把刚才没唱完的唱完了。邓家姐弟俩出门后，老奶问母亲关于王家五姑娘出嫁并回门的事。母亲显然情绪不高，说事情办得挺好，回门很热闹的。母亲说："该参加的亲戚朋友都参加了，客人们还问我为什么一个人来，她们都爱管闲事，也特别多嘴！"老奶是粗中有细的当家人，听得出母亲的言外之意是对父亲没有出席王家喜事不满意，就安慰说："应该参加，没参加不仅失礼，而且不好看，让你面子上过不去。不过，这种事以后注意，不让他再犯这毛病！"母亲没有说什么，似乎并不计较，就把话题一转，问张氏："奶奶，七舅爷来乔窑是透啥信儿的吧？"老奶愣了一下，马上回答："他是来乔家炫耀的，说他家两个人参军了，还当了干部。"母亲"哦"了一声没有再说什么，在沉默中看着张氏的脸。老奶很不好意思，心里像打翻了五味瓶。她想，纸是包不住火的，或许王家、老大家已经发现了几个月来的异常情况，只是看透不说透罢了。

半年来，乔家人在希望和失望中艰难地度日。尤其是老奶，情绪有时候就像坐在独木舟上任激流载着起伏，看香看焚纸曾给她带来过欣喜若狂，残酷的现实就朝她不留情地打脸。腊八过后紧接着就是祭灶，乔窑在外做生意、扛长工的人们都纷纷回到家中，给家人带来幸福和欢乐。相比之下，张氏率领下的乔家却冷冷清清，丝毫没有年味。老奶在外面依旧谈笑自如、风采依旧，回到家中就让现实打回原形。老奶说："人都没影了，还过啥年？还有啥意思！"当然，这些发泄不满的话绝不当着母亲的面说，她最忌讳的就是母亲，怕失去这个优秀的长孙媳妇。当着母亲的面，老奶尽力表现得心平气和、云淡风轻，内心却波涛汹涌、翻江倒海。有一句老话深深地告诫老奶，事情藏着掖着只能一时，不可能一世，过了初一却过不了十五。老奶准备向东门里大王家摊牌，再这样磨蹭下去就有些说不过去了。邓老七到乔窑之行，邓家叔侄在陕北的事情都对老奶有所启发。她准备借题发挥，再来搏一下，或许能够让王家接受。在事不顺遂的时候，人往往会想出一些点子，有时候还很有创意，但缺乏更长远的考量，只能是短期内有一些作用。老奶知道她考虑的这个做法，只能是扬汤止沸，但实在没有更好的办法，只能权且这样做，得过且过吧！

老奶像老师备课那样准备着，尽可能使自己在王家人面前自圆其说，不出破绽。老奶决定自己在过年前到东门里王家一趟，把长孙不辞而别、音信全无的事向亲戚们说清楚，用一句土话就是把窗户纸戳破。作为乔家名副其实的当家人，老奶平常为儿孙们出谋划策，或者关键事情上拍板决定、一锤定音，很少作为一个使者到别人家去。在此前她仅仅去过一趟县城东的铁炉街，是到邓家去接长孙。那是一九二〇年的农历腊月，乔家住在孟津县城北门里，是县城的另一个名门大户。乔家新生代长孙出生，肯定欢天喜地、合家吉庆，喝满月酒盛宴各路嘉宾，一连数日贵宾盈门，道贺者络绎不绝。除了乔家，十华里外的铁炉街邓家也为喜添外甥而搭台演戏，为此提振士气。邓家一辈男丁近十个，仅一个千金，成年后嫁入名门乔家，让邓家欢欣鼓舞，几年后邓氏为乔家生下贵子，更让邓家感到风光。只等着邓氏满月后到娘家小住，于是无论从声势上，还是从组织上都精心策划和充分准备。在乔家热气腾腾喜庆之际，邓家也在暗暗地较劲儿。亲戚之间面子上的争强好胜虽过后回顾起来十分无聊，但头脑热起来往往降不了温，这就是人们常说的死要面子活受罪。这种较劲儿对于境况正好、兴旺发达的家庭来讲花钱买个排场，享受的就是这种风光，而对正在走向衰败的没落之家，再这么做，纯粹就是一种虚荣。县城东铁炉街的邓家此时家境已经每况愈下，只不过邓家不肯认输，要让津邑各界不能小看邓家，让他们在势利中看到邓家东山再起的希望和未来。在邓氏坐满月子乔家待客告一段落后，遵照当地当时的风俗，邓家赶三驾马车威风凛凛地接邓氏回娘家小住。乔家当然是不舍得长孙离开，哪怕是短暂时日，就在送邓氏母子上车之际，老奶再三叮嘱："邓家纵然条件再好，毕竟咱是乔家人，早日回来啊！"邓氏也表示："住三天两后晌就回，不去不行，要不是风俗习惯，就不奔波了。"当时奶奶一激动，就说了几句发自肺腑的话，老奶为此很高兴。奶奶邓氏属于没有主心骨的女人，虽然在邓家待了五天提出回县城北门里乔家，但经不住邓家人好言相劝，只好继续住下来。时值腊月，黄河岸边的铁炉街寒风刮起，飞沙走石，的确不是回乔家的最佳天气，大人小孩容易受风寒的，邓家人包括奶奶也想等到风停时，出太阳的日子再回。老奶好像跟这个降临乔家的长孙十分投缘，横看竖看都觉得这个孩子有一副与众不同的贵人相，认定这个孩子就是乔家的未来和希望。邓氏回娘家那天，三驾马车在门口等得不耐烦，赶车人不停地甩着响鞭。

老奶全当没听见，她还是不紧不慢地逗着长孙，一旁急得要出汗的邓氏，和来接她的邓家老七、老八都急得你看我我看你。一直到老奶看着长孙睡着了，才交给邓氏，一遍又一遍地叮嘱她，早点儿回来。老奶托邓氏的底，知道她是缺少主见的人，娘家人一礼让她就忘了回乔家的日期。老奶特别讨厌爽约的人，对自家的子弟更是如此，说好的事情、承诺过的事情不去履行，那还有什么信用可言，如何获得别人的尊重呢，经常这样将会一事无成。老奶对奶奶住娘家几天后不见回乔家的事很不高兴，但她还是告诉自己再耐心一点儿，等一天看看，每个人都有自己的特殊情况。一天、两天、三天，耐心等待邓氏第五天头上，老奶就忍耐不下去了，她心里骂着邓氏这样太没道理了，你们邓家稀罕小外甥，乔家人对孩子要比你们稀罕几百倍呢！老奶做出了一个决定，要亲自到邓家去接回长孙。你们邓家是铁炉街的豪门大户，到县城来接人弄个三驾马车显摆，大不了就是告诉人们，邓家还行，饿死的骆驼比马大。乔家自从当家人乔芸芝去世，家道虽谈不上中衰，也能用走下坡路来形容。老奶不服输，像北宋杨家佘太君一样领着家，无时不做着复兴乔家的梦。和邓家比，老奶不甘示弱，也要安排三驾马车去铁炉街，让铁炉街的人们知道，乔家起码还是有家底的，振兴的希望仍然存在。

铁炉之所以称为街，是因为北边有黄河渡口，跟铁谢渡口不相上下的规模，在陆路交通尚不发达的时候，水运的生意就相应红火。随之带来了商业、工业的繁荣昌盛，同时也带动了农耕业的发展，物资的交流形成了集市，集市振兴又带来了金融业的发达，这种互为依托，相辅相成的经济链条就使铁炉有了街。老奶常听人描述铁炉街的繁华，有人夸张地说这里店铺鳞次栉比、行业五花八门、商品琳琅满目，一句话说就是什么买卖都有。老奶胸有成竹，听不进人们介绍铁炉街多么了不起，冷冰冰地说："它比不上孟津城！"因此，老奶到铁炉去，带着居高临下的姿态，气势上一定要让邓家人生畏。铁炉街很有层次感，中心也很突出，比如离码头近一点儿的北街，就带着一种豪气、霸气和人气，往南来就呈现降幂排列的态势，最南的那条街只能称为半个街，散落着几家铁匠铺子，叮叮当当地打造着工具。三驾马车在乡下人眼里是了不起的庞然大物，常常让他们先是"哇"地尖叫，接下来就是注目致敬，最终看着车子远去了还要望车兴叹。而在县城，人们对各类马车司空见惯，大不了当三驾马车“辘辘”走过，大家评头论足说一句“这辆车装饰有些另类”，就算是关注了。三驾马车放在铁炉街，别看这里是被农村包围着的集镇，但这里人却是见过大世面的，那些巨贾富商、土豪绅士凡到渡口接人取物，无不使用尽可能气派的车辆，三驾马车显而易见，真的是小菜一碟。正是因为渡口的存在，让铁炉街兴极一时，也让这里的暴富群体如雨后春笋一般。单从建筑方面，足以让人领略到老财主的积淀雄厚、大气磅礴，新财主的豪放不俗、亮丽光鲜，暴发户的牛气冲天、崇洋媚外，普通工匠及农家的志存高远、寒酸凑合。老奶的三驾马车是从南街走起，五六分钟就进了铁炉北街，人们称铁炉大街。老奶有意仔细观察，果然如人们讲的，商贾云集、店铺林立、车船辐辏、车水马龙、人声如潮。路北邓家蓝砖灰瓦，房顶吉兽眺远，墙壁驳蚀失修，石阶苔藓生长；路南赵家青砖碧瓦，绿树掩映，门前车马停放，上空有信鸽飞翔。老奶踏进邓家大门，看得见满院落叶无人打扫，一辆老旧的大车躺在当院，落光了叶子的梧桐树枝条随寒风摇曳，一只皮毛灰暗的瘦狸猫卧在那扇半掩着的门前看着客人“嗷嗷”叫着……老奶禁不住心里一阵悲凉，难道这就是当年日进斗金的邓家，如今怎么这种状况，实在令人悲悯！院子很深，至少有三四进，房子虽然已经炭化，风剥日蚀中墙体大片大片的出现龟裂的痕迹，但依旧典雅厚重，不失雄伟。大概家里人外出的缘故，除了偶尔有落叶“飒飒”和饿猫的叫声，多数时候是静悄悄、阴森森的。老奶走过一进，迈步进入第二进时，听到一个沙哑的声音在问：“谁呀？您找谁？”是过厅屋左边那间厦房里传来的声音，老奶被那问话中的“您”字感动了，很温和地回他话：“我是北门里乔家的，你一个人在家吗？”老奶回答着问话，同时又向问话者提出了一个问题。屋子里出现了窸窸窣窣的声音，那沙哑的声音紧接着又说：“哦，您是太婆吧，是惦记长孙，来接他的吧？”老奶觉得屋里人很清醒，脑子好灵活，不仅听得出来人的声音，还猜得出来人的目的，任何时候都不能说邓家人不智慧呀！老奶回答说：“是呀，他们母子俩来这么多天了，把你们打搅得可不轻，该回去了！”老奶回答着，突然想起了邓氏有个哥哥因为吸烟土和赌牌，气跑了妻子，如今一个人过日子，恻隐之心油然而生。老奶走进这间厦房，本想问候一下这个声音沙哑的人，进去门竟被眼前的情景惊呆了。一张床上躺着人，人头这个位置上放着吃了饭还没刷的碗，脚头位置煤火炉上放着一只铁锅，炉子旁有半桶水、半袋面粉和一颗白菜，整个房间里弥漫着厕所和厨房的混合味。见老奶进屋，那个男子把身子向上欠了欠，叫了声“太婆”，然后又躺下来。老奶想刚才的窸窣声就是他在欠了欠身子，估计着来人不会进屋里来就重新躺下了。这人正是邓家老四，奶奶的四哥。看见老奶进屋，四舅爷只好把棉衣披在身上坐起来，瘦骨嶙峋的样子很容易让人联想到一具干尸。四舅爷骷髅一样的脸上挤出一丝笑容，向老奶夸起来：“我这个外甥不光长得帅气，还聪明可爱，看见舅家人还会笑呢！”老奶知道邓老四说的是实话，但此时也是在自我解嘲。四舅爷告诉老奶说：“外甥他们在老二家，再往前走一进。”这一进让老奶眼前一亮，地上扫得很干净，摆放的家什也有条理。这时有人说：“欢迎客人！欢迎客人！”房檐下有两只鸟笼，其中一只“八哥”在多嘴。老奶每当回忆这次去邓家心里就不好受，她看到了邓家萧条、破败的现状，也找出了邓家没落的原因，除了吸烟土和赌钱以外，好吃懒做是最主要的原因。就是这一次，老奶对邓家留下了很不好的印象，也从此看不起邓家的人，包括奶奶。这是老奶人生的第一次“御驾亲征”。

老奶的第二次亲自出马，就是这次到东门里拜会王家。和上次不同的是，身份和地位都有了变化，第一次她是城里人，到铁炉街，那时高高在上，而这第二次，她成了乡下人，要到城里东门里王家，应该是“到高门坛磕头”，说严重些还有负荆请罪的意味。老奶这次精神压力很大，很担心这次徒劳无功、铩羽而归。因为在腊月二十二这天老奶告诉母亲，她要到东门里王家一趟，什么事没有说。母亲不知道老奶为啥在二十三祭灶前去东门里，本来很平静的心里禁不住翻腾起来。母亲仔细地反省自己，并没找到自己的任何过错，就开始胡思乱想。父亲到洛阳会芳货栈学徒，半年多不曾回家，这种很蹊跷的现象，自然引起母亲的怀疑，莫非他捅了娄子，或者是出了啥事？

腊月二十二，乔窑比平素的日子还没有多大不同，在这里，人们到了祭灶这天下午才有些忙乱的样子，家家户户烙些祭灶饼，作为灶王爷上天的干粮。而在孟津县城就有所不同，人们过了腊八就开始着手过年的准备工作了，杀猪宰羊、磨面蒸馍，二十二这天城区的空气中就弥漫着浓浓的年味。母亲陪同老奶，坐着那辆牛车，在顺子“打”“喔”的吆喝声里，上午九点多点儿就到了东门里。这次，“叮当”的牛铃，以及顺子脆亮的响鞭并没有引起王家人的在意。因为王家四女儿腊八下午才被乔家接走，约好过了年正月初二才回娘家。然而，当母亲唤人开门时，还是给娘家人一阵惊喜，特别是母亲还带着老奶，竟让大家都放下正干的活儿迎过来。外婆张氏正带着全家人在庭院植树，看见乔家当家人亲自来到王家，微笑着迎接过来。外婆称老奶“太婆”，老奶高兴地答应着，并加快脚步走上前跟外婆拉住手。乔家张氏和王家张氏就这样笑眯眯地走到一起。老奶很好奇地问：“咱家为啥在腊月栽树呢？在乔窑差不多都是二月二前后栽树。”“过去，咱家也是过了年栽树，”外婆热情地回答着老奶的问题，“后来就发现年后二月二栽树总有一些树苗枯干，孩子他爹就做了试验，发现腊月栽树基本上都能栽活。”老奶点着头，不知道她听进去多少，但表面上还是认可的样子。“后来，就总结了一句谚语，腊月栽树像做梦，二月栽树害场病，就是说腊月栽树树苗在睡梦中就活过来，二月天暖和了，树苗移栽着就像人害了一场大病。”外婆说得很形象，把老奶都逗乐了。外婆知道乔家当家人亲自登门，肯定是有重要事情，就让大家继续干活：“兰菊，你既然来了，就跟你几个嫂子到前院抬水浇树，你们弟兄仨继续挖坑栽树，记住了坑要挖深挖大，壮苗还需大坑！”外婆在外公的影响下，对农林业的常识还真的懂得很多。外婆掀起竹帘，请老奶进屋，但她却又回头强调了一句：“许琰、吕尚，你们这几个外甥，不干活行，站一边看，别捣乱啊！”母亲的几个表弟真的很有意思，快过年了，硬是住在舅家不走。

栽树的姊妹们边干活边开玩笑，没有感到劳动的辛苦，而是享受着众人拾柴火焰高的乐趣。母亲的嫂子们这会儿抬着水还不忘开玩笑，她们说：“四妮儿今天真有眼色，抬水是两人的事情，要不俺们仨人还结不成对子哩！”母亲说：“昨晚做梦恁三个喊我，说快点儿过来抬水，今天就来了！”这边栽树的弟兄仨配合得很默契，一个扶树，一个填土，另一个瞄着直线，唯恐把树栽得歪斜了，不时发出“稍微往左”“再往东挪”的声音。

上房屋里，老奶和外婆两位老太太开始了一段交谈。老奶有些矜持，小心翼翼的，看了看外婆的脸，觉得这张脸挺慈祥的，这才说：“今天来咱家，这时候来有点儿不是老合适，快过年了都该忙了，这不你们正栽树，打搅你们真的不好意思！”外婆说：“说到哪里了，这么近的亲戚，就是一家人，不用见外！”外婆语气温和，很亲切。老奶这才略显自然，脸上也有了微笑。老奶说：“有点儿事，今天给您说明白，瞒着您不好，也不是咱家的做人原则和做事风格。仁厚这孩子在会芳那边学徒，夏天那时候跟他舅家的俩老表，就是东乡铁炉邓家那俩在洛阳上中学的孩子商量着去参军抗战。正好会芳那边遇到了点儿麻烦，有人放了包炸药要毁会芳的货物，仁厚这孩子就舍生忘死地去把冒着烟的炸药包抱着冲进护城河。炸药包爆炸了，会芳这边安全了，可咱家孩子却失踪了。”说到这里，老奶看了看外婆，见她正在聆听，就继续说下去，“要是人没有了，应该留点儿啥痕迹才对，人家掌柜派人来家说，现场啥也没有，除了炸碎的树干树枝。要是人没有啥事吧，可连个信儿都没有。这段时间，乔家千方百计地去寻找，去打听，没个结果就一直瞒着所有人。今天来，就是向您请罪的，按理说邓氏今天也应该来，只是她还有小孩子缠着，脱不了身，再说了她少口没牙的，也说不清楚。”老奶说到这里，有了一些停顿。外婆乘机问：“人还没信儿？乔家做得没错，在没有结果前，隐瞒是最妥当的！”老奶听外婆这么一说，眼睛顿时放出光来，说：“过去乔家对的错的您多担待，您的话让我好感动。人虽然没有准信儿，但铁炉那边捎来话，说邓家那两人到了陕北。我已经托铁炉人回信转告他们留点儿心，让他们见到仁厚时，说家里人为找他都要急死人了，香也烧了，神也拜了。”老奶眼圈红了，声音也哽咽起来。外婆这时候反倒安慰起她来，说：“人在外，好多事是无法预料的，是福不是祸，是祸躲不过。听您说的情况，既然爆炸现场没有人身上的东西，那说明人是平安的。后来没有影踪，那肯定是遇到了啥不方便的情况。我还是相信这孩子，他不是那种心里没有数的人，没有消信儿是遇到难处，或者是没混成样子正在埋头苦干。”外婆很客观地讲着看法。老奶这时才发现过去的半年，她对问题的判断、分析，比起王家张氏存在着很大差距，尤其是错误地低估了王家人对待这件事情的态度。人真的是一种感情动物，当老奶听到外婆对父亲有信心时，她竟然在内心高兴的同时，又格外谦虚起来。老奶说：“乔家在对待孩子的教育上有很多毛病，特别是我在这个长孙身上，除了加倍溺爱，其他方面要求很不够，没有把仁厚培养成材，让大家都为他操心了！”外婆说：“我觉得这孩子骨子里有着其他人没有的硬气、义气、忠厚和善良，您不用自责，这孩子肯定比一般人有出息！”老奶说：“您能高看他，是他的福气，也是他的造化，我真为乔家遇到你们王家这样的好人家高兴！”两位老太太越谈越投机，真有点儿知无不言、言无不尽的直率和坦诚。老奶不住地夸母亲的勤奋、善良和厚道，说乔家能娶到这样一位好媳妇，是烧了高香，是祖上积德啊！外婆也很谦逊，说了女儿不足的地方：“这丫头心灵手巧、任劳任怨，您都能看到感觉到。她的毛病也不少，不喜欢与人沟通，也不善于表白，性子还有些倔，有时候说话还直得很。”老奶说：“人都不是圣贤，一点儿毛病都没有的就不是人，谁都会有缺点和毛病的，说话直那是优点，乔家就需要直点儿的，不玩心眼儿的！”两个人说得投机了，氛围就轻松愉快充满亲情友情。外婆半认真半开玩笑地说：“你孙子能跟俺家闺女成婚，乔家跟王家结成亲戚，那还真得谢谢我呢。当时老郝代表您来提这门亲事，您猜一下当时兰菊这闺女咋说的？”老奶笑着说：“咋说的？不好猜。”外婆微笑着，笑得很幽默，接着说：“老郝拿帖子给我看，当时我觉得闺女比你家孙子大两岁，不太合适，就找个理由缓了一下，让老郝跑了第二次。这次，我很受感动，是被您的诚恳感动了，就同意了这门亲事。父母之命，媒妁之言，在咱津邑很普遍，但我还是听了听她的意见。”外婆看看老奶，像讲故事那样关注着听众的表情，发现对方很专注，就继续往下讲，“我问她有啥想法，这丫头说，家庭贫富都不重要，人活着是靠自己去劳动的，请业，坐吃山空很丢人，这一条没啥，只是女的比男的大不很合适，多像一个大姐姐关照一个小弟弟。当时我引用了老郝的话说女大两黄金长，女大三抱金砖，是好事呀！闺女脸一红，说了一声这些是人瞎编的，想咋说咋说。反正心里不痛快，也就不再多说，她知道说了也白说。等了一会儿，闺女才又说了一句，说媒人都是不靠谱，给人家说媒，男的年龄大，就说嫁老汉吃饱饭，嫁个小白脸一生受磨难。嘿嘿，这闺女就这样，一旦大人们决定了，她心里不高兴，脸色不好看，但还是很听话地顺着大人的意图。”老奶似乎不知道接什么话恰当，说了句：“这闺女真的是好孩子，打着灯笼也难找啊！”

她们俩可能好长时间都没有遇到这么融洽的气氛，也没有遇到这样好的知音，谈得无拘无束，海阔天空，从乔家到王家，再从王家到乔家，谈得虽然很意识流，但始终没有离开一条主线。最后她们又谈到了父亲，再从父亲这里作为谈话的终结点。外婆说：“这件事已经发生了，我们往坏处着想，向好处努力就行。既然王家和乔家结成了亲家，那么我们就像同坐一艘船，遇到风浪，遇到危险，应该同舟共济，王家不会因女婿几个月没有消息就乘人之危，太婆你只管放宽心。”老奶被外婆的一番话打动了，感动得不知道说什么话才能表达心情，连声说着：“感谢王家深明大义、宽宏大量。”外婆又给老奶鼓劲儿壮胆说：“不管乔家发生什么事，王家都会跟你们站在一起，有福同享，有难同当！不过，我相信仁厚是精明麻利的猴子，不是那懵懵懂懂的晕鸡，这回要是大难不死，就会有好消息的！”说话间外婆让母亲过来，交代她把泰康公司的铁桶饼干“金鸡饼干”和几条丝巾拿上，丝巾有老奶的、奶奶的，还有几条让老奶酌情给家里其他儿媳，作为年礼。老奶激动地说：“您看这，我来王家没拿啥礼物，走还捎这么多东西，叫我咋表示呢！”老奶来王家不是没带一点儿东西，她把乔窑的冬柿、火罐红柿带了一竹篮，乡里的特产，也是乔家拿得出手的礼物，老奶只能用“礼轻仁义重”来安慰自己。

老奶这天很兴奋，从心灵深处对王家顶礼膜拜，别人家正在专心致志筹办年货时，王家却在全家植树，房前屋后、行道两旁，那不仅是栽树，那是在弘扬良好的家风，那是在传播一种美德。老奶对腊月二十二的东门里王家之行，感慨万端，收获满满。

回乔窑的路上，牛拉着车轱辘轱辘地走得比任何时候都轻快，牛铃叮当叮当伴奏着，顺子也受到什么事感染似的，开心地吹着口哨。老奶发自肺腑地说：“王家真对咱乔家恩重如山啊！”母亲这时也说了一句话：“奶奶，以后不管出再大的事，千万别把我蒙在鼓里，我早就看出属猴的孙悟空翻个筋斗就是十万八千里。我本来不信什么命，可不信又咋解释呢！”老奶佯嗔地说：“要是这猴子啥时回来了，让他给王家、给你磕一百个响头！”

十五

永州这个地方经常下雨，给人最深刻的印象就是潮湿。从小在洛阳孟津长大的父亲，对一个多雨而阴湿的环境很不适应，黄河南岸年降水量在七百多毫米，而这里每个月几乎就能达到这个数字，而且雨季还特别长。部队到达永州时，早已过了汛期，然而这里依然不时地落雨，下起来又十分缠绵，人来疯一样地越下越大，没完没了。淅淅沥沥的声音很有魅力，它诱惑人们在听风观雨中想入非非，很容易勾引人们进入五彩缤纷的美梦。父亲初次看到永州这个地方时，首先想起那个被贬永州的唐宋八大家之一的柳宗元，他曾在这里数年，寄情山水，对水深火热中的人民充满爱怜和同情，写出了情景交融、寓意深刻、讽喻辛辣的《永州八记》。永州山外有山、水绕山行、山环水抱，笼统地说它属于中亚热带大陆性季风湿润气候，具体到一个村镇，由于地广人稀，又有自己独特的小气候。父亲他们驻扎的地方，每日雾气腾腾，天无三日晴，地无三尺平，看朝阳冉冉东升和满天彩霞就是一种奢望。即使时序步入腊月，这儿并不寒冷，北方已经雪花飘飘，这儿却烟雨蒙蒙，使人不知季节的变化。这里的山是画家水墨画的颜色，水是碧绿透亮的存在，山被茂密的林木覆盖着，水在纵横的沟壑奔流入河。父亲在这里体验了柳宗元的“千山鸟飞绝，万径人踪灭”，也看到过“孤舟蓑笠翁”，就是没有看到过“独钓寒江雪”这种崇高意境。又逢阴雨连绵的日子，一连五天没有中断，山峦看不到形状，水天混沌一片，世界处在灰白色的雨雾里。父亲他们演练的科目是密林里行走和峭壁偷袭，天公不作美只好暂时停止。这些天的夜里，父亲天天做梦，梦见孟津乔窑的柿子红了，满坡红彤彤的，像火焰升腾，像霞光绚烂。还梦见在洛阳会芳，那群无赖正在偷窃货物，他飞身上去拳脚并用，把那些家伙打得满地打滚。最真切的是他梦见和张猛在战壕里，张猛流着血喊冷，他就把自己的衣服脱下来，搭在他身上。最荒诞的是，梦见了柳宗元，戴了一顶布帽子，两条布带儿不住地摇摆，父亲朝他作了揖，柳宗元笑着说，他每次从山西老家省亲回来，都是从黄河铁谢渡口过的河。父亲凡是从梦中醒来，都不去过多地回味梦中的情景。人们说日有所思夜有所梦，夜长梦多，人只要闲着没事做，睡多了，梦肯定多起来。他唯一在意的就是关于乔窑的梦，那柿子红得可爱，这种时候他就很自责，离开洛阳会芳，已经半年多了，家里人肯定在念叨他，说不定为他的失踪正在胡思乱想呢。为没有机会告知家人他的动态，父亲已经多次批评自己，即使铁石心肠也应该有人情味儿了。然而，人在军营他实在是身不由己。他也不知道每天的行程是什么，部队往哪里开拔，做梦也想不到自己会在这深山区一待就是几个月，这个年就在这儿过呢。其实，在九江一战之后，父亲的心胸就似乎开阔了很多，别人说宰相肚里能撑船，他觉得自己心里能容下山川湖河，战场就是九死一生的地方，假如自己哪天战死了，想家也是枉然。不是自己不想家，想家又能咋办？他走过好多地方，从来就不曾知道邮局在哪里，即使知道了也寄不了信，连里的那个门神一样的代理连长关进财，看到谁给家里写信，就火冒三丈地骂，说他真没出息，男人就应该四海为家，就应该胸怀天下。好像这家伙就没有长肉心，而是古代神话故事中的石猴和哪吒。连里并没有多少人尊敬他，最起码父亲班里这十多个弟兄骂过他。骂归骂，现实就是这样，越是无能力无威信的人，越是能牢牢地占住重要位置，而且还能不断得到提升。中秋那天，师长让发放的饷银，这家伙竟然截留了一半。看到有当兵的在一起庆祝节日，吃点儿小菜喝点儿白酒，他还要追查钱从哪里来，当兵的为什么还能喝起老酒。最卑鄙的是，这个代理连长还以替当兵的人寄家书的名义，把大家写好的信集中一起，交够邮资后他亲自去送。几个月后就露出了马脚，他不仅没为大家送信，还贪污了邮资，那些忠厚的新兵蛋子还在为往家里寄了信而得意时，谁也没有料到这个黑心的代理连长竟然用他们的信卷了旱烟。

关进财让连队的其他官兵不乐意，关于他的传闻就逐渐扩散开来。他原来是连里炊事班班长，跟很早那个连长关系铁，还和那个连长是同乡发小。那个连长有背景，姐夫曾是税警团的副团长，后台相当硬。连长不是科班出身，淞沪战役时还是普通士兵，后来部队多次拆分组合、换防调整，就得到提拔。关进财长相很滑稽，虽谈不上奇丑，但比那些贼眉鼠眼者也没有漂亮多少。当年关进财所在的部队属于机械化的德械师，装备比其他部队要好很多，对兵员的要求就相对严格一些，由于部队经常接受校验，关进财的形象有碍观瞻，就被优化进了炊事班。关进财不情愿被换岗位，为此大骂长官眼瞎了。为了顾全关进财的脸面，长官谈话时告诉他，长官眼光特好，看起他关进财才提拔他进了炊事班，人以食为天，兵马未动粮草先行，都是说炊事班的重要。关进财这才消了气，但他还是梦想着回到战斗序列，恰好连长换人，来了他的发小。关进财刚进炊事班那阵子，环境变了，磁场力小了，就多干活少说话，和几个伙计关系处得还不错，伙计们的心里话也讲给他听，慢慢就对炊事班有了感情。他们议论最多的就是班长，班长不干活就爱指手画脚。每次改善伙食，班长总是饭菜弄假，至少把伙食标准的一半克扣下来，按级别大小送给当官的。改善生活总给当兵的一些期盼，可到了吃饭的时候，大家都认为这顿饭跟往常没有啥不同，有的老兵还骂骂咧咧说还不如不改善呢，好东西都喂狗了。尽管大家火气很大，意见很多，但班长就是换不了，功到自然成，他进了那么多贡，不是白白扔掉的。当官的听见装作没听见，睁只眼闭只眼，后来还提升炊事班班长为事务长。关进财虽然识字不多，想问题却很到位，他总结了炊事班班长的升官之道就是拿河水洗船，就是巴结当官的，就是要脸皮厚一些，当官的也是人，也需要吃香的喝辣的，也有七情六欲。天底下没有不吃腥的猫，也没有不贪的官，等到他当了班长后，胃口比原来那个还大，而且表现得更不要脸。那几个推举关进财当班长的老兵，都打脸说，都怪自己瞎了眼，咋推出一个白眼狼当班长。那个连长来了之后，关进财就更加放肆，这连长也是来者不拒。关进财原来的勤快全没了，不仅学着前任指手画脚，还不定时地到连长那里汇报老兵，说他们不听使唤。关进财在炊事班吃了喝了也巴结了，但他不知什么原因得了斑秃的病，头发一个圆圈一个圆圈地脱落，弄得像金钱豹。于是老兵们就在炊事班的房门上用碳块儿写了“花花班长”四个字。关进财在昏黄的灯光下，夸奖老兵们岗位意识强，写上“闲人免进”很有必要，逗得大家前仰后合地哄堂大笑。关进财运气真的不错，部队在台儿庄战斗中，全连打剩下九个人，他是唯一活着的班长。连长那次立功受奖破格提为营长，他要求要保留这个连队建制，经过多方努力，破格把关进财提升为暂不授衔的副连长。后来这个连就到了永州，据说这支由多个残余部队合并起来的新部队，正要接受校验和整顿。习惯了混日子的关进财，只知道很快要成为机械化部队了，并没有忧虑过自己的素质太低，会面临淘汰，他变本加厉地作威作福起来。看到连队的老兵新兵都不敢与他顶嘴，都是逆来顺受的实在人，就更加专横跋扈，把连队当成了他的私人作坊。

接连下雨，部队训练暂停的五天，关进财下令炊事班，改过去每天三顿饭为两顿。他的理论很奇葩，说加料不如歇套，还举例说他当年在山东老家，每逢雨天不出门，全家每天只吃两顿饭，吃多了不消化。他下令后，尽管百十号人没有人顶撞他，但在一旁骂他的老兵新兵占全连的九成以上，特别是这批十八九岁的小伙子，正是吃壮饭、硬饭的时候，他们几乎要爆发了。父亲这时实在憋不住，就找到代连长关进财，平心静气地说："关代连长，节省粮食是咱们的传统美德，你安排的两顿饭用心是好的，但在紧张的训练中，难度越来越大，有些科目需要有耐力才能完成，可你每天减一顿餐，让大家伙儿饿着肚子睡大觉，要是有紧急情况，突然上边命令下达要执行任务，咋办？那可是不分晴天雨天的呀！"关进财听不进去，很不耐烦地把帽子摘下来，花斑猫一样的头发真令人作呕。父亲知道这家伙刚愎自用，根本不愿意听到不同意见，特别是反对意见。看了看他，父亲继续说："即使没有紧急情况，要是天气放晴，翻山越岭，少气无力怎么完成任务？"关进财这时候发话了："完不成任务军法处置我，你管那么多淡事干吗？"父亲说："我是好意，不仅是为了弟兄们着想，也是为你着想！"关进财说："你管好自己那几个人就行，管那么宽干球呢！"关进财当点儿啥就趾高气扬、不可一世，常常摆出一副盛气凌人的架势。这回他不采纳父亲的建议，还不干不净地嘟囔了好几句，真的把父亲肺都快气炸了。父亲伸出手，指了指他那花斑头，差点儿骂出来。这场持续不断的雨，影响了部队正常训练，却滋长了关进财的官僚主义习气。他连每天的盥洗也懒得动手，刷牙还要人挤好牙膏提醒他。父亲班里最小的米吉首，人说细皮嫩肉像个小女孩。关进财早就想让吉首到他身边，专门为他服务，米吉首不乐意干这种活儿，关进财就骂，说："你这种长相，就是伺候人的那种，不干也得干，一个连长难道管不了一个兵？！"年龄稍大点儿的夏太和，看不惯关进财的做派，很同情小吉首，想不通当个兵咋遇上这个关进财，啥玩意儿，就想着和小吉首合伙收拾一下关这个小舅子。有天早晨，小吉首把关进财的牙膏挤好，洗漱用具都放在关进财寝室门口，就喊他起床洗漱。关进财官架子大，故意不答应，继续睡自己的。夏太和乘机将牙刷拿走，扔在公共卫生间里。关进财开门去洗漱找不着牙刷，就对小吉首一通责骂。小吉首不服气，说自己明明挤了牙膏，和毛巾、脸盆在一块儿放着。关进财不分青红皂白，继续骂小吉首。小吉首是个腼腆男孩，被逼急了也会起性子，就站在人多的地方骂：“谁拿关连长的牙刷了，叫关连长用球刷！”骂了一遍又一遍，关进财听着听着，突然觉得骂得不合适，连自己也被卷进去了，就说：“别骂了，球能刷牙？”小吉首的骂声早就让连内外的人听到了，等到关进财制止时，的确已经晚了一步。当兵的听到了骂的话，大不了当成笑料去扩散，可被军部校验组听到了，却不是什么好事。恰恰军部派出的校验组，就是在查找问题，为下步的整顿做铺垫。关进财的任用问题、能力问题、威望问题早就被扬播得路人皆知。关进财得以依靠的那个营长不巧也换了部队，无依无靠的关进财正想通过克扣伙食费、饷银，作为本钱再寻找能为自己撑腰的后台。在他美梦未醒的时候，军部校验官们已经盯上他了。不管有没有派系之争，起码关进财的错误事实已经暴露在光天化日之下了。这牙刷丢失一事只不过是细节，生活小事。接下来的事情足以让他有口难言、自认倒霉。天放晴后——这里无所谓放晴，跟好多地方不同，只要不持续下雨就称之为晴天——部队就开始密林进退训练和山地攻防训练。这天的训练科目，以营为单位，以连队为攻防单元。在一个制高点上，站着一群军官，身着大衣，在风中人人拿望远镜，其中还有两个“洋人”，那叫军事训练顾问。首先进行的进攻训练，关进财带领全连朝那个叫花石山的阵地冲锋。刚进入阵地，这支队伍新兵居多，精神振作，英姿勃发，让那几个拿望远镜的人为之惊叹。号角响起，队伍很快就变形了，个别体力好的到了前边，马上又停顿下来，后边的磨叽着比走还要慢，整个队伍毫无士气可言。关进财不住地喊叫：“冲啊冲啊！还有八百米就冲上去了！”他的嗓子几乎哑得让人听不出他在喊话还是在学公驴吼叫，然而却收不到一点儿效果。后来，从打头的那七八个士兵开始，五分钟时间不到竟然躺倒五六十人，那些没有倒下的，也只能双手扶住枪杆，勉强地站在原地。山头平台瞭望的军官和顾问们，有些慌张，他们依然用望远镜顶住双眼，不停地换着角度，好像对眼前的进攻训练感到困惑。关进财实在喊不动了，就拔出手枪朝天鸣放。鸣枪后，他指示司号员再吹冲锋号。一次冲锋中途再吹冲锋号，对新兵来讲好像不奇怪，可对参过战的老兵以及观望台上的指挥官来说，这绝对是一种瞎指挥和胡闹。关进财这家伙无知无畏，双手叉腰站在后边，一副督战的模样。这次号响，队伍不仅没有前进几步，反而刚刚站起来的士兵们纷纷往下翻起滚来。那场面就像洪水冲击下的大石块滑坡，势不可当。这种情况父亲在乔窑的东沟看到过，那是一次山洪暴发，由于北邙山是土山，植被不好，大水把泥水连同汉砖唐瓦冲出来，顺着山坡翻滚下来，让人惊心动魄。这次，父亲和他的战友们竟然当了一次石头和砖瓦，在半坡上昏头昏脑地骨碌下来。这场演练就这样从英姿飒爽开始，到灰头土脸收场，让参演的人们看了一次电影大片，也让团、营的长官丢了面子。外国顾问说这天的攻防演练让他们开了眼界，说在此之前，他们见过最差的队伍，军纪不严，指挥不灵，士兵疲软，但还从没见过像这个连队集体瘫软的，怀疑这是一支逢打仗就集体装死的队伍。

关进财知道这次的演练，全连的丑陋表现，一定会让他的劣迹败露无遗，逼着他走进万劫不复的绝境。别看他平时对着士兵耀武扬威，遇到麻烦就现了原形，变成了缩头乌龟。到了这种时候，他已经无力去挽回这场败局，丢官是小事，部队抓典型，一定会杀一儆百，那么他将面临杀头的危险。要知如今，何必当初，关进财失魂落魄，如同热锅上的蚂蚁。他曾经想过找大伙通融通融，让大家说是演练前食物中毒了，然而大家无一人买他的账，甚至没有一个人愿意搭理他，仿佛他身上带着严重的传染病病毒，接触他是要染上重病的。虽然那天父亲奉劝他时受到了责骂，但当他从神坛上跌落下来时，父亲并没有为此而落井下石。父亲开导他既然事情已经出来了，要是男人就要敢于承担后果，人都会犯错，都可能有犯迷糊的时候，犯错不可怕，可怕的是执迷不悟。这会儿，关进财谦虚了许多，对父亲的话连连点头称是。他还说出了一句掏心窝的话："那天我要听进去你的话，也不会出这么大的丑，部队这一带是没有天坑地缝，有的话我一定钻进去地遁了。"

对关进财连的调查第二天就展开了。调查小组几乎没有费多少口舌，没有花多大功夫，就把问题查得水落石出。本来关进财的事情都是明摆着的，之所以他在明知大势已去的情况下，还巴结上司、讨好下属，做最后的挣扎，是因为他把克扣士兵的饷银，以节约名义占有的，以及以处罚名义敲诈的钱财，除了自己花费的部分，其余都向营长、副团长上了贡，念想着他们一定会在他危难关头拉自己一把。当然，每个人，哪怕是智力、体力有障碍的人，面对大千世界，都有自己的想法和活法，关进财也不例外。不出现士兵进攻时滚坡的大事件，他还自以为自己所做的一切天衣无缝，还以为自己捞钱的手段是生财有道，更以为自己把大把大把的钱物进贡给上司是为自己的安全撑上了一把保护伞。于是他虽然表面上胆怯、谦卑，但内心还是存在着过关的底气和侥幸心理。他讨好下属，故意表现出大难临头的可怜相，是想让大伙产生恻隐之心，从而不再扩大他的负面影响。然而，关进财这次把算盘拨错了。当调查组坐实他存在骄横、懒惰、伪善、贪欲、恶霸等不良作风时，加上贪污、骗取、敲诈的钱财数额较大，营长、副团长不仅没有替他说情，没有为他活动一下，而且都气愤地表示要严惩这个军中败类，以此为例开展正军风军纪的教育活动。关进财被关起来的那段时间，小吉首遵照上边的命令，每天还是从连队送饭给他。人之将死，其言也善。他让小吉首给连队的伙计们捎信，说这辈子他最对不起的就是连里的弟兄们，也对不起老家七十多岁的爹。要是有活下去的机会，他一定会好好活着，哪怕做牛做马也要偿还弟兄们的账。提起自己老爹，关进财就泣不成声，说老爹在他妈去世后又当爹又当妈，把他拉扯大，本想着混得好了回报他老人家呢，没想到关家也要白发人送黑发人。小吉首被感动了，安慰他说："也许不会那么严重，我向大家讲讲你家里还有老人需要养活，大家签名写一张帖子，就说大家情愿让你克扣饷银。"关进财说："晚了，人家已经把问题摸排清楚了，那是板上钉钉儿的事情，再串联大家只能落一个对抗调查的新罪名，罪上加罪会使我死不瞑目的！"小吉首说："再去找找营长，平常你送给他钱和物那么多，他们一家吃香的喝辣的，享受荣华富贵，你出了事，他应该帮你说情才对，你要是掰不开面子我们去说，我们联名向上反映！"关进财摆了摆手，说："没有用的，他们巴不得我马上就死，死了就能让他们安心。他们到那时最多承担一个对下属军官放松管理、对下面的情况失察的责任，动用关系网做点儿工作就平安无事了。这一切都怨我自己，命里没有做官的命，要是还在老家种那一亩三分地，就不会犯这么大的错误！"看守关进财的军人催促小吉首送完饭就走，说："你的任务是送饭，送完饭就走人，不要嫌烦，实话说烦不了几天了！"这些话，被关在小屋里的关进财听得清清楚楚，从那时起，他就背上了沉重包袱，小吉首再送饭时，他就说咽不下，根本不饿，也不再聊家长里短的事情。到了第五天小吉首送早饭的时候，守卫告诉他，关进财已经死了，是自杀身亡，他凌晨时大喊口渴，没有任何思想准备，也根本没有看守犯人经验的守卫，就递了一杯子水给他，让他别再大喊大叫，他答应了。然而，就是这个玻璃杯，打碎后就成了刀具，关进财割断手腕动脉，失血过多静静地死了。

关进财的死成为议论焦点，大家公认的就是这家伙素质太差、德不配位。他的死，被军部作为一个典型案例，为从严治军提供了活生生的反面教材。对于这个连队来说，几乎所有人都为此而受伤，人人都背上了“滚坡连”的名誉。在永州东安举行的座谈会上，师长亲自约谈了“滚坡连”班长以上人员。父亲上边有副连长、排长、副排长好多层的长官，不知什么原因，师长竟率先喊出父亲的名字，并让他回答了几个具体问题。第一个问题，师长问连一级的单位在战场上发挥什么作用。父亲回答得很果断，说：“进攻时应该是大部队中的尖刀，防守时就是万里长城的第一个垛口。作为士兵要勇于牺牲，要有战死疆场、马革裹尸的精神准备，怕死往往死得快，不怕死则能浴火重生！有这样的士兵组成的连队，就是取胜的重要元素。”师长说：“连长应该是什么人担任？”父亲回答：“有知识、有经验、掌握得住时机，身先士卒、一马当先的人才能担任。俗话说，兵熊熊一个，将熊熊一窝！”师长笑了，笑得很苦涩。跟师长同行的参谋长、科长们给父亲传送着严厉而深沉的信号。一直到座谈会结束，有个科长才告诉父亲师长姓熊。师长问父亲最后一个问题是，怎么改变别人对“滚坡连”的看法。父亲说：“知耻后勇，从头开始，严格要求，刻苦训练，争当第一！”父亲属于初生之犊不畏虎，师长对他的回答十分满意。座谈中，师长还提问了其他人，副连长、排长、副排长们也从好多角度做了回答。师长是在为“滚坡连”官兵打气，最后说在别的部队，连长也存在不称职的问题。他说：“我点验过好多部队，他们的连长不会射击，连枪上的表尺是什么都不知道，品德比关进财并不好多少。但连队的士兵、班长、排长都是不错的，和在座的各位一样。经过整顿，他们的军事水平、战斗力都有很大提升，在不久前的台儿庄战役浴血奋战，立下了大功。相信你们在不久，也会杀出军威，以实际行动告诉人们你们是不容小觑的英雄连队！”师长讲话很接地气，也很风趣，大家都喜欢听。不知为什么，他在讲话过程中，又提出了一个问题，让大家思考一下然后回答。

他问大家对关进财的自杀有什么感想，这次先问那个副连长。副连长说："咎由自取、死有余辜！"几个排长回答的各有角度，一个说："罪有应得、自作自受。"另一个说："人善人欺天不欺，人恶人怕天不怕，作恶必报。"还有个说："仗不会打，人不会做，活着也是多余！"师长对他们的回答未置可否，本来提问可以到此为止，可他又唤了父亲的名字，让回答。父亲见几个上司都谈过了，自己又不愿拾人牙慧，发自内心地说："我觉得关代连长的死，是一种懦夫行为，出了问题犯了大错，即使是犯下了滔天之罪，那也不该自杀，自杀能解决问题吗？古人创造了一个'戴罪立功'的词，有它的深刻含义。他应该选择活着，选择到战场上去杀敌立功，以洗罪过。"师长立即说："果然见地不同，虽有不完整的方面，但回答得还算不错！"师长带头给父亲的回答鼓了掌。掌声过后，这个临时培训教室鸦雀无声，一双双眼睛像行注目礼一样地看着师长，听他别开生面、生动风趣的讲话。师长说："古时候用人有三个标准，一是相貌美好令人敬畏，二是知识渊博明辨是非，三是英勇果敢能聚众率兵……"师长讲到最后，跟与会者打了招呼，很快就有一批军校生来部队，来当见习军官，会给部队建设带来新的空气。在他们到来之前，师长强调说："各团、营要按照任人唯贤原则，真正把能干、正义的人筛选出来，安排到合适位置！"座谈会之后不超过七天，父亲的任职文书就下达了，作为一个十八岁的士兵，成为最年轻的代理排长。

一九三八年年底到一九三九年入冬，一支日本侵略军的精锐部队开始进犯中国南部地区，而中国第一个机械化军也在湖南的零陵、东安以及广西的界首等地厉兵秣马、实战演练，准备痛击来犯之敌。军长提出平时多流汗、战时少流血的训练口号，着重培养习精、习诚、习勤的朝气，不断开展除骄、除惰、除伪、除欲、除恶的"五除"教育。在军事训练中，这支部队倡导战术多变、因敌制宜。过去的队伍管理粗放，靠爆破手冒着枪林弹雨去摧毁敌人堡垒，不惜流血牺牲。而这支由国内军事专家参与、外国军事专家做顾问的指挥团队，训练部队使用炮火进攻，步兵炮兵密切配合，攻击时采用多梯队纵深配备，以密集队形波浪冲锋，攻击时间打破常规，常选择拂晓和中午，在对方人困马乏之际突然出击。这种被称为魔鬼训练的实战练习，大多数士兵不能适应，即使老兵和基层军官也吃不消。除惰又让他们不敢怠慢，只能知难而进。父亲的仗义、勇敢，加上他俊朗的外表，身边总是围拢许多战友，他们的训练水平不断提高，团队意识、协作精神也是全团最好的。

父亲虽然带领着一排人，但他心里下了决心，一定要用最优异的成绩，洗刷关进财带给连队的耻辱。在好多战友心里，父亲是一位敢作敢为、敢打敢拼、英勇善战的军人，完全就是一个当兵人的料。但在训练之余，他却在静静思考着实战中如何又快又狠又有效地战胜敌人的方法，起码九江之战以后，他就开始了这方面思考。在部队强化训练的时候，他常常被那次攻击山头而成为“滚坡连”的耻辱刺痛着。父亲很喜欢唐代杜牧的《题乌江亭》，战友们都睡熟了，他还在心中默诵着：“胜败兵家事不期，包羞忍耻是男儿。江东子弟多才俊，卷土重来未可知。”一九三九年的春节，父亲竟然把这个重大节日淡忘了，心中有事时，什么日子都会被遗忘，永州的千门万户曈曈日，节庆的鞭炮才使他想起了过年。春节过后仅一个多月，父亲的部队参加了全军综合演练，首先是以营为单位模拟进攻松崖岭，那次全军出名的“滚坡连”作为第一梯队率先发起攻势，父亲带领的第一排作为连队的尖刀排冲在最前，后边的两个排紧跟在后分成左、右两块。在重炮的猛烈轰击停下后，父亲的排第一班像阿拉伯数字的一字出现，第二班、第三班在一字两旁形成两个阿拉伯一。在进攻之前，父亲邀请代连长和他一道找到营长，让营长设法沟通炮兵营，在发起进攻时，继续轰炸进攻部队前方两侧的敌军阵地，不要炮轰次数多，仅需精确度高。父亲集中全排最好的冲锋枪交给第一班，自己也拿一支冲锋枪，排在第一班的最后，让第二、第三班在两侧跟紧。进攻开始，父亲的排面对的敌人只有两个垛口那么宽的距离，第一班的第一个人往前冲，第二、第三个人马上左、右两边紧随其后，假如第一个人中弹倒下，第四个人马上补住缺口，战术是平常反复练习过的。攻上山头以后，要立即向左、右两边负隅顽抗的敌人射击。父亲对第一班的要求是，要猛烈扫射、迅速前进，快和猛就是制胜法宝。对第二班、第三班的要求很明确，要眼明手快，果断消灭第一班前方两侧在炮火过后仍在玩命的敌人，射击要稳、要准。就这样，防守松崖岭的加强营阵地时间不长就被父亲的排撕开一个口子，而且随着“滚坡连”的全力跟进，进攻营的迅速压上，一个小时不到，演习指挥官就宣布进攻方胜。这次演练后，军部一位科长奉命到进攻营，问营长这次进攻的战术安排，营长推荐“滚坡连”代理连长回答，代连长不好意思地推给了任代理排长的父亲。父亲回答很家常，说：“现今的全连、全营互相配合、分工合作、全力以赴，就说我们排，既然让打头阵，那么就应该像一把尖刀，快速插入敌人心脏，越快越好，兵贵神速！”那个科长很有兴致，说你是排长，为什么也端着冲锋枪往上冲。父亲笑着说：“自己不冲，喊叫着让别人冲，谁不知道命最重要？在军队里，当点儿啥就是为大伙带头的、做榜样的。”父亲本来想说当官的贪生怕死，带的兵肯定也会当逃兵。但他看了看营长和代连长，怕产生误会就欲言又止。

后来的训练一次又一次，训练强度持续提高，“滚坡连”成了全军的示范连。此后，好多次都是有军部多位长官观摩、苏联专家到场，攻防演练转换进行，其间还穿插着多个兵种配合作战训练。三月五日那场演练结束后，军参谋部那个科长通知师、团、营，说苏联顾问喜欢短跑，让推选几个中国军人陪他赛跑，这次点名要父亲参加。父亲没在正规学校里读过书，私塾教育是没有体育课的，和人比赛跑步，他觉得是强人所难。父亲说：“我可以翻山越岭，却不会在学校的跑道上跑步。”他说啥都不愿去，那是让自己摔灰布袋的事，心里很抵触，但苏联顾问很执着，亲自驾车来接，说多次看父亲冲锋，步伐很不一般。在东安那所有跑道的中学里，父亲先向苏联顾问请教短跑的规则和要求，苏联顾问很外向，不仅讲了规则，还把技术要领毫不保留地告诉父亲，好像他除了当军事顾问，还能当田径教练。父亲按照顾问讲的技术要领，沿着跑道试了半圈。当时就想，起跑是一项技术活儿，不经过反复多次地训练是占不到便宜的，就是看发令枪冒出的烟这一点，初次参加比赛的人心里紧张只顾看烟还耽误事呢！倒是换气这一点，只要得法了，一口气就跑完一百米。父亲又沿跑道往前走，尽量避开苏联人，自己动作不规范他就会咆哮的。父亲长长吸了一口气，然后在加速过程中尝试着均匀地吐气，基本上不用再换气就能达到百米终点。苏联顾问很爱排场，一次小小的田径比赛，说小一点儿只是一次很随意的百米赛跑，他却按正规比赛的场面去要求。有裁判、有发令员、有计时员，百米中间还站一个人，父亲不知道那人的作用，也不好意思发问。比赛开始前，还有检录这道手续，表格上记录着参赛人的名字。苏联顾问那一栏写着：列宁格勒——巴卜洛夫。中国的六名参赛者，父亲记住了一位叫廖光前的人，因为这名字太厉害了，比光还要快，而自己的名字的谐音恰恰是落到了别人后边，禁不住敬佩地看了一眼他。比赛马上开始时，巴卜洛夫提出每人脊背上要挂上一片方布，方布上写号码，他还提出在正式比赛前要来一次预赛，按预赛成绩编排出所占跑道。推迟半小时后，参赛者身披号码方布块站到了起跑线上，随着枪声响起，七条跑道上的七个人像射出的箭“嗖”地出发了。巴卜洛夫果然厉害，他第一个跑到终点撞住那根红色的拉线，还有一个背十号布块的文耀祖获第二名，父亲第三，廖光前第四，第五、第六、第七显然慢了不少。巴卜洛夫很兴奋，冲到终点撞线后双手高举，之后又玩起了蛙跳。再次站到起跑线上时，巴卜洛夫站在了第四道，文耀祖第三道，父亲第五道，廖光前第二道，另外三位选手两个在六道、七道，一个在第一道。除了巴卜洛夫方布块上标注着“列宁格勒——巴卜洛夫”，其余选手全部为第五军 ×××。枪响后，巴卜洛夫起步迅速，像一艘快艇乘风破浪很快就建立了优势，他身后的六个人也紧追不舍，整个赛道上如同一个三角形。四十米之后，父亲好像跑疯了，不停地加速，巴卜洛夫发现有追兵上来，也不敢放松。六十米时，父亲跟巴卜洛夫还有一个人身的差距，廖光前也追了上来，和父亲也只差一个人身，文耀祖几乎和廖光前并列。刚才在预赛时排在最后的三名选手，此刻也甩开了膀子呼啸向前。在大山深处集训的官兵们，恰好赶上部队演练休息的时间，大家看大戏、看电影一般涌向东安中学大操场，欢呼雀跃、呐喊助威，赛场洋溢着积极向上、热烈奔放的氛围。在八十五米那个地方，好像那个一直领先的巴卜洛夫耐力不够，步伐明显的有些走样。而父亲似乎更加兴奋，此时比前半程还要疯狂，不仅追上了巴卜洛夫，还超过他半步，廖光前、文耀祖也在发力。观看比赛的人们，此刻都成了有团队的啦啦队，山呼海啸般地喊着“二百师加油”“荣一师加油”“新编师加油”“军直属加油”，可能是为了面子，也有一些人高喊：“列宁格勒加油！”很有趣，明明参赛选手背后都有个人名字，却没有一个人喊，而是喊他们所在的单位。进入冲刺阶段，父亲赢下比赛几乎没有悬念，而巴卜洛夫、廖光前和文耀祖还在为亚军力拼。经验老到的巴卜洛夫在冲刺阶段又恢复了元气，奋力一搏和廖光前同时撞线。这场百米比赛，本来是巴卜洛夫一时兴起，临时组织的，但经过简单地包装，又搞了一场预赛，就正规得胜过大型赛事。对于第二名的成绩，巴卜洛夫很不服气又无话可说，他自我解嘲说：“这不属于正式比赛，如果正式比赛，一定穿上跑鞋，那才能赛出成绩！”他是军事顾问，大伙儿都抬举他，还有个参谋说：“正规比赛，你巴卜洛夫肯定第一！”巴卜洛夫很绅士，专门追上父亲，拍拍父亲肩膀说：“乔，咱们有机会再赛一场！”父亲说：“中！顾问！”

一九三九年三月初，中国第一支机械化的军队，整建制在广西界首举行了一次大规模、全方位、多兵种的实战演习。广西界首在永州南，中间隔着大大小小的山和纵横交织的很多河流，如果说永州的山水是凝墨聚翠，那么广西界首的山水则堪称山明水秀。这两地的山和水颜色有差异，然而山环水抱、重峦叠嶂的形态却有很多共同之处。全军从永州、衡阳的好几个地区出发，在广西界首集结时，仅用了三天多点儿时间。一个士兵、代理排长，父亲脑子里只有自己的角色和节目，那些乌压压、黑乎乎、绿莹莹、高低不同、大小不一的家伙，在草绿帆布包裹中，轰隆隆地从他们身边过去，也没有引起他多么浓重的兴致。但父亲知道，以后的每场恶仗，这些装备都会对他们有很大帮助，赢得所有胜利都离不开它们。父亲和他的战友们这次行军基本上没有步行，而是坐在伪装过的卡车上，和往常不同的是每辆卡车上都摆放着海绵坐垫，即使遇到坎坷也没有难受的感觉。卡车帆布篷侧旁都设置有小窗，大家可以轮流去观察路上浩浩荡荡、滚滚前行的炮车、装甲车和坦克。

阳春三月，莺飞草长，百花盛开，万木葱茏，一派欣欣向荣的景象。父亲所在的部队接受了军事委员会高级官员和专家的检阅，并在当年的军事考核中，被重庆军委会评定为全国第一。

十六

功夫不负有心人，这句话好人坏人都能用，对于下决心干一桩绑票生意的乔响器来说，终于在半年多的努力下得到了梦寐以求的猎物。

他们借着黄昏的冥冥薄暮，趁司马家的大少爷司马川出门捡皮球的天赐良机，把司马川嘴里塞一块抹布，装进预先备好的麻袋里，扛到肩上就跑。

司马川起初还在麻袋里又蹬又抓，口中还哇哇号叫。小孩子的挣扎让乔响器和乔田才十分害怕，做贼心虚，唯恐被人发现，就装作司马家的熟人说："你平常不是爱躲猫猫玩嘛，今天咱来了大的捉猫猫，让你爹找不到你就算赢了，乖孩子听话，我们是你爹的朋友，甭害怕！"司马川果然不叫喊也不动弹了。出了三十里铺村，乔响器、乔田才松了口气，胆子也顿时大了起来。他们把麻袋口解开，拍了拍司马川。司马川动了动，又哇哇叫嚷起来，手和脚再次乱抓乱踹。乔响器这回凶相毕露，一巴掌打到麻袋上，说："再动把你扔沟里喂狼！"司马川一个六七岁的孩子，经人这么一吓唬，就不敢动弹了，老老实实躺在麻袋里。乔响器按照预先想好、商量好的，让乔田才趁天色迷蒙再度进村，把事先写好的恐吓信塞进司马川家。这一切都办妥，他俩这才扛着麻袋里的司马川，吭哧吭哧地返回乔窑。人说远路没轻重，虽然三十里铺距乔窑不算远，大致在六华里，但还是把这俩家伙难为得够呛。司马川有些瘦小，六七岁了有四五十斤重，按说两个成年男子轮流着扛五十斤重的东西并不是多么难的事，但是麻袋里是人，有生命，不能让他受伤，更不能让他窒息死亡。出了问题，这一切忙碌劳累都是白搭。他们心里，这麻袋里装的是银子、金子，是大把大把的票子，甚至是一辆豪华马车。到了乔窑，他们把司马川安放在乔响器家新挖成的土窑里，才松了口气。两人互相看看，会意地笑起来。他们都清楚，这一切居然那么称意，一句话就是万事俱备只欠东风，只等哪天司马家送钱财来了。

司马家准备开晚饭时，发现司马川不见了。用人刘红豆说："刚才川川还在院子里玩皮球，球滚到街上，他跑着去捡。"司马家在洛阳有生意，老爷通常总是傍晚回家，大门经常在傍晚开着。偏偏司马老爷这天到开封办事，没有按常规时间赶回来。司马老爷根据经验去开封办事，过去每次都不超过一天，并不耽误当天夜里回到老家，但他却不知道这次有了大变故，兰封战役后，日本人一路西进，开封沦陷了，郑州也危在旦夕，因此这一次开封之行日程就由不得自己。老爷不在家时，司马家太太袁花枝就成为当家人，得知司马川门外捡球一直到吃晚饭时还没回来，就大骂起来，骂司马川没有规矩、野孩子。骂了一阵子，似乎骂够了，袁花枝开始吆喝用人、长工，说："你们还愣头愣脑地干什么，一个个像木桩子，赶紧找人啊！"用人、长工们呼啦一声全走开了。这些在司马家做工、干农活的男男女女，都看不惯袁花枝突然间晴天转阴天的那张脸，也受不了她颐指气使的做派，不是看在司马家老爷和去世的太太面子上，早就走人了。这个袁花枝起初也是司马家的用人，当年是最吃苦耐劳的人，和大家相处亲密无间，深受司马老爷全家的喜爱。在司马太太去世之后，司马老爷力排众议，竟然娶袁花枝为继室，一度袁花枝曾得到大伙儿的拥戴。没想到子系中山狼，得志便猖狂，袁花枝的狐狸尾巴很快就露了出来。她动辄就对家里用人、长工非打即骂、非骂即打，还在司马老爷那里陷害用人。在没有嫁给司马老爷时，特别是太太有病期间，袁花枝对司马一家老少都能精心伺候、殷勤照料。据老爷讲，为了司马川能够健康成长，他只有娶了袁花枝才对得起孩子。当袁花枝有了身孕，就逐步慢待起司马川，不再亲切地唤“乖川川”和“心肝宝贝”这些让人起鸡皮疙瘩的甜蜜称呼，换成“这死鬼孩子”和“小钻监眼儿”了。其实，袁花枝曾幻想过有人来司马家绑票，把司马川绑走，撕票了更好。可当司马老爷不在家外出时，司马川被人绑票，她又不希望真的发生这样的事情。当家里所有勤杂人员把三十里铺甚至刘井村都寻找一遍，仍不见司马川的影子，也打听不出司马川下落的时候，袁花枝看到大伙无功而返，就怒不可遏，骂骂咧咧地让大家再搜查仔细些，逢人就问，见门就进，不得有任何疏漏。当大伙儿第二次拉网寻找司马川的时候，袁花枝无意中发现大门旁左边的石狮子怀里有一封信。打开一看，袁花枝马上头晕起来，立即感到天旋地转，几乎要昏倒在地上。司马川果真被人绑票了，绑匪狮子大开口，要五百大洋，威胁说三天内拿不出银子就撕票，如果敢把这件事捅出去，立即撕票绝不商量。袁花枝只是一个农村女人，从小给人打工，没见过多少世面，也没经历过大事，在司马老爷外出期间出了司马川被绑票的事，她真的承受不了这种突如其来的变故。于是当家中用人、长工们第二次空手而归时，她没有指责任何人，而是少气无力地挥动着那封敲诈信，说：“大家都先吃饭吧，川川让人绑走了！”这回大伙儿都真的变成了木桩，牢牢地站在原地，面面相觑、屏住呼吸，整个司马家大院如同冻结在寂静的世界里。袁花枝慢慢地从一种魔幻般的境遇里走出来，突然想到大家陪自己熬了大半天还没吃饭，就说：“咱们先吃饭吧，人是铁饭是钢，一顿不吃心发慌！天大的事也得吃过饭再想办法，老爷今晚回来再说，他有办法！”

司马老爷就是司马儒。他这次开封之行不仅不顺利，还遇到了麻烦，被人关进了监狱。按理说这种事情不应该发生在司马儒身上，他只是一位纯商人，从不参与党派纷争，也不结交江湖响马、帮会道门，也没有违背伦理道德。正因为这些，司马儒做事底气十足，看准了的生意必做必成，本来正和日本人打仗的时候，再好的生意也该暂时放一放，等社会动荡稍有缓和再做，可司马儒偏偏不听别人奉劝，也不考虑后果，依旧我行我素。这次他到了开封，明明这里和往常发生了大的改变，车站里，主要街道路口都有日本军人站岗。作为商人，司马儒应该看清城头变幻大王旗的形势，择机离开就是明智选择。可他习惯于自行其是，认为自己洁身自好，不惹是生非，谁能奈我何。有时候，思维定式会改变人生的走向，刻舟求剑离剑越来越远。司马儒出了开封火车站，发现这里和往常完全不同，行人不多而走路左顾右盼，而且行走在街道上的多是男人，还是独来独往。他是到文庙街去的，和文庙对面的金记油行谈五十吨花生油的事情。由于市面上粮油供应紧俏，而且价格一日多变，一路走高，司马儒是那类靠诚信赢天下的生意人，盘货中突然发现自己的粮油货栈油料缺口很大，对各县的供应马上就出现断档问题。供应断档对于粮油商来说是正常不过的事情，可出现断档情况产生的影响却是消极的，尤其是对于司马儒这样的批零大户，很容易就会失去县一级的代理商。为了信誉，为了坐稳豫西地区粮油行业头把交椅，为了让长期合作的县级代理商产生信心，司马儒头脑就热得发烫。他必须以最快的速度，以最诚恳的态度，把金记油行这宗买卖搞定，从而事半功倍地稳步经营。司马儒知道眼下兵荒马乱，知道兰封会战后气焰嚣张的日本鬼子，已经开始对河南大部虎视眈眈，但他还是侥幸地想财富险中求，并且错误地认为战争是军人之间的事情，是两国军队的较量，与老百姓没有多大关系。他下了火车出了站，踏上开封街道时，眼前的情况一下子让他怵了很多。然而他想自己既然来了，开弓没有回头箭，还是冒着风险去办好自己的事情。司马儒心里发怵后的第一个表现就是跟在人后，尽可能与那些素不相识的人贴近一些，让不了解情况的人以为他不是一人成行；第二个表现就是看见大队人马主要是民间团体顺路，就直接混入人群中，这种从众心理曾让他年轻时有过收益，法不治众曾多次让他从容过关。他看到一群学生从身旁走过，手里举着旗子大大方方地在日本人的哨岗前走过，理直气壮的团队让司马儒快步跟上。这群学生少则也有一百多名，加上尾随的成年人至少能达到一百五六十人。司马儒认为跟在他们后边应该很安全，只要到了文庙街口他就溜之大吉，去办理自己的事情。这一百多人的队伍进入书店街后，就挥动起手中的旗子，高呼口号："要求释放爱国学生！""爱国青年无罪！""侵略者必败！""团结起来，一致对外！"司马儒被这种燃烧着的激情感染了，禁不住挥动手臂，跟着队伍喊起口号。书店街不长，队伍行走缓慢，十多分钟仅行走二百米的距离。平时，司马儒从进入书店街到文庙街口大致三分多钟，而这天他们走了将近三十分钟。他终于高兴地看到了文庙街口那座青石牌坊，牌坊前的那对石狮子似乎正在等待他的到来。然而，这个时候他却不愿离开行进缓慢的队伍，刚才和人家抱团取暖、壮胆行走，现在队伍还在高喊口号唤醒民众、请求释放同胞，他若这种时候悄然离开，显得特别不仗义，这也不是他的一贯作风。司马儒的行头，与这支队伍格格不入，但他此刻的心却和这个队伍连在一起，脉搏和这个队伍同步跳动，并没有感觉到自己的另类。司马儒这时候脑子甚至冒出了一种与自己人生信条有悖的念头，想即使这次生意做不成也无所谓，见识了开封人朝气蓬勃、不畏强敌的精神风貌，也就不虚此行了。他的精神顷刻爽朗起来，感到初下车时的暮气一股脑儿换成了年轻时代的英气。在司马儒想入非非的时候，书店街的南、北两端响起了怪里怪气的警笛，有人大声说，街道两头都被军人、警察和便衣封锁了，街上的所有路口都被封堵。游行队伍的步调开始不一致，原本方方正正的队形也随之改变。司马儒的头皮顿时像触电一样发麻，有了一种不祥的感觉。队伍进不能往前，退没有空间，两头都有大卡车在等待，一个人也没有机会逃脱。司马儒被人架上了大卡车，尽管他抱着一只皮箱，一点儿游行示威者的迹象都没有，何况这是一次有预谋、有组织、有目的的爱国游行。然而，司马儒确确实实地身处队伍之中，无论如何也脱不了干系。

开封城被日本鬼子攻陷的消息早已传到洛阳，洛阳这边随之人心惶惶起来，司马儒的开封之行本来就遭到货栈伙计们的极力反对，出门时袁花枝为此还和他怄了气，但大家对当家人的主张及行动又不能不做出让步。老爷一日不还两日不还就让货栈人和家人往坏的方面想了，特别是司马川又被人绑了票，大家就不由得把祸不单行这句话套在司马家的现实中。袁花枝平常对待家中下人表现得不可一世、底气十足，但当司马家发生不可预测的情况时，一下子就变成泄了气的皮球，一蹶不振。袁花枝病了，躺在床上不言不语，一副气息奄奄的样子。

与三十里铺司马家相比，乔窑村的乔响器家、乔田才家则像获得财宝一般喜气洋洋。穷乡僻壤的人，发点儿小财、挣点儿外快、意外地获得一些财物，就是一种伟大的目标，也视为人生的重大喜事。特别是梦想着要得到一辆马车的乔响器，绑架成功以后，就把敲诈信上的五百块大洋当成到手之物而欢欣鼓舞。乔田才则是乡间的一个小偷小摸之人，吃一顿喝一场再得到十块八块就心满意足。因此，在乔响器欢天喜地时，他也跟着痛饮庆功之酒。两人在举杯相庆的时候，还对日后的绑票做出了规划，大有来日方长、财源不断的美好远景，从而喜不自胜、把酒临风，感叹人生的重大成就。俗话说：乐极生悲，愿望越大失望就越大。一切都不以人的意志为转移。他们给司马儒家的赎人时间为五天，第三天头晌了，还是没有任何反应。他们约定的时间是五天内的每天上午十时到下午五时，地点是八方庙大门口左边那个石鼓处，接钱人是蓝色棉帽、穿黑色棉袄，司马家的人到石鼓前要问学校在哪里，我们要接学生。约定好，接钱人一定要回答学生急着回家，家长要把欠的学费缴齐。别看乔响器破字不识几个，乔田才只读过两年私塾，社会上混得天数多了，道上的话还是学到不少。然而，他们规定的接头时间、地点和暗语的确还行，只是一直到五天完了却没人前来，这种拿着人命来爽约的事，绑架字典上也找不到，真把乔响器、乔田才气得肚子要爆炸。他们再次送敲诈信，威胁说再不赎人就要撕票，接下来的日子，还是没有回应，他们也没有真撕票，只是不断地拿司马川出气，他们明白，要是杀死司马川，他们这一宗绑票活儿算是白做了，一分钱也弄不到手，不小心还要背上故意杀人的罪名，那是得不偿失的。因此，他们暂时放弃了撕票的行为。起初他们还给司马川饭吃，而吃惯细米白面的司马川，对乔窑人每顿以红薯、柿子拌玉米炒面的饭根本吃不习惯、咽不下肚。乔响器怕司马川两个方面，一是怕饿死，人要是饿死了他就是竹篮打水一场空，还落下杀人的罪名；二是怕司马川呼喊和哭闹，毕竟这种买卖是坏良心的勾当，是犯罪的行为，让外人听到了十分不好。因此，司马川不吃饭时，乔响器就用锥子扎他，就威胁要弄死他，折磨司马川时就用烂棉布塞住嘴。司马川饿得狠了，就饥不择食，对甜柿拌玉米面、红薯这些食物就接受了，而且吃得很香，甚至觉得比在家里整天吃细米白面更有味道。乔响器就是这种德行，当他见到司马川已经接受吃糠咽菜的生活时，禁不住一阵高兴，这样就能降低他绑票的成本，同时又不至于将司马川饿死，而让他血本无归。当第五天没有人来赎司马川，知道司马家老爷竟是一个视金钱高于人命的财主时，连最差的食物也不给司马川吃了。乔响器心里的算盘每天都在拨拉，并且进一步退一步地推断着司马家的多种情况，最后认为司马家不来赎司马川，还可能有很特殊的情况存在。他一方面开始虐待司马川，另一方面派出乔窑“史迁”乔田才潜入三十里铺打探实情。司马川饿得受不住了，就哭闹着要吃东西，显然这个不足七岁的孩子还不知道自己的灾难，还不明白自己身在何处。听到他的哭闹，乔响器就用鞭子抽他，一边抽一边说：“再哭闹把你弄死扔到红薯窖里！”司马川果然停止了哭闹，蹲在地上只流泪不喊叫，他被捆绑着双脚，想走出来根本不可能。小孩子就是单纯，泪流着流着就睡着了，醒后继续流泪，能控制自己的就是不敢出声，出声是要挨打的。乔响器整整一天都窝在家里，等待着乔田才侦察的结果。他待在家对司马川来说就是灾难，心里不静，看到司马川就烦，听到司马川哭就来气。打骂司马川就成为他排遣郁闷的一种方式。他觉得自己和乔田才这个票绑瞎得多，觉得司马川在司马家的地位很低，反正作践作践他心情稍好点儿。傍晚时分，乔田才回来了，幽灵一样地溜进乔响器家时，把乔响器吓了一跳。乔田才说：“响叔，问清楚了，司马家的确只有司马川一条根，他们没能按时来赎司马川，主要是因为司马老爷出差去了开封，那边刚刚开了仗，日本人进了开封城，恰恰这种时候司马老爷到了开封，人家还不把他当特工关起来？司马家现在是袁花枝当家，她一个女人家又一下子拿不出也挤不够五百块银圆，听说她为这事难为得生了病，躺在床上不吃不喝。我看这个事不能急，心急吃不了热豆腐！”乔响器修养差很容易暴露出来，利令智昏用在他身上远远不够，听了乔田才的话，竟然暴跳如雷。他似乎觉得乔田才蠢，问题出在他身上，为什么预先不把司马家的情况吃透呢。乔响器训斥说：“打听个事儿也弄不清楚，早知道是这种情况，那还不如我单干！”乔田才说：“叔，这事能怨我？！”乔响器见乔田才也来了气，就转了个弯，说：“都怨那司马川，干脆把他弄死扔到死娃子沟吧！”乔田才说：“叔，人不能任着自己的性子，吃豆也要等着豆烂！老粗们还知道好事多磨呢，何况你比一般人有更多能耐！”乔响器这才恢复了常态，说：“那……咱们再等等，司马老爷从开封回来，也就是十天八天的事。干脆这两天再找个势头干干，小点儿的也行。”乔田才说：“咱不求太大，只求长流水不断线。”

智者千虑，必有一失，何况乔响器这种财迷心窍、智商不高的人呢？那天黑夜，他和乔田才把司马川弄到乔窑，继而又背进他家，并不是神不知鬼不觉。乔顺子那天把他俩的勾当了解得清清楚楚，甚至还偷听了他们的对话。乔顺子当时好一阵子后怕，这种绑票牵扯人命，弄不好就要出大事，要坐大牢的。那天乔响器要乔顺子入伙，只说要干桩大事，没想到干的竟是丧尽天良的事，多亏没有答应，答应了就永远当不了好人啦。乔顺子是实在人，心地善良，不足之处就是心里搁不下事情，尤其是豆大点儿的事，即使不牵扯他，但只要让他知道了，或者见到了，就免不了在心里折腾，好久了仍然耿耿于怀。乔顺子心里有事就流露在日常的工作中，心不在焉、行动迟钝。老奶最了解他，发现他再度魂不守舍，就问：“顺子，这两天又咋了，哪儿不得劲儿了？”乔顺子就是心里存不住东西，一旦说出来，人就舒畅多了，见老奶问他，就把那天夜里的见闻全部说出来。乔顺子虽然老实，但还是能分清好坏事和好歹人。母亲那次也在车上，他对老奶说这件事时，并没有让母亲回避。因此，乔响器家绑架了一个男孩的事情，本身就有漏洞，乔顺子这么一出口，等于说这个事就更没有保密性可言了。老奶、母亲本来就对西邻这个整天背杆土枪、吊儿郎当的家伙很反感，一听说这人还干出这种伤天害理的勾当，真的痛恨起来。母亲可能继承了外公身上“路见不平拔刀相助、看不惯歪门邪道”的基因，当即就设想着如何搭救这个可怜的孩子。母亲没有跟老奶交流一句话，但坐在乔顺子车上似乎很沉闷，仿佛顺子内心的压抑一下子转移给了她。

世界上的事情都很有意思，当你不在意的时候什么都没有，一旦你对某个事情在意的时候，可能它偏偏就针对你出现，并且反复出现，让你避开它就很难很难。自从乔顺子把西邻乔响器绑票的事情讲给母亲和老奶之后，母亲耳畔就不时地出现一个男孩的哭声和挣扎时发出的扑通声。乔顺子把乔响器绑架男孩的事情说出来后，他的精神好像放松了，重新恢复了常态。母亲心里却如同压上了一块石头，沉甸甸的。尽管母亲根本没见过那个小男孩，也不知道他家在哪里，但她还是替这个孩子捏一把汗，甚至担心他会被乔响器折磨死，那是一条命啊！母亲除了帮助老奶做一些家务，还要跟大伙儿一块下地，剩余的时间就帮奶奶带孩子。六岁的姑姑、两岁不到的叔叔都喜欢跟着母亲，母亲能教他们朗诵儿歌，还和他们做游戏。这些乔家其他人都不会做。南坡上的红薯地里长了草，夏天每下一场雨，那红薯条子就像出洞的蛇到处乱爬，长得很旺盛，其间的野草也随之疯狂地长着，好像要跟红薯秧子竞赛似的。柿园里的玉米过了喇叭口阶段后，生长得也很迅猛，仔细聆听还能听到玉米发育时发出的“叭叭”声，玉米地里的野草、野菜也不示弱，一天不薅，整块玉米地就荒了。老奶让大家下地时，征求了母亲的意见，问：“老大家，你今天是上南坡红薯地拔草、翻秧，还是到柿园玉米地薅草追肥？”母亲选择了上南坡给红薯翻秧、拔草。老奶每天都给大家派活儿，这天她把大队人马都派到了柿园玉米地，而她和母亲两个人上了南坡。伫立南坡，回望乔窑全村，繁茂的树木差不多连在一起，凝绿聚墨地掩盖着它下面的蓝砖碧瓦，使村子成为一个墨绿色的方块。如若再观望得仔细一点儿，就不难发现，乔窑如同一大块梯田，分为三层五节，最南的那一层依偎着北邙山，略微陡峭，而陡峭的壁沿上爬满了山枣树、柏树和构树，不能说植被使这里密不透风，起码可以说是不漏黄土，这陡峭的壁沿和浓密的树木，成为乔窑的一道天然屏障。如果一位熟读《易经》的人，站在乔窑南坡上，分多个角度鸟瞰乔窑，就一定会发现这个村落就是卦象的一部分，既开放又封闭的街道布局绝非简单的依山就势，而是蕴藏着让人生谜、不解的文化。乔窑这个村貌似简约，其实很不简单，任何一队人马都可能轻而易举地进入村中，然而顺利走出来并不容易。尤其是月夜，一个人进入乔窑，趁着月光行走，一定会听到自己紊乱的脚步声，仿佛你不是一个人在行走，而是许许多多的自己在行走，影子不一定零乱，但声音却肯定复杂。如果是一个团队来到这里，齐步走这里的地理条件不允许，散开走定会有人员掉队，而且零散的人员会在村中周而复始地瞎转，真的找不到进村的路口，更找不到出村的出口。有月光的夜晚，陌生人进了乔窑尚且忘了出口，失去了方向感，换成星夜，人们进了乔窑，犹如进入了迷魂阵，夜深人静只能望着星空发呆，而那些闪烁的星儿仿佛送给你揶揄的冷眼。清末民初时，有一支马队误入乔窑，硬是在这块人们形容为巴掌一般的地方丢盔卸甲、自认倒霉，是善良的乔窑人看他们可怜兮兮，不像是土匪刀客，就箪食壶浆好生招待，待他们酒足饭饱，又送他们出了乔窑。母亲仔细俯瞰乔窑，第一次感到这个墨绿色方块既熟悉又陌生，既亲切又疏远，既让人感到简单明快，又让人扑朔迷离。在复杂的心境中，母亲抑制自己静下心来，专注于乔家的位置，因为她的西邻囚禁着一个无辜的小男孩。虽然乔家与乔响器家没有紧密相连，中间有一个空荡荡长着几十棵老榆树的院子，但实际意义上还是邻居。乔家地处乔窑最北，按地形属于最低的，然而在乔窑最低的地方至少高出北边那个叫陈家庄的村子五米以上。乔窑没有寨墙，也没使用打更的人，但打建村以来，这里从没有遭受过战火和匪祸，从而熏陶出人们相对独特的思维方式和特立独行的处世风格，出村接受教育后与人相处往往出现薰莸不同器的孤傲。乔窑人随着岁月流逝和外部文化浸润，高雅的十分高雅，粗野的格外粗野。

母亲把目光从坡下的村子很快转到脚下的红薯地。红薯秧子爬得好长好长，中间还生出了根，牢牢地抓住土壤，让人翻动时稍不小心就把长秧子弄断。母亲小心翼翼地轻轻掂起秧子，唯恐把好不容易长成的秧子弄断了，但她脑子里一直都闪现着乔响器绑架小孩这桩事，特别是掂起秧子时个别秧子抓地抓得很顽强，就当成抓着小孩不松手的坏人，使劲儿一拉就把红薯秧子拉断了。母亲像犯了大错一样不好意思地看看老奶，正好遇到了老奶显现出心痛不已的眼神。老奶并没有埋怨，微笑着说："轻点儿掂，不用着急，你心里想的那事，我会帮助你。"自那以后，一直到一块地的秧子翻完，母亲没有再掂掉一根红薯秧。

老奶和母亲在南坡上翻红薯秧子的时候，看见乔响器的妻子裴氏也来到山上，她站在红土坪的地头揪了一阵子红薯叶。她把红薯秧子提得很高，然后把一根秧子从梢到根撸得光光的。母亲告诉老奶，这几天裴氏说她每天都会煮一锅红薯叶，让那个孩子吃。不过裴氏没说让那个孩子吃，而是说替响器积点儿阴德。裴氏穷苦人家出身，心地很善，也很单纯，跟乔响器完全不是一路人，她自己对男人十分无奈，说嫁鸡随鸡、嫁狗随狗，呼呼啦啦就是一辈子。每天她都见自己男人在折磨这个被铁索拴了腿脚的孩子，看着心疼又不敢问为什么要这样做。响器出门时还要把孩子的嘴用抹布塞上，担心他大哭大闹惹出麻烦，还把两只胳膊朝后绑住。乔响器出门也不交代一下，似乎根本不担心把司马川饿死、勒死、热死、渴死、整死，而裴氏则不同，她背着乔响器给小孩子喂水喂饭，还去掉塞进嘴的臭抹布。由于乔响器不走正路、不务正业，庄稼懒得种，其他能养家糊口的活儿又不乐意干，就把家领得吃了上顿没有下顿，其他人家可能是每年三四月青黄不接，而他家则是三天两头没有吃的，每个月都“青黄不接”。家中出现断顿，乔响器并不认为是自己的错，好像事不关己。他还不允许裴氏不满意，常常把很不中听的话挂在嘴边，好像是指责裴氏不会管家似的说：“没吃的，想法去弄呀，树叶子、野菜、红薯叶都能吃；渴了就去担水呀，东沟里那眼井，水又清又凉，不放糖就是甜的……”裴氏只敢在心里骂：“滚你的吧，哪里远往哪里滚！我饿死也就算了，可人家那个小男孩死了，你就该坐木笼、钻监眼儿了！”家里没有吃的，又多出一个吃饭的，裴氏只能去撸了红薯叶子带茎煮着吃，有时候看到树上掉下来的落果涩柿子也捡起来拿回家放软了吃。母亲是距离这个可怜女人最近的，裴氏多次说远亲赶不上近邻。母亲在邻里街坊最团结人、同情人、帮助人，因此大家都乐意跟母亲聊天，其中就包括裴氏。按道理，母亲通过裴氏这个卧底，可以轻松地解救出司马川，但那样的话，裴氏的命运可能更加凄惨。乔响器是个要钱不要别人命的人，假如他得知裴氏伙同外人放走了司马川，一定会严刑拷打，不惜将裴氏置于死地。母亲不想因为搭救出一个人，又害苦一个人。于是，她苦苦地想着更妥善的方法，既能使司马川脱离危险，又不至于让裴氏受到连累。

正当母亲为搭救司马川而犯难的时候，有个天赐的良机来了。应了那句话“苦心人天不负”和“天无绝人之路”。据可靠消息说，乔响器、乔田才二人在四冢街实施绑票时，被村里人逮了个现行，已被押送到县衙大狱。乔窑两家的男人被抓，可能对一般正常人家来说是一件天塌一样的大事，可对这两家来说好像就习以为常了。乔响器家裴氏、乔田才家王氏似乎很无所谓，不惊不惧，说不定内心里巴望着他们被炮崩了才好呢。裴氏这时才敢告诉母亲，他们家有一个小男孩，被乔响器、乔田才弄来十多天了，人被折磨得人没人样、鬼没鬼样，不知道咋办才好。母亲在此前虽然有心救助这个男孩，但找不到机会，也无从下手，根本就没问过裴氏关于绑架小孩这件事。这回她自己说了出来，再装就失去意义了，忙问："那孩子到底咋样了？咱们先进去看看再说吧！"乔响器家院里对着大门堆了比坟墓还要高大的一堆黄土，把院子的后半部分遮挡得什么也看不见。绕过大土堆，就是一堵刚用黄土夯成的墙，墙的尽头就是靠山挖成的窑洞，窑洞进去不到一丈，出现了一个斜坡，斜坡一个急转又是一个斜坡，竟然朝院子中心的方向开挖着，站在这里可以隐约看到没几步的地方有一道光亮。这是一个远没有完工的半拉子土窑工程，它是把窑洞和早期的红薯窖连在一起。司马川就在那片有光亮的地方。母亲和裴氏把司马川抬了出来，只见司马川闭着眼睛，呼吸也很微弱，十多天的饥饿和折磨使他变成了仅有些微生命体征的一大把骨头。母亲让裴氏端点儿水先让司马川少饮一点儿。老奶不知啥时间也来了，端着一碗小米粥。她好像早有准备似的，衣袋里还装有金鸡饼干。老奶说："这孩子几天没吃东西了？"裴氏说："三天了，每天都煮红薯叶给他吃。今天中午就吃不进去了。"说完，裴氏脸上带着罪恶的羞怯看着老奶。老奶说："你们响器也真胆大，啥事都敢干，还这么不盖盖儿。这孩子八成是要死了，要是追究起来，你们都有罪！"裴氏开始颤抖起来，脸色土灰。老奶还要说啥批评裴氏的话，忽然发觉司马川的两只耳朵里填满了东西，就换了一句话，对裴氏说："你喊叫他，看他有没有听见。"裴氏就喊着："醒醒，孩子。"司马川毫无反应，裴氏就更大声喊起来，"这孩子，你醒醒！"司马川依然没反应。老奶说："这孩子你喊都喊不醒他，还能活吗？这快死的孩子叫啥名字？哪里是他家？"裴氏摇摇头，忏悔似的落着泪、垂下头。老奶说："最好的办法，让顺子早点儿把这快死的孩子背到死娃子沟，死在家里是要被人追究的，换个地方好歹不是死在你家里。"裴氏觉得应该这样办，就跑出去请顺子。老奶这时示意母亲看看司马川的耳朵，里边灌的是松香。前几天，司马川听到外边有动静就大喊大叫、大哭大闹，乔响器用打骂捆绑塞嘴的各种办法治他，虽然暂时解决了问题，过后司马川好像记不住经受过的酷刑，听到声音就叫嚷。乔响器不再扬汤止沸，干脆就来个釜底抽薪，你们司马家既然逾过了赎人的时间，休怪乔响器无情无义，一不做二不休，弄来往胡琴上焊的松香，火烧熔化后一滴一滴地灌进了司马川耳朵里，外面再吵再闹，甚至开枪放炮，司马川一概听不到了。当然，裴氏对这些心狠手辣的“绝活”一概不知。母亲配合着老奶和顺子，将一丁点儿反应都没有的司马川趁着天黑背到死娃子沟。母亲安慰裴氏说：“这孩子已经不行了，让他死在死娃子沟比你家里好，否则你家男人不仅犯了绑票罪，还有杀人罪，合到一起去追究官府肯定要杀他，再说你们家里出这么大的事，你裴氏不能说一点儿不知情吧？知情不报也是罪过呀！”裴氏抽泣着，还像鸡啄米那样连连点头，嘴里不住地说是。

老奶把米汤一勺一勺地喂进司马川嘴里，说：“人饿过了头，就不能猛吃猛喝，慢慢来，这孩子还有一口气呢！”老奶又把外婆送她的金鸡饼干掰成小块，一块一块慢慢地喂进司马川嘴里。乔窑南坡上的夜晚万籁俱寂，这里除了一个小坪一个小坪的作物便是一片又一片的坟墓。在夜风的拂动中，地边的枯草、艾蒿和荆棘无序地晃动着。如果没有月光，在伸手不见五指的时候，偶尔能看到淡蓝色磷火在跑动，人们说是鬼灯，鬼举着灯在巡夜。假如月夜，由于对南坡的恐惧，人们便能虚幻出很多魑魅魍魉的影子，加上时常有猫头鹰、黑老鸹在苍老的柏树上、枣树上冷不丁地啼叫，真的让人毛骨悚然，禁不住出一身冷汗。这种环境谁也不愿待在其中，即使那些为了好奇而来探险的人们，也不会再来第二次。

老奶选择南坡中最阴森可怖的死娃子沟，有她自己的想法，她不想让哪个人发现被绑男孩离开乔响器家后的所有情况。母亲、乔顺子按着老奶的分工，母亲慢慢掏出司马川耳朵里的松香，乔顺子在不远的地方挖着掩埋小孩的深坑。司马川的左耳朵孔虽然从外面灌了不少的松香，但灌得不那么密实，经母亲耐心一掏，终于松动了，并且一块儿一块儿地掉了出来。右边这个就不一样了，竟被乔响器灌得一点儿也掏不动。这天的月亮像弯弯的小船，静悄悄地飘在深邃的高空，往人间抛洒出淡淡的光亮，柔和、清爽、迷离。司马川渐渐地有了反应，睁开眼看见高空，又听见身边有声响，这里的一切都在帮他复苏。

一个小时后，司马川挣扎起来，不住地哭闹着：“我想回俺家。”老奶问：“好孩子，别闹，你说你家在哪里，就送你回家。”司马川说：“洛阳三十里铺南衔。”老奶又问：“你叫啥名字？”“川川。”“你爹叫啥？”“叫司马老爷。”“那你叫司马川？”孩子点点头，微弱的星光下，司马川眼里有泪珠闪闪。老奶对母亲说：“三十里铺南街的确有好几户姓司马的，听说有个司马啥在洛阳做粮油生意发了财，家里很富有。”顺子把坑挖好了，老奶让乔顺子把司马川的脏衣服、烂鞋子以及捆绑他的绳子全部填在坑里。

半夜时，乔家那辆马车又叮叮当当地出了乔窑。老奶反复为乔顺子撑腰壮胆：“顺子，今晚送司马川的事情，你不用害怕，我们把后果全揽了。假如日后乔响器追究此事，你只说那天夜里天老黑，挖了个坑把那死孩子填进去了。”母亲也在一旁说：“叔，你不用担心，这个事与你无关！”

乔顺子嘴上说不害怕，不担心，并且还轻轻地吹起口哨。然而，老奶和母亲都清楚，这件事迟早还会被乔顺子说出来，老实人好用没有用啊！

母亲突然问老奶：“奶奶，世界上有人做好事、行善事，老天不知道能看到不能，好人是不是能得到好报？”老奶自然清楚母亲问话的意思，然而她仰脸望着星夜，深邃、邈远、奇妙、迷离、苍茫。好大一会儿，老奶像是回答母亲，更像是自言自语地说：“会的！”老奶似乎说话没有底气。

十七

父亲在全国军队校验、军事比武以及平时的训练中，始终都保持着蓬勃朝气，不仅给身边的战友树立了榜样，也让好多来点验部队战力的各级军官留下了深刻印象，甚至还有不少长官记下了他的名字。父亲接受的私塾教育，读过的书有限，而且都是“四书”“五经”一类的东西，好在他的先生是读过高等学校的，除了教父亲国学内容外，还介绍一些西方文化给他。因此，比起那些在新型学校读书的学生，父亲见识似乎少了一些，但比起一般文化人，父亲还是胜人一筹的。在每次训练之后，父亲就反思、总结、写日记。

军部那位参谋看过父亲的日记，感叹说父亲是有心人，说：“世上无难事，只怕有心人！”这位长官送给父亲一部线装书《太公六韬》，说这是一部古代兵书，读读日后会有用处。那位善跑的苏联军事顾问巴卜洛夫也送给父亲一本显克微支的长篇小说《十字军骑士》。父亲不抽烟，但学会了喝小酒，喝了小酒就唱唐代王翰的诗：“葡萄美酒夜光杯，欲饮琵琶马上催。醉卧沙场君莫笑，古来征战几人回。”但他不酗酒，很自律。空闲的时候，父亲就读这些书，或者写日记。他受环境的限制，没法给老家寄信，但他既在日记里记驻地的山水，还常常拿这些和孟津的风光作比较。

湘、桂、黔边境，万山叠翠、千壑凝绿、草木繁茂、鹰隼翱翔、溪流叮咚、山歌互答、男耕女织、鸟语花香、岁月静好。然而，这壮丽山河、幽雅田园等美好的一切，随着日本侵略军野心勃勃地在东南沿海登陆，成为了历史的记忆……

父亲日记的字里行间，流露出他对祖国大好河山的深情和赞美，还有对家乡的思念，每篇日记后边都有和家乡对比的文字，“中国通”巴卜洛夫有回对父亲说：“我知道好多人背井离乡后，写日记都是故乡的山水风情和亲人的音容笑貌。其实你们离家乡很近很近！”他拿出一张随身携带的地图，密密麻麻的符号标注着、圈点着，父亲看不懂，觉得很生涩，看上去很吃力。巴卜洛夫说：“这张图上，蚂蚁大的空间就是五十公里，看，你们洛阳离我们这里蚂蚁爬几下就到了，看我的家乡，离这里有半个地球那么远呢！”巴卜洛夫不住地在胸口处画着十字，以这种无声语言来表达他对故乡和亲人的思念。父亲和他接触不多，印象挺不错，巴卜洛夫是一个积极乐观的人，心直口快，批评人的多，称赞人的少。父亲觉得他的中国话说得很有意思，每次开口嗓子好像都在颤抖。

巴卜洛夫在中国军队里很受尊敬，别看他在指导军事训练时板着面孔，完全是严肃认真、一丝不苟的样子，日常生活中，这家伙是另外一种态度。他跑步、打球、唱歌、吹口琴、喝酒、找人聊天，自由奔放，无拘无束。自从那次百米比赛，父亲赢了他，他就常常来找父亲。他比父亲大十岁，但玩起来好像并没有年龄上的差距。巴卜洛夫有时候的表现就是一个顽皮的男孩，为了一句话、一件小事，计较起来很容易面红耳赤。但他不往心里放这些陈芝麻烂谷子一类的事，争执过后依然如故，不再为这些争吵纠结。父亲敬重这位大个子、高鼻梁苏联人的知识和能力，每次跟巴卜洛夫打交道，都能学到书本上没有、闻所未闻的知识。与君一席话，胜读十年书，父亲十分珍惜所有能够获取知识的机会，时间不长就跟巴卜洛夫学会唱《莱茵军战歌》《三套车》，学会用口琴吹奏《义勇军进行曲》《游击队歌》。巴卜洛夫为了不让父亲碰他的口琴，专门托朋友带给他一只新的，强调说口琴不要借人，自己的口琴自己吹。说起自己的这只口琴，巴卜洛夫深情地告诉父亲，说在来中国的时候，未婚妻送给他一本相册和一只口琴，还写给他一封信。很奇怪，在不久后的一个电影晚会上，放映了一部关于战争的故事片。主人公和他的未婚妻有一场分手戏，未婚妻送心上人三件东西，相册、口琴和一本写了半本的日记。电影上的人物和细节跟巴卜洛夫讲得差不多一样，只是日记本和情书有点儿出入。电影中有很多战斗场景，炮火、硝烟、枪声、寒光逼人的刺刀，更多的是两军为了争夺阵地而浴血拼杀的场面，激烈而悲壮，残酷而恐怖。就是在这种环境里，主人公在片刻的炮火间隙里，坐在战壕里拿出相册认真地看着，看完又拿出口琴，吹奏着当时比较流行的《马赛曲》，动中有静，特别感人。更让父亲惊讶的是巴卜洛夫用自己的口琴吹奏的《马赛曲》比电影上播放的还要好听。巴卜洛夫说他的未婚妻很漂亮，名字叫喀秋莎，在后来举办的文娱联欢时，他演唱了一首歌，歌名就是《喀秋莎》，好听极了。可能是巴卜洛夫这天特别兴奋，就把这首歌唱了两遍，第一遍用的俄语，大家觉得很好听，但不知道表达的什么意思，第二遍用的汉语，人们还是只听懂了一半。父亲和他打过几次交道，对他的汉语大都听懂了，觉得“喀秋莎站在峻峭的岸上，歌声好像明媚的春光”很有意境，还有“她在歌唱草原的雄鹰，喀秋莎爱情永远属于他”表达了征战中的男人绚丽的幸福人生。巴卜洛夫那本相册用一条漂亮的中国丝巾包着，有了闲暇就小心翼翼地打开，全神贯注地翻看着。那只口琴用一方精致的手帕裹着，看完相册就慢慢地打开，用它演奏着《三套车》和《喀秋莎》，这就是他顾问生活的另外一部分。

一九三九年三月以后，中国这支机械化部队，在训练、整顿、完善、补充等方面积极行动着，这是亮剑前的准备。这种应对性的备战，让每个人都感到责任和压力，包括巴卜洛夫、凯里斯基等外国顾问。

三月份那些实战演练之后，部队充实了一批军校生，大多的职务是见习排长，个别在团以上单位任参谋。父亲本来就是代理排长，在这样的情况下让位给了那个叫詹万里的见习生。军校生初到任上，以军校的标准要求大家，让当了一年兵的人们难以接受。大家觉得这个排长有些夸夸其谈，而且习惯纸上谈兵，真的打起仗来会抓瞎的。而这个排长依旧高高在上，要求士兵们必须一切行动听他指挥。而这些当兵人才不管这些，他们需要的是指挥得当、保障跟上、联系实际。太和、吉首、常永旺等士兵，及黄太平、沙黎明两个班长为了生活上的小事还和詹排长发生了冲突。这种时候，他们就举出父亲带兵的例子，意思很明了，就是让詹万里不要高高在上，要学一些工作方法和领导艺术。詹万里根本听不进去大家的话，开始在心里排斥起父亲，大有“既生詹，何生乔”的味道。父亲就是个直脾气，性格刚毅，本来可以找詹万里沟通一下，把有些误会消除，或许还能相处，还能在关键问题上帮助詹万里。但父亲心里说：“我身正不怕影子斜，没有什么可低三下四找他的。再说了，参军是为了打日本侵略者，不是走到一块儿钩心斗角的。”因为父亲所在连、所在排是标兵、是尖刀，出了问题在训练中显而易见，所以很快就惊动了团部、师部，甚至军参谋部。詹万里虽然是见习排长，但他在军队里有很多关系，连长、营长均是他的老乡或亲戚，在十分重视人情世故的军队里，关系是一个军人安身立命、保障权力的重要因素。詹万里不能正视自己，也不能面对实际，缺乏做人做官的起码品质，由于没有容人之量，才把尖刀排的士兵说成对立面，说成潜伏在军队里的敌人。这次，别看他关系十分了得，然而军、师部派员了解的情况，却大大提升了父亲的名望，本来他从入伍开始，军营里一直有他的传说。当兵前的冒死排爆、九江之战的拼命杀敌、军演时期的尖刀单位、百米短跑的全军第一、回答提问时有独到见解，在大敌压境、激战前夜的用人之际，相信有良知的长官都会善待智勇双全、德才兼备的士兵，特别是正在建设中的机械化部队，人才缺乏本来就是一个亟待解决的短板。经查，父亲为人正直、品端行正、机智果敢、善待战友，并没有搞分裂和架空詹万里的问题。尽管如此，父亲还是被调到军直重炮团，尖刀排的三分之二人员被编进了其他连队。

尖刀排的士兵跟着父亲，感染上了流血不流泪的刚毅，尽管是战前的分手，日后的生死悲欢，将像隔世一样茫然，但他们把兄弟般的深情厚谊藏掖在内心深处，个个儿都把手握得箍住了似的，几乎都是用不屈的眼神和截铁的果断对对方说："保重。"最让父亲动情的是王丹江、夏太和、米吉首竟说出了超乎寻常的心愿，说："下世我们还在一起！"男儿有泪不轻弹，父亲不知什么时候把嘴唇咬破了，鲜血浸湿了下颌。

父亲不知道步兵和炮兵是相辅相成、密不可分的兵种，做梦都没想过自己去当炮兵。熟悉了冲杀、习惯了团队，他对炮兵感到陌生和寂寞，然而服从命令是军人的天职。父亲像当初选择当兵时一样，毅然决然地走进了军重炮军团，只不过这一次他没有初当兵时的羞怯。与最初进入部队不同的是新兵老兵的差距，刚入伍，大家都是新兵，处在同一起跑线上，天资好、有文化，就走到了前列，成为标兵，而现在，有人已经熟练地掌握了炮兵的有关知识，能在实战中运用自如，自己则还要从头开始，等于在步兵中掌握的许多知识重新归零。父亲为人不傲慢，他讨厌别人傲慢，偏偏有些技术上的东西别人掌握了，就有了傲慢的资本，炮兵在这方面是比较明显的。一门火炮，有几个人，就有分工，炮长下面有管瞄准的、管角度距离的、有接收信息的、有后勤供应的。对一个什么都不会的新炮兵，背炮弹、填炮弹这样的活儿肯定非你莫属。你傲慢你的，我就算从零做起，从扛炮弹、填炮弹开始，但不会妄自菲薄，父亲相信自己，一定会成为优秀的炮长。

这次新进入炮兵军团的共十六人，十个是上过中学的，也叫西学，学过三角、几何，还有几个读过中等技术学校，只有父亲是私塾读过几年，数学是从"一个青蛙一张嘴，两只眼睛四条腿"开始的。要不是那个军校见习排长的原因，父亲或许真的当不了中国第一支机械化部队的炮兵。或许有时候就应了那句老话，天意不可违。令父亲宽慰的事情，就在他进入军重炮军团的第二天就发生了。父亲想了解炮兵的作业流程，还没有分配到位，他就跟一门重炮前的几位炮兵聊开了，有个络腮胡炮手不可一世地蹲在一旁打瞌睡，看到父亲跟其他几位聊上了，就眯缝着眼说："炮兵可不是像你们步兵想得那么简单，像你这样的只会冲锋陷阵、摇旗呐喊的兵，没有三两年工夫是当不了炮长的！还是先问问怎样扛炮弹吧。"父亲想，这家伙的口气听起来像是一位炮长，并且是艰难地混到这个位置，就说："炮长，我只是问问，没想着当啥炮长。”那人说：“来干炮兵的，哪个想扛一辈子炮弹？”父亲说：“我现在连扛炮弹都不会，等一会儿你们训练时我先看看。”炮长说：“要看往远点儿去，别在这里耽误事，马上要阶段测验了！”原来这人是在压力面前眯缝眼思考呢，父亲很识相地要离开。这时，过来几个人，直接冲着这门炮来的。父亲知道自己初来乍到，也就没有看他们，继续走自己的。他听到有人在叫他，还以为是听错了，第二声比第一声更响亮：“子拉阿斯韦节，乔！”父亲转过身，第一眼就看到了高个子巴卜洛夫，他身后还跟着三个人，虽然身高不一样，但白中透红的脸色、棕黄色的头发、尖而高的鼻子好像统一模具铸出的，尤其是眼睛像得了糖梨花病一样。看得出，他们几个都很友好地微笑着。巴卜洛夫把那三个同行者介绍给父亲：凯里斯基、萨姆丁、乌里扬克。他们四个人是考核这门炮的训练成绩的。凯里斯基递给那个络腮胡子一张纸，上面画有一个图，图上标着数据，萨姆丁把一个镜子交给一个炮兵，乌里扬克把两把尺子一样带着刻度的东西分别给了其他两个炮兵，还有三个炮兵每人在两腋处夹着两枚炮弹站在十米远的地方。巴卜洛夫手里拿着计时器，跟赛跑时用的秒表差不多。“嘎托付，那洽契”，巴卜洛夫大声下令。只见那位炮长一个箭步跑过去，到炮位六米处的荆棘丛中折了一根枝条，返回时从中间折开，然后蹲在地上画起来。父亲在炮的一旁看到，蹲在地上的炮长正在列算式，应该是在做乘法。算了好几个式子，最终结果一一写在那张纸上。其余几个炮兵有的在调整镜子，有的拿尺子在炮上量着，或在地面上量着角度，那两个夹炮弹的兵呼哧呼哧地往来于出发点和终点，个个儿都忙得慌得不可开交。只是，刚才还认为炮长位置不可替代的炮长，蹲在地上演算了一阵子，到了巴卜洛夫规定的时间，他满头大汗，开始抓耳挠腮。于是在时间到之后，发射前的准备尚未完成。巴卜洛夫小孩子脾气又犯了，只见他暴跳如雷，嘴里嘟囔着什么，炮兵们吓得像犯了错的孩子，恭恭敬敬地任他咆哮。巴卜洛夫似乎不懂策略，在炮长被批的情况下，他竟然把那张纸夺回来，转身呼唤父亲过来。巴卜洛夫把那张被炮长画得涂鸦一样的纸递给父亲，说：“乔，口算，看用时多少？”父亲对于口算还真的有点儿功夫，当年进入会芳贸易货栈，面试的就是口算，加上他对鸡兔同笼、差倍问题、和差问题、周期问题、容斥问题、盈亏问题等算术本身就感兴趣，在实践中又不断使用，就对口算熟能生巧了。巴卜洛夫开始按计时器，随着嗒嗒的响声，父亲脑子里计算着，手在纸上记着得数，算完后把这张纸还给了巴卜洛夫。巴卜洛夫不到时间关了计时器，笑着说：“你们中国有句话叫‘扳倒树捉老鸹’，就是讽刺人办事死板，还有句话叫‘脱裤子放屁’，就是批评人把事情办得太烦琐！”巴卜洛夫看看炮长，又看看其他人，“口算一下就得了，我这个朋友乔脑子比算盘都厉害，战场上是没有算盘的！”好在父亲没有跟络腮胡炮长，据说有个中学生炮兵，对计算距离、角度等方面很给力，炮长让他扛炮弹，由于力量不支换了岗位，要是分在络腮胡手下，只能扛着炮弹口算炮弹多少斤多少两了。

和父亲同到重炮军团的十多个人，很快成了萨姆丁的学生。他们跟着萨姆丁从炮兵的基础理论学起。父亲的笔记本上记录着萨姆丁的话：“步兵、炮兵、装甲兵、工程兵等是陆军的重要兵种。以火炮为基本装备，用火力进行战斗的叫炮兵。”萨姆丁很认真，对教学内容有些事无巨细，有一节课只讲了一个炮字，还推迟了下课时间。他说：“口径在两厘米以上，能发射炮弹的重型武器，有火力强、射程远的特点。炮的种类很多，现阶段有迫击炮、榴弹炮、加农炮、高射炮等，也有人称它火炮。”为了增添兴趣，他讲课总是联系中国的实际，比如说到中国最早期的炮，没有火药时，是用机械发射石头的，火药发明后，就改用火药发射铁弹丸。萨姆丁还说：“大家以后有机会时，参观一下明、清两代的炮台，看看那时的火炮，很简单，炮兵把火药囤进炮筒，再往上面装一些铁弹丸、铅疙瘩一类的硬东西，炮筒底部有个小洞，炮捻塞进去，炮口对准目标，寻找关键时刻点燃！”他又说，“后来，西方工业国家利用中国的火药，制造了发射出去到目标处才爆炸的炮弹。这种程序，特别像建筑行业中的预制件，关键时候就是现成的发射出去就行，不用慢慢地冒着敌人的炮火去填充火药，再点燃。炮兵在战场上也免去了很多事倍功半的危险活儿，这也是一个科技进步。”

萨姆丁跟父亲在一起的时间不长，就成为父亲除巴卜洛夫外的又一个苏联朋友。萨姆丁为人随和，对学员很宽容，对父亲这样虚心求教的学员更是喜欢。人这种重感情的动物似乎不分人种、不分国籍，一旦建立起友谊之后，许多事情不仅容易沟通，而且心有灵犀、心照不宣。父亲对炮兵事业的追求，对火炮各个环节的功能，以及效率的最大化，都在心里思考、在书本上寻找、向萨姆丁及巴卜洛夫求教。父亲很想知道炮弹的构造及其原理，最重要的是印证自己心目中的炮弹跟真实炮弹是否全部吻合，就告诉他们想弄颗教练弹拆开看看，父亲原话是剥开看看。因为他小时候在孟津县城北门里关公庙、在东乡铁炉街常常剥开纸炮，邓家同龄人都忌讳“雷子”和“两响炮”，嫌声音太震耳朵，但爱看火药燃烧时的状态，父亲就把炮剥开，把火药放在石板上然后点燃，“轰”的一片火花十分壮观，大家就蹦跳起来，吆喝着“真美”。当父亲提出剥一个炸弹看看，萨姆丁先是一怔，犹豫了一下说：“这要请示一下巴卜洛夫，他只要不反对，这事就可行。”巴卜洛夫正在看相册，盯住他的喀秋莎发呆，看得出他的心情还不错。巴卜洛夫同意萨姆丁拆一颗普通炸弹，他用的词是“解剖”，一再强调“小心”和“安全”这些词。外国人的义气、通融，让父亲很感动，觉得自己应该为他们争光，当一名合格的炮兵。解剖着炮弹，萨姆丁振振有词：“炮弹，就是用火炮发射的弹药，通常由弹头、药筒、引信、发射药、底火等部分构成。”萨姆丁指着拆散的部件，一件一件地讲解着。说到弹头，萨姆丁说：“这家伙就是发挥作用的东西，它被发射到预先计算好的地点，人群中、工事中炸开，要比几十支步枪厉害多了，它一声巨响，火光一闪，人就死亡了，工事就炸塌了，战斗的胜负差不多就定了，步兵这才比较安全地发起进攻。炮弹的弹头分好多种，功能不一样，有穿甲弹、爆破弹、燃烧弹、烟幕弹等。”萨姆丁越讲越得意，有时候以姿势助说话，完全是神采飞扬、兴奋至极。最后，萨姆丁很自豪地告诉父亲，他们装备给中国这支机械化部队的一款榴弹炮，是在原沙皇重炮基础上，借鉴德国重炮的先进技术研制成的，发射的炮弹为一百五十二毫米。这种炮弹落下之后，可以让小半个足球场的地面上，无论是圣贤或是凡人，没有一个能幸存下来，在这个范围内的人不是被炸死，便是被爆炸产生的冲击波活活震死。要想活命，除非人躲进防炮洞中。自从有了这种重炮，战场就变成火海，战场上百分之八十的伤亡都是火炮造成的，那种猛烈程度、惨烈程度，大大出乎人们的想象和预料。

巴卜洛夫和萨姆丁在讲课时，还特意放映了一个二十分钟的电影纪录片，主要介绍了世界上当时最有影响力、战斗力的火炮。由于针对重炮军团的炮兵，电影放映前还放映了十五分钟的幻灯片，介绍了各式各样的重炮。滑膛炮、榴弹炮、山炮、野炮、战防炮、迫击炮、加农炮、高射炮、自行炮，有的炮身造型怪异、有的造型方正、有的造型宽大、有的造型窄长。之后，幻灯特别播放了威力超大的重炮。沙皇俄国一九一五年制造、苏联一九三八年改造升级的 280 毫米重型迫击炮，威力最强的 280 毫米野战炮；德国莱茵金属公司一九三四年制造的 240 毫米 K3 重炮等。二十分钟的电影，浓缩了火炮参与战争以来最精彩的炮击场面。普法战争期间，法兰西出动一百多辆坦克、六十多辆装甲车，还有五个师的步兵，潮水滚滚似的向普鲁士阵地发动攻击，突然间从普鲁士多个炮兵阵地飞出许许多多的“乌鸦”“老鹰”“橄榄球”，铺天盖地呼啸飞行，很快就落在法兰西行进队伍中，紧接着就是火光冲天，硝烟弥漫，还发出山崩地裂、惊天动地的炸响，这种人为的电闪雷鸣之后，法兰西潮水般的队伍变成了火海，接下来场面相当惨烈，法兰西的坦克、装甲车东倒西歪，全部被炸毁，步兵队伍人仰马翻、丢盔弃甲、横尸数里。这个画面在解说员沉重、雄浑的声音里转换着。沙皇俄国的重炮跟普鲁士的重炮较真，两国炮兵的交战中，莱茵金属公司的 150 毫米榴弹炮、240 毫米迫击炮，洪水猛兽一般压得沙皇俄国炮兵部队只顾招架，失去了还手能力。音乐声起，苏联时期将沙皇俄国时期的重炮加以改进，口径更大，火力更猛，发射迅速，射程更远，杀伤力更强，在“二战”中发挥了巨大作用。解说员激越响亮的声音告诉大家，苏联军队最高统帅约瑟夫说，炮兵是战争之神。

中国炮兵军团起步晚，协同作战意识淡薄，不少炮兵阵地的炮长还存在官僚倾向。像进入炮兵行列第一天，父亲遇到的那位络腮胡炮长妄自尊大的人并不在少数。大课堂集中所有炮兵，萨姆丁给大家上了一课，好像很有针对性。他特别指出，一支炮兵部队，除了指挥机构，另外有五个部分组成，这五个部分互相依托、相辅相成，缺少哪一部分，就是伤残。他形象地讲这五个部分，以人体器官来比喻。第一部分“观”，需要炮兵侦察兵、计算兵侦察测量敌人阵地的位置、角度，是人的眼睛；第二“通”，通信兵，不断把信息传递过来，是人的耳朵；第三“炮”，炮阵地，有炮长、瞄准手、炮手，是人的拳头；第四“驾”，驾驶员，拖着炮转移位置，是人的脚；第五“炊”，后勤供应、服务，是人的嘴巴。络腮胡炮长对苏联教官的比喻不屑一顾，认为很牵强，还觉得这几个洋人故意把火炮知识搞得很玄虚，于是在萨姆丁讲课时，他先是拿出大锅烟斗使劲儿抽烟，抽完烟便眯缝起眼睛，那种习惯性的傲慢举动很让人反感。萨姆丁已经容忍他好几次，这一次却不想再惯他了，就想当众让他难堪。讲课中间突然停下来，把事先准备好的考试题发给听课的炮兵，老炮兵、新炮兵人手一张。考试题一共两道，一、请回答什么是密位；二、请计算……炮兵都应该知道，密位是测量角度的单位，把一个圆周分为6400等份，每个等份是一密位。这道题络腮胡很快就答完了。第二道题是：B处为敌方防御工事阵地，经测量B距我炮兵阵地距离为1800m，要想确定敌方防御工事阵地B的位置还需要什么数据？请用工具度量后说出敌阵地B的位置。这种题本来并不复杂，只要回答“还需知道B的方位角，用量角器测得方位角为北偏西50°，因此敌阵地B的位置为北偏西50°，且距离为1800m处”就可以。络腮胡这下子蔫儿了，急得满头大汗，依然答不上来。萨姆丁的汉语比巴卜洛夫的要好一些，有时候在使用修辞手法上更大胆。他批评在座的炮兵们，实际是针对络腮胡的，只不过讲究策略罢了。萨姆丁说：“只有谦虚求学才能真正掌握知识，不要只重视皮毛和形式。比如你拿着约瑟夫一样的烟袋，模仿着他的动作，你还是你，不是约瑟夫！”大家都明白，那么多炮兵，只有络腮胡炮长使用那种烟袋锅，也只有他经常做出元帅一样的动作。

要不是跟巴卜洛夫、萨姆丁这几个苏联军事顾问熟悉，父亲肯定不敢跟他们开玩笑，说他们过度地神化炮兵了，难道炮兵就没有缺陷、没有短板吗？在阅读巴卜洛夫的有关炮兵的书本里，很少有关炮兵短板的章节，父亲掩卷思考，拿中国象棋为例子，想了很多。炮尽管是长腿，可以翻山，偶尔玩一招毒棋，使用重炮可以杀死老将，结束一局棋。可是，车可以吃炮、马可以踩炮、对方的炮也能打炮，象可以吃炮、过了河的卒子也可以拱炮，如果炮放的位置不对，处处都有危险。那么，战场上的火炮阵地不也有类似的情况吗？父亲这种逆向思维方式，虽然得到了苏联顾问的认可，却得不到自己同事的理解。他们中许多是在县、市公立中学读过书的，对私塾出身的父亲有一种偏见，或者说歧视。这些上过中学，人称上过西学的，对自己民族的传统文化主要是传统教育持排斥态度。理论根据是自康熙以来，大搞文字狱，禁止平民接触西方文化，禁止研究天文、历法、乐律和计算方法，把人们带向了愚昧，特别是数学方面远远落后。他们片面地认为，只有进入中学上学的人，才有可能掌握几何、函数、三角的知识，跟得上炮兵学科的学习进度。在这个问题上，他们绝对忽略了一点，上过中学的，大多是家境富裕，能掏起学费、住宿费和路费，并不一定人人智商都高。父亲有股不服输的倔强，他边学边思考，牢记那句话："学而不思则罔，思而不学则殆。"要求自己多学习，勤思考，学用结合。当别人死记硬背那些公式和数据时，父亲则反复思考这些公式的由来，和有关数据在实际操作中的变化规律，因此他比别人付出的时间和精力更多。他还针对一门迫击炮的大小部件、关键部件仔细琢磨，即使那些常被人忽略的小零件，都知道怎么安装、拆卸和保养。父亲有个理论，说要让炮为你服务，而且得心应手，就必须爱护它、熟悉它，和它成为朋友。因此，在训练结束的最后评定中，父亲被评为"计算能手"和"精确瞄准手"。

最让父亲激动的是，在最新一批苏制步兵迫击炮运抵部队，隆重的授炮仪式上，父亲成为最年轻的炮长。络腮胡也从榴弹炮炮长改为迫击炮炮长。他显然很不服气，对父亲挑衅说："出水才看两腿泥！"父亲很坦然，说："说得对，战场上见！"

这一年的二月，日本军队侵占了海南岛，在海口登陆后，很快又侵占了榆林港，以此为基地大肆南进的狼子野心昭然若揭。三月，中国第一支机械化部队在广西界首举行了演练，接受全国军事委员会校验，父亲那时还是步兵。五月进入炮兵军团后，转眼五个多月了。桂、湘、黔交界处的崇山峻岭，早已从百花盛开、鸟飞草长的春天，转换为漫山红叶、野果飘香的秋季。九月份欧战爆发，日军的大本营下令其二十一军攻占南宁附近，切断广西与越南之间的国际通道，同时获得其航空队向中国西南航空作战的基地。十一月上旬，日军第五舰队及加贺号航空母舰掩护其第五师团及台湾旅团在海口集中，日军的飞机开始对广西各重要城市狂轰滥炸。

山雨欲来风满楼，一场血战即将开始。作为一名年轻的炮长，父亲想起了小时候读过的那首古诗："十年磨一剑，霜刃未曾试。今日把示君，谁有不平事？"这是那位在驴背上琢磨"僧推月下门"好，还是"僧敲月下门"

好的诗人贾岛《剑客》述剑中的诗句。父亲想，一个研究推敲的诗人，能写出这么有锋芒的诗句，柔中带刚的人啊！父亲联想到自己和炮兵军团里那几百门翘望苍穹的各类火炮，心里痒痒地充满激情和期待。

十八

战争，很多时候可以拿演戏作比较，在交战双方尚未上场或场上其他角色都已下场，独留一个另类角色做一番表白后下场，叫作吊场。日本侵略军在侵占孟津之前，就先来了一个吊场。

孟津这个地方古往今来就是兵家必争之地。历史上的八百诸侯会孟津，在孟津结盟也是为了形成合力，打胜战争，唐代杜甫的急应河阳役，也是从孟津渡河到河北打仗。自抗战开始，孟津这个地方就没有消停过。侵略者在兰封战役开始时，已经把贼眼和眼线放进这里。花园口溃堤以后，孟津就成了暗斗的重点。百里孟津，为抗御日本侵略军渡河，修筑混凝土工事八百多处。然而，黄河的滚滚波涛，暂停了日军的铁蹄，但文化渗透却更加变本加厉。没有人能够料到，最先被侵略者相中的场合，竟然是中国理学的讲习所——二程庙。

二程庙位于黄河南岸，矗立于孟津县城和黄河渡口之间，百余年来这里一直人气高昂，不仅迁客骚人、衙门书办在此会聚，传经诵道者也以此为基地，孟津以文化之城闻名于世，当地官府就以弘扬文化为由对此地加以保护。于是，假借文化活动，烧香拜佛者、三教九流都凑热闹来此，一个清静的学术之地，就变得不伦不类，甚至赌徒刀客、土匪劣绅、地痞流氓也混迹于此，打架斗殴、结帮火并亦成为家常便饭。一九三九年春天，一个自称豫东讨饭的一家三口居然在这里安了家。既然这里是官府确定的文化交流中心，这面招展的大旗下面，逐渐呈现出繁荣兴盛的景象，不失为孟津县的一张名片，那么，包容大度、善待朋友应该是这里的对外形象和姿态。正出于这种原因，当一个衣衫褴褛、蓬头垢面的中年男子在庙前街遭人打骂时，竟能得到众多行人的同情、怜悯和保护。在这些行善、仗义的人中间，母亲的大哥王友泽表现得最为热心。他不仅帮这个乞丐解了围，还为乞丐买饭充饥，临走还说了句："我是县城东门里神笔王铎家对门的王老三，看你一个外地人流浪到孟津不容易，有事找我！"母亲的大哥在王家东、西两院排行老三，正直、豪爽、仗义是出了名的，这次对一个素不相识的人直报名号，的确有些过分。但对于共同帮助乞丐的人们来说，并不觉得奇怪，也不觉得王友泽的多余。人们理解他、谅解他，知道这个大好人已经习惯了这样，似乎帮助别人就是自己的职责。母亲的哥哥我叫舅舅。三舅并不知道这个乞丐的底细，也不知道同他一起来到孟津的还另有其人。

三舅第三天来到二程庙时，这个乞丐已经在庙院干起了杂工，衣服换了，脸也洗了，俨然是一介书生，精神十足地打扫着庭院。庙里的管事郝克钦告诉三舅，说："乞丐一家三口流落咱这里，怪可怜的，媳妇是个哑巴，儿子十多岁了看上去傻乎乎的，先让他干点儿杂活，挣俩小钱儿。"三舅是来听理学讲座的，这天的命题是《存天理，灭人欲》，因此对郝克钦的话根本没有听进去，只是表面上哼哼哈哈地应付着。郝克钦之所以把使用临时工的事告诉三舅，当然肯定也告诉其他人，是因为他每年都要拉一些赞助，像三舅这种仗义疏财者肯定会慷慨解囊。三舅给人们的感觉是大大咧咧、不拘小节的那种人，实际上他相当本分，除了精心耕作外，还很注重文化修养。对程朱理学，他认真研读，逢讲座就听，风雨无阻，如痴如醉。尽管二程庙后来演变成了三教九流的名利场，讲座几乎要成为百家讲坛，然而三舅坚持学习的只有《格物致知》一类的学说，是二程最虔诚的粉丝。

母亲五月初回娘家时，刚进家门，她表弟就说："兰菊姐，三表哥这几天看的书可捣蛋。"母亲说："琰，啥书？"琰说："是鱼进的书。"母亲感到很奇怪，心想怎么可能是鱼进呢，即使笔名也不应该叫这种呀。就说："你帮我拿出来！"琰溜进了三舅的房间，拿出了一本书，藏在身后，诡秘地说："只许看一眼，还得发誓不要告诉三表哥！"母亲说："不看了，管他是啥书呢！"看到母亲有些生气，琰才把书递过来。原来是一本《新青年文化》杂志，是鲁迅的专辑。母亲笑了："琰，上学要下点劲儿，不敢毛里毛糙的，把鲁读成鱼，把迅读成进呢，你咋不把琰读成痰哩？"琰脸唰地红了，像猫一样"倏"地钻进三舅房间。

三舅回家了，还带了两个人。看见母亲，先说了句："四妹回来了？"

接着就介绍说，“这个朋友叫狗儿，老家豫东，受灾了讨荒来到孟津，这个孩子是他儿子，叫草根儿。”那人很有礼貌地点着头，举动并不像遭了灾的农民。琰哧溜一下又从哪里钻了出来，说：“三表哥，那哑巴女人没来？”三舅说：“哑巴是这孩子的妈，在街上给孩子买东西呢！”这句话是在解释，更像是告诉母亲，这一家三口人，还有一个在后面呢。母亲有些不高兴，心里在埋怨着自己三哥，趁家里没人，怎么把外地人往家里领呢！母亲这次回娘家，只是路过。她要往铁炉街去。母亲的大姐王超凡家有喜事，王家人都前往道喜。外婆、舅妈们提前去了，三舅在二程庙见乞丐打扫卫生很细心，就发了慈悲有心让他来家帮点儿忙，把家里打扫一下，主要是以此为理由施舍他们。

琰其实是一个调皮捣蛋的家伙，外婆和舅妈们出门时交代他认真听着门，谁知大家前脚走，他后脚就出了家门，先是在王铎家大门口玩了一会儿弹珠，然后就溜到后街“再芝园”拽人家石榴花了。他是在王铎家后门看到了三舅和乞丐一家的，难怪他问了一句关于哑巴女人的话。这句话把三舅问得脸上发热，心想，这家伙咋知道还有哑巴女人呢？三舅在明处，琰在暗处，琰偷看了三舅读的书，也发现了三舅和这个有哑巴女人的家庭在一起，这一切竟让三舅百思不得其解，为此而惊异和纳闷。正如三舅只知道自己救助了一个因受灾而生活无着的家庭，却不知道这个家庭的真实情况。

乞丐狗儿第一次进入王家时，好像一门心思都放在打扫卫生上，没有丝毫懈怠，也没有左顾右盼。本来王家东院的卫生一直都很好，家里的每个人好像都谙熟治家格言上“黎明即起，洒扫庭除，要内外整洁”的意义，早已养成了清洁卫生的好习惯，这里的卫生并不需要外人来帮助打扫。乞丐狗儿似乎明白王友泽先生的良苦用心，努力使自己在已经干净的环境中打扫出成效，以不虚此行，也不愧对王先生的好意。在一旁等待着的草根儿，拿着王先生给他的泰康饼干，呆呆地看着也不吃一口。哑巴好像觉得自己是女人，不好意思进入陌生的王家似的，一直到狗儿即将完成打扫任务时，才在月亮门处“嗷嗷”叫着，胡乱地比画着。待三舅把一块大洋交给狗儿，狗儿弯腰致谢时，哑巴也弯起腰表示感谢，而那个傻子一般的孩子这才开始啃起饼干。三舅眼里，这一家的确可怜，狗儿忠厚肯干，这一哑一憨的母子只能连累他，多么艰难。

有人告诉三舅，说孟津县城里外地来乞讨的还有好几家，不光狗儿家值得可怜，其他的家庭更差。三舅不信，说哪有那么多受灾的家庭，再说了豫西地方这么大，他们都来巴掌大的地方干啥。那年陕西收成不错，三舅说：“八百里秦川是天然粮仓，那里连续多年风调雨顺，夏秋都丰收了。逃荒的到那里多好啊！”关于那个叫梅英的哑巴女人，有人说她不是哑巴，发誓说见到过哑巴和狗儿在庙后街为一幅字画争吵。还说那个傻乎乎的男孩，会翻越二程庙的高墙，比猫还要利索，而且不会发出响声。三舅还批评人们：“你们吃饱撑着了，打听狗儿家的闲事干吗？以后少来我这里胡说八道，也不要再往我耳朵里吹风。”孟津县城常去二程庙的人们，尽管对狗儿这家不速之客微词不断，但并没有确凿的证据说明他们图谋不轨。于是，狗儿一家在二程庙乃至孟津县城和各路人士依旧相安无事，井水不犯河水。

这年六月的气温反常，不到暑天却有暑天的炎热，一场风过后，就进入了焦麦炸豆的夏收季节。二程庙的人气一下子降了下来，不少的人家慌忙于虎口夺粮，就冷落了那些空洞的说教活动和无中生有的争斗。狗儿一家人没受季节的影响，狗儿一如既往地打扫着庙里庙外，梅英带着草根儿有时去县城赶集，有时到渡口看船来船往，听纤夫唱那种发自胸腔的歌谣。

直到六月十一日那天早晨，王铎后人王留根和母亲发现夜间家里进了贼，到县衙报案时，人们再度对外地来孟津县城乞讨的人们产生了新的质疑，包括对狗儿一家。

孟津县衙官员对王铎家后人孤儿寡母报案，虽表示接案，但并没有当成一回事。他们这样问：“家里有多少值钱的东西？”王留根的母亲回答：“家里穷得叮当响，没有啥值钱的东西。”衙门官员又问：“拿走啥东西了没有？”回答：“没有。”官吏显然很沮丧，说：“那报什么案？你们家老祖上除了一手好字，还有啥本领，没听说你家有值金贵银的货，回去吧，等有了线索再说！”官吏看了一眼可怜兮兮的王留根母亲，认为她既无姿色，也不年轻，王留根又拖着一条残疾腿，感到这个案子十分乏味，就打发他们回家。这件事让三舅王友泽知道了，认为贼人夜间进入王铎旧居，绝不只是一般的行窃，肯定有大的背景和来头。王留根和他母亲每天守着这个大院、空院，并不知道这所院子、院墙的价值。三舅觉得和他们孤儿寡母最亲近的就是大王家了，就专门告诉他们把有些零散的碑刻集中起来，把有些手迹放在身边的衣柜里，对外人不要提及这些。此外，三舅也对大王家那间蛛网密布的过厅屋再度盘点，当即把王铎题写的《雪景》诗字条、《邙山秋》画等取下来，收藏在夹壁里的小柜中。

一句流行的话说：当局者迷，旁观者清。母亲听亲戚们议论狗儿一家的事很多，知道亲戚们的直言不被三舅接受，有意让母亲去说服三舅对狗儿一家严加防范。麦收之后，母亲回到娘家。正是水白杏成熟的时候，母亲带给娘家两样乔窑特产，麦仁和杏儿。老奶还专门挑成两份杏儿，说捎给留根儿家母子，让她们尝尝鲜杏儿。那天在东关桥头，母亲很远就看到三舅跟郝克钦说话，一旁还站着那个叫狗儿的外地人。母亲让顺子把车停下，大声说："三哥，咱俩说两句话，你过来一下。"母亲不想当着郝克钦和狗儿的面说有关他们的话，下来车就喊哥哥过来。郝克钦当时正在因事做三舅的工作，正谈到紧要关头上，当然不愿意别人打搅他们，或者因此冲淡他们的商谈内容，就不耐烦地说："等会儿吧，有啥事等会儿说！"母亲了解这个郝克钦，一个十分势利的家伙，满脑子的重男轻女思想。当年外公在世时，因县长常向外公请教救灾和发展生产的谋略，郝克钦就认外公为干爹，到王家做客、办事每每表现出忠实、听话的样子。外公去世后，好像与王家的亲戚关系就此中断，对王家人也没有从前那样言听计从了。母亲听郝克钦说话十分傲慢，就马上回敬他说："我找我亲哥说话，你管不了。你们说的事既然关紧，为什么要站在城壕边说，壕里死猫烂狗的，不嫌恶心吗？"郝克钦曾是外公的干儿子，肯定了解王兰菊的脾气，态度就来个急转弯，对三舅说："你们先说吧，我和狗儿在这边等着。"郝克钦包括狗儿，最担心母亲和三舅说他们的事，就在一旁又是咳嗽又是哼唧。母亲就是针对他们在众人心目中的不好影响，开导三舅远离他们。这次，三舅虽然没有反对母亲的劝说，但还是否定了亲戚朋友们的看法。三舅说："我知道大家的担心，但相信你哥不是死心眼儿，也不是糊涂虫。郝克钦是咱亲戚，狗儿一家虽是外地人，但你哥对他们恩重如山，他们能咋着？"母亲说："三哥，你以前并不认得狗儿，这一家来路不明，他们说自己是受灾的难民，走投无路才来到二程庙，你真的信？”母亲看着三舅，他完全是心不在焉的样子。三舅的目光看着郝克钦和狗儿，那边不住地向他吹着口哨。母亲又提起那个哑巴女人，说：“三哥，很多人都说那哑巴会说话，装哑巴肯定有问题！”三舅不以为然地说：“哑巴会说话，除非千年铁树开花，别听他们瞎叨叨。你快回家吧！”母亲看着三舅鬼迷心窍的样子，失望地在心里说，三哥这回是中邪了。看到乔家的牛车起步，郝克钦说了句风凉话，声音很大，目的就是要母亲听到。他如同在叫嚷地说：“闺女家，出了门的闺女家，少管点儿娘家的事！”

三舅对郝克钦凡事带着狗儿有些不理解，就问他：“你常常把狗儿带在身边，是让他当你的保镖吗？”郝克钦说：“那倒不是。我一个二程庙管理者，说大了只不过是八保联保的保长，还达不到雇保镖的级别。不过，狗儿这个人还真的会两下拳脚，遇急打翻三两个人不在话下。”三舅这才发现，这段时间，郝克钦和狗儿的关系已经有了长足发展，特点特长都了解到一定程度。三舅“哦”了一声，还想问的话戛然而止。三舅觉得他们之间可能有什么沟通，人和人之间的形影不离绝不是一般的关系，或者正在共谋着一种利益。三舅对郝克钦有看法的时候，郝克钦已经开始对三舅处处提防。郝克钦起初不是这样的，在二程庙干点儿杂活，赚一些小钱那阵子，人还相对实诚一些，要不孟津县的知名人士王睦怎么会答应认他为干儿子呢？自从他当了保长后，应酬多了，花钱的地方多了，就开始变得油滑了，遇事绕着弯子，能办的事情也非要强调难度，让人摸不清他到底在想什么，到底想干什么，总之变得阴阳怪气。后来混上八保联保的保长位置，一下子权力拓展了十多倍，就开始有了官架子，一副高高在上的样子，老百姓见了十分畏惧。这时候的郝克钦，有了更大的想法，八保联保并不是他的终极目标，但往上走没了银子是万万不能的。于是，他以二程庙房屋翻修、院内增加设施为由，向下摊派向八保征收，向上争取，向社会名流求赞助，然后拿出部分银两用于二程庙，其余的用于个人开支、请客送礼，要官跑官，这一切十分像滚雪球越滚越大。郝克钦的胃口、胆量、野心随着这一系列活动，也越变越大，几乎趋向于失控。当乞丐狗儿在一次酒足饭饱之后，说他除了会一些功夫，还能鉴定古董，过去在贩卖古董生意场，还结识了一些同人弟兄，个个儿都腰缠万贯时，郝克钦十分上心，觉得孟津这个地方古董遍地都是，毫不夸张地说家家都藏有价值不菲的宝贝，如果真的跟古董商们搭上线，那么财源滚滚就不是空话。郝克钦试探着问狗儿，哪些古董最抢手，狗儿不假思索说："唐三彩、王铎书画、青铜器。"郝克钦说："你狗儿能认准哪是真品，哪是赝品？孟津这一带这些东西都有，只是价钱……"在郝克钦停顿的当儿，狗儿马上说："这个只管放心，狗儿干这一行是从马仔做起的，混得差不多时，媳妇得了一场病，就永远成了哑巴，生个孩子虽然会说话，但立到人前就跟一根木头桩差不多。要是能做几宗古董生意，保证你郝保长肥得流油，我跟着也会混得人模人样，最起码不用到别人下巴底下求涎水！"郝克钦几乎抑制不住内心的喜悦，对财富的崇拜一下子写上了脸。他喜不自胜地看着狗儿说："狗儿弟，二程庙里无戏言，咱哥俩一言为定，联手发大财！"

郝克钦是过来人，经历事多了，好事坏事倒霉事都遇到过，懂得世道艰辛和王法的厉害。因此，当狗儿提出和他倒卖古董时，先是一阵狂喜，甚至那天夜里还失了眠。然而，当喜悦过后，脑子冷静下来，那些浮漂的东西沉淀之后，他脑子里就出现了两种对立意见的冲突。一种意见是不入虎穴焉得虎子，舍不得孩子套不住狼，勇敢地去做，不做财富不会来敲门。对立的意见是古董是国家的宝贵财富，倒卖可能属于不法行为，总有一天会得到清算。就算是从一家一户弄来的古董，不少应该是家庭的传家宝，弄走了是一种作孽和忤逆，到一定时候要得到报应的。有的古董是从地下挖出来的，掘古墓会断了好风水，是要遭天谴、要断子绝孙的。失眠的那天夜里，其实属于前半夜兴奋，后半夜蒙眬。天亮时，郝克钦给自己定了调：一是这个事一定要干，原谅自己的理由就是做这种事是现实逼的，挣了钱还要巴结那些贪官污吏，要惩罚就惩罚那些人，头顶三尺有神明，神明知道如何惩罚。二是干一些小的，挣一些小钱，钱太多了就会带灾。三是一定要弄清这些东西都卖到哪里，不能被狗儿骗了，一定要一手交钱一手交货。

狗儿仿佛就是郝克钦肚子里的蛔虫，次日见郝克钦的第一句话就是古董的销路和价格。狗儿说："王铎的书法、画作提供一下信息给信息费，青铜器十块大洋一件，唐三彩十五块大洋一匹马，王铎的字'万事无如杯在手，百年几见月当头'一字一块大洋，《邙山秋》画一幅二十块大洋。王铎的其他字画，见一幅一块大洋，成交时以质论价，十块大洋保底。"郝克钦一听说王铎字画比青铜器、唐三彩还值钱，一下子就热血沸腾起来。王铎故里还能缺少这个？郝克钦马上想到大王家对王铎字画多有收藏，远远多于王留根继承的。一字一块大洋的那幅字他真的见过，也听王友泽提起过，这都是到手的大洋啊，能不为此而兴奋？

郝克钦那天在东关桥头带着狗儿见了三舅王友泽，谈到王铎字画的事情，三舅对变卖祖上作品换取钱财的做法不屑一顾，没有丝毫的热情，就说："字一个一块大洋，是根本不可能的！"也怪郝克钦发财心切，当着三舅的面问狗儿："如果有字画，那钱能到位吗？"狗儿说："钱不是问题，只要让我见见货，就立马儿先把定金付给你们！"郝克钦吃假劲儿地说，也是让三舅听，更像是和狗儿演双簧，说："狗儿，咱可不能喷大话骗人呀！"狗儿明白郝克钦话里的意思，就拍拍胸口说："别想着我是个穷要饭的，人不可貌相，海水不可斗量！我现在只是个出力的、跑腿的、在二程庙打扫卫生的，是个穷光蛋，可我的合伙人个个儿都是老板大亨！"三舅听到狗儿竟敢如此夸海口，故意用激将法刺激他。三舅把头昂起来，轻蔑地看着桥头那棵老槐树上的老鸹窝，正好这时有一只老鸹飞过来，在枝头"呱呱"叫起来。三舅说："这老鸹挺高傲的，其实胆子很小，随便叫喊一声就能把它吓跑，芳香的花不一定好看，呱呱叫嚷的老鸹一定贫贱！"三舅真的是直得可爱，怎么会说这么一句话，即使对狗儿看不惯也不该当面贬斥啊！郝克钦也有些拱火，本来狗儿对三舅近些日子的表现就有意见了，偏偏他不做调停，而是火上浇油。郝克钦很严肃地说："狗儿，你真的有伙计是财主、东家？"三舅自认为待狗儿不错，关键时候出手帮他，即便说话过分一点儿，也没有啥，你一个要饭的翅膀有多硬？三舅顺着郝克钦的话，更延伸一些地说："你的老财、大亨是谁，说两个名字？"狗儿这回急了，就说："滨田吧，还有松井吧！"狗儿说完，伸了一下舌头，发现自己说漏了嘴，连忙说："不是不是，那两个人是大日本皇军。我认识的财主、大亨，是上海老黄、老杜！"三舅是文化人，在社会上也算是个人物，在与各路人士的交往中，对有钱人特别是国内知名有钱人略知几个。再者，滨田、松井这种名字肯定是日本人，称大日本皇军只有汉奸才这么说，三舅发现，这个狗儿真的是来路不明，他身后肯定有不敢公开的背景。狗儿说漏嘴就马上编个老黄、老杜来搪塞。这些三舅都听得出来，三舅的老表张朔方就是在上海做事，曾讲过上海的黄金荣、杜月笙等人的故事，一个狗儿凭什么认得老黄、老杜？三舅当即就对郝克钦说："狗儿认识的人物太大了，都是做大事的，咱一个小县城的人和人家玩不了。再说了，他们要的王铎的字、王铎的画，我弄不来！"三舅说完扬长而去，没有跟郝克钦打招呼只是看了一眼，对狗儿连看也没看，无视他的存在。

黄河滩的芦苇过了农历五月，就像发疯了似的凶猛地生长，而且不断扩大着生活圈子，盘根错节增加着株数，整个县城北部的数万亩滩地，形成了绿色的魔方块儿。先是齐腰深，那时向远处的北部瞭望，尚能看到黄河的浪花和碧云蓝天相接；很快就齐胸深了，无论怎么放眼，都只能看到这条绿色的平面和浩瀚的天空相连；眼下芦苇早已经把人淹没了，睁开眼闭上眼都只能感觉到身体在芦苇的海洋里。二程庙就处在这漫无边际的海洋里，特像一艘停泊在那里的大船。人们依旧来来往往于县城到二程庙之间。三舅还是逢理学讲座就去听，在那里几次见到郝克钦和狗儿。郝克钦的八保办公室就设在庙后，这也是经江湖术士看过风水的。江湖术士看到郝克钦堂堂相貌，又能左右逢源，就认定他未来还是要继续攀升的，就设法讨好他、巴结他，就在庙后为他指点了一处房子办公。江湖术士口径大同小异，几乎每个人都强调这么一句话：庙前穷、庙后富，庙院两旁出寡妇。也凑巧，他搬到庙后办公不久，就来了狗儿，还给他指出了一条生财的蹊径。郝克钦为此得意了好多天，一直到那天在王友泽处吃了闭门羹，情绪才有所回落。但他并不死心，因为他知道大王家东、西两院都有王铎的书画，就把窝在心里的恼怒尽量压下去，小不忍则乱大谋，他早就懂得其中的道理。于是他见到王友泽，还是亲密无间的样子，好像两人之间从没有发生不愉快，连磕磕绊绊的口角也没有过。王友泽本来就是有原则但不拘小节的人，见郝克钦、狗儿照常寒暄问候。一切都十分正常，几人相安无事。

一九三九年的五黄六月，对于黄河渡口的孟津人来说是难忘的。几十年不遇的连阴雨过后，紧接着便是几十年不遇的溽热，人们说像生活在蒸笼里。这种天气中暑是正常的，可是三舅王友泽意外地患了风寒感冒，发烧咳嗽持续数日。这中间八保联保的郝克钦带着狗儿登门探视，三舅感动得不得了。本来这次感冒五天后有所好转，只是口干目赤，医生嘱咐需要继续休息，给了十几小瓶的十滴水让服。对于郝克钦的到来，三舅不再卧床休息，而是打起精神同他们聊天。这天郝克钦并没有什么反常，三舅发觉狗儿这次不同往常，聊天之间眼睛不停地在房子里上下瞟着。即使走在院子里，通过长长的过道时，也不住地左顾右盼，而且脚步也不同寻常地使劲儿落地，好像在试探脚下是否有悬空。三舅当时把警觉掩饰起来，没有任何流露。郝克钦出大门时突然想起理学讲座的事情，他知道王友泽最重视的就是程朱理学的讲座，就像通报喜讯一样告诉三舅，这个星期天，也就是再过两天，田湖居士前来二程庙讲《杨时的境界和气节》。三舅顿时来了精神，别说病快好了，即使病不好，他也要去听。

《杨时的境界和气节》讲座很精彩，田湖居士旁征博引、深入浅出，赢得了阵阵掌声。三舅环视了一下会场，这天人格外多，有不少从未见过的面孔，心里很安慰，觉得接受教化的人越多，社会文明程度就越高，是多么好的现象。只是这次三舅并没有听完，就被郝克钦一个摆手唤出去了。郝克钦说提前出来，等田湖居士下课后私下聊聊，要先做一些准备，比如要提哪些问题让居士作答等。

三舅没想那么多，跟着狗儿来到了二程庙一侧的大常山。大常山其实不是山，只比二程庙地面高出了不足一米，是方方正正的一块地，上面严严实实地建筑了一所小院。堪舆学说上讲，在平原、在滩涂，高一寸为山，低一寸为水，可能就是这个原因，这儿就叫了大常山。或者，起初这地方可能不叫大常山，而是叫太常山。当然，这一切都是一种推测或假想，三舅在这里没有见到郝克钦，除了带路的狗儿外，还见了那个叫梅英的哑巴和另一个陌生人。狗儿介绍说是大财主高村。三舅在大常山得到了很高的礼遇。

三舅面前的茶几上摆放着新上市的六种水果，有的能叫出名字，有的则叫不出名字，茶几上还放着两包不同牌子的纸烟。三舅不抽烟，只是喝酒，对水果一类的东西也没有兴趣，就坐在沙发上心无旁骛地耗着时间，等着郝克钦。哑巴梅英提着一壶茶水走过来，看着三舅嬉皮笑脸地倒了一杯茶，开口说话了："王先生，请喝茶，知道你这些天贵体欠安，身体需要补水。"三舅被吓得愣住了，怎么哑巴真的是假的！哑巴梅英说："千年铁树开花，如今哑巴也会说话。实话告诉你，我不聋不哑，也不叫梅英。""那你是谁？

到底叫啥？”三舅问，一种被人玩弄的感觉油然而生。哑巴梅英笑着，那是让人捉摸不透的笑，让三舅十分反胃。梅英温柔又娇情地说：“我是谁，叫什么名字并不重要，不管谁都可以撒个谎，编个名字，你说对不对？”哑巴梅英今天又白又净，衣服也是又新又靓，像过节似的。梅英说着话边说边往三舅身子上蹭，蹭了两下干脆还要往三舅腿上坐。三舅身子一扭，梅英差点儿坐空，自我解嘲地说：“我是想挨近你，轻轻告诉你我是谁。别误会了！”三舅说：“咱们明人不做暗事，不用轻轻说，大声说吧！”这时，一个声音如洪钟响起：“不用她说，我来告诉你！”狗儿介绍说叫高村的那个人走了过来，把一提袋大洋放在三舅面前，发出金属撞击的细响。“这是五十块大洋，王先生既然不近女色，这种东西你应该不讨厌吧！”三舅觉得今天这几个人要给自己演一出情节复杂的大戏，就说：“钱这种东西人人都喜欢，但一定要生之有道，俗话说无功不受禄，我没有做什么事，就与这些钱无缘！”高村态度严肃起来，说：“王先生是直爽人，不能揣着明白装糊涂！你的一张字、一幅画，这就是定金。”三舅笑着说：“我哪有这么值钱的字和画？谁吹的牛吧？”高村说：“其实，这些东西你交出来，换这么多大洋；不交，大洋没了，字和画我们照样得到，千万不要聪明人办傻事，放着排场不排场！”看高村那种势在必得、盛气凌人的模样，三舅就气不打一处来，但他必须忍耐，光棍不吃眼前亏，他必须拖时间，等郝克钦来到再说。眼前的一切足让三舅眼花缭乱了，狗儿、哑巴真真假假、虚虚实实折腾了这么多天，又出来了个吹胡子瞪眼睛的高村，这出大戏厉害。三舅冷静地问：“你们不要发脾气，吃豆要等豆烂，卖东西要让别人听懂啥东西能值这么多钱。”

“嘿嘿。看来中国的不少人身在宝山不识宝，端着老祖宗的金饭碗讨饭吃！”高村傲慢地看了一下三舅，得意地接着说，“看来，你们对自己的民族文化、老祖宗的文化都缺乏认识呀。怎么，给你普及一下关于王铎的书画？”看着高村得意的样子，三舅心中的怒火几乎要迸射出来，真想骂这个不知天高地厚的高村，你算什么，竟敢在老子面前逞能，老子读四书五经、唐宋八家、昭明文选、程朱理学时，你还在穿着开裆裤子撒野呢！三舅再一次控制住了自己的情绪，盼望郝克钦早点儿过来，心里埋怨郝克钦以接待田湖先生的名义骗了自己。三舅虽然没有发火，但还是情绪化地蔑视着这个高村。高村似乎很知趣，傲慢之后又表现出了忠厚实在，他把话题一转，看着哑巴梅英说：“王先生，你不是想知道这位女士是谁吗，我这就来告诉你，可不要吓着了啊！她叫……”“不用了，我自己介绍。”梅英果断地截住了高村的话，弯了一下腰，文质彬彬地说：“我叫滨田美樱，女，今年二十五周岁，滨田家族学历最高的女性，毕业于日本早稻田学院世界历史系，五年前从军后来到中国。我的工作就是收集、研究中国明清书画的，不瞒您说，这次我带队来孟津，就只为王铎的字和画，而且是一幅画和一张字。接近您、款待您，就为这么个事。”现在就不能再叫她哑巴梅英了，而是滨田美樱。三舅听到这个女人表白自己，心里骂着你个日本娘儿们，装聋卖哑掩盖着实质，实质就是贼、是强盗，真险恶呀！三舅觉得听日本女人夸夸其谈，无异于那些卖唱的，乏味让他打起呵欠。滨田美樱笑了笑说：“王先生累了是否换个地方歇息一下？”三舅没搭理她，心里还在骂这些来路不明的人，真卑鄙。

三舅重感冒刚好转，体力尚在恢复阶段，陪这帮人实在是疲倦困顿十分勉强。三舅几次问郝克钦为啥还不来，高村、美樱均回答说马上就到。三舅知道身处的困境，故意说自己去找找他，有事情大家一块儿商量，这要求被他们拒绝了。三舅说：“他说要和我一块儿见田湖居士，不去的话，未免不够意思！”美樱不以为然地摇摇头，说：“这个，你就不懂了，田湖居士得罪不了，他也不会怪罪你的。”她看三舅对王铎书画的事情一直避而不谈，就开始讲日本的富士山、名古屋、东京的电车，想以此来吸引三舅。三舅心里想的是民间一个古老的传说，秦始皇为了寻找长生不老之药，就派出五百童男、五百童女漂洋过海东渡，不知什么原因这一千男女就没了消息。后来就有人推测，有个撒野的岛国族群，可能就是这些人，没有完成任务害怕回来掉脑袋就干脆在那里休养生息。三舅心里骂着，还吹牛呢，数典忘祖，不嫌脸红。

三舅实在是瞌睡，坚决要走出去，竟然被高村一招锁喉，又一招击背，很快就失去知觉了……

十九

乔响器、乔田才住进县衙地窨子的第二天，他们就托人从里面送了口信给乔裴氏。孟津人称监狱为地窨子，可能最早的监狱都把牢房安排在地下室的缘故吧。口信很简单，就是抓紧把司马川放走，千万不能让他死在红薯窖里。原因不用说乔裴氏就明白，他们在四家这宗绑票未遂，或者说只是开始行动就被村民抓了现行。作案的两个人只要坚持说不是绑票，就是想收养个小孩，绝对犯不到哪里去。乔响器和乔田才煎熬的就是家里那个将要饿死的孩子，要是真的死了，那就标准是没打住狐狸却惹了一身臊。他们再三权衡，决定要往远处看，不能只是考虑钱的事，只要能早点儿出狱，到时候肯定有更多的机会。放了司马川，表面上看是损失不小，但不会因这个事继续坐牢。事情的发展果真像他们设想的那样，四家那事只是判了十天监禁，其他方面也没有人报案，民不告官不究，两个人十天头上就出了地窨子。

回到乔窑村，乔响器就觉得这件事太便宜了司马川的父亲司马儒，就着手围绕司马川再做点儿文章。乔响器先从裴氏那里追问，因为在他捎口信时人质已经被弄走了，当时乔响器担心这件事会捅娄子，就认为司马川只要已离开囚禁他的地方，那就谢天谢地了。当时他买通了狱中看守，让看守速捎口信给裴氏，乔响器为这个口信不惜花费了一块大洋，当然是口头许诺的，害怕狱中看守不办，就把自己随身携带的石头眼镜作为抵押，待一块大洋拿来再赎回眼镜。乔响器明白，不给人家好处绝对不会帮咱的，他头脑里还是那套理论，只要不出事，花俩钱值得，留得青山在，不愁没柴烧！这个狱中看守也讲信用，把口信捎到后，还关注了一下人质的状况。裴氏认为响器的朋友来了，就把那天气息奄奄的人质如何离家表白了一番，目的是想让狱中的响器把心放肚里，家里人早已把事办妥了，出狱后还可能得到夸奖。裴氏是乔响器的出气筒，全乔窑人都知道，但当她受气挨打后悲痛欲绝、哭天喊地、泪流满面时，并没有人去同情她，而是在一边爱莫能助地议论她，说这一切都是自找的。当年她被乔六爷解救出青楼时，不少优秀男子向她求婚，大多都是通过媒人提亲，都被她拒绝。而不务正业的乔响器，假惺惺地表示要一生一世爱她宠她捧着她，还表示娶了裴氏后，一定要来个浪子回头，先成家再立业。裴氏相信了他的话，还以浪子回头金不换高估他，真让乔窑那些捧着真心求爱的小伙子感到失落。哪知，领裴氏回家以后，家境贫寒不说，乔响器根本就没有浪子回头的行动，相反他以为自己有了主动权，就不时地虐待裴氏，还拿最尖刻的话语伤害她。并不是乔窑人缺乏人情味，而是乔响器不仅没有人情味而且更缺少人性。当人们实在看不下去裴氏在水深火热之中的生活时，有悄悄施舍食物给她的，也有用仁慈的话安慰她的，个别小伙子同情她说，男怕干错行，女怕嫁错郎，慢慢熬吧。这些话都在乔响器对裴氏的刑讯逼供下，一五一十地进入了乔响器耳朵里。乔响器就站在乔窑最高的南坡上，边唱边骂："有些人瞎扯淡，放闲屁吃闲饭，假慈假悲假心善，笑我响器人不行，妄想把我家捣散，睁开瞎眼你看看，少在一边装浑蛋！"人们一听便明白，裴氏把劝慰她、施舍她的事统统泄给了乔响器，好心得不到好报，从此就很少有人再掺和他们家的事情了。老奶和母亲是极少数与裴氏保持关系的街坊邻里中的两个人，她们不信邪，不害怕乔响器，坚信邪不压正，这也是营救人质司马川的一个前提。监狱看守来乔响器家捎信说："乔响器要你马上把司马川放走，千万不能让这孩子死在家中，放得越早越好！"裴氏还以为自己立了一功，就不假思索地告诉看守说："人已经放走了，不用他为这事再牵肠挂肚了！"尽管裴氏在乔响器跟前常吃没趣，常遭受拳打脚踢，但被打得鼻青脸肿她也要忍受，作为一个女人，她已经开弓没有回头箭，打掉牙齿往肚里咽，挣扎反抗只能带来更深重的灾难，她在忍气吞声的同时，认为唯一救赎自我的只有顺从乔响器、迎合乔响器、讨好乔响器、建功立业于乔响器，这样才能取得他的宽恕，才能在一定范围内获得某种解放。这次提前放掉司马川，对整个事件来讲裴氏自认为有了超前意识，在乔响器那里绝对是立了一功。裴氏的做法对于一般男人来说都会对妻子感激不尽或者骄傲自豪，可是对于有些变态的乔响器来说，就不是这样。当监狱看守告诉他，裴氏已经提前放了人时，乔响器心里咯噔一下，猜疑和怨恨马上涌进大脑。当时这件事还在悬着，他没有马上发作，慢慢地咽下这口恶气。三天后，监禁十天的时间够了，当衙门官员同意各打他们二十大板，作为绑架未遂的惩处后，就放他们出了狱。出了狱的乔响器原形毕露，他不认为放司马川是在帮助他，而是觉得是有人与他作对，通过裴氏放了司马川，断了他的财路。回到家中，他就怒不可遏地拿裴氏是问。乔响器开门见山地问："你们真胆大，谁让你们放走司马川的？"裴氏这次开动了脑子，临危不惧地说："啥你们，是我一个人放走了那孩子，眼看要死了，再关半天一定会死在家里。"裴氏觉得她曾经因为实话实说已经出卖了村里好多好心人，这次绝不能再失去张氏和老大家了。于是，她就坚决说是自己一个人放走了司马川。乔响器在监狱里脑子从没闲过，他把乔窑村的人差不多过筛子似的滤了一遍。人好人坏、人是人非、人恶人善，都在他脑子里像放了一遍幻灯似的全部留下特写影像。就在放走司马川这件事上，他听监狱看守说了情况后，已经推测到可能是东邻主导放走了司马川，即使没有他乔响器在四家犯案这个插曲，她们也会想方设法放走司马川的，不是没有迹象。乔响器不容裴氏糊弄他，往他眼里揉煤渣，听裴氏大包大揽地承认自己一人做事，就一脚踢到她身上，踢得裴氏喊爹叫娘，依然不依不饶。乔响器干正事不足，干坏事却有余，把他在监狱里受的刑、在过去犯了事后遭的打，全盘端给了裴氏。裴氏毕竟是凡胎肉身，虽然这次变得比以往聪明了不少，不想再出卖好人，但无论如何她经受不了乔响器的折磨，最终还是把那天晚上的事情招了出来。裴氏只能说清在他们家司马川没有气息的情况，却不知道出了家门后乔顺子把司马川背到哪里，人是死是活更不知道。乔响器追问到此犯了难，觉得硬追这件事，万一司马川真的死了，那就不是一件小事，或许还要面临牢狱之灾。不追不问，信马由缰，或许是上策，司马川又没死在我乔响器家里，有人追究也不怕。等了一小会儿，乔响器觉得自己实在咽不下这口气，你们再伸张正义、再积德行善，也不能渗透到我家里来搭救人，你们算老几？乔响器越想越气，越想越憋屈，真的想干一件大事，放一把火把东邻张氏当家的乔家烧成灰烬。

母亲早就料到乔响器会在司马川的事情上死搅蛮缠，心里一直不平静，苦于没有更好的办法来应对。老奶倒是觉得这件事不仅救了司马川，也歪打正着地帮了乔响器，要是有一点儿人心的话，乔响器就不会纠缠这件事。救司马川的那晚，乔顺子挖坑后就应该让他走人，然后再掏钱雇个外村人把司马川弄走，把埋人的坑填上。老奶知道乔顺子保不住密，但又豁上了，才让乔顺子自始至终参与了搭救司马川的活动。老奶心里很有底气，论辈分你乔响器是小辈，论理你乔响器走的叫邪门歪道、天理不容，论啥你乔响器都站不住脚。那天从三十里铺回乔窑的路上，老奶就对顺子提了个醒，说哪天乔响器追究这事，你只管如实回答他，天塌下来我们顶着。顺子那晚还不好意思地说：“再老实，我也不会投降他乔响器这样的人！”老奶看着夜空，长长叹了口气，然后说：“好事坏事都要付出代价的，但愿天理永在、天道酬善！”

乔响器不出老奶所料地在乔顺子那里打开了缺口，但他拿家徒四壁的乔顺子一点儿办法都没有。乔响器做事从不半途而废，即使下三烂的事，也是一不做二不休，一条路走到黑。他干脆从乔顺子手里夺过鞭子，要把牛车赶走。他故意大声嚷嚷，让老奶听到后从家里走出来。乔响器见老奶从家里走出来，就换了一副面孔，很礼貌地说：“婶，人们都说远亲赶不上近邻，咱不仅是近邻，还是一个乔字掰不开的一家人。您说是不是？”老奶知道乔响器是在演戏，这种江湖骗子都是能言善辩，就嘿嘿一笑说：“是，老是！”乔响器说：“既然咱又亲又近，响器我这次住地窨子欠了一屁股账，还求您老人家帮帮忙，让我渡过这个难关。”老奶心里想，你有屁早放，有话直说，拐弯抹角玩啥花样。但还是给了乔响器面子，很平和地问：“咋帮？”乔响器说：“把这辆牛车给我！”老奶有些生气，激动地问：“为啥？你说。”乔响器说：“我是拿一辆马车来换你们的破牛车！”乔响器理由充分、底气很足地回答，看来他早就想好理由了。老奶说：“你云天雾地，尽说些让人听不懂的话，是不是这次进监狱受刑让人打伤头了？”“没有，我脑子没病！”乔响器不等老奶说完，就马上抢话。“没有病咋会这么不照道，说些少影无踪的话呢！”老奶很不客气地回击他。然而，乔响器根本不管这些，死猪不怕开水烫一向是他处世的法宝之一。乔响器说：“全乔窑村都知道您老人家是清楚明白人，遇事一点就透，不用多费口舌，今天是咋了？”老奶听他这么一说，心想清楚明白不是你乔响器奉承的，少拿这话做铺垫，就说：“今天我也不糊涂啊，用不着你来夸奖我！”“好！既然不糊涂故意装糊涂，我干脆把话挑明好了，省得打嘴官司半天，磨嘴又磨牙！”乔响器讲开了，说绑架司马川花费了很多天的工夫，好不容易得了手。最后说：“我就是想绑粮油商人司马老爷家的少爷，让他拿一辆三驾马车的钱来赎。你们私自把人给放了，不是等于把我的三驾马车赶走了？按道理，你们得照价赔我，加上辛苦费，那远远不止三驾马车！现在，我赶走你们牛车，那是看在近亲近邻的面上，便宜你们了！”乔响器侃侃而谈，字字句句有条有理、斩钉截铁、掷地有声，想这下一定能镇住老奶。哪知老奶不慌不忙地喊了一声老大家，母亲应声走出来，站在老奶身旁。老奶说：“老大家，你这邻居叔说要赶走咱家牛车，理由是他绑架司马川，想得到赎金换一辆三驾马车，因为咱们放走了司马川，这三驾马车钱就该咱们拿出来，今天赶走咱牛车是便宜了咱。你说咱咋办？”

大家正在争论，家里的母鸡下过蛋后“咯嗒咯嗒”地显摆着。母亲突然想起了一则寓言，就让乔顺子把鸡蛋收住拿来。乔顺子很实在，他把鸡蛋拿过来递给母亲。母亲微笑着说：“你把鸡蛋给响器叔，我有话说。”响器接过鸡蛋，不知鸡蛋的用意是啥，就问：“老大家，这鸡蛋是啥意思？”母亲说：“是还你三驾马车的钱啊。”乔响器火了，把一个鲜鸡蛋摔到地上，说：“玩弄人哩是不是？”母亲说：“不玩弄人，是你一气之下不分青红皂白地犯了错，把一辆上乘的马车给毁了，何止三驾，五驾六驾也不止呢！”母亲把乔响器说呆了，也把看热闹的人弄得一头雾水。乔响器说：“你这话从哪里说起？”母亲说：“从前有一个胸有大志的人，对家里说他今生要拥有百万财富。家里人看他那个穷样，就说你除了手里的这枚鸡蛋，其他啥也没有，凭啥弄百十万呢？那个人不慌不忙地算起账来，说他手中的这枚鸡蛋能孵化出一只母鸡，母鸡长大下了蛋，就会孵出更多的鸡，这些鸡长大了再下蛋再孵鸡，多少年后能不能获得百十万的钱呢？响器叔，你不小心把百十万摔碎了，把我们还你的更贵的马车赶走了呀！”乔响器恼羞成怒，说：“你不讲理！”老奶回他说：“你讲理！敢到县衙理论理论？”县衙早就改名县政府了，但老百姓硬是改不过来，依旧称县衙。

乔响器不甘心，又没办法，就自我解嘲地大声说：“这事跟你们到不了底！”从那之后，乔响器跟东邻的乔家算是结下了梁子，他知道老奶和母亲的心病，就故意站在他平常骂人的南坡高处，声嘶力竭地唱着：

天上杪椤什么人栽？

地上黄河什么人开？
什么人把守三关口？
什么人出家一直没回来？
……

他的破喉咙烂嗓子很有影响力，只唱问话不唱回答更具有侵略性和伤害力。

二十

一阵凉风把三舅从晕厥般的沉睡中唤醒，这是三舅有生以来第一个没有梦的长夜，使着劲儿睁开眼睛，三舅发现自己躺在一辆马车里。透过车棚侧旁的那道缝隙，三舅确定当时已是第二天的上午。三舅下意识地动了动身体，这才发现自己被谁装在一只大而粗的麻袋里，双手被人捆绑在一起，嘴被湿布塞得很瓷实，两条腿伸展着把两只脚露在麻袋外面，一根粗麻绳把两只脚牢牢地拴在马车帮上。感天谢地，这麻袋编织得有些粗糙，两只眼睛穿过细小的方格可以看到一些光亮。三舅挣扎了一下，便被人呵斥了一声："别动！"三舅只好忍受着难以接受的憋屈，静下心来判断自己在什么地方，他们要把他往哪里弄。三舅的头部一会儿高，高得超过腿部一尺多，起码有三十多度的夹角。时间不长，头部又比腿部低许多，有小时候玩蝎子贴墙游戏的感觉。有时候会迅猛地掉转方向，接下来就出现颠簸，颠簸起来十分猛烈，简直要把人骨头颠簸断裂。三舅判断着这辆马车正行进在山区或者丘陵区，应该离开二程庙很远了，二程庙附近全是平地，而且行走的人多，道路相当平坦的。三舅专注地思考着这两天发生的事情，以此来转移躺在马车上由于颠簸带来的痛苦。至于在哪里他还不能确定精准位置，但大致地方他认为百分之百不会错，是在邙山北坡往南走。北邙山绵延数百里，除了凤凰山是红石山峰外，其他地方全是黄土、红土，为古生代地壳发生猛烈震荡后超强力挤压而成，如今像一道美丽的风景大坝横亘在那里。北邙山西端连接黄土高原，东部延伸黄淮平原，山顶平展如镜，沃野数万顷，林丰草茂，野果飘香，狼奔豕突，飞禽翔集，走兽徜徉，风水独好，曾为皇家园林、狩猎靶场，后为皇室陵园，人誉墓冢星罗棋布，无卧牛之闲地。然而，南、北两坡在暴雨山洪侵袭之后，自然形成沟壑，年代久远就沟壑纵横、坑洼不平。南坡流水入长江流域，北坡流水归黄河流域。三舅已经感觉自己被人捆绑着像一麻袋红薯似的扔在马车上，正行走在邙山北坡的山路上，道路弯曲狭窄而坎坷起伏。夏季雨水多，山村里的小路多被冲毁，又没人修复，不少地段几乎断了路。农村，尤其是山边沟边的村，人们习惯于坑坑洼洼，不是哪家要办大事，诸如婚丧嫁娶，一般是不理会路况好坏的，反正也没有重要的人打此经过。三舅在麻袋里蜷缩着，赶车的人、坐车的其他人既不与他搭话，也不相互交流。三舅只能凭印象估计车上坐着三个押他的人，还有一个赶车的，连同他五个人。又是一段坏路，三舅感觉出一侧的轮子不断地悬起又落下，另一侧的落地又悬起，有时两个轮子一齐离地，然后迅猛地落下来。那种撞击般的猛蹾使三舅眼里飞出许多火星，那种难受简直是残酷折磨，让他有一种撕裂般的受伤，三舅觉得这种刺激比受大刑还要痛不欲生。这种折磨使三舅想到了死，认为死也不过如此，他希望下一次颠簸和车轮悬空更猛烈，把马车弄个底朝天然后翻进深沟里，他情愿和车上的人一起到阎罗地府报到。这种想法出现之后，三舅又不甘心，认为自己不能这样不明不白地去死，更不能跟强盗汉奸一块儿死，应该让这些坏蛋早死。马车在一阵狂颠滥簸之后，在赶车人“吁、吁”两声之后，随着赶车人“吱”地拉紧刮木，慢慢地停了下来。三舅被人从麻袋里拽了出来，强烈的日光晃得三舅睁不开眼，蜷曲了好长时间使三舅站不起来。三舅蹲在地上，这才看清身边的三个人，正拿一根竹笛一般的东西东张西望的滨田美樱、站在美樱身旁指手画脚的高村、像兔子一样在他们不远处撒欢的憨子草根儿，还有坐在马车前部“吧唧吧唧”抽烟的狗儿。三舅扶着马车侧帮艰难地站了起来，眼里好像有一股火苗要喷发出来。马车刚过的那个村叫田家坑，前方不远正冒着炊烟的村子叫张盘，张盘往西是王窑，往东南是朱仓，往东就是翘首矗立的北邙最高峰——凤凰山。三舅纳闷起来，这群浑蛋到这里来干什么？而且走过的路几乎没有平坦的，这不仅蹾了被捆绑的人，他们自己也一定蹾得够呛。三舅跟前的几个人，打扮得十分搞笑，和前一天的他们比较，不仅装束发生了改变，而且面部、发型都刻意进行了作假，简直可以用脱胎换骨来形容。赶马车的狗儿头顶勒一条脏兮兮的白粗布头巾，脸上纵横交错着好几条汗渍，比初来孟津假冒乞丐时还要衰老，而那个憨子傻瓜一样的男孩草根儿，穿了一套崭新的衣服，城不城乡不乡，憨态依旧，像乡绅家的憨孩子随父母走亲戚似的。最奇葩的要数滨田美樱和高村了，美樱上身穿黑蓝白底子白印花上衣，酒红色的灯芯绒裤子，头上搭一块洁白的丝巾，把头发包得仅露出齐刷刷的刘海儿，高村打扮得像山大王，白衬衫黑大裆裤，黑帆布百纳鞋，腰间系一根又粗又长的帆布腰带，身后背一把刀斧手行刑时使用的大刀，那张本来就不情理的脸上，横肉更加明显，青筋几乎蹦出来。

高村拿着一张方巾一般大的地图，在美樱面前晃动着，边晃边叽里呱啦地嚷着什么。而美樱不顾他的叫嚷，镇定地拿着竹笛朝几个方向望着。他们之所以在田家坑这个地方，把三舅放出来，肯定是遇到了他们自己解决不了的问题，比如说迷路了，或者走错了，甚至走进了迷魂路。三舅琢磨着这几个自作聪明的家伙，这时候放自己从麻袋里出来，或许还有别的目的。为什么要到这莽莽的邙岭上来，而且上山时选择一条不在图册的小道呢？这时，滨田美樱笑着走过来，看了看三舅，说："委屈你了王先生，本来应该让你坐在车前指路的，只是为了考试一下高村的记忆，就让他按图索骥，寻找我们大家要去的地方。可惜，高村先生这次考试不及格，这个村庄图上没有，而且已经在这里摸索了好几圈，像车辆行驶在东京都的立交桥上，眨眨眼就迷失了，懵懵懂懂地就再度回到原点，我觉得这里更让人恍惚迷离。这种情况下，只好请出活地图了，王先生麻烦了！"滨田美樱那副毕恭毕敬的做派，让三舅感到头皮发麻。三舅想起了那句话，"黄鼠狼给鸡拜年——没安好心"。三舅毕竟身陷囹圄，好像一头强健的牛掉进了水井，有劲儿也使不上，只好装出一副憨厚实诚的样子，先打探出他们的动机再说。三舅问："你们这是往哪里去？干啥呢？"高村抢了先，回答说："上古！到地方你就明白要干啥！"三舅觉得这家伙没有说实话，肯定不是去上古，这田家坑就紧邻上古。三舅严肃认真地说："这里就是上古的地盘，田家坑就是从上古分离出来的一部分。该干啥就干吧！"滨田美樱对高村的唐突十分不满，瞪了他一眼，然后笑眯眯地对三舅说："王先生，高村说得不对，我们要去这儿。"

美樱一把抓过那张地图，指着圈点儿的地名让三舅看。那是一张地形图，上面指纹一样一圈一圈的，用不同颜色涂抹着，每个指纹上面都标有重色的三角形，三角形旁便是一组数字。三舅知道那些指纹均为等高线标注下的高度和深度，这些数据以海拔零度为参照。三舅不知道这张图在北邙山上是做什么来着，但其中的赤橙黄绿青蓝紫，则显示的是重点村庄，那些三角形一旁的圆点或五角星或许是特殊记号。这张图绝不是一般的地图，或许它有着特殊的使命。滨田美樱手指所指的地方，是两个大村之间的空地，这里既没有古代墓冢，也没有一般的建筑，而是一片平坦而开阔的田地。这里和翘首矗立的凤凰山恰恰在一道分水线上，往北是一望无垠的庄稼，再往北一直在慢慢下坡，可以看到那条奔流不息的黄河。三舅心里豁然开朗，要去的地方他已经成竹在胸了，这几个家伙要玩的花招可能就在那里。从田家坑停车的地方开始，三舅就没再被塞进那个大麻袋里，只是手、脚依然被捆绑着，而且牢牢地拴在车侧边的扶手上。嘴里没有塞布，眼上也没有蒙东西，呼吸也比刚才顺畅多了。三舅觉得还不如把自己装在麻袋里，看不见、听不到、说不出更好一些。他不愿看见这几个卑鄙野蛮又道貌岸然的家伙，也不想听见他们狗吠一般的言语，更不想为他们做引路的腿子。三舅在马车起步时就闭上眼，懒得与他们交流。滨田美樱殷勤地为三舅拍打着身上的灰土，假惺惺地对三舅说："王先生，委屈你了，叫你遭这么大的罪实在不是我的本意，但又不能不这样。你要是半路上跑掉，或者出了三长两短，那我就成为罪人，就无法向我的上司交代啊！所以嘛，还请王先生理解、谅解，配合我们。"三舅没理她，这种假慈悲、假仁义、真凶恶的人在世上多的是，心想让你的话当成一阵屁在空气中飘散吧。滨田美樱对三舅置之不理的态度并不生气，自她懂事以后，特别是从军参战以来，经历多了，见的中国人多了，当然吃没趣也多了，就把这些顶撞、无言的抗议看成了工作中的一个环节，当成了家常便饭。高村就不同了，这家伙就是一个半成品的武士，后来改造成了滨田美樱的助手，当他看到三舅柔中带刚的表现时，就急了，控制不住自己朝三舅就是一拳。可能双簧就是这样表演的，高村唱白脸，动手出拳，不时遭到操纵者的一顿责骂，然后在软硬兼施中谢幕。滨田美樱再次骂起来，叽里呱啦一阵子后，还狠狠地打了高村一个耳光。而高村对这一切似乎习以为常，就毫无怨气地受用了，真像人们形容的打不还手、骂不还口。三舅很会分配自己的情绪，属于善于苦中作乐的那种类型。看到滨田美樱又打又骂，而那个五大三粗的高村则照单全收，心里分别骂着这俩演戏的坏蛋。先是骂高村，你一个五尺男子，被一个粉面桃色之女流骂成坏红薯，打成缩头乌龟，简直就是一个废物；接着骂滨田美樱，一个小娘儿们，仗着家族势力，靠着一张白脸，耀武扬威，颐指气使，动不动就打人骂人，看你那气焰嚣张的架瓜子，快死了。心里骂着坏蛋们，三舅情绪好多了，如果刚才心里还是乌云密布的话，这会儿就像乌云飘散着、消退着。三舅常拿别人变化多端的脸比天气，他这会儿竟然拿天气比自己的情绪。马车也像人的情绪，不停地向前方滚动着、延展着，遇到难行的路面就减速或者改道绕行，遇到平坦的路时就像撒欢那样奔跑起来。不知为什么，高村手中的地图又多出了一张，好像比刚才那张大一些，标注也更稠密了。但是，他们对地图上的东西好像并不是完全相信，每到一个村庄，他们还要问一下三舅，然后印证地图上地名的准确性。从田家坑出来，马车走了一条斜路，到了张盘，过了张盘不多时，便是朱仓。在朱仓，滨田美樱让狗儿把马车停在路边的一棵老柿树下。不知是对朱仓的村名感兴趣，还是对这一带的老柿树、老榆树感兴趣，滨田美樱又拿起高村刚才端着的那张地图，叽里咕噜地叫唤了好几分钟。三舅明白，洋鬼子为了防备中国人，谈论重要事情时就用日本话，聊扯淡事情时就用半生不熟的汉语，让为他们服务的人能听得懂。因此，任凭他们拉稀一样地嘀咕半天，全当那是鸟语，与人类无关。滨田美樱突然之间仿佛忘记了自己的身份，表现出一副学者的模样，班门弄斧地讲起朱仓村名的由来。她用汉语说："洛阳是明代崇祯皇帝堂兄弟朱由崧的封地。他曾在粮丰林茂的洛阳城东建仓囤粮，为体现皇家兴建粮仓的官气，他亲笔题名'朱仓'二字，后来就有了村。"滨田美樱很兴奋，讲起这段明史来津津有味，本来"朱仓"两个字讲完，就没有必要继续炫耀了，而她却像找不到刹车似的，继续信口开河说："除了朱仓，孟津还有朱寨，相传也是朱由崧曾在洛阳北的邙山上安营扎寨，兴致一来就挥毫写下'朱寨'两个字，后来这里有了人家，就把屯兵的地方夯起围墙，从此便有了朱寨村。"三舅所知道的朱仓、朱寨的村名由来，跟滨田美樱讲的大相径庭，既然没把她的话当人话，三舅就懒得批驳她，只是在心中抵触说："瞎说什么？"不过，三舅还是对朱由崧喜爱书法这一点有所认可，朱由崧的确对神笔王铎相当推崇和敬重，即使崇祯皇帝自杀后，他被拥立为南明帝时，还不忘在隆重的庆典场面下请王铎留下墨宝。马车继续在邙山上行进着，朱仓过去就是张凹、上屯，绕了一个慢弯就进入孟津相邻的偃师县境内。进入偃师的第一个村是刘坡，刘坡东南是赵坡，这里所谓的坡，是肉眼不能断定的坡，只有拉车的马到了这里才撅起尾巴拱起脊椎，使劲儿拉车时才感到上坡。赵坡村西是一大块庄稼地，大都种着谷子和小豆，在方方正正的谷子和小豆地边地头，红薯秧子已经爬满了地块，几乎不露一点儿黄土。在庄稼地的拱卫中，有一片郁郁葱葱的小树林，生长着青松翠柏和一些乡土小乔木以及叫不出名字的常绿灌木，远远望去这里犹如一个美丽的绿岛，夏季的雨后，茫茫白雾弥漫中，这个绿岛又宛若天边飘来的彩云。三舅知道这是王家的祖坟，但不知道滨田美樱把自己劫持到这里来为了什么。三舅正疑惑不解时，滨田美樱拿出一张纸，纸上写着两句诗文："万事不如杯在手，百年几见月当头。"三舅知道这副对联是王铎所题，并于南明弘光帝登基之日作为"薰风殿"两旁的悬联。王铎时为东阁大学士，奉朱由崧之命书写的。由于朱由崧在位时间短，就让王铎代为保管，王铎又托人挂在了大王家的过庭屋。三舅突然大彻大悟，这娘儿们下这么大力气原来就是为了这幅字。三舅下决心不能让祖上珍藏的文物流失到强盗之手，就直截了当地说："从来没见过这副对联，连听说过也没有！"滨田美樱有些失望，脸上露出愠怒之色。高村此时就像一头被人激怒的公牛，瞪着灯泡一样的眼睛，又要发起进攻。这时，滨田美樱摆了一下手，示意他不要冲动。美樱此时脸色冷峻，指着王家祖坟说："如果对联没在人间，那么一定就在那片松柏底下！"三舅听得出她话中的意思，要不乖乖交出这副对联，他们一定会对王家祖坟动手。这也是滨田美樱恐吓三舅的一招，挖祖坟、断风水是下三烂的流氓手段，三舅进一步鄙视这些家伙。三舅虽然生气，但没有发作，只要他们得不到想要的东西就是胜利，先不与这些家伙较真。马车穿过赵坡，继续往东走，那边是和偃师邙岭交界的山化乡。三舅知道山化境内有王铎的坟墓，据说有位风水先生巴结王铎及其后人，要他们的坟地离开赵坡，建在赵坡东边和宋陵衔接的地方，一是靠东有紫气东来的祥瑞之意；二是这里具备赵坡王家祖坟同样的优越风水，以凤凰山为分水线，北有黄河，南有伊洛，三条飘带似的河流，彰显河洛文化之脉气；三是墓地南有首阳山北有凤凰山，两山遥相呼应、藏风聚气。到了王铎墓地，踏上长长的神路，两旁的麒麟、獬豸、角端、辟邪、石狮、石马、石象、石羊等，威武庄严、怒目圆睁，冷冰冰地直视滨田美樱一伙。傍晚的微风拂过，墓地的荆棘发出"嗖嗖"的声响，如同遁形的幽灵自此经过，令人毛骨悚然、不寒而栗。滨田美樱假惺惺地向着墓碑三鞠躬，之后念了一首诗："满城烟树问梁陈，高下楼台望木真，原是洛阳花里客，偏来管领秣陵春。"读完诗，滨田美樱感慨万端，说这首诗是南明弘光皇帝朱由崧的心声，由大学士王铎帮他配上韵脚而成的。这首诗的手稿一定在王铎家或者大王家。还有，王铎人生最得意之作，也是仅有的画作长卷《邙山秋》，看似中国山水画，实际是饱蘸《易经》精华的风水大作，那秋山红叶、银泉黄花，实际是陵冢大全，最完备的风水解说图。又是一阵风吹过，滨田美樱眼里好像进了沙子，一只手不住地揉着，说话也变了腔调。滨田美樱这时对三舅摊了牌，厉声说道："王先生，两幅字、一张图，你只要贡献出一样，保你平安无事，并且有不菲的收益。否则，日本皇军大军将至，让你们活人、死人都不得安宁！"高村也饿狼一般地看着三舅，像随时都准备吃掉眼前善良无辜的小羊似的。三舅望着王铎墓碑，盼望着神路两旁的瑞兽显灵，毫不客气地吞噬掉这几个强盗。然而，那些石头动物一动不动地待在那里，令三舅无比失望。滨田美樱看着六神无主的三舅，又补充说："王先生，不要敬酒不吃吃罚酒啊！"三舅说："你厉害、霸道行不行！但你们也要记住一句中国老话：善恶到头终有报，只争来迟与来早！"

三舅说话时，天突然下起了大雨，盛夏酷暑的雨下得奇怪极了，人们称隔犁沟下雨，三舅和滨田美樱、高村、狗儿、小傻蛋虽一步距离，噼里啪啦的雨点竟然把他们几个淋成了落汤鸡，而三舅身上却没有一点一滴。这伙人挟持着三舅，还巴望着有所收获，吭哧瘪肚地冷战了好长时间，一直到天色暗下来。

夜幕拉开后，第一个登场的是满天繁星，之后才是村庄里农家的灯火，北邙山的夜色很美，只是被这几个幽灵一样的强盗给玷污得索然无味。三舅被他们七手八脚地塞回了麻袋，不久就昏昏沉沉地没有了知觉。

……

自从三舅失踪后，外婆就让亲戚朋友、邻里街坊开始了细致的寻找，不论黄河滩青纱帐再漫无边际，也不论北邙山庄稼地沃野千里，大王家下定决心活要见人、死要见尸。王家威望极高，响应者众多，几百人的寻人队伍在黄河滩、在邙山岭展开了拉网式、地毯式搜索，披星戴月，夜以继日……

琰表舅在大门口收到一个信封，是那个乞丐小草根儿送的，说是让转交给母亲。母亲拆开后，便知道是狗儿、哑巴梅英写的：“王四丫头：不闭嘴，就让你永远闭眼。”落款是“扶桑花”。母亲肺都气炸了，想想当初告诫过三哥，要警惕这一家人，果然！母亲跟随着大家一起寻找三舅，只是几天过去了，仍然无一点线索。

皇天不负有心人，母亲的表哥梁天祐居然在二程庙西北的芦苇深处见到了三舅。母亲的表哥是我表舅。天祐表舅那个夜晚被苇秆的锋利茬子扎伤了脚，那是有人偷割苇子时慌里慌张留下的斜茬儿。表舅鲜血顷刻湿了鞋子，刚扎住有些麻木，过一阵子便疼痛难忍。表舅只好蹲下来，借着淡淡月光寻找附近的“止血毛”。芦苇生长的地方常常生长蒲草，而蒲草上长着谷穗一样的东西，成熟之后人们叫它“止血毛”。表舅在寻找蒲草时，还必须找那种往年的、成熟后枯死的才行。表舅寻找着止血毛，几乎可以说是跪在芦苇棵子里找，找着找着就迷失了方向。表舅是以天上那颗最北最亮的星作参照物，才放心大胆地在芦苇地上曲曲折折地寻找着蒲草。不知过了多久，他终于见到了一片蒲草，看样子一定是往年的，因为颜色格外地重。表舅像找到救命药似的兴奋，忍着疼痛站起来，趔趄着过去。那不是蒲草，是一个人躺在那里。表舅喜出望外地遇见了三舅，发现三舅睁着眼，神志还清楚，认得表舅，还叫出了表舅的名字。三舅挣扎着想动动，两条腿已经断了，心有余而力不足，动弹一下几乎不可能。三舅少气无力地劝表舅抓紧离开这里，说这儿不远处还有日本人，这些日本人视中国人为草芥，随意伤人杀人，让他们逮住了就等于进入了阎王殿。表舅告诉三舅，家里人寻找他三天多了，出动了一两百人，谢天谢地总算找到了，怎么能轻易就走开呢。三舅说自己就是累赘，会连累表舅的。二程庙附近的夜晚算得上万籁俱寂，就连白日飒飒作响的芦苇地这会儿也出奇得静谧。三舅见表舅态度坚决，就告诉了他这几天发生的事情，还说这一切最能讲清楚的就是八保联保的保长郝克钦。西边方向的公鸡首先啼叫起来，那一带有好几个小村庄，郑河、东李河、西李河、卫河、雷河，一有鸡叫就遥相呼应。天快亮时，三舅催表舅一定先离开，真不忍心让亲戚们再落入魔掌了。表舅在三舅躺的地方四周都做了标记，说天亮后带人来抬三舅回去。

上午十点多，搜寻三舅的大队人马在表舅梁天祐带领下，在芦苇棵子中砍出了好几条小路，终于见到了那些标记，但是三舅躺的那片蒲草棵子已经没有人了。表舅分析说："肯定是天亮后，有人发现这里来过人，就把人转移了地方。"人们就以这片蒲草为中心，朝四面八方搜索起来，半个小时后，人们找到了三舅，让人失望的是三舅已经没有了心跳、没有了呼吸。最可恨的是，有人还制造了现场，特意在三舅上身衣襟里塞了好几张邪教宣传单。表舅把三舅说过的关于郝克钦能说清楚的话告诉了外婆和母亲。她们找到郝克钦时，想不到郝克钦竟说那天约好让三舅陪田湖居士喝茶，三舅莫名其妙地爽约了，还说后来他也在找三舅有要事相商。母亲问起狗儿、哑巴和那男孩在哪里。郝克钦很不满地说："要饭的四处流浪，我怎么能知道他们在哪儿？"母亲也生气了，不客气地问："他们是不是日本人，假装的要饭吃？"郝克钦蛮不讲理地说："那你去问他们呀，问我干啥！"母亲说："是你把他们介绍给三哥的，不要不承认！"郝克钦说："你空口无凭！闭嘴吧！"母亲又想起了那封威胁她的信件，就是要自己闭嘴。母亲说："这事到不了底，不信孟津县就没有一个讲理的地方！"郝克钦说："不是看在亲戚的份儿上，谁才搭理你们，你们告到哪里都行！"

三舅背着参与邪教的名声死了，孟津县衙虽受理了王家的报案，然而在日本侵略军从开封西进的形势下，人心惶惶，官府也不例外，案子只能悬着、拖着。

很显然，三舅这个事件，是日本军队进入孟津之前的序曲和前奏，如同戏剧中的吊场。有时候，文化掠夺比明火执仗、刀光剑影、硝烟弥漫的战场还要惨烈、还要残酷，尤其是我们的敌人是对中华文化觊觎已久的列强之一。

在整理三舅遗物时，王家人还发现了三舅的一篇文章："日本军队野心勃勃地从海上、陆路、天空多方位侵略中国，狂妄地叫嚣将在不长的时间里全面占领中国。一本书上说，海岛文化熏陶下的民族，就是一个甘愿跳崖、蹈海也不思悔改的族群。可能这种定义不那么精准，但的确存在着基本正确的判断。这支军队的表现也能体现一些。他们倚仗先进的武器装备、良好的单兵作战能力，不计后果地向多个国家的纵深处延伸，那种迅猛和猖狂的确让对手像初遇黔驴。仅从一九三七年开始，中国军队为保家卫国，与侵略军进行了淞沪会战、上高会战、南京保卫战、太原会战、徐州会战等。值得一提的是一九三八年的兰封战役，日军一个师团竟然单刀直入，无所顾忌地杀进中原。在占领开封之后，面对黄河滚滚波涛，铁蹄暂且停步的时候，就把魔掌伸进历史文化名县洛阳孟津。这一系列表现彰显了侵略者的野心和贪婪本性。”

日本侵略者这个戏剧里的吊场，在爱国人士的坚决抵制和无畏反抗中，表演得十分拙劣，收场得十分狼狈，而且把文化掠夺的狼子野心一丝不挂地暴露在光天化日之下和众目睽睽之中。

三舅的死，对王家尤其是母亲的伤害很大，她很想把这件事查个水落石出，然而在那个年代又谈何容易，只能把仇恨深深地刻在心里。母亲还有一个想法，也在心里不时地活跃着：她希望父亲真的当了兵，在战场上拼命地杀敌，一定把日本侵略者杀光杀净，一个不留！母亲觉得自己思维有点儿乱，是对现实的无奈把她气糊涂了，但她为三舅报仇的决心和信心却更加坚定，自那以后，她变得更勇敢更坚强。

二十一

时间这种东西不能不说它就是个怪物，当你盼望着去做某件事时，那种等待让你煎熬，总觉得时间有时候凝结了、停滞了，过得实在太慢太慢，一旦到了时候，你盼望着要做的事情悄然摆在面前，你又会觉得准备得还不够充分，是否时间流逝得太快，怀疑它在行走中被神灵添加了助力，冥冥之中给予它超强的加速度。父亲没有和战友们交流过时间这个概念，相信他们也会有这样的感觉，起码自己是这样想的。从步兵改为炮兵以来，他学习相关知识，如对各类火炮的认知，对炮兵的理性认识，以及着手操作各类火炮，在这期间，查看了好多有关炮兵的资料，听巴卜洛夫、萨姆丁讲炮的传奇故事，自认为这方面已经掌握得足够丰富，足够在战场上露一手了。应该感谢苏联的军事顾问们，由于他们对父亲的良好印象，在上课以及课外，的确在教给父亲炮兵知识、基本功训练等方面，比其他人更耐心、更广泛一些，在考核中凸显了超越别人的本领。由于太想在实战中显身手，太想复仇九江雅雀岭上被日本炮兵压制的屈辱了，父亲总觉得时间太慢太慢。十一月下旬，当部队要上前线，进入阵地的时候，父亲又觉得自己实战能力是未知数，射击的精确度、应变水平，以及团队的协调等都不如过去自信。父亲真的想拉住时间，求它再施舍施舍，好让自己在诸多方面再加以磨合和巩固。然而，时间犹如一个匆匆过客，它打你门前通过，从所有人的门前通过，或者叩响了大家的门，你打开也好，置之不理也好，都不影响它的脚步，它还是朝前行进，并且既不抱怨也不遗憾，而抱怨和遗憾是给它走后才打开门的人们。十一月下旬的广西，如同北方六七月份的炎热，由于精神饱满、年轻气盛，父亲憋着一股劲儿，穿着薄薄的春秋天军装依然汗流浃背。好在有山有水的地方，不时有不定向的风吹过，给酷热中的人们一种关怀和眷顾。

父亲禁不住想到北邙山下的乔窑，当下应该是秋风紧、菊花黄、红柿挂满枝头的季节，过客一样到南方过冬的大雁正从老家经过，在空中一会儿排成一字，一会儿又排成“人”字，悠悠白云和雁阵捉着迷藏。最让父亲印象深刻的是黑得如同煤块的老鸹，这个季节或单兵或结队落在山顶上或者农家房顶上，装模作样地憩息着，伺机飞到柿树上，把那些熟过头红中透亮的柿子啄成空壳，然后心满意足地飞走。父亲想着家乡，脚步却踏在遥远的南国，这儿没有红柿，但秋山红叶、硕果飘香、山峦翠微、河湖泛波，一样壮丽美好。不知为什么，好多天来，在这一带竟不见了飞鸟，也听不到撩人的鸣啭，重峦叠嶂、千山万壑、葱茏林木间忽然没有了昔日的嘈杂和喧闹。莫非激战来临前也有一些征兆，让这些小精灵提前回避了。父亲小时候曾听他的五叔乔祖庆讲过猎人海力布的故事，说猎人海力布在深山打猎，突然听到了小女孩的哭声，原来是一只老鹰叼了条小白蛇，小白蛇凄切的呼救惊扰了海里布，他搭弓射箭，射中老鹰。获救的小白蛇告诉猎人海力布，她本是东海小龙女，出门玩耍迷失了回家的路，就被凶残的老鹰叼走，要不是遇上好心的猎人，自己肯定就成为老鹰的午餐了。为报答猎人海力布，小龙女把自己含在口里的一块石头赠给救命恩人，以此聊表谢意。小龙女强调，这不是一般的石头，含在口里就能听懂鸟类的语言，可以帮助猎人捕捉到许多猎物的信息。面对求之不得的宝贝，海力布就欣然笑纳了。小龙女告别时，特别叮嘱猎人，鸟类的有关话语只限猎人自己知道，如果讲给别人，那么猎人就将立即化为一块石头。猎人每天都通过鸟的对话，掌握好多动物界主要是飞禽走兽的情况，为他获取猎物提供了极大的帮助。有一天，他听到鸟儿呼唤伙伴们抓紧离开它们生活的地方，说马上要发洪水，洪水将淹没这儿的一切，万物都将遭遇毁灭一样的灾难。故事的结尾是猎人为了拯救人类、挽救万物，就把这个机密泄露了出来，牺牲了自己，化成了一尊石人。人们为了纪念他，在石人身上书丹勒石：猎人海力布。从那时起，父亲一直对鸟类的神奇特别感兴趣。这次在广西南部的高山幽谷间见不到鸟的影子，马上就联想到那个故事，设想着这些精灵可能是先知先觉，知道这一带马上要发生惊天地泣鬼神的战事，就躲到远方的安全地带。

父亲是个小人物，是千军万马中的普通元素，然而好多时候小人物做出的事情对于一桩大事的成功却有着举足轻重的作用。虽然不能把一个士兵的名字填写在功劳簿上，但不是这些小人物的优异表现，功劳簿或许就是一沓子平平常常的白纸。对于英勇杀敌、建功立业，父亲尽管很在意，但是对于做好本职的事、站好自己的岗、关键时候自己这一个环节不能掉链子等方面更是一丝不苟，看得比立功受奖更为重要，好多时候操的心在别人眼里就是多管闲事，就是吃饱了撑的。人说部队是个大家庭，是个大熔炉，是个人才荟萃之地，但社会上的一切现象对部队的渗透和影响，部队又成为一个特殊的社会。人员过百，形形色色，部队官兵也不脱俗，各种类型的人都存在着。父亲的豪爽义气、仗义疏财、为朋友两肋插刀，赢得了大家的认可和尊敬，包括那个络腮胡炮长，日子久了竟成为他很要好的战友和弟兄。父亲自认为运气不错，做事、学习、为人样样受到好评，于是做事就更加卖力。加上多次活动都给他创造了表现自己的机会，比如在军事演练中带队取得优异成绩，短跑比赛中一鸣惊人，进入炮兵行列后，他不仅进步神速，而且还把步兵的技战术及其他作战思维融合进来，令苏联顾问兴趣盎然、部队指挥机关的作战参谋们也高度重视。小人物绝对人微言轻，特别是重科班、重教科书、重讲义的军事氛围，对于一个农村走出来的年轻战士的建议、意见，大不了让诸位对视一笑而已。有次父亲在萨姆丁讲课后，对他神化炮兵的作用进行了反驳，说炮兵也有很多软肋。萨姆丁不以为然地说："你说说，就站在你的角度，怎样反制炮兵？"父亲说："要是我，一定先了解对方炮兵阵地的位置、配制，然后带人偷袭炮兵。"萨姆丁笑得很滑稽，挑战似的说："炮兵阵地戒备森严，不给你机会。咋办？"父亲说："不给机会，就找机会，引蛇出洞，干扰他们，影响并分散他们的注意力，然后就出击！"萨姆丁说："还有办法吗？"父亲说："杀他们的炮兵侦察员，让他们的火炮成瞎子、聋子！""还有吗？"萨姆丁渐渐来了兴致。父亲回答得很土气，说："用炮兵的火炮跟他们的火炮对打，先下手为强！"萨姆丁说："你说得没错，也很勇敢，我们再加一节课，专门说说炮兵反制的战例。"战例的确太精彩了，苏军和德军的火炮相互反制，淞沪战役中日军的炮兵侦察兵、德军炮兵阵地发生火灾等，使中国炮兵们接受了最有意义的教育。父亲参加过九江之战，部队起初虽占据有利地形，但并没能阻挡住日军，主要是我方没有炮兵，没有空军，而日军除了没有使用榴弹炮，其余的迫击炮、山炮、掷弹筒等都用上了，不时地还有飞机在高空投弹、低空扫射。父亲没有参加过淞沪战役，但看了淞沪战役的相关资料。当时交战双方都有空军、都有火炮，但日军的炮兵侦察兵起了很大作用。他们的炮兵侦察兵乘坐大气球，升到高空侦察中国军队炮兵阵地，准确地报告了中国炮兵的方位，日军的炮兵先下手摧毁了中国炮兵阵地。中国军队千方百计消灭日军炮兵侦察兵，但他们早已有周密的防备，他们的飞机不停地飞行，保护着大气球上攀附着的、软梯上搭乘着的重炮眼睛和耳朵。中国军队尽管拼死抵抗，英勇顽强，给日军一个下马威，沉重打击了日军的嚣张气焰，但最终我们的阵地还是失守了。这次战役，中国军队还是吃了炮兵的亏。有很多时候，小人物也会想大事情，而这些大事情恰恰弥补了大人物谋划方面的不足之处。在部队挺进广西南宁前，父亲不知为了哪件事，夜很深了还不能入睡，他脑子里想了两个问题。一个是这支机械化的大部队在湘、黔、桂交界处驻扎训练这么多天，难道真的不会引起敌人的注意吗？这巍巍群山、莽莽林海里混进一支侦察部队，化装成樵夫、挖药材的、捕蛇的，仅凭咱们放出的巡逻分队、暗哨不一定能达到目的。父亲知道，这么大的问题，反映到营、团，然后很可能搁浅。最捷径、最有效的是向军部那负责培训炮兵的参谋反映，向巴卜洛夫反映。作为一名士兵，把想到的事情，反映给长官，其他问题就是人家的，大可不必跟踪问效。偏偏父亲这个人想到的事情就能遇到，那天军部几名长官陪同苏联顾问山林里溜达，巴卜洛夫特意通知了父亲同行。他们的确遇到几个陌生人，但并没有发现可疑之处，都是普通的采药人。父亲竟从口音和走路姿势上发现了问题，通过盘查，其中一人便露出马脚，准备开溜，那人好像也是快跑高手，闪电一般奔跑。但那天这个人的确遇到了高手，山外有山，父亲和巴卜洛夫一追一截，这家伙束手就擒。突击审讯，他终于承认了自己的侦探身份。可能因为这次意外捕获，促成了下一步活动。第二个问题更天文。父亲想日本军队的大气球在上海滩好使，但在这将要交战的山区肯定不行，那他们的侦察兵会怎样侦察呢？那时，部队往哪个方向开拔，怎么打仗，是攻还是守，大家都不清楚，官兵们都还在等上边的命令，父亲竟然替长官们思考了。人太认真负责时，带来的就不一定只是专注和精益求精，更多的是压力和负担。父亲很清楚一个小人物的见解讲出来是一条意见，意见被采纳就叫建议。父亲那条意见通过军副参谋长，主要还有巴卜洛夫，就成了一条实践证明特别有效的建议。突然有一天，三个步兵师抽调五个团，配上军直属团，在东安、新宁、通道、黎平、资源、双牌等地，开展了一次神秘行动。这次行动貌似训练单兵作战、衔接配合、拉网过筛，目标是搜救友军遇险飞行员，飞行员散落的文件包更是寻找的重要物件。各部出发两天后，突然接到回撤通知，要求各部在原驻地方圆五公里搜索，要求不放过任何一个在指定区域间活动的人，尤其是非本地口音人员，对搜索中发现的各种物件，一律上交登记。特别还有一条，最为重要："对重要发现者，或捡到相关物品者，视价值予以不同等次奖励。"果然见效，几天之后，各部收缴可疑电台、收发报机、信号装置、文件袋等一百多件；搜索到枪械、望远镜三十多件；更重要的是捕获敌方情报人员七名，汉奸四人，不良分子（土匪、盗窃犯）十一人，有效地清除了各部的危险因素。

一九三九年十一月，日本侵略军派出以第五师团为主力，还有台湾旅团、炮兵一部、工兵一部，海军第五舰队主力及第四舰队一部、舰艇数十艘及航空队飞机一百多架，在广西钦县龙门港、防城间登陆，日军的情报系统发挥着很大作用。尤其是向南宁进攻时，守军疏于戒备，既设阵地形同虚设，日军情报系统很详细地掌握了中国守军的部署机密，薄弱环节、空虚部位，把相关守军部队打得溃不成军。日军长驱北上，八九天时间就占领了南宁。这个第五师团在中国战场上有和七十多个师先后对阵的记录，有“钢军”之称。时任师团长为今村均中将，对情报系统格外重视，视情报为千里眼和顺风耳，也是他们在战场处于优势位置的因素之一。在分析判断中国军队的部署时，日军两个旅团长提出，他们怀疑中国有一支精锐部队可能会从湘、黔、桂交界处开拔至南宁，参与下一步的作战。一向敏感多疑又十分自信的今村均则不以为然，因为他放出多位线人、重要军事情报人员并没有反馈来重要情报，就否定了部下的判断。然而在几天之后，这支部队果真就集结在他们眼皮底下。中国第一支装备优良的军队，神不知鬼不觉地行进，完全把日本侵略军的情报系统屏蔽，的确是一件了不起的事情。那位军副参谋长在日记上写着：“长官想不到的我们要替长官想到……这些说起来容易，但做起来就相当困难，小人物的话谁能听进呢？军阶很多时候是组织纪律的象征，但很多时候又是滋长军阀作风、主观臆断、为所欲为的温床。这一次，我记住了一个人的名字，他曾是全军百米赛的冠军，还是曾经的尖刀排的代理排长，同时他还是一个会思考问题的军人。”

十二月十二日，当父亲所在部队主力在广西宾阳附近集结完毕时，他的确觉得时间过得太快了，担心自己训练得还不够扎实，还担心万一在战斗中炮打得不精准就太对不起国家的培养了。养兵千日，用兵一时，父亲他们原来猜想着可能要参加长沙大会战，真没想到当日本侵略军十二月初进占昆仑关，他们这支在湖南整训了近一年的机械化队伍，不到十天就分别从衡山、东安、全州等地出发，行程一千多公里，来到了迁江、宾阳清水河和红水河之间的邹圩、石陵圩地区集结待命。爱管事的人往往事多，在部队待命期间，父亲被安排了一项任务，跟随军参谋科长、萨姆丁及五名炮兵侦察员，乔装察看昆仑关一带日军的布防情况。父亲一行从迁江往南到宾阳，然后就按照不久前撤退友军提供的示意图，沿一条林间小道登上了大明山的鸡冠峰。站在这里，远眺东北的昆仑关，如同欣赏一幅画卷。烟云笼罩中的昆仑关，宛若一位仙女在轻薄的白纱帐中，亭亭玉立，搔首弄姿。它周围苍山似海、绵亘相偎、中通隘道、北高南低，桂越国际交通线覆压在迂回曲折的山道中腰。它又好比食道之咽喉，扼守南北往来之要塞，果然是“雄关独峙镇南天”啊！

昆仑关建在暗探山和领兵山的山隘上，这里是群山环拱的一方台地，海拔高度三百多米，是大明山的余脉。这里巍峨险峻、谷深坡陡、地势险要，山体主要为花岗岩，据传昆仑关是汉代伏波将军马援所建，有“南方天险”之称，易守难攻，一夫当关，万夫莫开，是南宁的门户和屏障，也是古今兵家必争之地。

昆仑关在十二月四日前，还是中国军队守卫的阵地。穷凶极恶的日本侵略军集中两个半师团的优势兵力，从十一月二十九日开始，动用六十多架飞机和几十门野炮、山炮，对昆仑关轮番轰炸，硝烟滚滚、血雨腥风，在惨烈的厮杀之后，日军第五师团于十二月四日傍晚占领了昆仑关。之后，这里就由日军一个旅团的精锐部队扼守。除了以重兵扼守外，日军还在昆仑关北的仙女山、老毛岭、同兴堡、罗塘南、界首等高地，赶筑据点式的堡垒工事，外围设置好几道铁丝网、鹿寨等障碍物，构成拱卫昆仑关的坚固防线，并以轻重武器编成火力网，各阵地以火力相互支援，既能各自为战，又形成合力，能及时弥补任何一个位置的劣势。桂南的雨量充沛、气候温暖，植被覆盖率极高，山体稳固，罅穴密布，这些都是天然的掩体。日军阵地伪装得非常好，阵地和射击口都不易发现，士兵在掩体里休息，高山上观察不到目标。南宁到昆仑关及各要隘据点之间，日军还布防有炮兵、骑兵和机械化部队。

如果不是执行侦察任务，父亲根本不可能对南宁一带的“塘”有正确的理解。在北方地区，对塘的概念都很狭窄，片面地认为塘就是蓄积水的池子、坑，比如水塘、鱼塘、澡塘等。原以为从南宁到昆仑关的所谓二塘、三塘一直到九塘，可能就是九个大的池塘。站在高高的山顶，看着那条蜿蜒盘旋的国际通道，其间每隔一段就有一个郁郁苍苍的村庄或集镇，而这些地方就是塘。父亲马上想到，古代的驿道上都设有驿站，或者设有长亭，那么广西南宁到昆仑关之间的塘，应该就是古代的驿站，无非是在这里称为塘罢了。父亲对自己这种收获，虽然喜在心上，但不能讲出来，讲出来就肯定被人笑话。

他琢磨这些塘和拱卫在昆仑关的据点时，一针见血地指出了日军布防中的短板和漏洞。十里一塘，塘塘有日军驻防，虽然塘与塘间火力可以相互支援，但日军的迫击炮、重机枪等武器的射程并不能达到需要的距离。如果把仙女山、老毛岭、立别岭、枯桃岭等据点打掉一个，就等于撕开了一个口子。假如把昆仑关的敌人孤立起来，中国军队伺机在二塘和九塘之间穿插迂回，打稳、打准、打狠，那么别说日军第五师团号称“钢军”，即使再强的金刚军，在中国军队复仇的怒火面前也会成为灰烬，何况这支日军实属那种趾高气扬的骄兵。

二十二

一九三九年十二月中旬的昆仑关一带千山沉默、空谷无音，处在一种诡异氛围中。从南宁的二塘至九塘，这条缠绵在重峦群峰中飘带一般的交通线已没有车辆通过，拱卫在昆仑关的立别岭、枯桃岭、四四一、六五三、六〇〇、罗塘南等高地上的据点，像进入了休眠状态。有人说雷雨天气在雷暴之前都有短暂的寂静，仿佛雷公在做着发力前的准备似的，这种寂静相当恐怖。日军的诸多据点，乃至排兵布阵，都像一盘棋，静待对弈开战。如果把这次两军对峙比成体育比赛，那么它更像是两支篮球队鸣哨前的战术布置，双方队员的战力情况、首发队员、进攻手段、防守策略，都在开打前精心运筹。昆仑关开战前的沉寂，是斗智斗勇的准备，是雷暴、山雨欲来的前奏。

一盘棋也好，一场篮球赛也好，一场敌我军队的决战也好，孙子兵法“知己知彼，百战不殆”，都具有重要意义。中国军队团长以上的军事会议于十二月十六日在密林深处的地洞里举行。指挥官介绍着眼下敌我的形势。

这次侵犯桂南进占南宁的日军兵力共有两个半师团，因为是台儿庄战役板垣征四郎旧部，在侵华战争中参加过南口、山西忻口、太原、鲁南台儿庄、华南广州等战役。他们在开辟华南战场前，经过两个月的山地作战训练，官兵多系日本山口县人，秉性彪悍，长期受武士道训练，侵华战争两年多，攻守经验丰富，成为这次进犯部队的主力。敌人攻占南宁的战略企图是：切断我西南交通，侵占广西，威慑云南、贵州，扰乱我抗日大后方，威胁英、法，使他们屈服于日本，并对重庆方面实行国际交通上的封锁，以此巩固和加强日本在亚洲的地位。

昆仑关是西南国际交通线上控制着邕宾公路的扼要雄关，它的四周重峦叠嶂、千沟万壑、逶迤绵延，由公路进入这个地区，不仅是迂回曲折，而且正覆压在公路的中腰，其地势的险要堪比人的咽喉，是兵家必争之地。中国军队指挥官指着军用地图上棋盘一样的敌军据点，说从缴获的敌作战部署图获悉第五师团司令部及第九旅团两个联队在南宁。第二十一旅团两个联队守昆仑关、九塘、八塘至南宁之间。指挥官向大家讲述了参战部队和作战部署。第五军担任邕宾路上对昆仑关攻坚战的主力部队。

从组建这支中国第一支机械化部队到获得全军综合素质竞赛第一名，第五军打这次攻坚战责无旁贷、势在必行。在自己的一亩三分地上，中国军队根据敌军的布阵情况，把自己部队进行了很巧妙的分工。这次采取战略上迂回，战术上包围，“关门打狗”的方针。攻击时间依然是第五军最独特的，不是正午，便是黎明，这次定为十二月十八日的拂晓。

箭在弦上，不得不发。第五军全体将士思想认识统一，大家格外清醒，一致认为这次战役胜负，关系到抗日战争的前途，也关系到一支机械化部队的前途，更是民族存亡的关键所在。关键时刻，全军将士在各自的战斗单位举手宣誓，“不成功便成仁”，一定完成各自的任务，歼灭日军，收复失地，以之告慰革命先烈在天之灵。

进入各自阵地之前，父亲接到一个紧急通知，让他速到军重炮团见副团长。父亲觉得有点儿奇怪，怀疑是哪方面做得不好或说错了什么话，压力很大。见了面才知道，重炮团在到达宾阳前，刚刚接收了三门重炮，是德国克虏伯公司生产的 155 毫米重型榴弹炮，这种重炮在战场上曾让对手闻“炮”丧胆。父亲要接手这种重炮，马上有了很复杂的心情，这种炮十分厉害，打得准了无疑大大助力战役的胜利，只是万一偏了就会造成重大损失。副团长说：“这种重炮和苏联那种重炮大同小异，无非就是射程远一些，弹头大一些，杀伤力强一些，自动化程度高一些，精准度好一些罢了。”副团长一连好几个“一些”，把父亲说得没了脾气，特别说的那句“你一定行，巴卜洛夫和萨姆丁都推荐了你”，马上使父亲有了俗语中说的“抬死猫上树”的感觉。作为一名军人，父亲接受了掌控德制重炮的任务。他在一系列的侦察任务中，也推荐了几处可以作为重炮阵地的山坳，这些地方树木高大而茂密，而且视角也很好，炮架放置需要清理一些乔木和灌木。不过这类问题进入阵地前已经解决了，工兵们的任务就有此项。父亲告诉那位副团长，在攻击开始后，迫击炮、山炮、野炮、高射炮除了相互间接应好，一定要加强对重炮的保护，几十门重炮严阵以待时目标很大，敌人侦察兵发现了麻烦会很多。其实这些是炮战中的基本知识，副团长炮校科班出身，当然知道这些，听后就笑了，但他还是向父亲点点头，给予了一个鼓励的微笑。

十二月十六日是兔年的十一月初六，天未完全黑下来，那镰刀一样的月儿已经挂在天空了，山峦及沟壕里时时有阵风通过，林子里、灌木丛中发出飒飒的声音，树木藤条及荆棘在摇晃，仿佛经过了好几日的寂寥，大地山川像有些耐不住压抑着的性子似的，都在跃跃欲试、蠢蠢欲动。这种情形，使中国军队的行动更加放心大胆，人形树影、人声风声相互配合、相互包容，如同天助，即使诸多据点的敌人密切关注，也难辨别天人合一下的真相。阵地的伪装十分缜密，相信敌军肯定发现不了。密林中那一只只黑洞般的炮口都朝向日军的据点，只等指挥部发出射击信号了。炮兵的远程观测镜架设在山顶上，对前方阵地、地形、敌我的动态，看得很清。

十二月十八日凌晨，千家万户的百姓还在享受着酣睡的幸福和美梦时，在沉寂的密林和山谷中，道道火光如同雷雨前的道道电闪，划破黎明前的黑暗向既定的目标飞去。第五军重炮团和有关师的山炮团，集中火力向昆仑关及周围阵地进行炮击。双方开始了炮战，重炮兵团的远程重炮火力优势十分明显，压迫得敌炮兵中断射击。父亲觉得很来劲，回想起一年前在雅雀岭阻击战中，敌军就是利用迫击炮、掷弹筒和飞机的优势，打压得我军只能被动招架没有还手之力。一年之后，真的解气，你日本人的迫击炮、山炮也有哑火的时候。从观测镜里可以看到，在敌军中断炮击的时候，我军第一线攻击部队第二〇〇师、荣一师在战车和轻重武器的火力掩护下，向敌阵地发起攻击。敌机马上出现，在我军阵地上空盘旋，原来敌人炮兵中断发射是为了方便他们的空袭。敌机企图空袭我军步兵，遭到了我军高射炮的猛烈射击，致使敌机不敢低飞。待我军步兵接近敌军阵地后，敌机担心误伤不敢在阵地前扫射或投弹，仅在我军后方交通补给线上狂轰滥炸，很有象棋上马后炮的意味。

炮击告一段落后，父亲和他的战友们迅速把阵地清整、摆布好，使之有条不紊，以利再战。邻近炮位的络腮胡跟父亲打手势示意后，从腰间掏出他的斯大林烟锅，没填烟丝也没点火，就急不可耐地“吧唧吧唧”吸起来，津津有味的样子，很像饥饿的婴儿抱住空奶瓶使劲儿吮吸。络腮胡炮长在受过那次刺激后，刻苦钻研，进步很大。他是很守规矩的老兵，不让抽烟、不让喝酒，他都做到了，吸空烟斗、拿白水当酒。他打手势时先伸出五个指头，马上换成两个手指，意思是发射五发炮弹，击中目标两发。父亲回应他伸出一个巴掌，马上换成三个手指，意思比他多打中一发炮弹。两人友好地笑了笑，不约而同地伸出大拇指，相互鼓励。之后，络腮胡就一门心思地抽空烟、喝水当酒。而父亲则专注于那个观测镜，一方面是在镜子里为自己的战友们加油鼓劲，仿佛和他们在一块儿冲杀；另一方面又为不能短兵相接、浴血奋战而纠结。步兵战友们真的是太棒了，父亲的心随着阵地上的情形变化着。透过观测镜，看到硝烟、炮火中的战友们，向六五三、六〇〇高地进攻，父亲内心很激动。看到自己部队的战车掩护着战友们沿公路长驱直入，冲杀进昆仑关，父亲好想一个筋斗翻过去，和战友们一起战斗。这时候，父亲心里在挖苦自己，说自己这个孙悟空原来这么水。

出征前，父亲脑子里装了好多事儿，多数都是对战场上可能出现情形的预判和想象，到了战场才知道许多时候理论和实际、设想和实际是不能对号入座的，许多担忧是完全没有必要的。父亲曾深思熟虑过消灭敌人炮兵侦察员的事，甚至还想过在昆仑关上空出现侦察大气球时采取发射燃烧弹毁灭它。然而，巍巍群山、莽莽林海、怪石嶙峋、云雾缭绕、穴罅遍地，昆仑关的地形地貌和上海的状况不可同日而语，更不能相提并论，在这里升起侦察气球不仅于事无补，反而还会自寻灭亡，日本鬼子当然不会那么做。但这些亡命之徒，在吃了败仗之后，肯定不会善罢甘休，拼死的反扑肯定会出现。特别是遭受中国重炮的压制之后，采取常规的反制措施不见成效的背景下，下三烂的手段他们也会使用。侵华日军组织敢死队化装成普通民众偷袭中国炮兵阵地，往往趁炮兵阵地短缺轻型武器，对背后的突然袭击准备不充分时，出手凶猛得手容易。第五军的几个师在白天的攻击战中，打得敌人措手不及、防不胜防，收到了预期效果。步兵弟兄们一直战斗到弯月挂上中天，枪炮声还在继续，正一鼓作气地进攻老毛岭、万福村和四四一高地。天黑下来了，父亲的战友们虽然已经完全占领了老毛岭、万福村和四四一高地，但时时还有零碎的枪声在不确定的方向响起，这种状况一直持续到夜间九点多。苍茫的夜色里，占领敌人阵地的中国军队官兵，在兴奋和喜悦中，开始修复、修建工事。经验告诉他们，日军的反攻天亮后就会开始。白天，敌人会利用他们的空中优势，出动成群结队的敌机轰炸，或者向中国军人扫射，帮助他们的步兵争夺失去的阵地。这天的前半夜，没有一丁点儿风，尽管山谷里、峰峦上以及沟壑间动辄就有风，而且风掠过那些高高矮矮的植物，发出低沉的呼啸，恰恰这个前半夜，风也好像睡着了似的。没有风的夜里，那种打夯一样重重的声音就不时传过来，估计是工兵们正在河流上或在交通线上搞事情。过了子时，准确时间是一点开始，山冈上、幽谷里乃至漫山遍野开始起风，起初的风吹草动，很快过渡为树木摇摆，紧接着就有一种奇怪的声音出现，如同人在号啕，更像人们习惯形容的鬼哭狼嚎。这种不同于一般的声音，尤其是夜半时分出现，增添了昆仑关一带的恐怖，比秋夜恶鸟的啼叫还要瘆人。父亲睡得很蒙眬，他担心敌人夜间来偷袭炮兵阵地，因此对于夜晚的动静特别敏感。另一个炮位上的络腮胡，也没睡，他停一会儿就拿那只烟斗吧唧几下，似乎这样也能提神。按道理说，整个阵地已经安排过巡逻队伍，他们定时就会游动，几分钟就从每门重炮的后面过一次，炮兵们完全可以好好睡一觉，天亮后不定时又要炮击呢。可父亲和络腮胡有个约定，除了巡逻队履行职责，他们也有个分工，那就是前方是深沟，左、右两侧相对开阔，黑乎乎的密林，万一钻出什么家伙，巡逻兵不一定能够发现，因此，父亲负责左边，络腮胡关照右边，两门炮的前方大家共同防备。就因为两人不放心，才不敢大胆放心地去休息，年轻人精力旺盛，睡不着觉时就捕捉到深更半夜的所有动静。对于那种奇异声音，父亲不相信是鬼哭狼嚎，判断是敌人的伤兵在哭喊。父亲听人说，日军的队伍不尽是能打善拼的士兵，也有一些正在念书的中学生、大学生，他们讨厌战争、害怕流血牺牲，受点儿伤就忍受不了，就靠呼喊哭号为自己减压。风掠过山林、冈峦的声音，以及那种怪异的哭号一直持续到最东边的峰峦上方出现黎明前的灰白色。

天终于亮了，原来发出灰白色的五六座山峰增加到九座、十二座，其中两三座的光亮由灰白变成胭脂色，之后太阳像一个火球慢腾腾地从峰峦的后面跳跃出来。十二月十九日的早晨，霞光耀眼，重新回到中国军人手中的昆仑关在朝阳照射下，葱绿的山峰上空，悠闲地飘动着白色云朵，天地相连，格外圣洁、壮观和美丽。上午九时多一点儿，天空中的白云渐渐远去，天色暗淡起来，早晨的明媚景色随之换了一副面孔，阴沉得使人呼吸也不那么顺畅。

午饭过后，敌机五六十架，黑压压地盘旋在昆仑关和九塘上空，向我军阵地上投掷炸弹，顿时我军阵地上和阵地以外的冈峦上被火光和烟雾笼罩。尽管我军的高射炮立即向敌机还击，使敌机不能准确地命中我军阵地，但还是炸毁了我军的一些防御设施。在敌机投弹之后，敌军步兵开始向昆仑关发起进攻，坦克车、战车在前，重机枪不停地扫射着，掩护着敌人步兵快速推进。昨日败下阵的敌军，似乎忘记了他们对手的英勇顽强，摆出很威武的阵势，在接近我军的第一道隘口，早有准备的战防炮击中了敌人一辆坦克。接着，雨点般的枪弹飞过来，三四个敌人当即中弹身亡。在坦克车被击中后，另一辆坦克车也停了下来，他们的战术是两翼包抄，齐头并进，断了一只翅膀，进攻必须改换一种阵形。在战壕、垛口处严阵以待的我军士兵，被逗乐了。敌人打仗也讲究花架子，好像青黄不接时的土豪家庭，还要把野菜、窝窝头摆上桌子，凑成八盘八碗，玩排场。中国军人面临即将开始的血战，还在拿敌人的阵势、队形和形式主义的东西开心。刚才日军飞机轰炸后，中国士兵们马上因地制宜，炸弹坑马上变成新的掩体，炸坏的垛口搬几块大石块一放，就是新的垛口，打仗要务实，花架子是做给别人欣赏的。敌人进攻开始了，子弹像冰雹一样落在我军阵地上，“乒乒乓乓”地作响，或从官兵们的头顶、身旁飞过，发出“啁啁啾啾”鸟叫一样的声音。

二十三

昆仑关的天气时阴时晴，变化无常，好多时候天色比川剧的变脸变得还要快。阵地上的战事连续多日都像翻烧饼似的，得而复失，失而复得。父亲从瞭望镜里对五塘、六塘阵地看得稍清一些，我军和敌军的争夺持续进行着，觉得敌军就像顽皮的赖孩子，把他赶跑了，他马上又拐回来。父亲在洛阳会芳打工时，闲来无事就到铁路旁的一家木材加工厂看工人拉大锯，好大一棵树捆在桩子上，然后两个人一人一端，把大锯齿放在墨斗打好的线上，你拉过去我再拉回来，这样反反复复的你来我往，慢慢就把偌大的圆木锯成一块块的大木板。父亲觉得好几个阵地上的战事就像拉大锯似的，而且好几天竟没有疲倦，分不出输赢。

十二月二十三日，是二十四节气的冬至，是人们十分重视的日子。俗话说：冬至吃顿扁，冬不咳嗽夏不喘。老百姓在这一天，都要包饺子吃，已经成了一种习俗。昆仑关战役已经进入白热化状态，奋战在这里的父亲和他的战友们，虽然都知道这个家喻户晓的节气，都有吃饺子的习惯，可在战火纷飞、硝烟滚滚的阵地，吃饺子就成为一种奢望。然而，头顶三尺有神明，天佑中华，中国军队机智勇敢的官兵们，就在这天把敌人的好几路人马包了饺子。虽然五塘、六塘还像拉大锯一样，你来我往反复争夺，但我军还是占领了五塘和六塘。父亲曾经代理过排长的那个营，冬至这天坚守着六塘，顽强阻击着敌人的增援部队，作为右翼的迂回部队，收效非常明显，作用太大了。左翼迂回的队伍，这天也将七塘、八塘占领，切断了敌军的退路。增援八塘的敌人，在八塘附近也被中国军队包了饺子，激战一昼夜，敌人死伤众多，残兵败将翻山越岭向南宁方向逃窜，几十辆汽车被炮火炸得成为一地碎铁。父亲转为炮兵前所在的部队占领六塘后，日军一个混成旅由南宁向五塘增援，反攻六塘。中国军队两个团的主力埋伏公路两侧高地，仅留一个连在五塘至六塘之间，诱敌深入，且战且退，一直把敌人重兵引入包围圈，激战中杀敌几百人。傍晚时分，敌人坦克、装甲车继续进攻六塘，我军工兵破坏了公路和桥梁，战斗中，敌军坦克、装甲车多被我军炮火摧毁。瞭望镜里那个步兵加强团从右翼包围九塘，占领九塘西侧高地后，正好对九塘公路边大草坪里的敌军实施了包围，迫击炮连、重机枪连集中火力向大草坪射击，击中了多个目标。正在大草坪集合队伍训话的日军军官也被击中，日军官兵仓皇向九塘逃窜。迫击炮在追踪射击中，一颗炮弹落在了那队日军掩身的房屋旁，旋即房倒屋塌。

虽然中国军队在昆仑关重新夺回了阵地，特别有意思的是冬至这天包了敌军好几处饺子，但不久就遭昆仑关四周的炮火侧击，伤亡重大，昆仑关再度被敌军夺去。两得两失这种拉锯一样的情况，原因在于敌人在昆仑关口的两侧高地有坚固的堡垒式工事，配备轻重武器，组成凶狠的交叉火力网，互相支援，加上地形优势，可以保护着关口的安全，以火力网来封锁我军对关口的进攻。如果不首先摧毁敌军在昆仑关四周的高山据点，即使占领了昆仑关，也是很难立足的。于是从冬至后的第二天开始，我军就把打掉日军高地据点、全歼高地日军作为新的阶段性重点。父亲看到步兵战友冲锋陷阵、顽强拼杀，心里早就痒痒的，何况他是公认的尖刀排的尖刀。父亲借巴卜洛夫、萨姆丁及军参谋处几个人来重炮阵地视察的机会，提出自己想参加攻击罗塘、界首高地的战斗，哪怕当几天步兵后再回来当炮兵都行。巴卜洛夫、萨姆丁两人对视一下，然后微笑着看看父亲，并没有说话。军参谋部的那位处长看看父亲纯真而又坚毅的脸庞，说："真想去上阵冲锋？"父亲点点头说："真想。"处长说："军中无戏言，军人以服从命令为天职，不过要有个过程，要按规矩，听通知！"父亲默默地点着头，心里掠过一片阴影，感到十分委屈和无奈。处长说："你现在是炮兵，炮兵需要头脑冷静，需要清醒，需要心中有数，需要专心致志，忌讳心有旁骛和心神不宁！"父亲尽管内心很不好受，但还是理智地克制自己，以军人的坚毅马上立正，向诸位行了军礼，大声回应说："是。长官！"

十二月二十九日，农历十一月十九，这天是父亲十九岁的生日。早晨，中国军队重炮开始对界首日军阵地猛击。界首高地位于昆仑关北，是保卫关口日军的坚固据点，此前二十八日中国军队曾对界首发起攻击。虽然敌机在上空盘旋，敌军火力侧击，但中国军人依然士气旺盛，对界首强攻。日军的顽抗，致我军伤亡很大，爆破手用手榴弹往敌据点枪口投掷，多次失败。作战经验丰富的一个团九个步兵连，有七个连长伤亡，连团长身边的司号长也中弹阵亡。界首高地对整个战役的胜利有着重要作用，中国军队必须不惜重大牺牲的代价，攻克界首阵地。伤亡惨重、久攻不下的这天夜里，参战部队调整部署，选突击队，编成突击组，同时，军重炮团出战。生日这天有仗要打，父亲格外兴奋，他和战友们瞄准界首高地上的日军据点，几十门重型榴弹炮一齐开火。发发炮弹全部命中目标，顿时敌军阵地硝烟弥漫、烈焰冲天。在重炮火力掩护下，各突击队分别向界首阵地匍匐前进，经过三个小时激战，界首阵地被我军攻克。

拿下界首据点、罗塘据点和“四四一”“六五三”高地，昆仑关外围的据点，基本上已被我军占领，敌军伤亡甚重，指挥官伤亡三分之二，几次由空中投下指挥官来指挥战斗，敌人已成了强弩之末。攻打敌军最后的据点昆仑关，有的师担任主攻，其余师作为右翼队和左翼队，军直属的三个补充团为预备队，集中了所有优势兵力大有破釜沉舟之势。

长官果然没有欺骗父亲，在总攻最需要的时候，让父亲又回到过去的连队。不过经过苦战，连队早已物是人非了，那位接替父亲的军校生排长詹万里，在六塘的战斗中已经中弹牺牲，昔日那个尖刀排仅剩下小吉首和王丹江两个人了。父亲不再代理排长，被任命为突击队的分队长。十二月三十日，天将亮的时候，各部队按指定任务开始行动。有首古诗说：“横看成岭侧成峰，远近高低各不同。不识庐山真面目，只缘身在此山中。”父亲离开炮兵阵地，作为步兵突击队冲锋在前列的时候，发现炮兵原来这么厉害、这么重要。只见遭到炮弹轰击的地方，爆炸声震天响，硝烟滚滚升腾，敌人阵地上工事、通信设施，皆被摧毁，激战至将近中午，父亲和他们战友们攻占了昆仑关邻近的同兴、石寨和罗圩及其东南各高地。侧翼的部队相继占领了昆仑关西南的重要据点“四四一”高地和南侧的枯桃岭、同平两个据点，逼近八塘、九塘，“六五三”高地也被我军拿下。昆仑关外围的所有据点均被我军占领，但敌军困兽犹斗，垂死反扑，一次次都被击溃，殍尸遍地。父亲他们的队伍乘胜追击着溃败的敌人，洪水般地冲入昆仑关。父亲有着“飞毛腿”之称，但他还是觉得自己的脚步不够快，只是端着的那支冲锋枪很给力。昆仑关阵地上激烈的枪战停下来后，剩余不多的敌人把明晃晃的刺刀安装好，咿咿呀呀地叫嚷着，与中国军人血拼。父亲就是那种充满血气、义气和胆量的人，从一个倒地的日本兵手里夺过一支带刺刀的步枪，加入战友中和日军对刺起来。肉搏战要结束的时候，不知什么东西砸在父亲头盔上，“当啷”一声竟然把他砸倒在地，眼前一片黑乎乎的。

父亲觉得自己刚才打了一个盹儿。这一个盹儿工夫，激烈的厮打和拼杀已经结束，地上敌人的尸体横七竖八倒下一大片。战斗结束时，昆仑关阵地上到处能看到敌人弃掉的佛像、护身符、太阳旗以及书写着武运长久的白布条。最惨不忍睹的是好几处日军将战死官兵的尸体进行焚毁，有的还正在焚烧着。

昆仑关战场上除了英勇作战的中国军队外，还有冒着枪林弹雨送物资、抬伤员的青年学生。父亲跟前就放着一副担架，两个戴头盔的学生看到昏过去的父亲，就慌忙过来。父亲摆摆手，摇摇头，示意自己没有受伤，就慢慢自个儿站起来。抬担架的两个青年很健谈，其中一个告诉父亲，说他亲眼看见不知从哪里飞过来一枚手雷，恰好砸在父亲头上，在父亲倒地那一刻，手雷跌落到平台旁的一个崖子下爆炸了。父亲笑了笑，看了看两个青年，说："我去阎王爷处报到，小鬼不让我进门，说不收，你衣衫不整有损地府形象，我就回来了！"那位一直没有开口的青年这时也露出白牙，笑着说："你是命大。看你的钢盔，多大一个坑。"

昆仑关战役胜利结束了。中国军队将士用鲜血和生命完全收复了昆仑关。战斗结束后，阵地交由另一支部队接守。交接阵地时，父亲再次见到了军部那位作战参谋。行过军礼后，父亲向作战参谋请教了一个问题，说日本士兵身上，主要是腰带上为什么束着一缕缕的花布块儿。参谋看了看眼前单纯的士兵，说："这种布块、布条叫千人缝，是日本妇女送子弟参加战争特制的东西，日本妇女站在街头制作千人缝，让路过的女人每人缝一针，那么一千人过去就做成了千人缝。日本女人认为千人缝可以避弹，赠送给参战士兵作为'护身符'。简单地说，这种东西是一种迷信的产物。穿戴上千人缝的日军，在各个战场上依然伤亡惨重，就说昆仑关战斗，那么多有千人缝护身的日本士兵，哪个逃脱了失败的命运，哪个避开了枪弹，哪个避免了死亡？"父亲不住地点头，内心十分佩服这位长官，感觉他的知识真丰富。

阵地交接之后，父亲随军重炮团向思陇、宾阳等地转移待命。父亲看到一份快报，是有关昆仑关战役的报道，其中这样写道：此次战斗，共歼敌五千人，我军亦伤亡一万四千多人。战斗中击毙敌第五师团第二十一旅团长中村正雄少将，第四十二联队长坂田元一，二十一联队三木吉之助、副队长生田滕一、第一大队长杵平作、第二大队长宫本得、第三大队长森木宫，班长以上士军官百分之八十五以上，士兵四千多人死亡。生俘士兵一百零二人，缴获战马七十九匹、山炮十门、野炮十二门、战防炮十门、轻机枪一百零二挺、重机枪八十挺、步枪二千支，其他军用品和弹药等堆积如山……

一九三九年的最后一天，昆仑关一带天空晴朗、风和日丽，那些为躲开炮火硝烟而远去的鸟类又回到了山林里，纵情地放开歌喉，享受着静好的时光……

巴卜洛夫脸上充盈着喜悦，他多日不曾唱歌了，这会儿用口琴吹奏着《北方的星》，随后又唱起来：

一座高高的楼，
里边房子紧相连，
其中有一间光线最明亮，
里边住着未婚妻，
她比谁都可爱，
好像北方的星，
比群星更灿烂。
……

父亲从来没有像这些天这样开心。他热爱这支英勇顽强的部队，热爱昆仑关这一方美丽的地方，他觉得自己的战友们都那么可爱，包括那个军校毕业的代理排长……

在休整待命的日子里，父亲换上了崭新的军装。穿上新军装的父亲，显得更加英姿勃发，精神抖擞，似乎本来就俊朗精明的脸膛又增添了潇洒和灵性。进入一九四〇年十多天，父亲接到一个通知，要他参加一项考试。考试时间不长，先是写了个人简历，之后是考官们的面试。父亲听说这是军政部门的特种士兵选拔，并没有多高的兴趣，他觉得现在的部队很好，不愿意再换一个环境，不想再去适应陌生的氛围。然而，世界上的许多事情发展变化都不以个人意志为转移，父亲还是在依依难舍的纠结中，告别了他深深爱着的中国第一支机械化部队，跟随军部的一位参谋来到了陌生的山城重庆。

二十四

呼啸的西北风断断续续地刮了三天两夜，把温度从零上五摄氏度刮得下降到零下三摄氏度。寒风刚刚停，雪花就纷纷扬扬地飘舞起来。刮风、下雪，人们就以此为借口躲进房子里烤火取暖，过了冬至，津邑乔窑村的人们就是这样过冬。

一九四〇年一月六日，是农历乙卯腊月初一，二十四节气的小寒。天寒地冻、大雪纷飞，正当人们坐在家中烤火聊天时，乔窑北街却有人打破了常规，站在雪中大声唱歌，声音比一张敲烂的破锣还要难听和刺耳。那是过冬粮油储备不够，由于个人慵懒而饥寒交迫的乔响器和他的同伙乔田才在合唱。

自从司马川那件事发生之后，乔响器非但不对老奶和母亲挽救司马川的生命而使救他免受牢狱之罪感恩戴德，相反恩将仇报，以断了他财路进行敲诈勒索，欲赶走乔家牛车的事情化解后，他更加恼火，从而变本加厉地与老奶和母亲作对。在家里，他百般折磨裴氏，打骂本来就是家常便饭，放走司马川后，动不动就绳捆索绑动大刑，以此来发泄他的不满。乔响器骂裴氏是老奶和母亲的卧底，本来明明白白的一件事，偏要把那晚放走司马川的事情重新放大，形容成蓄谋已久、里应外合的大阴谋，以加大老奶和母亲的责任。乔响器这样做也是为他自己讹人做铺垫，为他下一步对老奶当家做主的乔家勒索提供理由。然而，事实胜于雄辩，事实是容不得歪曲和编造的。乔响器的想法很多，但始终找不到实现目的的出路，心里的怨恨就越积越沉重，遇到困难和麻烦就想翻这个老账。冬天来了，乔窑村家家户户都明白秋储冬藏的道理，入冬前就把白菜、萝卜窖起来，把红薯放进深井一样的窖里，以备寒冬腊月或大雪封路时食用。而乔响器却与众不同，他家的红薯窖是祖传的，白菜、萝卜窖院子里早就有，并且把这些窖全部扩容，本来他应该有比别人家更优越的仓储条件，只是他的算盘里没算过这个账，把这些条件用来囚禁人质，作为绑票的工具。再说了，他本人根本不去种地，又不让裴氏去种，说种地出力不赚钱，弄一桩大事一切都有了。他除了绑架司马川得手外，其他几宗都以失败告终，四家那桩绑架未遂案几乎遭受被判刑罚的报应。然而，乔响器始终没有放弃过去干一桩大事的想法，只是机会不多，兵荒马乱的岁月，做贼可能会遇上截路的刀客。心情好时，乔响器也能一分为二地思考，对自家日子艰难理解为运气不好或者财运不到，弄两杯一毛烧灌进肚子里，就糊里糊涂地度过一天。心情不好时，他就把自己的财路跟老奶和母亲那个慈善救人之举联系起来，固执地认为是东邻乔家断了他的财路，就想找个碴子发发心底的懊恼和火气。冬至那天，别人家都在包饺子，而他们家吃的是煮红薯，是合伙人乔田才送来的。想想自己比比别人，乔响器难过得想哭，是乔田才送的那袋红薯安慰了他，得过且过的心理告诉他，天无绝人之路，好日子不会远了。小寒到了，天寒地冻，先是西北风，后又大雪漫天飞，他们家又没东西下锅了。人闲生余事，乔响器看看漫天飞舞的雪花，就幻想着这些都是供他消费的银子，心里就稍微得到安慰。等了一会儿，乔响器看到那些雪花在降落时很美好，但落到地上后就变了样子，有的还融化到了地面，心里就联想到自己理想的破灭跟这雪花差不多。饥寒交迫、手中拮据，乔响器就想到去报复一下东邻乔家。报复东邻，实在找不到能挖苦和打击的方面，他就想到乔家当家张氏的大孙子失踪的事，这件事是乔家人的心病，也是张氏和老大家心里的硬伤。乔响器决定就从这件事上入手，但采取哪种形式好呢，他又犯了难。乔窑村毕竟是文明古村，文化气息很浓，对那些骂大街、揭人短的行径十分抵制。乔响器并不想在这方式上遭村人唾骂，别看他为人龌龊，做人的最差底线告诉他不能为千夫所指。乔响器就想起了唱歌，东邻乔家最不愿听到那首《小放牛》，因为这首歌的歌词很刺激、很伤害他们，最容易揭他们心里的疮疤。乔响器决定在乔窑北街上唱《小放牛》，又想到一个人的声音有限，引不起人们重视，很容易被窸窸窣窣的落雪声压住，就唤来同伙乔田才。长期以来，在乔响器的教唆挑拨下，乔田才渐渐地也对老奶和母亲产生了怨恨，很乐意跟乔响器合唱。

于是，乔窑北街就上演了一场二人声嘶力竭，或者说如同二八月狸猫叫春一般的合唱。他俩唱一遍后，清清喉咙再唱，一直把躲在家中取暖的人们都唱到走出家门，陪着他们站在冰天雪地。有了市场，仿佛演员看到了捧场的观众，他们唱得更加努力：

天上桫椤什么人栽？

地上黄河什么人开？

什么人把守三关口？

什么人出家一直没回来？

这两个人很会取舍，他们只唱这四句问话的歌词，答话的一句也不唱，其用心特别明显。乔响器、乔田才的表演令老奶、母亲以及乔家人感到难受、屈辱又无奈。人家又没指名道姓，即使全村人都知道他们是项庄舞剑、意在沛公，然而又不能对乔响器和乔田才指责什么。他们也有感到劳累的时候，恶心人的合唱终于到了散场的阶段，恬不知耻的乔响器当场又发布下一次演出的时间，定在年三十或正月十五。乔响器模仿着庙会上地摊艺人的样子说："各位乡亲，今天天气不好，鹅毛大雪，感谢大家冒雪为我们捧场，十分感激，万分感谢！为了答谢大家，我们俩计划年三十或正月十五再送一场给村里人，欢迎到时前来观看！"这场小小的闹剧收场后，老奶回到家中，憋着两眼泪，狠狠地说："真不给人争气！"老奶说过那句话后，坐在家中太师椅上，咬紧牙关，半天没有吭声。

日子像流水一样不肯停息，很快就到了一九四〇年一月二十一日，二十四节气的大寒，乔家还是没有父亲的消息，这种煎熬多么像钝刀子杀人。二月五日立春了，依然没有父亲的消息，两年多了，老奶的耐心几乎要消失殆尽，她几乎对父亲这个人失去信心，感觉也冷漠和麻木了。这一天，倒是有一个好消息传过来，父亲的四叔乔传甲在抗战的第一战区长官司令部由上尉晋升为少校。他不是带兵打仗的官，由于书法好、文章好、为人平和，得到了卫立煌司令的赏识。消息传来，村里人都为乔窑出了一位校官而欢欣鼓舞，而老奶却冷冰冰地说："那有啥稀罕，不就是个写字的文官吗？！"老奶觉得家事不圆满，始终高兴不起来。立春过后三天，就是春节，这年的春节是二月八日。就在老奶不抱任何希望的时候，二月七日，除夕这一天，一封来自重庆的信件寄到了乔窑。父亲终于有了下落，而且寄了信回来。老奶马上就激动起来，手在发抖，信几次掉到地上。父亲的四叔正好在家，老奶让他读父亲的信。父亲的四叔是我四爷，四爷跟老奶开玩笑说：“读信可以，您的手别抖啊！”老奶说：“哪儿抖了？”老奶是在强词夺理，她知道自己的手不停地颤抖，故意不承认。

四爷念着父亲的信，很讲究书信的感情色彩，抑扬顿挫都在读的过程中加以体现。四爷的声音洪亮：

尊敬的祖母大人：久违了，请恕我无礼。您的孙子是在山城重庆，面对前边嘉陵江滚滚流水，如同看到了家乡的黄河，我心潮澎湃、激动万分，拿笔的手禁不住在抖动。我有千言万语要向您和家人讲，由于思乡心切，平静不下来，纵然思绪万千可一时又不知从何写起。祖母一定要原谅孙儿的语无伦次。

祖母大人，自前年（1938）麦罢时为了会芳的财产，孙儿冒险把一包燃烧着引信的炸药包扔进城河后，就参军了。小小的日本派出军队侵略咱们这个文明古国，好多青年人都为了保家卫国而参军参战。铁炉邓泰和邓钜比我早半月跟着学校的人过黄河说是抗日去了，我随后也参了军。这一参军不打紧，就没有写信的机会，每天不是行军就是打仗。前年，我参加了九江保卫战，才当兵没有经验，装备也差，那次没有把仗打赢，憋了一肚子气。之后，我跟着部队走了好远的路，换了好几个地方，被编到了一支全国装备最好的机械化部队。将近一年，我们就在湖南的永州一带训练，虽然训练很苦，但我觉得长进了很多。这一年先是当步兵，之后又进了炮兵部队。去年十二月，我们打了快一个月的硬仗，战胜了日本那支钢军，消灭了他们四五千人，真的很解气，总算报了当新兵那一仗的一箭之仇。

祖母大人：一定原谅孙儿，不是我不想您，也不是不想家，主要是没有写信的工夫。我现在到了重庆，在一个大机关里工作，暂且在长官卫队。以后有了时间，会不停地给您写信。我们现在有固定的营房，有专用信箱，通信很方便。

祖母大人：只顾讲我的事情，还没问候您呢。这两年您老人家身体好吧？家里的各位身体好吧，事业发展顺利吧，一切都好吧？写着写着，我好像就回到了乔窑，见到了您和家人。要不是可恶的日本侵略军侵犯咱们国土，中国有良知的人们和热血军人下决心要赶他们滚出去，那咱们肯定不会像现在离得千里迢迢。祖母大人，我知道您是最疼爱我、娇惯我的，我也有孝敬您、回报您的想法，今年就不给您拜年了，等到打败了日本鬼子，天下太平了，孙儿一定回家孝敬您，把这些年欠您的、欠家人的都补出来。

祖母大人：写信时，我就想起小时候您教我读的那首唐诗。“洛阳城里见秋风，欲作家书意万重。复恐匆匆说不尽，行人临发又开封。”我这个时刻就像诗中说的那么纠结，很多话要说又不知怎么说才好，很多意思要表达只恨时间不足，信纸太短，我写得太慢，应该说我的知识太少，语言太贫乏，表达能力差……

祖母大人：今天就写到这里吧！改日孙儿继续写。此处谨祝

全家幸福安康！

不孝之孙仁厚叩首

一九四〇年二月一日

“这信在路上走了七天，真慢呀！”老奶感叹着。母亲没有说话，她脸上没有喜也没有忧，好像什么事情都没有发生。老奶过了一小会儿，说：“老大家，仁厚来信了是好事，过了年快点儿告诉东门里，省得大家都惦着。”母亲点了点头，还是没说话。无论怎么说，这个除夕，乔家称得上双喜临门。老奶心里高兴，就吩咐父亲的五叔乔祖庆，抓紧买一挂大点儿的鞭炮，最少是万字头的，明早好好放放。父亲的五叔是我五爷。五爷心里高兴，就笑着做了个下蹲动作，模仿舞台上大臣拜谒皇上时的样子，逗老奶开心地说：“遵旨！”

一九四〇年二月八日，是农历的正月初一，中华民族传统的节日。有一句话说得很有意思，过年难，年难过，年年难过年年过，无论日子多么艰难，这年都是一件很重要的事情。乔家并不富有，在村子里最多算中等偏上收入家庭。过去两个年，由于家里出了特殊状况，大家心里都不畅快，尤其是当家人老奶更是忧心如焚，所以是在沉寂和低调中度过的。这个年虽然家里接连有喜讯传来，但谦和、谨慎习惯了的老奶，还是没有什么张扬，只是让五爷买一挂大点儿鞭炮，以示新年大吉。与往年不同的就是鞭炮大了点儿、燃

放时间长一点儿，在鞭炮上体现出些微的差别，这就是老奶这个当家人的初衷。可到了五爷那儿，就变通地执行了老奶的指示，不仅买了一挂两万头的大地红，还买了百十个两响炮。鞭炮放到上房屋，大家都兴高采烈，唯独老奶脸上表情凝重。五爷赶紧解释说："本来只打算买一挂大的鞭炮，可在鞭炮摊上，不知人家掌柜的咋知道咱家今年双喜临门，非说要我买些两响炮，象征着双喜临门，我不想扫人家的兴，就买了百十个两响炮。"五爷说完，看看老奶有什么反应，见老奶依旧一副严肃的神态，以为是老人家心疼钱，本来也是，噼里啪啦一阵子，这银子就变成碎炮纸了。五爷说："今年过年前，我们糕点铺掌柜开恩了，每人多发一块大洋，全当没发。过年放鞭炮就是图吉利，放得多点儿就红纸一地，红红火火多好！"这时老奶开腔了，说："祖庆，你真能打圆场。这一回已经买回来了，放就放吧！"老奶说完就领着大家熬年，农村的除夕之夜，大家都不过早地睡觉，坐在一块儿聊聊天，说说笑话，就是所谓的熬年。

乔家这年除夕夜的熬年，好像与母亲存在着很远的距离。母亲虽然也坐在大家中间，但她完全就是心不在焉的状态。三舅王友泽被人杀害，死得窝窝囊囊，明明知道他是为了保全祖国文化遗产被日本间谍滨田美樱和汉奸杀害，却被他们伪造了杀人现场，让三舅还背上了反动会道门的臭名。王家虽然向衙门告了状，请求查明此事，惩办凶手，怎奈县衙无能也缺乏证据，郝克钦这个唯一证人又玩奸猾，一副无赖的嘴脸。为此，王家尤其是母亲一直处在这件事的阴影之中，心情一直郁郁寡欢。尽管乔家的形势有所好转，在除夕到来时有了父亲的消息，然而司马川事件带来的后续影响、三舅的案子毫无进展，这些都像重重的铅块一样压在母亲心里。她高兴不起来，熬年就熬得无精打采。老奶不愧是乔家当家人，对全家每个人的心理情况十分清楚，因此对母亲的表现理解又同情。这个应该庆贺一下的年，因为母亲情绪不好，乔家就有意低调而没有丝毫张扬。

大年初一，当乔窑北街乔家的两万头鞭炮响起，两响炮也在晨曦炸响的时候，不仅给全家人带来了喜庆和吉祥，也引起了南街、中街的人们特别是北街家家户户的关注。只是心理阴暗的乔响器，还以为东邻乔家是黄连树下弹琴——苦中作乐，竟在心里说："你们心里虚，人失踪几年可能就不在世上了，还故意装作无所谓的样子。等到元宵节那天，再刺激刺激他们！”乔响器以为他们合唱的《小放牛》就是一种杀人不见血的秘密武器，具有极强的杀伤力。农历新年的早晨，城乡都密集地响起招财纳福的鞭炮。乔响器这天并没有燃放鞭炮，他根本就没有起床的意思，他在被窝里钻着把头蒙住，不愿意那些与己无关的炸响骚扰了自己的美梦。树欲静而风不止，他还是被鞭炮声搅扰了，东邻乔家出奇长的鞭炮之后，西邻也不甘示弱地放了一挂长的。夹在中间的乔响器终于睡不下去了，再穷酸也要过年啊，他把乔田才除夕送给他的半挂麦子鞭燃着，院子里终于有了噼里啪啦的鞭炮声。他安慰自己说，日子会好起来的。

千家万户对习俗的重视由来已久，而且随着时间推移与时俱进，逐渐达到了受反制、被禁锢的程度。大年初一这天大家是不出门的，理由就是风俗。过了初一，从初二开始就进入串亲阶段，而且串亲的时间也很讲究。初二这天一般都是新亲戚走动，初三开始就是老亲戚互访。七舅爷算是老亲戚，初三早上就带着礼物从十里之外的铁炉街动身了。铁炉街邓家虽然日子每况愈下，已经到了瓜分祖业的地步，然而对风俗礼俗的崇拜和恪守始终没降格以求。七舅爷来乔家因为那次唱《小放牛》触怒了老奶闹得十分尴尬，所以一直心有余悸，仿佛一大片阴影笼罩着似的，表现得极不自然。这之前他曾来过乔家两次，都是闪电一般转身就离去。七舅爷嘴上不说心里嘀咕说：“不是俺姐连着心，谁才登你乔家门！”他不想见到老奶，就尽可能回避。奶奶邓氏在乔家地位不高，七舅爷那次受了气她也没有办法，只能安慰七舅爷不要计较别人的眉眼高低。七舅爷来乔家遮遮掩掩的表现并没有得到奶奶批评，日子长了就成为一种形式。初三这天，七舅爷蹑手蹑脚进了乔家，他还是打算只到奶奶房间坐一会儿，把给乔家的新春礼物由奶奶转送到上房屋。老奶通常就在上房屋里坐着，上房屋门上挂着一挂沉甸甸的竹帘，下面半截还包着一块蓝色的棉布。七舅爷进了乔家院子，定睛看了看奶奶邓氏的屋门，“嗖”地在院子里走了个弧形，就不见了。七舅爷的动作着实麻利。外甥像舅，难怪父亲跑得那么快，在全军百米大赛上多次获得第一名。七舅爷刚坐下，就听到院子里有人在说话。老奶在院子里问：“守甲，是谁来家了，来客了让客人坐上房屋，炉子大，暖和。”老奶明知爷爷不在家，却还喊他的名字，这也是一种借代手法，喊爷爷的名字实际不是在喊爷爷。奶奶慌忙在屋里回答："是老七来了，他恐怕打搅您，就先来这屋坐一会儿。"老奶态度和蔼，笑着说："打搅啥呢，我天不明就起床了！叫老七到上房屋坐吧！"对老奶一反常态，这么热情地请七舅爷到上房屋，七舅爷既感到意外，又受宠若惊，就马上提上礼品往乔家上房屋。

老奶微笑着给七舅爷倒了杯茶水，请七舅爷到火炉子跟前坐。七舅爷在寒风中走了十多里，身上旧棉衣早已不能御寒，冷得不停地发抖，可他还是说："不冷。"不好意思往炉子处靠。老奶说："你身子还打着寒战，穿得单薄了点儿，往火跟前儿坐坐！"七舅爷经不住老奶的再三让座，就坐在了火炉边的凳子上，还把两只皴了的手放在火炉上面。老奶说："你还是喜欢唱歌？"七舅爷听老奶这样问话，马上把手从火炉上抽回来，脸色也变得灰白，不知如何回答才好，只能支吾着说："不咋唱了。"老奶说："那回我不让你唱，还给了你难堪，让你没趣，是我心里着急，就发泄在你身上了。那都是我的不对，你千万不能往心里搁。"七舅爷这才定了神，再次把手伸到炉子上。七舅爷说："那回是我太不长眼，唱那歌也有点儿刺激人，是我的错。那以后我就不再唱那《小放牛》了。"老奶笑着说："老七，我要让你唱《小放牛》，你唱不唱？"七舅爷说："不唱，不能唱，歌词不美！"老奶说："老七，有点儿事，咱们都要唱。你来当老师，教乔家人把这《小放牛》唱熟唱会！"老奶就把父亲来信的事讲给七舅爷，还把乔响器、乔田才拿《小放牛》侮辱乔家的过程讲给了七舅爷。讲完这些，老奶强调说："这回咱全家都唱，唱给乔窑村的人听，特别是对唱的回答部分！回应他们，让他们知道是韩湘子出家一直没回来！"

七舅爷爱唱歌，尤其是爱教别人唱歌，大家都唱时，仿佛是一种荣耀啊。七舅爷在上房屋里，神情激昂地教着乔家人唱歌，五奶文化不高，常常唱不出味道，七舅爷还专门讲了有关的传说和典故，加深五奶乃至大家对歌词的理解。一遍遍地练习，一次次地合唱，乔家人把《小放牛》唱出了专业级的水平。七舅爷很满意，脸上现出了久违的笑容，显然他很享受这次得到乔家的重用和厚爱。乔窑北街这个从县城迁回的乔家，一向以严肃、古板出名，自己家人也觉得日子过得枯燥，自从七舅爷教会大家唱《小放牛》，大家干活时、悠闲时就哼哼，觉得生活多了不少情趣。

轻松快乐的日子人们都觉得过得飞快，乔家人更是这样认为。自从家里有了歌声，大家便产生了轻松愉快的感觉，都渴望着这种日子慢慢地，能把这种时光留住更好。然而，光阴似箭，岁月如流，亘古不变。时间哧哧溜溜就到了正月十五元宵节，乔窑西边的八方庙社火、杂耍、大戏纷纷出来捧场。串亲戚、走朋友的再次掀起小高潮，因为庙会，乔窑这个古村落又热闹起来。乔响器扬言这天在乔窑北街唱歌，继续伤害乔家，果然没有食言，正月十五上午十一点，这场合唱就拉开帷幕。别看这种小打小闹，因为别有用心，就格外引人重视，尤其是乔响器、乔田才破喉咙烂嗓子，衣衫不整的样子，更像是新野县的艺人在玩猴，人们都爱走极端，要么看专业团队演出，要么看不要脸的人献丑。满街拥挤了那么多人，大概都是出于看乔响器献丑的吧！这天乔家人依旧黎明即起，洒扫庭除，做到了内外整洁，而且很早就把门打开，好像对乔响器的恶意展示着一种包容态度。乔响器不知其因，还以为乔家对他根本无奈，只好接受这种凌辱了。按道理，东邻已经认输似的打开大门任你胡闹了，那你乔响器也应该见好就收，不再过分地去刺激对方，可他偏偏不顾及这些，照样我行我素。十一点十分，他们俩对着乔家大门唱起来：

天上桫椤什么人栽？
地上黄河什么人开？
什么人把守三关口？
什么人出家一去不回来？

第一遍唱到这里，他们仍然是只唱问的，不唱答的，而且很得意。看大家都认真听，有的看不到还翘首踮脚，他们更加人来疯，继续唱着：天上桫椤什么人栽？地上黄河什么人开？什么人把守三关口？什么人出家一去不回来？这一段唱完，老奶就站在乔家大门口的石台阶最高处，大声说：“乔响器、乔田才，你们唱的一点儿都不精彩，连几个小问题都不会回答。你们听着，看这首《小放牛》到底咋唱！”老奶说着话，乔家人已经在老奶身后集合整队了，然后大声唱起来：

天上桫椤王母娘娘栽，
地上黄河老龙王开，
杨六郎把守三关口，
韩湘子出家一去没回来。
……

歌声嘹亮、雄浑高亢、余音绕梁、意味深长！乔响器、乔田才气得灰溜溜地窜了，满街的人竟报以热烈的掌声。

元宵节，乔窑村的欢乐气氛盖过八方庙的演出。人们认识不认识乔家人的，一致交口称赞说："乔家人的合唱真有气势、真好听啊！"

二十五

春节前夕，重庆飘起了雪花，纷纷扬扬，下下停停，给山城增添了冬日的诗韵。江面上行驶着客轮、货轮，偶尔鸣放一两声长长的汽笛，悠扬激越的声音便回荡着。枇杷山在雪花的飞舞中，仿佛沉睡在黛墨色的美梦里。江面上没有风，落雪就显得中规中矩、富有节奏。一向繁忙、嘈杂的朝天门码头，似乎平静了许多。接客、送客、接货、送货的人们依然不少，四五十度陡坡的长长石阶上，上上下下的人流，如同搬运过冬食物的蚂蚁，密密麻麻地爬行着。腊月的重庆，天不算寒冷，那些飘落下来的雪花刚和地面接触就融化掉了，没有积雪，地上有些湿润。

从枇杷山下面的中山路到朝天门码头有两公里半的距离，父亲通常用不到二十分钟的时间就能到达。初来乍到，重庆是那么神秘和陌生。作为军人，父亲每天都有规律地生活着，早操、训练、学习文化、执勤，时间安排得紧紧的，紧张严肃的氛围让他感到十分充实。工作、学习之余，父亲喜欢一个人走动，通常他只去两个地方，一个是朝天门码头，在那里看江面船只，听汽笛鸣叫时山城的回声，站在码头石阶的最高处，俯视码头看渡船缓缓靠岸，人流蜂拥般地下船，然后拾级而上。摩肩接踵的人们，男男女女，花花绿绿，浩浩荡荡，十分壮观。最精彩的是人群中的“棒棒”，那些肩扛一根木棒，木棒上通常提溜一根准备捆绑货物的绳子，慌慌张张地在人流中穿梭，他们边走边呐喊着，努力地招揽着生意，寻找着使用他们的雇主。棒棒们无论多么辛苦，多么劳累，很多时候货物压得他们气喘吁吁，但他们的脸上始终都带着笑容。重庆的棒棒很让父亲好奇和感动，因此，他有机会就凑过去和还没有活儿干的棒棒聊天，心里就充满乐趣。年轻人不甘寂寞，各有各的寻找乐趣的去处。在朝天门码头上看轮船进港出港，父亲还惊叹于那两人抬或四人抬的滑竿，长长的竹竿一闪一闪，有节奏地一起一伏，发出咯吱咯吱的响声，客人在竹竿正中捆绑的竹躺椅上被不停悠荡，并没有担惊受怕的表情。父亲觉得抬滑竿的人们，内心肯定没有棒棒们快乐，这些人不仅在石阶上小心翼翼地走着，一步一个脚印，脸上还显现着呆板木然的表情，内心可能也有着比肩上并不小的压力。第二个常去的地方便是枇杷山了。枇杷山在重庆的正中央，登上山顶，不舍昼夜滚滚东去的长江及重庆繁华的街市尽收眼底。父亲并不知道枇杷山海拔多高，也不知道在重庆除了枇杷山周围还有很多山。枇杷山林木繁茂、藤灌丛生，时序尚值冬季，依然绿盖如云，杂花点点，那些似雀非雀的小鸟忘情地在林中飞来跳去、啁啾鸣啭，增添着山上的灵气和活力。这里不仅风景优美、云淡风轻，而且文化氛围很浓。在山上，父亲看到成群结队背着画板寻找一隅坐下来写生的学生，还看到那些手持相机不时“咔嚓”拍照的外国人，手执拐杖走走停停不住地和熟人搭话的老人也不在少数。最让父亲感到亲切的还是那些背着手风琴和小提琴的人，他们走到山的一侧，面对飘带一般的江水，深情地演奏着父亲说不出曲名的曲子，如痴如醉，感染得游人流连忘返。那天，父亲听到了久违的口琴演奏声，马上想起了巴卜洛夫以及他吹奏的《北方的星》《三套车》。吹奏者坐在一块大石头上，头上戴着一顶枣红色的呢帽，帽檐太大遮挡了这个人的脸面，琴声就从帽檐下飞出来。那人吹的是一首中国歌曲《我的家在东北松花江上》，琴声好像在诉说着一个故事，如泣如诉。父亲的那只口琴，在昆仑关作战时丢了，丢东西的人大都迷糊，不知道是丢在炮兵阵地上还是军营里，那是巴卜洛夫特意赠他的礼物，不是战争他肯定能做到爱不释手。没有了口琴，但口琴情结却刻在了父亲的感情世界里，听到口琴的旋律，父亲就立马儿来了兴致。父亲在小径的石板上，聆听着，仿佛听到了松花江水奔涌的声音。突然间，防空的警报响起来，由于日本侵略者在重庆实施战略性轰炸，不时地骚扰着，让重庆时时处在危机之中。警报就是命令，父亲不顾下山的路多么曲折、陡滑、凹凸，也不顾是自己的休息时间，他快速地飞奔起来，中山路就是他的岗位。

中山路是一个笼统的称呼，准确地说是中山 × 路才对。在重庆这个地方，父亲最熟悉的莫过于中山路了。进入重庆，他和其他几位被遴选来的现役军人，说是特招的特种兵。到重庆的第一站就是中山 × 路，经过十天的队列再训练、站军姿再规范、军人礼仪常识再培训，父亲开始了警卫生涯。之前在战场上出生入死，在训练中刻苦努力，在炮兵阵地上准确发射，以及参军前的英雄壮举，体育比赛的骄人战绩，到重庆后全部归零，一切要重新起步。父亲唯一的熟人，就是战昆仑关时的那位军部参谋处长。他奉命担任军政部 × 补训处处长，尽管这位长官平易近人，从没在父亲面前摆官僚架子，然而在父亲心目中这位长官就像一座大山，一个农村出来的人怎么能攀得上呢？再说了，父亲从小接受的教育对他的影响根深蒂固，威武不屈、贫贱不移、富贵不淫这些思想早已生了根。父亲做梦都没有想到自己来到重庆，当初入伍时只有一个念头，保家卫国赶走侵略者，跟邓家叔侄一样。如果说有初心的话，那么初心就是上战场打仗。在离开广西奔赴重庆的路上，父亲还不停地思考，到底是哪方面的原因，自己被挑选出来，是因为长相吧，大家长得都那个样，有鼻子有眼，最后父亲把那身新军装看成了是自己的优势，大家都说人是衣裳，马是鞍鞯。父亲在昆仑关血战中，把原先的军装弄得破烂不堪，还是军部长官的关照，让他换上了一身新军装，合体、光鲜、精神，或许因此成就了他。

军人的天职就是服从命令，既然命运把自己安排到了重庆，只能告别昔日的战友和熟悉的军营，到新的地方和陌生的环境里重新开始。既然来了，就要视单位为家庭，视规章制度为生命，把努力工作作为自觉行动。因此，在枇杷山上，听到防空警报，第一反应就是马不停蹄地往中山 × 路跑。中山 × 路是行政区，是军政机关的所在地，秩序一向是井井有条，可是在防空警报拉响后，这里的情况就与通常有了截然不同的变化。街道上行人神色慌张、步履凌乱、争前恐后。随着凌厉的警报再度响起，街上的状况更为混乱，简直有点儿失控，很有西方油画《庞贝城的末日》画面的情景。父亲在一本艺术书上看到过这幅画。街道上尽管有人在维持秩序，不住地提醒人们防空设施的位置和方向，然而疲于奔命的人们总是充耳不闻，甚至对路旁的警示牌、指示牌也视而不见、熟视无睹，人为地自己把自己逃生的路线搅得十分紊乱。好在这种混乱不堪的情形在短暂的五六分钟后就正常了，本来就是平时常在这里走动，或者路过的，加上从枇杷山跑下来的，总量并没有多少增加，只是那一刻大家都想早一点儿、快一点儿进入安全地带，就造成了短时间的拥堵和失控。这种时候，即使一些人素质很高、道德修养很好，但面对一些自私的、修养差的、在警报面前乱了方寸的人，文明只能屈服于粗野，素质好与坏只能平起平坐。刚来重庆，父亲对防空警报下的乱象唏嘘不已，对那些衣着军不军、民不民、警不警在街上维持秩序的人看不惯、瞧不起，认为这些人上了战场也打不了胜仗，形象十分像残兵败将，有的就是俘虏的样子。之后的一次防空警报响后，父亲恰好路过一个哨口，看到这种指挥十分误事，就上前管了一次闲事。父亲就是这种脾气，路见不平就一声吼，声音洪钟一般：“各位达官贵人，大家不要紧张，讲点儿秩序，不要拥挤，道路顺畅，大家才能走得利索，人流才能不受阻碍！下面，大家看我手势！”父亲左边一挡，右边通行；右边一挡，左边通行，三下五去二，刹那间就按部就班了，等到第二遍响起防空警报，道路上早已疏散得街净人稀。那天父亲是执行送文件任务，疏通后马上就离开了。后来在中山 × 路上再次见到那位值勤的，父亲问他：“朋友，你连人都指挥不动，像木偶一样，你不觉得很没面子吗？”父亲不是挑衅，而是一种直来直去的习惯，战场上下来的人，身上总有浓烈的硝烟味。值勤的那个男子并没有因父亲的口气不温柔而表现出不乐意，而是无奈地叹了口气。他在那次父亲为他示范了一次指挥后，目送父亲很远，直到父亲拐进了那个大院。父亲虽然是一个无名之辈，但他所处的单位却让许多人不敢小觑。宰相仆人七品官，何况父亲穿的是尉官服，那天疏通道路，明明是在好几个将军眼皮底下。那个值勤的叹了口气后，就很诚恳地告诉父亲：“你不知道朋友，在这一带值勤就是麻烦多，你认真负责地大胆指挥，弄不好就会遭到呵斥，在这块地皮上，随便摸一把，拉出个人就比我厉害。听你指挥是给你面子，不听你甚至指责你才是常态，不动手修理你就是便宜。”父亲说：“那你也不能睁只眼闭只眼，放任自流啊！”“那我真的是力量有限，魄力不够，混日子也不是我的本意啊！”那人简直就把自己当成了木偶，是拿俸禄的木偶。父亲看这人是烂泥糊不上墙，就告辞了，呼呼地远离了他。不管别人咋样，父亲要求自己做到，恪尽职守、鞠躬尽瘁。平时他除了假日上街购书购物，就是到朝天门码头看轮船、听笛声，面对茫茫江面、络绎不绝的人流和微笑的棒棒们，以及谨慎呆板的滑竿夫，寻找着自己独特的乐趣，或者登上枇杷山，分享文化人的欢歌笑语和曼妙琴声。在枇杷山上，他感悟着独处的恬静和幽雅。然而，这天的防空警报竟然又来了，父亲一秒也没有逗留，直奔那条路和那个让人肃然起敬的大院。

父亲回到中山 × 路时，路上行人不少，但秩序基本正常，只是有人吆五喝六地让行人躲闪，有人横冲直撞地在人堆里往前挤，这才导致了拥堵，这种时候没有机动车通行，最惹人讨厌的便是那些滑竿了。那么长的竹竿上的椅子，不停地弹起来又落下去，特像河水中漂浮的物体一沉一浮地随着波浪起伏。在朝天门码头上看到的抬轿者，在这里完全换了副面孔，不再严肃和呆板，而是凶神恶煞一般地训斥着急于避难的人们。滑竿的陆续出现，把本来就开始混乱了的街道搅得彻底乱了套。滑竿与滑竿之间因不停地拐弯抹角也发生碰撞，争吵逞强几乎要停下来表演全武行。要不是警报的尖厉声提醒，抬滑竿人肯定会忘记大家都在避难。滑竿正在街头往防空掩体移动的时候，天空中就出现了飞机轰鸣，紧接着一个飞机方阵出现了。它们在重庆上空开始盘桓，似乎在搜寻投弹的目标。这时，地面的高射炮朝着飞机方阵“嗒嗒”发炮，同时伴着高射机枪连击的声音。父亲在昆仑关的炮兵阵地上，亲见指挥所附近布防的高射炮，打得日本飞机无法投弹，致使几架仓皇投弹或投放物资的日机，不得不忙中出错地把物资投给了我军。在重庆上空战略轰炸的日机太多，密密麻麻的像秋天往南飞的雁阵。它们好像不理会地面上的高射炮，只是队形多少有些改变，并没有马上飞走，边躲闪着高射炮弹边顽固地投下炸弹。从父亲的角度看，那些日本飞机像是产蛋的母鸡，在高空中下着蛋。父亲是炮兵出身，曾经在阵地上领略过敌机的轰炸，对这些落下来的东西并不惊慌。倒是那些刚才还威风八面的抬轿者，此刻没魂了似的只顾自己逃命，把滑竿撂在路边，不顾客人安危自己先躲了起来。更有不良者，把滑竿抬翻了，客人摔倒在地连扶也不扶便扬长而去，好像把赖以生存、养家糊口的工具扔掉不要了。而乘坐滑竿的人，老弱病残者居多，在这种危急关头，除了叫喊，一点儿办法都没有。被抬轿者抛弃在路上的三个老人，其中一位勉强还能迈出步子，他站起来后，就咬紧牙关，拼命向前面快走。另外两人的情形就惨不忍睹了。一个从滑竿躺椅上侧翻在地，一条腿好像是受了伤，身子在原地只能打着旋转，十分像一辆行驶着突然摔倒了的摩托车，油门还开着，旋出了一个又一个的圆，但没有挪动半步。另一个还坐在滑竿旁的地上，几次手按地试图爬起来，几次都失败了，失败后并不甘心，使劲儿地拍打着地面，之后再重复着刚才的动作，继续失败。看着这些发生在眼皮底下的事，父亲刚才还在骂那些无良的人只顾自己逃命，丧失了做人的道德和抬轿的职业操守，把客人扔下自己逃命去了，很快又联想到自己，作为一名现役军人，看到两位老者遭遇着磨难，要是见死不救，那么连抬滑竿逃命者都不如。父亲脑子里像火烧着了一样发热，这一刻他心里只有路上那个像加着油门的摩托一样在地上打转转的老人和这个试探着站起来的却一次次失败的人。这时，高空中飞机的轰鸣就在父亲的正上方，或者已经打开投弹舱门。这个时候，重庆中山 × 路乃至这一带，最有可能被炸中的恐怕只有父亲和那两位坐滑竿的人了。

父亲见识过多次飞机轰炸、飞机扫射的情况，到重庆来后这是第三次，已经从最初的惊慌失措，演进为当前的沉着应对。父亲心里想，这飞机大不了就是些庞然大物，在天上飞，对地上的目标也不是百发百中，很多时候也是在浪费炸弹。飞机对地面打击，并不能比得上地面上两军对峙时的射击，人们面对面射击，瞄准了但打不中的情况一直存在。当兵的，谁没练过打枪，谁不想百发百中，然而统计数字则特别打脸。单兵作战最优秀的士兵，平均九发子弹打中一个敌人，普通水平的士兵，平均十三发子弹打中一个敌人。而飞机在高空投弹，尽管航空炸弹威力很大，然而也不是防不胜防啊。父亲作为炮兵，十分讲究角度、阻力、超前量及偏差的计算。当飞机投弹时，飞机每秒的飞行速度、弹头的出仓时间、落地时间的倾斜度、在空中调整的情况，父亲能大差不差地判断它的落点。总之，飞机投掷的炸弹，并不是全为自由落体运动，它在下落过程中存在着变数。作为面对它的防空者，千万不能惊慌，千万不能乱撞乱窜，要机灵规避它。

经过几次战场的拼杀，经过几次枪和炮与日本侵略军的较量，父亲内心里已经蔑视日本侵略者了。对他们使用战略轰炸这种伎俩，父亲称这种流氓无赖手段为要死狗。对敌人的愤恨和蔑视，往往能增加自己的勇气和信心。就在日机空投的炸弹在头顶上往下落的关头，父亲心里说：“去吧，日本飞机，让你浪费炸弹了！”父亲把百米赛的状态调整了出来，像一支出弦的利箭，闪电般地先去救那个像倒地摩托一样的人。

二十六

母亲不会唱歌，元宵节那天的合唱《小放牛》，母亲参与了，而且站在前排的中间位置。过后，老奶提起这次大合唱，夸全家人很齐心、很争气，唱出了乔家人的心声。母亲对老奶的笼统夸奖感到很不好意思，腼腆地说：“这次的唱歌都是老一辈人的功劳，他们唱得真好，我虽然站在大家中间，但我就是在滥竽充数，张嘴合嘴是在做样子。”老奶说：“其实，叫我说，唱歌这种活儿最初是振作人精神的，能吆喝几声就行，后来大家就挑剔起来，水平也提高了，变成了一种艺术。合唱还不尽是这样，就是讲究一种气势。像打夯的人、拉纤的人、队伍的人，谁会唱谁不会唱，大家站到一起，会唱的不会唱的只要唱得齐整，不走调，就行了。咱家这一唱，乔响器、乔田才觉得他们根本不是对手，就赶紧溜走了，这就是唱歌的力量。”老奶不懂艺术，心情一好，就信口讲起唱歌，全家人都得耐心听着，还装模作样地不时点头称是。乔家人格外顾全大局，除了老奶的凝聚力强大，根本原因是乔家传统教育起着作用。母亲心里一直有个阴影，那就是三舅的去世。她觉得是光天化日之下的一桩抢劫杀人案，是洋鬼子对中国平民的挑衅。心里不痛快，就对本来就不擅长的唱歌难有兴致，在老奶讲唱歌的道理时，母亲根本听不进耳朵。

自从有了父亲当兵的消息后，母亲对当兵人的态度随之发生了一百八十度的转变。传统的观念是好儿郎不当兵，母亲受这种观念的影响，也对当兵人看得不高，认为舞刀弄棍、耍枪使炮的，那都是粗鲁人、野蛮人的行当。要说母亲思想认识得以改变全因父亲当兵也不全对，还有一个思想基础就是三舅王友泽的被日本特务和汉奸谋杀。因为痛恨日本侵略者，所以就对拿起刀枪打日本侵略者的人敬重有加。乔窑村这个地方，虽然并未发生过兵戎相见、两军对垒这样的事情，然而掉队官兵、伤病员却常出现在村头街尾。原因比较简单，还是乔窑村的地形地势特点和所处的位置比较另类。如同洪水暴发，水总是很自然地往适宜它的地方流，地势低无障碍。乔窑村这个地方的确很容易被那些战力较弱或落难者发现，在走投无路时，就选择往这个地方走，似乎这就是趋势。

绵绵几百里北邙山，自西向东横卧，大都与向东奔流的黄河呈平行状态，山与水之间则是万顷良田，旱涝保收，名副其实的天然粮仓。山水之间多有村庄，而且相对富庶。乔窑这个地方则与众不同，虽然也在山水之间，但它却偎依邙山，既有坡地又有水田，往北进一步逼近黄河，朝南退一步居高临下，小环境微风水可见一斑，毋庸多说。乔窑东两里路即是古驿道，后来的南北国道，西一里多邙山在此有个“鼓肚”，恰成乔窑的拱形屏障。从国道往乔窑有大路一条，笔直平坦，出行十分方便。从国道上坡的坡根，还有几条小道，有的在半坡缠来绕去、时断时续，稍不留意就忘了脚下的路；有的弯弯曲曲、折来拐去，不小心就把人诱导入乔窑的东沟；最近的是放羊人赶羊群常走的小路，荆棘丛生、野蜂飞舞，伤人的事时有发生，但这条路恰恰是一条捷径。乔窑距古驿道（国道）那么近，自然就与其有密不可分的联系，也有层出不穷的故事。南北国道从北往南过了黄河通过北邙山，大坡口是必经之隘口。战争年代设卡检查、堵截都在这里。大坡口进去如同斧凿刀削、陡峭壁立，通道狭窄而长，所谓大坡主要形容它的坡度陡。这还不算，大坡西还有一个寨子，好像这个大坡陡壁上矗立的城堡，据说这个寨子的形状、特点跟山东梁山寨大同小异。寨子上可以屯兵，对把守国道十分重要。抗战时期，大坡口就成为重要的关口和哨卡，因此过不了关的人、担心被盘查住的人，发现情况后，多从大坡口下面寻小路逃命。乔窑便成了最重要的逃生之地或中转驿站。

靠山吃山，乔窑个别人靠着大坡口的险要地势和易于逃窜的小路，也有不少收获。比如站在坡口让过路外地人留下买路钱这种事就像吃家常便饭。这条南北通道兵荒马乱岁月虽然不是车水马龙，但毕竟是一条国道，只要从黄河渡口渡河，大坡口绝对是必经之关隘。进入大坡口犹如进入死亡胡同，加上易守难攻的山寨作为后方堡垒，这一带从古至今都是兵家忌讳之地。大部队没有充分准备绝不会盲目通过，小股人马到此又常遭受地方匪徒和恶势力冒犯。虽是国道古驿道，但并不是一条战略要道，滔滔黄河并不是所有大部队都能顺利通过的。因此，抗战开始后，大量部队都在东部、南部和遥远的北部开战，这一带相应就比较消停。常有土匪刀客出没的大坡口一带，就由当地县政府负责管理。于是大坡口设卡检查不只是应对土匪刀客这一类人的，很多时候带有政治任务。检查搜捕进步学生、进步人士，发展到对八路军、新四军散兵、伤兵的迫害和残杀。那些在大坡口难以过关的人，大都选择钻进坡根的树丛中，然后顺着小道往西行走，就这样在盲目的夺路逃命中进入半岛一样的乔窑。进了乔窑的人，只要大家认为是正经人的，差不多就算进入了安全地带，患病的能保障让病者静心养病，带伤的有地方让伤者安心养伤，要绕过大坡口检查的，又能安全达到目的。除了乔窑村民风淳朴、多数人教养好之外，还有一条原因是古代掩体和秘密通道较多。

现代人对地坑院比较熟悉，这种地坑院冬暖夏凉，战争年代还能防空。乔窑人叫它地扎窑院，意思是形容这种窑院好像是扎在地下的。乔窑村曾经有很多，但这种窑院有些潮湿，没有乔窑靠山打的窑洞好，乔窑的窑院通风透光、干燥凉爽，几乎家家都有。乔窑还有一种窑洞，不能说是人间奇迹，但可以说比较罕见。这种窑洞叫天窑，是高高掩藏在山半腰的那种。乔窑村东边这条深沟长十多里，其越靠南部就越是沟岔稠密，本来一条南北为主的沟，一旦走进沟岔，方向感就彻底丧失。这些沟岔极不规则，岔中有岔，而且不停地改变着走向。因此，走进乔窑东沟的人十有九走不出来。这都属于正常，任何山沟深了、岔多了，都会让人麻烦不断。乔窑东沟两边陡峭、树木茂密、藤蔓横生、蒿草狂长、沟里溪水叮咚、偶遇暴雨便留下一些堰塞塘，于是乔窑东沟青坡碧水、空气清新、景色秀美。不知从哪朝哪代开始，人们在这条沟里建筑了一座座窑院，这些窑院多在自然形成的小坪里，窑院有院门有院墙，窑洞结构复杂、厅堂错落，卧室、客厅、厨房、卫生间功能齐备。

可能古时还没有在风景区建别墅的能力，土窑院便代替着别墅的作用。再后来，不知又延续了多少代，这些窑院大都废弃或改作他用，为了躲避战乱或匪患，人们又修建了更隐蔽、更豪华、更险要、更复杂的天窑。这些天窑差不多都没有可以看得见的道路，一般人根本找不到窑门。当然，哪个家庭或哪个名人达贵建造的天窑，自己都设有参照物方便自己寻找天窑。天窑一般都有大门，大门进去都设有值勤室，值勤室往里去，是一条狭长的巷道，容一个人通过。十多米的巷道走完，就出现一个客厅，这个别具洞天，不知从哪里引进一道自然光，使客厅毫无压抑之感。客厅里有好几个巷道，分别通往多个厅室，可供多个家庭生活。所有狭长巷道，都是一个共同目的，不允许坏人、强盗进入，在这些巷道两端，只要有一人把守，基本上一般人是攻不进去的。天窑也是土窑，最大的技术含量是隐蔽得好，窑洞的透亮、通风十分讲究，比那些窑院高出好几个档次。除了天窑具备安全、舒适的特点外，还有一项是最重要的，就是在被围困的情况下可以突围。天窑全在陡崖立壁上，但天窑数量很多，像一串被土埋的夜明珠，天窑与天窑之间都有衔接，但全部是单线联系。天窑通过连线，可以从沟底某个狼洞、狐狸窝里走出去。乔窑东沟属于孟津县，沟底像燕尾分开，一边属于洛阳县，另一边属于平乐镇，可谓四通八达。

乔窑村与其他村落相比，距大坡口最近，大坡口设卡拦截、搜捕案犯等信息差不多都知道。砍柴、放羊、打猎的乔窑人跟哨卡人员天长日久混得很熟，无话不谈，哨卡人员素质不高，没有保密意识，什么牛都敢吹，天大的秘密也敢泄露。大坡口这个地方每天只有上午九时到十一时是正常的，跟其他地方没有两样，阳光明媚、风清气爽。早一点、晚一点这地方便会刮起旋风，旋风卷起地面的枯草落叶，越旋越有规模，最后竟旋向高空，特别像地面上出现了膂力无穷的怪物，发泄一通之后腾云驾雾飞向天空，然后不知去向，给人们留下惊悚和后怕。因为这地方除了哨卡，还常常作为处决犯人的刑场，人们便在田间地头不经意间听到临刑前的喊冤声和壮胆声。“冤枉啊！”“办错案，你们不得好死！”“早死早托生，老子来生还是好汉！”……喊声或悲壮或凄厉，随着山沟的回声飘荡得很远，振聋发聩、惊天地泣鬼神。大概是这些原因，乔窑多数人回避这个地方，担心被那些阴魂不散的游神野鬼附了体。也有少数人为了利益，根本不在乎什么，专门发杀人的财。刀斧手、刽子手、枪手的确还有好几个，枪毙一个人五块大洋，砍一个头颅八块大洋，活埋一个人十块大洋，就是官方的定价。虽然这种生意名声不好，人们心目中杀人的人要进地狱，要经受阴间的油锅炸、烈火烤的，然而为了那些大洋，或者为了生存，还是有人不计后果，铤而走险，财富险中求嘛。乔窑村是一个不小的自然村，行政上却只是保下面的甲，最高的首领便是甲长。乔甲长的日常开支、应酬接待靠的就是提成，联系一宗生意、接一单杀人的活儿抽多少钱，事情多了既维持了以杀人为业的村民，也装满了自己的腰包，即使向保长进贡、给哨卡、行刑主管行贿后，也不至于囊中羞涩。甲长不仅建立了一个利益链，而且还形成了利益方面的良性循环。然而令乔甲长想不到的，经他精心策划、经营的利用大坡口哨卡和刑场这个金钱链，随着第一刀斧手乔炳立的生病而几乎断掉。乔炳立是乔窑最先从事以杀人为业的人，说他杀人无数多少有些夸张，数不胜数十分贴切，靠杀人得到的财富最多，家里盖起了两层大房，二层顶部还特意修筑了垛口和枪眼，他担心有人报复。无论从资历、财富和影响哪个方面，称为第一刀斧手都名副其实。乔甲长在他那里获得的抽成或者叫回扣也在诸多杀手中是最多的。乔甲长正得意他自己生财之道时，人称第一刀斧手的乔炳立却得了一种怪病，不仅乔炳立的职业生涯要画句号，也几乎叫停这个财富链。乔窑村与大坡口的龌龊交易也随之进入风雨飘摇之中。

乔炳立家里靠杀人获利建造的两层大房，在几百年村史的乔窑村首屈一指，大房将竣工时又画蛇添足地增加了垛口和枪眼，让人们有了各种各样的议论和猜测。那么多人都在关心着乔炳立的垛口和枪眼，他们平常看到的是强大无畏的乔炳立，然而即使他们真的是乔炳立肚里的蛔虫，也不知道这垛口和枪眼的用意。乔炳立不像人们想象的那样强大、那样无所畏惧，恰恰相反，杀人多了，就遇见了各种各样的眼光，有很多眼神不只是令他终生难忘，还像锋利的大刀向他砍来。刑场上那些谋财害命、贪赃枉法、投毒放火、奸淫放鹰的家伙，平时耀武扬威，上了刑场就身子瘫软、双目昏淡，乔炳立杀他们，就像杀一只鸡子，觉得这些人渣该杀，过后没一点儿惊恐。那些土匪刀客，死到临头了，要不喝一杯别人送的壮行酒，赴刑场时大声叫嚷二十年后自己还是好汉，要不就是面对刽子手哈哈大笑后，交代把活儿做好些，要不就大骂刽子手啥能耐敢杀老子。对于这些人，乔炳立多少有些在乎，毕竟他们曾经比自己要风光得多，老虎死了那张皮也很吓人。最令乔炳立在乎的是那些读了很多书、能讲大道理、心中有人生目标的人，别看这些人瘦弱，别看他们手无寸铁，无缚鸡之力，他们面对屠刀或者枪口，毫无惧色，目光中似乎存在着很多话、很多信念及无穷的智慧和力量。这些人让他懂得了心有余悸，懂得了半夜鬼敲门的含义。在杀了他们之后，乔炳立眼前总是晃动着他们的影子，尤其是夜晚，夜深人静或者风雨来临，仿佛这些人愤怒地向他走来，一定要除掉他。大房落成之后，他就病倒了，闭上眼睛就能见到他亲手杀死的人们，排成整齐的队伍，手持刀枪，高呼口号，要把他千刀万剐。他从开始的虚幻中升级为说胡话，再从不吃只喝发展为不吃不喝，就这样，第一刀斧手从彪形大汉、横肉满脸，半月工夫就身形枯槁、皮包骨头。乔炳立患病之后，第二刀斧手、第三刀斧手着实火了一把。然而，当他们拜访、探视了病入膏肓的乔炳立之后，且不说听到了多少神鬼一类的胡言乱语，仅乔炳立骨瘦如柴的样子足以让他们看到了前景的可悲。钱，有多少才算够呢？如果没了身子骨，要钱又有何用？相信这些杀人为业的人，一定会思考这些问题，反思后他们一定会对过去的选择产生怀疑，甚至会幡然悔悟，从而萌生放下屠刀、立地成佛的念头。这种靠杀人为生的产业如果乔窑的刽子手都洗手不干，肯定在社会上还能招募来新的刽子手。那么，损失最大的是乔甲长及大坡口哨卡和县衙的公职人员，还有得到过乔甲长好处的保长、乡长等，这个既定的利益集团不可能放手不管。乔甲长还是要承揽这份生意的。当然，是神仙都有把刷子。乔甲长亲自送乔炳立到基督医院治病，等于把这个带上病毒的患者隔离起来。接着对第二、第三刀斧手进行心理诊疗，让基督医院查理医生、约翰牧师向他们传授科学知识，进行无神论教育。此外，最要命的一招就是把杀人的活儿摊派给各家各户，好事坏事、赚钱的和不赚钱的通通转嫁给所有村民。比如活埋人，或者处理死人，挖一个坑一块大洋，公开透明，哪家认为伤天害理不愿干，那么你不挖坑的话不仅得不到一块大洋，还要倒贴一块大洋，用于甲长高价请人；你若挖坑埋人了，应得的大洋一块，如果觉得这属于不义之财，你也可以不领取，但必须签字证明你已领过。摊派这件事，十分像有些地方分摊的义务工，是必须要干的，是义不容辞的。忠厚的乔窑村民，稀里糊涂地尽着义务，默默地为甲长、保长、乡长、县衙公务人员、大坡口哨卡值勤人员做着贡献。甲长在乔窑就是一手遮天的人，说话算数，一言九鼎，几乎没有反抗的，大家都明白，狐假虎威是因为狐后有虎，吃点儿亏让他们占点儿便宜为了村里太平。

甲长的新政策实施后，老奶遇到了一桩很棘手的事情。乔甲长在五月二十八日的时候，安排给乔家一项任务，让老奶领着家里人把路过乔窑的几个伤兵挖个大坑一齐填进去埋掉。老奶听说要让自己家干杀人的活儿，当即就对甲长说："这种事你就另安排人干好了，我们家可是从来不干害性命的事！"甲长头一次遇到钉子户，气得脸发青发紫，恶狠狠地说："我啥时候害过性命？别说害人了，就是杀鸡的事也没干过！你觉得这种事不好，狠不下心下不得手，但这回是下雨立在当院里，淋（轮）着你家了！"老奶不服气地回了句："恁能，偏偏轮到俺家就活埋人？"乔甲长从衣袋里掏出一个揉成饼馍卷一样的账本，三抖两抖就打开了，说："你还不信，自己翻翻看看，挖坑埋人都好几起了。这不是应该大张旗鼓干的事情，没必要让全村人都知道！"老奶说："我才不看那账本呢，账也可以做假，官糊弄百姓有的是门道。反正这个事俺家不干！"甲长火了，说："你们要不干，我找保长说，找乡长说，不要为难我！不过，丑话说前面，这事就是上级下达的任务，估计你们到哪里说也不行，白搭工夫，拐回头你们还得干！"老奶是个倔强的人，但在不讲理的甲长面前，她只是心有不满，但明知改变不了眼前的状况。看老奶有些服软，甲长就把五块大洋拿出来，说："五个人，共五块大洋的劳务费！"老奶虽然知道这个事在劫难逃、推辞不掉，但心里十分别劲儿，就指桑骂槐地说："你拿上吧，交给那些家里需要买膏药的人，这五块大洋足够他们贴一阵子膏药了！"甲长少皮没脸地把钱重新塞进怀里，说："那劳务费就算给你们了，我替你们签名字好啦！"甲长走了，老奶对着他背影，使劲儿吐了一口唾沫。

老奶站在村东那五个叫花子一样的人面前时，才知道这些衣衫褴褛的人是战场上部队转移时掉队的军人。不仔细看、不认真听他们说话，还真分不清他们的性别，因为女的留着短发、男的蓄着长发，年龄应该都不大，蓬头垢面，脏兮兮的样子令人恶心又使人怜悯。他们身边放着几只粗瓷碗，里边都有照见人影的稀玉米汤，碗上担着筷子，筷子上还放着两搅面（一半玉米面一半红薯面）的馍。这些都是善良的乔窑人施舍给他们的，这几个人看上去很饥饿，应该是风餐露宿、风尘仆仆好多天了，嘴唇已经出现干裂，但他们没一个人动这些食物，很有不接受嗟来之食的味道。老奶问他们："孩子们，你们为什么不吃点儿东西呢？"这五个人有三个靠在村边打麦的石磙上眯缝着眼睛，气息奄奄，好像连回答老奶的力气都没有。其中一个看看老奶，然后轻轻地说："我们不饿。"说完，又把脸侧向一边。老奶看到好几只苍蝇飞来飞去，落在他们身上，再飞起来，就是不远飞。定睛看看，靠在石磙上的三个人腿上、胳膊上都流着脓，有一个腿上的伤还生了蛆虫。老奶被他们感动了，震撼于年纪轻轻的孩子竟然这么刚强。老奶突然想起自己的孙子也是当兵的，年龄跟他们差不多，而且也在战场上跟日本侵略者拼命，万一哪天也掉了队或者负了伤……老奶想着想着禁不住泪如泉涌，想说话又泣不成声。老奶的这番表现，居然把这些当兵的征服了，他们莫名其妙然而又感触万分地关注起面前这位老人。老奶经过刹那间的心理调整，终于恢复了常态，但挂在面颊上的老泪尚未擦去。老奶说："我孙子跟你们年龄相仿，也是前两年就参军，在九江、在广西战场上跟日本人打仗。去年才有他的信儿，原先我以为再也见不到他了呢！"老奶说着说着就禁不住哽咽起来，只好停下来再度调整情绪。老奶的哽咽进一步感动了他们。其中那个短发女兵身体、精神略微好一些，她安慰起老奶，说："奶奶，您别激动。我们一见您，就看出您是大好人！"老奶说："看见你们，我就想孙子，想起孙子，我又可怜你们！祖庆，你快回家给这几个孩子取点儿饼干，还有你们作坊做的新糕点！"五爷离开这里，取吃的了。老奶对这五个兵说："家里也没有啥好吃的，泰康饼干你们一定听说过，还可以，祖庆他们点心作坊的桃酥味道不错，你们几个尝尝。"那女兵说："谢谢您了奶奶，赶快叫那个叔叔回来，我们不吃。到了这里，我们本来是找到了活路，谁知在大坡口那儿我们看到了《通缉令》，官府要处置我们，哨卡值勤明明发觉了我们，却不追不赶，放我们来到乔窑。到了乔窑村，我们就见到那位甲长，慌慌张张地要安排人送我们几个人上路。"女兵说着，泪水夺眶而出了。

原来这五个兵，两个来自和河南信阳搭界的金寨，三个来自离河南不远的六安。他们的部队在战斗中被打散了，这五个人两女三男，两个女的是卫生员，三个男的是伤兵。他们离开部队后，就四处乱跑，听说哪里有部队就往哪里去，常常是他们赶到了，部队也撤走了。他们成为流浪者，四海为家，比乞丐还要难过。老奶不明白这几个当兵的有什么罪，打日本侵略者受伤了应该得到救助，可为什么要加害他们呢？老奶又想，可能部队还分着派系，不一派的就互相排挤、互相残杀吧？老奶心里突然产生了救下这几个当兵人的念头，冷静一想要想救他们，不仅难得很，还要冒很大风险，救他们就跟劫法场一样啊。但老奶是个很有主见的人，一旦形成的想法，铤而走险也在所不辞，那次救司马川就是这样。当然那时有母亲在全力相助。

五爷祖庆把点心拿来后，还捎来作坊里推出的几款汽水。只是这几个当兵的好说歹说都不吃，也不喝。说他们有组织有纪律，习惯了不拿群众一针一线，他们不想在黄泉路上再欠下老百姓一笔吃饭钱！老奶一看四周无人，就生气地说："你们这几个孩子，几千里路都走过来了，天无绝人之路，吉人自有天相，善人自有好报，要有活下去的勇气啊！"老奶不愿把话挑得太明，万一走漏了风声，大家都要遭殃。这五个当兵的还算机灵，隐隐约约听懂了老奶的意思。开始吃起来，只是那个腿上生蛆的兵好像吃不进，卫生员说他正发烧。这几个当兵的，遇到老奶和她带领的乔家，真是烧了高香，抽了上上签。乔家当年的朋友、亲戚不乏生意人，家用良药常备。正好还有治伤口的云南白药，四爷传甲还从第一战区带回几支盘尼西林，没想到都有了用场。

甲长之所以像不倒翁一样坐稳这个中国最低的官位，是因为他虑事周全，善于奉迎，自身八面玲珑，左右逢源。安排老奶一家活埋几个人，还有人监督，要在一般人那里，一定会让乔响器出任监督，因为他和乔家有矛盾，监督起来会吹毛求疵，不然就告黑状。乔甲长偏偏不这样做，而是指示乔田才出任监督，虽然彼此之间也不和谐，但毕竟双方并没有大的冲突。

乔田才出现时，五个当兵的已经吃饱喝足，女卫生员也已把药物该注射的注射，该外敷的外敷，应该是万事俱备。乔田才催着老奶和家人抓紧挖坑，说鸡叫前一定把活儿干完。老奶知道，乔田才监督活埋人得到了一块大洋的佣金，半开玩笑半认真地说："你揣好怀里的大洋，明晨鸡叫前一定能把活儿干完。你放心，这几个连走路都不稳的人想跑也跑不了。再说了乔窑这地方就是死胡同，往东有哨卡，往西是山，往南是沟，往北是河，他们能逃走吗？"乔田才是父亲不出五服的堂哥，因为有《水浒传》中时迁那种本事，常做梁上君子，在自暴自弃中疏远了亲情关系，加上平时嗜酒如命，沉沦到只能与乔响器为伍的地步。但他毕竟在本质上好于乔响器，是坏人中的较好的人。活埋人的坑选在乔窑村的东沟，就在一个废弃的窑院下面。这里东边沟壁上就有一处天窑，这个天窑只有老奶才能进去，是乔家祖传下来的一份家产。

当夜，正在挖坑，母亲出现了。老奶本意不想让母亲知道要挖坑埋人这件事，是不想让她参与这种将来要遭报应的缺德事。母亲发现家里人行踪反常，而且把挖土的工具都拿了出来，全家的男劳力全部出动。母亲从祖母邓氏那里打听到了活埋五个当兵人的信息，而且还知道监督做事的人是乔田才。五个当兵的要被活埋，母亲马上想到自己家也有人在外当兵，平白无故遭人活埋是多么可怕。母亲也有了救人的念头，她知道乔田才喜欢喝酒，而且还有酗酒的毛病，就把自己从东门里娘家拿回来的两瓶老酒拿了出来，外加一斤天津十八街麻花，就朝乔窑东沟走来。酒是四舅从天津带回来的衡水老白干，准备父亲哪天回来了接风用的，这下只好挪作他用了。母亲见了乔田才，说："田才哥辛苦了，我来给你送两瓶酒喝喝解解乏，没有下酒菜，只好配点儿麻花，你将就着啊！"乔田才一听见酒字，马上垂涎三尺，迫不及待地伸手去接。乔田才毕竟有任务在身，虽然酒的诱惑使他神魂飘荡，但他仍把监督放在首位，强调了鸡叫前必须把活儿做完，不留尾巴的意思后，掂着酒瓶走到那五个行将入土的当兵人跟前，用脚踢了踢捆绑他们的绳索。这绳索是乔田才特意加上的，尽管他知道这五个人伤病就能困死，根本不可能有逃跑的机会，然而又担心别人节外生枝插上一杠，把人救走，就找来绳子和铁链子，把他们拴成一串，任何一人动弹，铁索便会发声。乔田才临走还说："你们五个等到鸡叫时，就永远听不到人间的声音，迎接你们的将是阴曹地府的黑白无常。你们千万不要误会乔窑人，他们与你们前世无冤、今世无仇，不可能无缘无故活埋你们。冤有头、债有主，想你们一定知道是谁为你们下了套，到阴间你们就找他们讨债申冤吧！"乔田才用牙把酒瓶盖打开，先喝下一口，在嘴里吧唧几下品品味，之后自言自语地说：“不错，真香，好酒！”他径直往西坡窑院走，那里僻静，是品酒、休息的好去处。

乔田才走后，这里就没有了异己分子。老奶和母亲正要给五个人松绑，突然发现窑院的道路上有个黑影闪了一下，马上又消失了。老奶便将计就计地大声对正挖坑的祖父乔守甲、五爷乔祖庆大声说：“你俩别磨叽，要加快速度，鸡叫了还没挖好，那可是要受罚的，不光甲长饶不了咱，就连保长、大坡口哨卡也不会放过咱！”老奶这样说，故意让乔田才听到，让他知道老奶也是带着压力来埋人的。这五个当兵的身上臭气熏人，母亲忍不住咳嗽起来，咳得那个卫生兵不好意思地道歉说：“姐，对不住了，实在是连累你们一家人了！”老奶发觉乔田才还在偷听，就大声说：“你们都别说话了，快不能说话的人了，把话留到黄泉下去说吧！别把俺孙子乔田才搅醒了，他白天事多，这会儿该歇歇了！”老奶的这一招还真的起了作用，偷窥偷听下面动静的乔田才，果然消停了下来。乔田才认为万无一失了，才放开喝起酒来，这老白干酒是他人生中第一次见识的好酒，就无所顾忌地、贪婪地喝着，恨不能一口把一瓶酒喝进肚里。乔田才并不知道，这种高度酒的诱惑力在于甘醇可口，魅力在于进肚后很快使人陶醉，然后在梦乡里幸福地游荡，睡十个小时也醒不过来。一个小时后，估计乔田才已经进入梦乡。母亲也回家取衣服回到了五个当兵人坐的地方。母亲和老奶对了一下目光，示意老奶安排下面的事情。老奶让五爷乔祖庆继续挖坑，让爷爷乔守甲到窑院看看乔田才，状况是不是喝透了。爷爷下来后，说田才喝成一摊烂泥，推拉不动，鼾声像打雷。老奶让大家开始行动，五爷、爷爷背起重伤的两个男兵，母亲搀扶着生病的那个女兵，卫生员和另一个男兵自己行走，鸡叫前大家都进了天窑。他们进了第一个天窑，穿过好几个巷道和厅室，最后钻出天窑，露天又走了百十米羊肠道，进入另一个天窑。老奶让他们几个抓紧换衣服。脏衣服由五爷祖庆抱下天窑扔进埋人的大坑。两个女兵穿上母亲的衣服很搞笑，很像调皮的小女孩偷穿了大人的衣服。母亲一米七一的身高，虽然瘦了些，但穿在俩女兵身上还是长出了很多。三个男兵穿上父亲的衣服还算合体，精神面貌洒脱了很多。入夏的天窑里，不热不冷，偶尔洞口或天窗处有微风吹进来，空气格外清新。两条蒲席和几条薄毯，足够男女分铺用了，卫生员喜不自胜，看着老奶说："奶奶，真的太幸福了，遇到您和这位高个儿姐姐，还有您全家。我们五人吉星高照，三生有幸啊！"老奶说："先别高兴，明天、后天还不知会出啥情况呢！但愿平安无事，老天保佑！"天窑里顿时静了下来，大家屏住了呼吸，好像真的有人来搜查似的。老奶一脸严肃但不紧张，看了看他们一脸疑惑的表情，笑了笑说："多加小心并不是说马上就遇到危险，这几座天窑几乎没啥人知道，这是乔家的祖产。你们记好了，无论外面发生什么情况，你们都不要紧张，不要说话。一般人是进不来的，即使进来了，光天窑的八卦阵足能让他们晕头转向的。还有，两天给你们送一次饭，暗号是布谷鸟的叫声！"老奶模仿着布谷的叫声，谁都没想到老人家的口技还这么精湛。

乔田才在鸡叫时醒了过来，发疯一样地从窑院里冲下来。这时，爷爷乔守甲、五爷乔祖庆几乎把坑填平，坑边故意放了一只鞋子没填，是向乔田才证明埋人这个事实的。乔田才借着火把光，看到那只鞋后，大声说："鞋！"五爷忙把鞋捡起来，扔进大坑。边扔边说："那个家伙还挣扎呢，这不把鞋也踢到一边了。叫你们死，哪有不想死的道理！"

收麦前后的布谷鸟叫得很勤很有规律，天将亮时就开始了。给五个当兵人送饭送物也在这个时候，乔窑东沟里的布谷叫声可以跟天上飞翔的布谷鸟鸣媲美，完全可以达到以假乱真的程度。老奶年龄大了，身子又有些胖，走路上坡钻天窑多有不便，但她不放心别人，担心事情办不圆满，母亲觉得老奶一个人半夜三更路上又看不清楚，就陪伴着她。这种小心翼翼、如履薄冰的日子一直持续到开镰割麦。

这中间发生了一起大案，冲淡了乔窑活埋五名新四军士兵的跟踪问效，暂时被挂了起来。乔田才向乔甲长言之凿凿地表态，说他亲眼看着把那五个人推进了深坑，然后填上了土，鸡叫前圆满完成了任务。乔甲长以及上面的保长、乡长已经没精力去过问这些事情了。他们面临的压力要比活埋新四军士兵沉重得多。这件事发生在大坡口哨卡南二百米，恰好是大坡最陡的地方，两名由洛阳骑兰令自行车的青年军士兵被人杀害，汤普森枪被人抢了，自行车却没被弄走，可以排除谋财害命的嫌疑，或者这是一起有准备的抢枪杀人案。事情发生在孟津，属地管理，洛阳方面责成孟津县全力排查、限期破案。这是一件惊天的案子，死的可是青年军的士兵，不管他们自己地位多么不高，骑着自行车到黄河边打猎，但他们的后台绝不是一般人，敢向他们动手的人不是吃了豹子胆就是脑子有病，这不是在太岁头上动土吗？乔窑村对这件事很在意，一连好多天，这件事就是大家议论的焦点，连老实巴交的乔顺子也感叹说，不知要牵涉多少官员的饭碗，空气紧张得让人窒息。

就是这个案子，简直把乔窑的青壮年男子都作为怀疑的对象，一个个像过堂一样地接受问讯。特别是乔响器、乔田才更是作为怀疑的重点。俗话说人怕出名猪怕壮，他们俩一个是出了名的偷偷摸摸高手，一个是绑架、敲诈未遂的嫌犯。这下麻烦就来了，不仅排查发案当天他们的行踪，还要他们把过去所有犯罪事实都说清楚。上上下下都忙于这个案子，处置那五个伤兵的事情就无形中被人忽略，变得不那么重要了。人都是有惰性的，如果没有一级压一级的威逼，没有蝇头小利的驱使，相信他们不会主动地承揽风险去杀生害命，何况保长、甲长这些不在级别的小吏及生活在社会底层的胆小怕事以种地为生的。老奶和母亲虽然获得了救助抗战伤兵的宽松环境，但身处复杂善变、人心叵测的乔窑，在每天的行动中都十分警觉，毫无松懈和麻痹。她们差不多没有走过同一条路，无论怎么绕道，多么辛苦，都在默默承受着。往东沟的天窑去，本来不需要往南坡上走，她们偏偏要从南坡登上那个叫迦弥僧冢的土坡，然后再从老和尚沟出来，斜着岔入东沟。按常规进入天窑，只需从北往南拐上小东坡就行，可她们却反其道而行。老奶说："不是咱敏感多疑，咱这不起眼的村子里，哪行哪业的料子都有，人心隔肚皮，害人之心不可有，防人之心不可无，咱也不知道谁安着什么心，躲在哪个旮旯里扑闪扑闪的贼眼，比天上那些星星也少不了多少。"母亲看看四周，又看看天空，然后向老奶点点头。

十多天光景就像乔窑东沟里的溪水，叮叮咚咚地流走了。天窑里那五个掉队的兵，还是通过那个叫凌丽的卫生员，对老奶说："奶奶，我们真的想留下来帮您收收麦，可是……"没等凌丽说完，老奶的泪就从眼眶里流了出来。老奶说："我知道会有这一天，也好，也好！"凌丽的脸上也挂上了泪花。凌丽把目光转向母亲，说："大姐，能够活下来，我们几个有福了，遇上你们一家！"母亲看着老奶，又看看凌丽和其他几个人，眼泪不知不觉地爬在脸上。母亲不会安慰人，只能默默地为他们做事，呆呆地看着他们。

这年，乔窑的庄稼长得特别好，乔家上头井的麦子、大柿园地的麦子尤其好。本来不需要增添镰刀和草帽，但母亲还是在收麦前到县城庙会上，买回了七八顶草帽和十把镰刀，准备开镰收割的农家一般都是这样做准备的，说是要过麦天啦。

麦熟一场风，人老一场病。对于大多数地方来说，小麦成熟前气温高，突然刮起一场干热风，加速了小麦的成熟。而乔窑不是这样，夏天的风并不多，更不要说干热风了。乔窑的小麦是长熟的，自然成熟的小麦籽粒饱满，麸皮起明发亮，颗颗宛如黄色珍珠。环境的影响，乔窑的小气候就是空气温润、凌晨多雾。

凌晨的雾富有诗情画意。雾从乔窑东沟集聚而成，慢腾腾地升起来，向四周扩散着。之后，灰白色的雾如同淡淡的轻纱帷幔，静悄悄地把乔窑一带笼罩起来。初夏传承了春天的好多基因，人们吟咏着春眠不觉晓，却遗忘了夏眠如小死的事实，不热不冷的初夏更使人们留恋梦乡的温馨。乔窑人很珍惜收麦前的悠闲，于是薄雾中的乔窑有一种幽深沉寂的甜美。

勤奋的布谷鸟清脆的叫声，划破了黎明的天空，在薄幕轻纱的世界里回响。朦胧柔和的雾中，一支从天而降似的麦客队伍，在乔窑东沟依依惜别地向老奶、母亲道别，在大家挥泪之后，他们迅速擦干泪，带着人生的信念和憧憬，坚毅地朝着他们的诗和远方走去。

老奶和母亲没有回家，她们俩看着麦客们在雾中的影子消失后，拿着镰刀绕到自家最先熟的大柿园麦地。昨天已经说定，天亮后大家都到那里割麦。